Kranzhorn

Fabian Marcher, 1979 in Tegernsee geboren, ist gelernter Buchhändler und arbeitet als freier Autor. Zusammen mit seiner Frau Julia Lorenzer hat er im Emons Verlag bereits das Buch »111 Orte in Rosenheim und im Inntal, die man gesehen haben muss« veröffentlicht. Die beiden leben in Oberbayern und in Italien.

FABIAN MARCHER

Kranzhorn

OBERBAYERN KRIMI

emons:

Bibliografische Information der Deutschen Nationalbibliothek
Die Deutsche Nationalbibliothek verzeichnet diese Publikation
in der Deutschen Nationalbibliografie; detaillierte bibliografische
Daten sind im Internet über http://dnb.d-nb.de abrufbar.

© Emons Verlag GmbH
Alle Rechte vorbehalten
Umschlagmotiv: schiffner/photocase.de
Umschlaggestaltung: Nina Schäfer, nach einem Konzept
von Leonardo Magrelli und Nina Schäfer
Gestaltung Innenteil: César Satz & Grafik GmbH, Köln
Lektorat: Susanne Bartel
Druck und Bindung: Prime Rate Kft., Budapest
Printed in Hungary 2022
ISBN 978-3-7408-0066-6
Oberbayern Krimi
2. Auflage

Unser Newsletter informiert Sie
regelmäßig über Neues von emons:
Kostenlos bestellen unter
www.emons-verlag.de

*Woher kommt unser Leid? Es kommt daher,
dass wir Angst hatten zu reden.
Es wurde in Augenblicken geboren,
als sich Dinge in uns aufstauten,
über die wir vorzogen zu schweigen.*

Gaston Bachelard

*Die Zeitenfolge ist trügerisch.
Die Menschen fürchten
die Vergangenheit, die kommen kann.*

Stanislaw Jerzy Lec

Prolog

Kriminalhauptkommissarin Tamara Stahl seufzte und ließ den Blick über die Berge von Papier auf ihrem Schreibtisch schweifen. Akten, Notizzettel, Verhörprotokolle, Zeitungsausschnitte – dazwischen die Fotos vom Fundort der Leiche und vom wahrscheinlichen Tatort. Anfangs hatte die Sache noch wie eine ganz normale Ermittlung gewirkt, doch schon im Laufe des ersten Tages war der Fall zu einem unübersichtlichen Gewirr unterschiedlicher Geschichten angewachsen, das sich jetzt auf ihrem Arbeitsplatz im Kommissariat in Rosenheim stapelte.

Tamara Stahl fuhr sich mit der rechten Hand durch das kurze blonde Haar und kniff die Augen zusammen. Um wie viele Tote ging es eigentlich inzwischen? Musste man den Alten mitrechnen, der friedlich in seinem Bett gestorben war? Dazu kamen noch mehrere Einbrüche in ein und dasselbe Haus. Was hatte es mit diesem alten Buch auf sich? Und war das Herzmedikament, das der junge Historiker gefunden hatte, von Bedeutung? Überhaupt, warum war dieser Mann anscheinend an allem beteiligt, was sich in letzter Zeit an seltsamen Dingen in dem kleinen, verschlafenen Nest im Inntal abgespielt hatte – obwohl er nach eigener Aussage in München wohnte und erst vor wenigen Tagen in Oberaudorf eingetroffen war? So naiv, wie er tat, konnte der doch nicht sein! Gut möglich, dass seine Freundlichkeit und Hilfsbereitschaft nur Fassade waren. Doch damit würde er bei ihr nicht durchkommen.

»Und jetzt erklären Sie mir mal, was jemand wie Sie in Oberaudorf sucht«, sagte die Kriminalhauptkommissarin, nachdem sie die Augen wieder geöffnet hatte. Aus ihrer schneidenden Stimme war der Zorn über das Durcheinander, mit dem sie bei dieser Ermittlung konfrontiert wurde, deutlich herauszuhören. Und Lorenz Kastner, der zerknirscht und nervös auf dem viel unbequemeren Stuhl auf der anderen Seite des Schreibtisches saß, war an diesem Durcheinander alles andere als unbeteiligt, das stand bereits fest.

Tamara Stahl sah ihr Gegenüber durchdringend an. »Und bilden Sie sich bloß nicht ein«, fügte sie mit Nachdruck hinzu, »dass Sie mir Märchen auftischen können. Ich will die Wahrheit hören. Die ganze Wahrheit.«

Erster Teil

1

Den ganzen Tag lang war es warm – der erste sommerliche Tag im Jahr, und dann gleich so eine schwüle Hitze, die das Atmen schwer machte. Am Vormittag wurde der Aufstieg zum Brünnsteingipfel noch mit einer großartigen Aussicht belohnt. Weit in die Alpen hinein konnte man blicken, dorthin, wo die Berge fast das ganze Jahr über mit Schnee bedeckt waren und strahlend weiß leuchteten. Unten floss der Inn, der an dieser Stelle die Grenze zu Österreich markierte, grün und sanft dahin. Nur diejenigen, die den Fluss auf der hölzernen Fußgängerbrücke bei Urfahrn überqueren wollten, konnten, direkt über den Wassermassen stehend, die Kraft des längst gezähmten Stromes spüren, der im Frühsommer Unmengen von Schmelzwasser aus den Bergen Österreichs und der Schweiz mitbrachte.

Am Nachmittag trübte sich die Sicht langsam ein, die Hitze wurde drückend. Die, die jetzt vom Berg kamen, hatten rote Köpfe und schwitzten gehörig. Stunde um Stunde türmten sich Wolken auf, erst in der Ferne, dann immer näher, sodass sich über die kleine, zwischen Felswänden, Bergen und Fluss eingezwängte Ortschaft Oberaudorf immer wieder für einige Minuten Wolkenschatten legten.

Bei Sonnenuntergang kam der Wind. Das Wasser des Luegsteinsees kräuselte sich mit jeder Böe, die über die Hausdächer und durch das Tal fegte, und bildete dann bis zum nächsten Windstoß wieder eine glatte Oberfläche, in der sich die bedrohlichen Wolkenformationen des Abendhimmels spiegelten. Hinter dem kleinen See begann der Wald. Einige Wanderpfade führten zwischen den Bäumen hindurch zur Luegsteinwand hinauf, doch in diesem Moment, bei Einbruch der Dunkelheit und aufziehendem Gewitter, war es nicht ratsam, dort herumzulaufen.

Der junge Mann, dessen Stirnlampe immer wieder zwischen

den Baumstämmen aufblitzte, schien sich darum nicht zu kümmern. Er marschierte zügig und ohne Pause, wie jemand, der sich auf vertrautem Terrain bewegt. Doch er atmete schwer – immerhin ging es steil zur Felswand hinauf – und konzentrierte sich, um nicht über eine Baumwurzel zu stolpern oder nach einem Fehltritt den Abhang hinabzurutschen.

Ein Blitz zuckte, gefolgt von langsam anschwellendem Donnergrollen. Der Mann hielt kurz inne und blickte auf. Oben, in der Luegsteinwand, gähnte ein großes tiefschwarzes Loch. Eine schmale hölzerne Leiter führte zur Höhle hinauf.

»Lena! Bist du da?« Er wartete einen Moment und lauschte, doch auf seinen Ruf folgte keine Antwort.

Schließlich setzte sich der Wanderer wieder in Bewegung. Die ersten Regentropfen fielen. Es war nicht mehr weit.

2

Lorenz Kastner sprang erschrocken zur Seite. Er drückte sich an die Felswand, als der Krankenwagen, dessen Martinshorn vor wenigen Sekunden noch sehr weit entfernt geklungen hatte, in halsbrecherischer Geschwindigkeit vorbeirauschte und hinter der nächsten Kurve verschwand. Die Straße glänzte an diesem Morgen vom nächtlichen Gewitterregen, der Wagen hinterließ eine Wolke aus feinen Wassertropfen, die noch in der Luft lag, als er schon längst nicht mehr zu hören war.

Lorenz löste sich von der Wand und blickte sich – in der Hoffnung, dass ihn niemand bei seinem wenig heldenhaften Manöver beobachtet haben möge – verstohlen um.

Glücklicherweise war keine Menschenseele zu sehen, doch was sich hinter den Gardinen der wenigen Häuser abspielte, die sich hier an die zu beiden Seiten steil aufragenden Felsen schmiegten und dabei gerade noch genug Platz für die gewundene Hauptstraße ließen, konnte er nur ahnen. Egal – es gab Wichtigeres, worum er sich kümmern musste. Entschlossen packte der junge

Mann den Griff des kleinen Rollkoffers und setzte seinen Weg fort.

Doch schon nach wenigen Schritten hielt Lorenz Kastner wieder inne und blickte etwas ungläubig auf den Schriftzug, der ihm soeben ins Auge gefallen war: »Heimatmuseum« stand da in großen, ehemals roten und nun ziemlich verwaschenen Lettern. Danach hatte er gesucht – aber hier? Das konnte doch nicht sein!

Genau an der engsten Stelle der Straße spannte sich ein imposanter Torbogen. Lorenz Kastners geübter Blick erkannte sofort den mittelalterlichen Ursprung der Konstruktion an diesem Ort, der bestimmt schon vor Jahrhunderten von strategischer Bedeutung gewesen war. Über dem Bogen befand sich ein Aufbau von mindestens zwei Stockwerken mit kleinen quadratischen Fenstern in einer Fassade, die deutliche Spuren von den Abgasen der unzähligen Autos trug, die tagtäglich hier hindurchfuhren. Auf ihr waren die Buchstaben angebracht, die auf das Museum hinwiesen. Lorenz' Blick wanderte die Felswand zu seiner Linken hinauf, die an dieser Stelle schätzungsweise fünfzig Meter beinahe senkrecht aufragte. Dort oben mussten sich die Reste der alten Auerburg befinden. Immerhin hätte er es nicht weit zu seinem Forschungsobjekt.

Lorenz Kastner schrak erneut zusammen. Ohrenbetäubend laut hallte die Sirene des Polizeiwagens zwischen den Felsen wider. Nur eine Sekunde lang ertönte sie, wahrscheinlich um eventuellen Gegenverkehr auf der schmalen, kurvigen Straße zu warnen. Wieder sprang Lorenz zur Seite, und so schnell, wie er gekommen war, war der Wagen auch schon durch das Tor gerauscht und dahinter verschwunden.

3

»Es ist nicht besonders groß, das weiß ich. Aber es ist alles da, was man braucht.«

Die rundliche Frau Anfang fünfzig hatte Lorenz, nachdem

er an der Tür zum Heimatmuseum geklingelt hatte, freundlich begrüßt und sich als Maria Moratschek vom Förderverein des Museums vorgestellt. Lorenz solle einfach »Maria« zu ihr sagen. Sie stieg mit ihm eine enge und steile Wendeltreppe hinauf und zeigte ihm seine Unterkunft für die nächste Zeit. Die Frau wirkte etwas nervös. »Ich hab gestern extra noch mal gewischt … und ordentlich gelüftet. War ja schon länger niemand herinnen, wissen S'.«

Lorenz nickte höflich lächelnd, während er sich dazu gratulierte, nur einen sehr kleinen Koffer mitgebracht zu haben. Hätte er ein größeres Gepäckstück in das winzige Zimmer gestellt, wäre kein Platz mehr für ihn selbst gewesen. Ein betagtes Bettgestell aus dunklem Holz nahm den meisten Raum ein, daneben befand sich ein Nachttisch, auf dem Maria eine Vase mit frischen Schnittblumen platziert hatte. Offensichtlich ein verzweifelter Versuch, der düsteren Kammer im obersten Stockwerk des Torgebäudes eine etwas freundlichere Atmosphäre zu verleihen. Ein Kleiderschrank – auch dieser aus beinahe schwarzem Holz mit spärlichen Verzierungen – stand an der gegenüberliegenden Wand, sodass nur ein schmaler Durchgang zu dem kleinen quadratischen Fenster blieb, unter das noch ein schlichter Tisch und ein Stuhl in Kindergröße gezwängt worden waren. Als ein Kleinlaster unter dem Fußboden durch das Tor fuhr, erzitterten die Wände. So weit, so gut, dachte Lorenz und stieß einen kaum hörbaren Seufzer aus. Aber da fehlte doch noch …

»Und das Bad wäre dann … also …« Maria kratzte sich verlegen am Kopf, als wäre das Badezimmer irgendwo in ihrer üppigen Dauerwelle verloren gegangen. »Wenn Sie hier«, sie deutete vor die Zimmertür, »den Gang weitergehen, geradeaus durch die oberen Ausstellungsräume, dann finden Sie ganz hinten … äh … also, auf der linken Seite, eine Tür. Da ist das Bad. Und die Toilette.«

Lorenz zog erstaunt die Augenbrauen hoch. Maria lächelte ihn ziemlich angestrengt an, so als hoffte sie, ihn mit ihrer intensiven Fröhlichkeit anzustecken.

»Sie werden sich ganz schnell daran gewöhnen. Es ist ja nicht weit. Und keine Angst, im Haus ist meistens nicht viel los. Das ist zwar schade für uns vom Förderverein, aber dafür können Sie hier bestimmt ganz ungestört arbeiten. Ach ja, und wenn wir nachts den Strom für die Ausstellungsräume abgestellt haben und Sie noch mal, äh …«, wieder fuhr Marias Hand nervös in die Dauerwelle, »rausmüssen, dann nehmen Sie am besten die hier mit.«

Sie zog die oberste Schublade des Nachtkästchens auf, in der eine Taschenlampe von der Größe eines Nudelholzes umherrollte. Maria hatte wirklich an alles gedacht.

4

Im Audorfer Hof war noch nicht viel los. Erst zur Mittagszeit würden die ersten Ausflügler zum Essen kommen und am frühen Abend dann die hungrigen Wanderer, die, nachdem sich das Gewitter der Nacht verzogen hatte, heute auf beste Bedingungen hoffen durften.

Kathi, die Bedienung, bekleidet mit rosa Dirndl und hellblauer Schürze, wischte in Ruhe die leeren Tische des Gastraumes ab. Nur ganz hinten in einer holzgetäfelten Ecke saßen zwei frühe Wirtshausbesucher. Der Hirschreiter Sepp und der Plenzinger Toni belegten diese Plätze so gut wie immer, sodass Kathi sie kaum noch wahrnahm und nur darauf achtete, den beiden regelmäßig ein frisches Weißbier vor die Nase zu stellen.

»Do host ja drauf wart'n kenna, dass des amoi kracht«, brummte der Hirschreiter Sepp in seinen grauen Schnurrbart. »Kimmt aus Amerika z'ruck und moant, er ko si glei wieda aufspuin!«

»Des war doch beim Markus oiwei scho so. Den hod no nia interessiert, dass's a no andere Leit gibt auf dera Weit. Aber da Schorschi hod's eam gestern zoagt, moan i.« Mit diesen Worten nahm der Plenzinger Toni einen ordentlichen Schluck Bier. »Und recht hoda!«, fügte er bestimmt hinzu, als er das Glas geräuschvoll wieder auf den Tisch stellte.

»Sowieso. Da Markus is wegganga, und dann hod die Lena

an Schorschi g'heirat. Und jetz dad der feine Herr aus Amerika wieda daherkemma und um d' Lena umananda doa und verzein, dass er sie oiwei no vui besser kennt. Koa Wunder, wenn da Schorschi durchdraht.«

Die beiden Männer schwiegen eine Weile und starrten gedankenverloren abwechselnd auf die karierte Tischdecke und in ihre Biergläser. Dann rückte der Hirschreiter Sepp mit einer kurzen Handbewegung seinen Trachtenhut zurecht. »Gestern is ja no nix g'wes'n. A bisserl g'rafft ham s' hoid. Aber wenn der Schorschi wirklich durchdraht«, brummte er mit düsterer Miene, »dann kannt a Unglück passier'n.«

5

»Ihre Doktorarbeit führt Sie also aus München zu uns nach Oberaudorf?« Maria wollte Lorenz noch nicht allein lassen.

Der hatte gerade den Weg zur Museumstoilette, die für die nächsten Tage sein Badezimmer sein sollte, erkundet und schlenderte jetzt mit mäßigem Interesse durch die Ausstellungsräume, wobei er hier und da stehen blieb, um die Beschreibung eines Exponats zu überfliegen. »Ja.« Er deutete Richtung Decke. »Die Auerburg – oder besser gesagt das, was davon übrig ist – ist mein Forschungsobjekt.«

»Das ist ja spannend! Mein Mann und ich, wir haben einen Sohn, wissen S'? Ich hab auch immer gedacht, dass der vielleicht einmal in München studiert. Aber jetzt, wo er sein Abitur hat, will er nicht. Der Klausi weiß überhaupt noch nicht, was er eigentlich will. Die jungen Leute haben heutzutage ja alle Möglichkeiten … Das macht's aber nicht unbedingt einfacher, wenn S' mich fragen.«

»Mmhm«, brummte Lorenz, der jetzt vor einem Schlitten aus dem 19. Jahrhundert stand, mit dem laut Beschreibung früher Holz aus dem Wald transportiert worden war.

»Oben auf dem Schlossberg haben ja schon früher Ausgrabungen stattgefunden«, wechselte Maria wieder das Thema. »Das muss ungefähr … fünfzehn Jahre her sein. Wollen Sie denn auch wieder graben, Herr Kastner?«

»Bitte?« Lorenz war ganz vertieft in die Betrachtung des ungewöhnlichen Schlittens gewesen. »Nein, ich … ich grabe nicht. Ich bin Historiker, kein Archäologe.«

»Ah.« Maria schien ein klein wenig enttäuscht.

»Ich werde die Abstände der einzelnen Mauerreste noch einmal vermessen und kartieren, um eine Theorie zum mittelalterlichen Festungsbau zu überprüfen, die Prof. Dr. Beckstein – mein Doktorvater an der Universität München – seit einiger Zeit vertritt. Dabei geht es um –« Lorenz unterbrach sich, und Maria schien darüber nicht besonders enttäuscht. »Da fällt mir ein«, fuhr er kurz darauf wieder fort, »meine Vermessungsgeräte soll ich bei einer gewissen Frau …« Er kramte in seiner Hosentasche nach einem Zettel. Als er ihn gefunden hatte, faltete er ihn umständlich auseinander und las: »… Frau Leitner abholen. In der Gemeindeverwaltung. Die Universität hat sie per Kurierdienst dorthin geschickt, weil ich ja noch keine Adresse in Oberaudorf hatte.«

»Die Gemeindeverwaltung ist direkt am Marktplatz. Sie müssen einfach die Hauptstraße runtergehen, so wie Sie gekommen sind.«

Plötzlich schepperte es in kurzen Abständen blechern. Offensichtlich klingelte jemand hektisch unten an der Museumstür.

»So was, heute haben wir doch gar nicht geöffnet. Und dann klingelt's gleich zweimal – erst Sie und jetzt noch jemand«, redete Maria vor sich hin, während die Klingel immer wieder schepperte und sie, so schnell es ihr möglich war, die enge Wendeltreppe hinunterstieg.

Lorenz folgte ihr. Er wollte sowieso gleich zur Gemeindeverwaltung, um diese Frau Leitner zu treffen und seine Instrumente zu holen.

Vor der Tür stand eine sichtlich aufgeregte Frau, etwa in Marias Alter, jedoch etwas schlanker und ohne Dauerwelle. Sie trug eine gelbe Schürze mit der Aufschrift: »Bäckerei Huber – Frisches aus Oberaudorf!«

»Anneliese! Was ist denn los?«, fragte Maria.

»Stell dir vor«, Anneliese war so aufgeregt, dass sie sich sichtlich konzentrieren musste, um ein Wort nach dem anderen zu artikulieren, »beim Grafenloch ist heut Nacht einer abgestürzt! Er ist tot, ham s' g'sagt! Und weißt, wer's g'wes'n ist?« Kurz war sie still und sah Maria und Lorenz nacheinander fragend an, als könnten die beiden tatsächlich wissen, wer der Unglückliche war. Dann brach es aus ihr heraus: »Der Bichler Markus, ham s' g'sagt. Tot soll er sein, stell dir vor!«

6

Während er zum Marktplatz ging, war Lorenz Kastner in Gedanken versunken. Eine seltsame Ankunft hatte er da gerade erlebt. Erst die Überraschung, dass sich sein Zimmer in einem uralten Torhaus befand, unter dem eine viel befahrene Straße hindurchführte und in dem er, wenn er nachts auf die Toilette wollte, mit einer Taschenlampe herumirren müsste. Und dann dieses Unglück, von dem Anneliese, die Bäckereifachverkäuferin, gerade berichtet hatte. Ein verrückter Tag – und er hatte doch gerade erst begonnen!

Lorenz hatte noch mitbekommen, dass der Verunglückte namens Markus Bichler ein gebürtiger Oberaudorfer war, der die vergangenen Jahre hauptsächlich in Amerika verbracht hatte. Seit er aus beruflichen Gründen weggezogen sei, habe man ihn nicht mehr oft hier gesehen, hatte Maria gesagt. Vor einigen Wochen jedoch war sein Vater, Alfons Bichler, gestorben, der zuletzt allein in seinem Haus im Ort gelebt hatte. Markus Bichler war zurückgekommen, wahrscheinlich um die Erbangelegenheiten zu regeln und das Haus in Augenschein zu nehmen.

Anneliese und Maria hatten immer noch aufgeregt geredet, als Lorenz in Richtung Marktplatz aufgebrochen war. Obwohl er keinen der Beteiligten kannte, ging ihm die Geschichte so schnell nicht aus dem Kopf. Beim Grafenloch sei Markus Bichler abgestürzt, hatte Anneliese erzählt. Von dieser Höhle hatte Lorenz schon in der Fachliteratur gelesen: Sie lag in der Luegsteinwand, etwa eine halbe Stunde Fußmarsch von der Ortschaft entfernt, und sollte schon vor vielen Jahrhunderten Raubrittern als Unterschlupf gedient haben. Lorenz hatte gelesen, dass vor Ort noch Mauerreste zu sehen seien. Er würde das Grafenloch für seine Forschungsarbeit auf jeden Fall aufsuchen.

Auf dem Marktplatz drängten sich mehrere große Gebäude um ein kopfsteingepflastertes Areal, in dessen Mitte ein Maibaum kerzengerade in den strahlend blauen Himmel ragte. Lorenz sah sich um und erkannte eine Gastwirtschaft namens »Audorfer Hof«, ein Café mit dem Namen »Rechenberger«, ein Reisebüro und die Bäckerei Huber, bei der Anneliese – ihrer Schürze nach zu urteilen – arbeitete. Über dem Eingang zum imposantesten Gebäude am Platz stand in großen Buchstaben »Rathaus«. Lorenz ging hinein.

Etwas zaghaft klopfte er an die Tür im ersten Stock, zu der ihn eine Frau vom Einwohnermeldeamt im Erdgeschoss auf seine Frage nach Frau Leitner gewiesen hatte.

Die Tür öffnete sich, und eine junge Dame – wohl um die dreißig Jahre alt –, die ihre lockigen brünetten Haare zu einem losen Pferdeschwanz gebunden hatte, lächelte Lorenz freundlich entgegen. »Bitte? Was kann ich für Sie tun?«

»Mein Name ist Lorenz Kastner. Ich bin heute aus München angereist und werde in nächster Zeit an den Resten der Auerburg Forschungsarbeit betreiben. Jetzt suche ich Frau Leitner.«

»Die steht vor Ihnen. Lena Leitner. Herzlich willkommen in Oberaudorf, Herr Kastner!« Sie strahlte Lorenz an und erstickte damit jeden Zweifel daran, dass die Begrüßung ehrlich gemeint war, im Keim.

»Vielen Dank.« Mehr konnte Lorenz in diesem Augenblick nicht sagen. Er war ein wenig perplex, hatte er sich Frau Leitner von der Gemeindeverwaltung doch in etwa so vorgestellt wie die ziemlich missmutige Frau um die fünfzig, die er gerade noch im Einwohnermeldeamt gesprochen hatte. Und jetzt stand da ein fröhliches, bezauberndes Wesen in einem schlichten türkisfarbenen Sommerkleid vor ihm und bot ihm an, Platz zu nehmen. Frau Leitner selbst setzte sich in einen Bürostuhl ihm gegenüber.

»Ich erinnere mich, mit jemandem von der Ludwig-Maximilians-Universität telefoniert zu haben, der mir erzählt hat, dass Ihre Messinstrumente zu uns geschickt würden. Aber«, Lena Leitners Lächeln wich nun einem aufrichtig bedauernden Ausdruck, »bis heute ist leider noch nichts angekommen.«

»Ach so.« Lorenz' Kommunikationsfähigkeit war immer noch etwas eingeschränkt.

»Vielleicht bringt sie ja der Kurierdienst morgen? Sie können mir gern Ihre Telefonnummer hierlassen, dann melden wir uns, wenn die Instrumente da sind. Oh, Entschuldigung!«

Ein Mobiltelefon, das auf Lena Leitners Schreibtisch lag, hatte zu summen begonnen und bewegte sich zentimeterweise auf der Tischplatte hin und her.

Die junge Frau nahm das Handy an sich und drückte mit dem Zeigefinger einmal auf das Display. »Leitner.«

Sie hörte für ein paar Sekunden zu, wobei sehr schnell sämtliche Leichtigkeit aus ihren zarten Gesichtszügen verschwand.

»Ja. – Was?« Sie hielt sich die freie Hand vor die zitternden Lippen, ihre Augen füllten sich mit Tränen. »Aber … Das kann doch nicht sein! … Gestern war er doch noch … Mein Gott!«

Lorenz rutschte peinlich berührt auf seinem Stuhl herum. Anscheinend war er gerade unbeabsichtigt in eine sehr persönliche Angelegenheit einer ihm fremden Frau geraten – und hatte keine Ahnung, ob er sich besser so schnell wie möglich zurückziehen oder bleiben und ihr eventuell seine Hilfe anbieten sollte.

Lena Leitner legte auf, schluchzte kurz und nahm ein Taschentuch aus einer Schreibtischschublade. »Entschuldigen Sie.« Sie versuchte mit sichtlicher Anstrengung, ihre Gefühle wieder unter Kontrolle zu bekommen. »Entschuldigen Sie«, wiederholte sie. Und nach einer kurzen Pause, in der sie einfach durch ihren betroffen schweigenden Besucher hindurchgestarrt hatte, fügte sie mit tonloser Stimme hinzu: »Es ist ein Unglück passiert.«

Lorenz hielt es für klüger, jetzt zu schweigen.

7

Ebenfalls im Rathaus, aber ein Stockwerk höher, seufzte Bürgermeister Rupert Stöttner laut in den Telefonhörer. Er saß nach vorne gebeugt in seinem großen schwarzen Bürosessel, die Ellenbogen auf die Schreibtischplatte gestützt und eine Hand an die Stirn gepresst. »Was muass der Depp a do rumsteig'n mitten in der Nacht? So oana woaß doch, dass des g'fährlich is. Der Markus is doch vo Oberaudorf ... g'wes'n.«

Das letzte Wort hatte der Bürgermeister nach einer kurzen Pause angehängt und dabei ungläubig den Kopf geschüttelt. Es war noch nicht vollständig in seinem Bewusstsein angekommen, dass man von Markus Bichler, den er von Kindesbeinen an gekannt hatte, ab sofort nur noch in der Vergangenheitsform sprechen würde. Doch der Anflug von Nachdenklichkeit wurde schnell durch seinen unverhohlenen Groll verdrängt.

»Des kennan mia jetzt überhaupt ned braucha. Seit oana Woch lafft der Wettbewerb. Und ab morgen san die Zeitungen voi von dera G'schicht. I sig's scho vor mia.« Rupert Stöttner lehnte sich zurück und zeichnete mit der linken Hand eine fiktive Schlagzeile in die Luft. »›Wanderer stürzt bei Oberaudorf in den Tod!‹ So ein Schmarrn! Und i hob no g'sogd, mia miass'n die Leiter beim Grafenloch besser sichern. Des ham mia jetzt davo! Mia kennan den Preis glei abschreib'n ... Morgen hob i an Termin mit dem Herrn aus Rottach-Egern, dem Mayr-Kittling. Der hod immer g'sogd, wenn mia des Gold-Dorf san, dann ziag'n seine Geschäftspartner auf jed'n Foi mid. Alpengolf-Ressort Oberaudorf! Des is a Chance, die gibt's ned oft. Damit stengan mia ganz anders do, des sog i dir.« Er griff nach einem Zettel, auf dem er in seiner unleserlichen Handschrift einige Worte notiert hatte, und las die englischen Begriffe mit etwas Mühe ab: »›Superior-Class-Tourism‹, hod der Mayr-Kittling g'sogd. So wos gibt's im ganzen Inntal no ned. Und ausgerechnet jetzt kimmt der Schmarrn daher!« Resigniert beugte sich der Bürgermeister wieder nach vorn und rieb sich die Stirn, während sein Gesprächspartner am anderen Ende der Leitung redete.

»Aber oans dad mi wirklich interessier'n«, murmelte er schließlich leise, nachdem er sich kurz verabschiedet und den Hörer aufgelegt hatte. »Was hod der do ob'n g'suacht? In der Nacht, bei dem Sauweda? Do muass doch irgendwos g'wes'n sei …«

Eine Weile saß Rupert Stöttner einfach nur da und grübelte, dann nahm er entschlossen wieder den Telefonhörer zur Hand und wählte eine Nummer. »Servus, Karl!«, rief er in ganz anderem Ton als noch vor wenigen Minuten. »Du, sog amoi, is da Schorschi do?«

8

Die Ziegen beobachteten Lorenz aus sicherer Entfernung. Seit die Ausgrabungen in den neunziger Jahren beendet worden waren, wurden auf dem Schlossberg von Frühling bis Herbst Tiere gehalten, die mit ihrem Appetit auf Gras und Blattwerk verhinderten, dass Sträucher und Gestrüpp die Mauern der alten Festung binnen kürzester Zeit überwucherten. Doch die Ziegenherde, die den Berg zurzeit bevölkerte, wurde augenblicklich durch den unbekannten Besucher von ihrer wichtigen Aufgabe abgelenkt. Angeführt von einem schneeweißen Bock, der immer wieder ein vorlautes »Mähähä!« ausstieß, sobald sich der bereits auf halber Höhe schwer atmende Lorenz wieder ein kleines Stück genähert hatte, wahrte die Gruppe trotz allgemeiner Neugier einen Sicherheitsabstand zu diesem seltsamen Wanderer, der seine nachmittägliche Tour so wenig zu genießen schien.

Als Lorenz endlich sein Ziel erreicht hatte, ließ er sich erst einmal auf eine dankenswerterweise dort aufgestellte Sitzbank fallen und wischte sich mit einem Unterarm den Schweiß von der Stirn. Dieser Aufstieg würde nun wohl täglich auf ihn warten. Und dann hätte er auch noch seine Instrumente dabei! Doch als Lorenz, immer noch hörbar schnaufend, seinen Blick rundum schweifen ließ, konnte er sich ein Lächeln nicht verkneifen. Großartig! Überall ragten zwischen kleinen, grasbewachsenen Hügeln

Mauerreste hervor. An einer Stelle waren sogar die Grundmauern mehrerer kompletter Räume zu erkennen. Die Ausgrabungen hatten wirklich viel Material zutage gefördert. Dieses würde er nun noch einmal genau vermessen und damit hoffentlich die Theorien von Prof. Dr. Beckstein bestätigen können.

Lorenz erhob sich wieder und schlenderte zur Felskante, an der es steil nach unten ging. Vor ihm breitete sich ein eindrucksvolles Alpenpanorama aus: zunächst die bewaldeten dunkelgrünen Berge rund um Oberaudorf, zwischen denen sich der Inn seinen Weg bahnte, und dahinter die schroffen, noch weit höher aufragenden Felsen des Wilden Kaisers. Als er ins Tal blickte, überkam Lorenz für eine Sekunde ein leichter Schwindel. Er sah die Dächer von Oberaudorf. Die Straße, die zum Luegsteinsee abbog. Dahinter musste der Wanderweg beginnen, der zum Grafenloch führte, dorthin, wo …

Es war ein seltsamer Moment gewesen, vorhin im Büro der jungen, sympathischen Frau Leitner. Lorenz hatte sich, nachdem sie die Nachricht von dem Todesfall erhalten hatte, verständnisvoll zurückgezogen. Nur seine Telefonnummer hatte er noch schnell notiert, damit sie ihn benachrichtigen konnte, sobald seine Messinstrumente eingetroffen waren. Der Verunglückte musste Frau Leitner nahegestanden haben, so wie sie reagiert hatte. Lorenz hatte in diesem unwirklichen Moment nicht nachgefragt. Er hatte nicht indiskret sein wollen, schließlich war er ja ein Fremder. Doch Frau Leitner tat Lorenz noch immer leid, und er fragte sich nun doch, ob er nicht mehr für sie hätte tun können.

Moment! Lorenz erblickte etwas, das ihn aus seinen trüben Gedanken riss. Unten, an der gegenüberliegenden Felswand, die sich vom Torhaus, in dem er untergebracht war, bis zum Luegsteinsee zog und dann hinter dem See zur Luegsteinwand mit dem unglückseligen Grafenloch wurde, erkannte er ein sehr außergewöhnliches Haus: Eigentlich handelte es sich nur um die Fassade eines Hauses, die direkt vor die an dieser Stelle deutlich überhängende Wand gebaut worden war. Es wirkte skurril, so als hätte sich der Felsen vorgearbeitet und das Gebäude beinahe zur Gänze verschlungen.

»Der ›Weber an der Wand‹. Beeindruckend, oder?«

Lorenz zuckte zusammen und hätte beinahe das Gleichgewicht verloren. Die Männerstimme war laut und tief direkt hinter ihm erklungen. Er hatte niemanden kommen hören und fuhr herum. »Entschuldigung! Ich hab Sie nicht erschrecken wollen.« Ein älterer, etwas korpulenter Mann, in dessen kurzem grauen Vollbart nur noch vereinzelte dunkle Strähnen zu sehen waren, stand hinter ihm. Er war mit einem rot-weiß karierten Hemd und einer Kniebundlederhose bekleidet. Seinen Kopf zierte ein Schlapphut, der seine besten Tage schon lange hinter sich hatte. »Das da unten«, der Mann zeigte in Richtung des Hauses, das Lorenz gerade so fasziniert betrachtet hatte, »ist ein altes Wirtshaus. Der Name ›Weber an der Wand‹ kommt daher, dass ein Webermeister vor zweihundert Jahren eine Eremitenhöhle zu diesem Haus umgebaut hat. Das war damals eine Attraktion, da haben bayerische Könige drin gesessen. Und der russische Zar! Und dann sind die Maler gekommen, die Künstler aus München, die die Berge zeichnen wollten … Entschuldigung noch mal, wenn ich Sie überrumpelt hab. Korbinian Prantl mein Name.« Er lächelte und reichte Lorenz die Hand zu einem kräftigen Händedruck.

9

Karl Ettenhofer öffnete das Fenster und holte einige Male tief Luft. Draußen standen auf einem weitläufigen Rangierplatz mehrere große Lastwagen mit der Aufschrift »Spedition Ettenhofer«, dunkelgrün auf weißem Grund, dazwischen liefen emsig einige Arbeiter umher, seine Angestellten. Insgesamt zählte der Betrieb mehr als fünfzig Beschäftigte. Und Karl Ettenhofer trug für sie alle die Verantwortung, seit er vor drei Jahren das Unternehmen von seinem Vater übernommen hatte.

Natürlich machte ihm die Arbeit Freude, und er war stolz, das Erbe fortführen zu können, in das sein Vater jahrzehntelang seine gesamte Lebensenergie gesteckt hatte. Doch manchmal ermüdete ihn das Ganze auch: die ständigen Telefonate, die Termine, die Fragen der Sekretärin, die Gespräche mit den Angestellten, die alle sicherlich ihre eigenen Probleme hatten, von denen Karl Ettenhofer wenig wusste, auf die er aber dennoch Rücksicht nehmen musste und wollte. Manchmal hatte er einfach genug davon. Dann fragte er sich, wie es wohl wäre, den Laden zu verkaufen und etwas Neues anzufangen. Etwas Eigenes.

Aber was dachte er da eigentlich? Es war doch seine Spedition, es waren seine Mitarbeiter. Er durfte sich nur nicht aus dem Gleichgewicht bringen lassen von solchen Gesprächen wie dem, das er gerade mit dem Bürgermeister Rupert Stöttner geführt hatte.

Georg Leitner, den trotz seiner sechsunddreißig Jahre immer noch alle nur »Schorschi« nannten, war einer seiner besten Leute. Ja, ungeduldig war er und manchmal aufbrausend, aber eben auch zuverlässig und alles andere als faul. Den Schorschi musste man nur zu nehmen wissen, musste ihm Verantwortung übertragen, dann war der sich für nichts zu schade. Er lieferte immer gute Arbeit ab – und zwar nicht nur in seinem eigentlichen Aufgabengebiet, der Disposition, sondern überall, wo er gebraucht wurde. Und wenn die Aufträge noch nicht abgearbeitet waren, blieb er abends auch mal länger, ohne zu murren. Der Mann war in vielerlei Hinsicht ein Idealist. Nicht nur, was die Heimat und den Naturschutz betraf, sondern eben auch, was seine Arbeit anging.

Was kümmerte es Karl Ettenhofer, ob sich der Schorschi gestern im Audorfer Hof mit dem Markus geprügelt hatte, weil der der Lena nachgestiegen war? Abgesehen davon, dass die Lena sich bestimmt nicht Hals über Kopf mit ihrem Verflossenen einlassen würde, nur weil der zufällig gerade wieder verfügbar war. Dafür hat diese Frau zu viel Klasse, dachte Ettenhofer.

Plötzlich versetzte ihm die Erinnerung an einen launigen Spätsommerabend vor zwei Jahren einen Stich. Wie sie ihn angesehen hatte, damals, als er sie nach dem Betriebsausflug zum Rosenheimer Herbstfest mit zurück nach Oberaudorf genommen hatte. Der Schorschi war damals noch länger im Bierzelt geblieben und froh gewesen, dass seine Frau auf diesem Weg sicher nach Hause kam. Und dann hatte Karl Ettenhofer sich ein Herz gefasst und sie einfach geküsst. Im Auto, vor ihrem Haus. Und sie hatte es sich gefallen lassen und ihn danach weiter so angesehen. Ein bisschen verwundert vielleicht, aber ihre Augen hatten diesen ganz besonderen Glanz gehabt. Karl Ettenhofer schüttelte die Erinnerung schnell wieder ab. Das war Vergangenheit. Er und Lena hatten sich stillschweigend darauf verständigt, die Sache als einmaligen Ausrutscher zu betrachten.

Warum also musste der Rupert anrufen und scheinheilige Fragen stellen, nur weil der Bichler Markus letzte Nacht dumm genug gewesen war, am Grafenloch herumzuklettern und sich dabei den Hals zu brechen? Ettenhofer war sich sicher, dass der Rupert wieder Angst wegen der nächsten Wahl oder wegen irgendeines anderen wichtigen Projekts hatte, das er als Bürgermeister angeschoben hatte und jetzt nicht gefährdet sehen wollte. Als Mitglied des Gemeinderates wusste der Speditionsleiter, wie nervös der Bürgermeister in solchen Situationen werden konnte.

Karl Ettenhofer war gerade im Begriff, das Fenster wieder zu schließen, als er sah, dass ein Polizeiauto auf das Speditionsgelände fuhr und vor dem Eingang zum Bürogebäude hielt.

Vor ein paar Monaten hatte der Zoll dem Betrieb auf den Zahn gefühlt. Bei einer Routinekontrolle auf einem Rastplatz in Niederösterreich hatte man in einem »Ettenhofer«-Lastwagen zwischen den offiziell geladenen Elektronikbauteilen für eine Fertigungsanlage in Bulgarien eine Kiste mit Navigationsgeräten gefunden, die, so stellte sich heraus, aus deutschen Nobelkarossen gestohlen worden waren. Der Fahrer war einer der beiden Rumänen gewesen, die seit langer Zeit für die Spedition tätig waren. Es war harte und nervenaufreibende Arbeit für Karl Ettenhofer gewesen, die Zollbeamten davon zu überzeugen, dass die Speditionsleitung von der illegalen Aktion nichts gewusst hatte. Außerdem hatte er schweren Herzens den Fahrer entlassen müssen – obwohl bis zum Schluss nicht klar geworden war, ob er vorsätzlich gehandelt oder nur seinen Lastwagen fahrlässigerweise nicht ständig im Auge behalten hatte, sodass es möglich geworden war, ihm die gestohlene Ware unterzuschieben.

Heute kamen die Uniformierten nicht vom Zoll. Zwei Polizisten entstiegen einem normalen Streifenwagen.

Ettenhofer konnte sich schon denken, warum die hier waren. Der Dorfklatsch war demnach also bereits bis zur Staatsgewalt durchgedrungen. Er wandte sich vom Fenster ab, warf einen kurzen Blick in den Spiegel, der neben seiner Bürotür hing, richtete seinen Hemdkragen und machte sich auf den Weg nach unten. Er würde Georg Leitner jetzt nicht im Stich lassen.

10

Auf der Bank auf dem Schlossberg saßen Lorenz und Korbinian Prantl inzwischen nebeneinander und unterhielten sich über die lange Geschichte dieses Ortes. Nachdem Lorenz von seiner Forschungsarbeit erzählt hatte, zeigte sich der Mann mit dem Schlapphut und der tiefen Stimme richtiggehend begeistert und begann, dem jungen Besucher aus München haarklein die Historie der Auerburg nachzuerzählen. Angefangen bei den ältesten Funden aus der Bronzezeit über die Theorie einer ersten Festungsanlage aus dem 12. Jahrhundert und den Ausbau zum Burgschloss bis zu dessen Zerstörung im Jahr 1748.

»Das hier«, mit Stolz und Ehrfurcht in den Augen deutete Korbinian Prantl mit dem Zeigefinger auf den Boden zwischen seinen Wanderschuhen, »ist der Ort, von dem aus die Wittelsbacher jahrhundertelang das Inntal kontrollierten.«

Lorenz wusste das alles natürlich längst, und zu so mancher Geschichte hätte er noch weitere Aspekte und Korrekturen hinzufügen können. Doch die Begeisterung des Mannes für die Geschichte seiner Heimat war zu groß, um ihn zu bremsen oder kleinlich daran herumzumäkeln. Und im Wesentlichen hatte er durchaus recht: Dieser Ort war für sehr lange Zeit immens wichtig gewesen.

»Wie schade, dass die Burg nach den Bestimmungen des Friedensvertrages von Füssen abgebrochen werden musste. Stellen Sie sich nur vor, hier stünde noch diese riesige Festung!« Korbinian

Prantls Stimme zitterte ein wenig, so traurig schienen ihn die Ereignisse von vor über zweihundertfünfzig Jahren zu stimmen. »Aber immerhin sind Sie jetzt hier! So wird diesem Ort wenigstens in der Forschung die Ehre zuteil, die ihm gebührt.«

»Hoffentlich«, sagte Lorenz nachdenklich. »Da fällt mir etwas anderes ein: Am Grafenloch …« Er wartete einen Augenblick, ob sein Gesprächspartner erkennen ließ, dass er von dem gestrigen Unglück gehört hatte.

Doch Korbinian Prantls Miene blieb ungerührt.

»Dort soll eine Vorgängeranlage zu dieser Burg gestanden haben.«

Sein Gesprächspartner nickte stumm.

»Ich habe mich nur gefragt, was es mit dem seltsamen Namen auf sich hat. ›Grafenloch‹. Von ›Grafen‹ ist in der Geschichtsschreibung der Gegend nie die Rede, weder hier oben noch drüben in der Luegsteinwand.«

»Ha! Das ist tatsächlich so!«, lachte der stämmige Mann. »Wissen Sie, ich habe da ein hervorragendes Buch, in dem steht die Antwort auf Ihre Frage und noch viel mehr, das Sie interessieren könnte. Das bringe ich Ihnen morgen vorbei. Im Torhaus sind Sie untergebracht, haben Sie gesagt?«

Lorenz nickte.

»Gut, dann sehen wir uns morgen früh. Jetzt muss ich aber wieder runter, meine Frau wartet sicher schon.« Und augenzwinkernd fügte er hinzu: »Die macht sich immer Sorgen, wenn ich mich am Abend noch draußen rumtreib.«

Lorenz warf einen Blick auf seine Armbanduhr. Tatsächlich – während ihres Gesprächs waren eineinhalb Stunden vergangen.

»Eins noch.« Korbinian Prantl war schon im Begriff gewesen zu gehen, drehte sich dann aber doch noch einmal um. »Bei uns hier, da sagen wir Du. Ich bin der Korbinian. Servus!«

»Servus!«, antwortete Lorenz lachend und beschloss, vor dem Abstieg noch ein wenig den Blick auf die Berge zu genießen.

11

Die Augen vom Plenzinger Toni waren glasig und schienen müde, wie so oft am Abend, wenn der Tag im Audorfer Hof schon früh begonnen hatte und sich länger hinzog.

Der Hirschreiter Sepp hingegen wirkte energisch wie eh und je. »I hob's da g'sogt! Oda?« Er blickte seinem Kameraden direkt ins Gesicht. »Hob i's da ned g'sogt?«

Der Plenzinger Toni nickte kaum merklich, das musste als Antwort auf diese rhetorische Frage genügen.

Kathi brachte gerade zwei frische Weißbier. Sie war sich nicht sicher, ob die beiden schon wieder hier waren oder noch immer.

»Die Polizei is scho drunt g'wes'n, beim Ettenhofer. Aber mitg'nomma ham s' an Schorschi ned«, stellte der Hirschreiter Sepp fest. »Und des is a richtig so. Wei, wenn da Schorschi den Markus hed umbringa woin, dann war der doch desweg'n ned mid eam zum Grafenloch auffiganga. Na, na!« Er schüttelte energisch den Kopf. »Der Markus is do bestimmt aloa drob'n g'wes'n. Frog mi ned, warum. Do muasst ja bläd sei, in der Nacht und bei dem Weda.« Er nahm einen Schluck vom frischen Bier und wischte anschließend mit dem Handrücken den Schaum aus seinem Schnurrbart. »Aber vielleicht hod eam da Schorschi im Hirnkastl wos durchananderbracht, bei dera Schelln, die er eam verpasst hod.«

Wieder nickte der Plenzinger Toni, dann raffte er sich auf, um ebenfalls noch einen Schluck Bier zu trinken.

Vorsichtig füllte Lorenz das heiße Wasser in den Plastikbecher und stellte den Wasserkocher anschließend wieder unter den winzigen Tisch. Instantsuppe. Für heute sollte das genügen, morgen würde er dann Marias Rat befolgen und zum Essen in den Audorfer Hof gehen.

»Da haben Sie dann auch Internet, hat mir die Kathi g'sagt. Und das brauchen Sie doch bestimmt«, hatte die liebenswürdige Frau vom Förderverein des Oberaudorfer Heimatmuseums ihm freudig verkündet.

Lorenz pustete auf den dampfenden Inhalt seines Bechers und sah aus dem kleinen Fenster seiner Kammer. Jetzt waren draußen kaum noch Fußgänger unterwegs, und Autos fuhren glücklicherweise auch nicht mehr viele unter dem Haus hindurch.

Es seien nicht ausreichend Mittel vorhanden, um ihm ein Zimmer im Audorfer Hof zur Verfügung zu stellen, hatte Prof. Dr. Beckstein vor einigen Wochen gesagt. Aber er habe da Kontakt zum örtlichen Museum, dort werde man bestimmt eine Lösung finden. Hätte Lorenz damals schon geahnt, dass diese Lösung weder Fernseher noch Internet, aber dafür eine Toilette beinhaltete, die sich am anderen Ende des Gebäudes befand – und dass unter dieser Lösung eine Hauptverbindungsstraße hindurchführte –, dann hätte er wohl nicht so gleichmütig reagiert. Und jetzt? Sollte er sich beschweren? Die Leute hier, allen voran Maria, waren wirklich nett und bemüht, seinen Aufenthalt so angenehm wie möglich zu gestalten. Man musste eben das Beste daraus machen.

Der Klingelton von Lorenz' Mobiltelefon drang gedämpft aus seinem Koffer. Schnell kramte er es heraus – es handelte sich um ein extrem veraltetes Modell, an das er sich aber so sehr gewöhnt hatte, dass er es keinesfalls gegen ein zeitgemäßes eintauschen wollte – und meldete sich. »Ja? – Ah, Herr Prof. Dr. Beckstein!« Lorenz zog den Kinderstuhl näher zum Tisch und setzte sich aufrecht vor seine noch immer dampfende Instantsuppe. »Ja! – Nein, ich bin gut untergebracht, alles in Ordnung. – Nein, ich war heute schon im Rathaus, aber die Instrumente sind leider noch nicht eingetroffen. – Ja, vielleicht morgen. – Danke. Ihnen ebenfalls, Herr Prof. Dr. Beckstein. – Gute Nacht.«

Lorenz schaltete das Handy aus und warf es wieder in seinen Koffer. Dann nahm er den Plastikbecher in die Hand, schob den Kinderstuhl zurück und legte sich auf das Bett – wobei er augenblicklich tief in der Matratze versank, die anscheinend direkt aus dem Fundus des Museums stammte und schon einige Jahrzehnte auf dem Buckel hatte. Vorsichtig nahm Lorenz einen ersten Schluck von der Suppe. Die schmeckte doch gar nicht mal so übel. Ja, er musste eben das Beste aus den Gegebenheiten machen.

12

Längst war die Sonne untergegangen, und diesmal war die Nacht über dem Inntal lau und ruhig. Hinter keinem Fenster in Oberaudorf brannte mehr Licht, das Dorf lag still und dunkel in tiefem Schlaf. Im Wasser des Luegsteinsees spiegelten sich vereinzelte Sterne und eine schmale Mondsichel. Aus dem Wald hinter dem See drang der Ruf eines Kauzes, und jemand, der sich mir Greifvögeln auskennt, hätte wohl bemerkt, dass es sich um einen Warnruf handelte. Der Kauz schlug Alarm, weil er die dunkle Gestalt bemerkt hatte, die sich durch die Bäume langsam in Richtung Luegsteinwand vorarbeitete.

Obwohl keine Wolke am Himmel war, hatte die Gestalt ein Regencape mit Kapuze übergezogen. Im schwachen Mondlicht stolperte sie immer wieder über Wurzeln oder blieb mit der Kleidung an einem Ast hängen. In regelmäßigen Abständen hielt der geheimnisvolle Wanderer an, blickte sich um und lauschte, ob in der Stille der Nacht noch andere auffällige Geräusche zu hören waren als die, die er selbst verursachte. Nach wenigen Sekunden ging es wieder weiter, hinauf zur Felswand, dorthin, wo die Leiter zu der dunklen Höhle führte, die man seit jeher »Grafenloch« nannte.

Endlich am Fuß der Leiter angekommen, hielt die Gestalt erneut inne, kramte unter ihrem Regencape eine kleine Lampe hervor und knipste sie an. Der Lichtkegel traf die Felswand, bewegte sich entlang der Holzsprossen hinauf und wieder hinunter und erkundete dann systematisch den Boden unterhalb der Leiter. Anschließend wanderte der Lichtkegel weiter nach rechts, den Abhang hinunter, dorthin, wo man am vergangenen Morgen den Toten gefunden hatte und wo jetzt noch die Spuren zu sehen waren, die Rettungsdienst und Polizei hinterlassen hatten.

Vorsichtig kletterte die Gestalt Stück für Stück durch das steil abfallende Gelände und suchte zwischendurch immer wieder mit der Lampe die Umgebung ab. Dann arbeitete sie sich wieder in die entgegengesetzte Richtung vor, und als sie erneut unter dem Grafenloch stand, steckte sie die Taschenlampe ein, griff nach der Leiter und stieg vorsichtig nach oben.

13

Die blecherne Klingel riss Lorenz jäh aus dem Schlaf. Er brauchte einige Sekunden, um sich zu erinnern, wo er sich befand. Ach ja, die Kammer im Turmhaus. Er seufzte und rieb sich müde die Augen. Es klingelte noch einmal. Wie spät war es? Er kroch aus dem Bett und fand auf dem Tisch unter dem Fenster seine Armbanduhr. Sieben Minuten nach sechs! Welcher Geisteskranke wollte um diese Zeit ins Museum? Schlaftrunken holte er seine Hose unter dem Bett hervor, zog sie an und warf sich ein ungebügeltes Hemd aus seinem Koffer über. Während er die Wendeltreppe hinunterstieg, klingelte es zum dritten Mal.

»Ich komm ja schon!«, rief Lorenz, wobei der Groll über das allzu frühe und abrupte Ende seiner Nachtruhe kaum zu überhören war. Als er die Tür aufriss, blickte er in Korbinian Prantls erstauntes Gesicht.

Der Mann wirkte frisch und munter, trug einen Wanderstock in der Hand und einen Rucksack auf dem Rücken, an dem der Schlapphut hing, den er tags zuvor auf dem Schlossberg getragen hatte. Auch die Kniebundlederhose war wieder im Einsatz. »Hab ich dich aufgeweckt?«, fragte der morgendliche Besucher, obwohl er sich angesichts dessen, dass Lorenz' Haare in alle Richtungen abstanden und sein Gesicht noch ziemlich zerknittert wirkte, die Antwort selbst hätte geben können.

»Ach«, Lorenz' Miene hellte sich etwas auf, als er den Mann erkannte, mit dem er sich gestern so gut unterhalten hatte, »das macht doch nichts. Was führt dich zu mir?«

»Das hier.« Korbinian nahm seinen Rucksack ab, öffnete ihn, zog ein Buch mit grünem Umschlag heraus und hielt es Lorenz hin. »Ich hab dir doch gestern gesagt, dass du da drin viel Interessantes finden wirst.«

»Sagen und Legenden aus dem bayerischen Inntal« stand in verschnörkelter Schrift auf dem Cover. Lorenz hatte gar nicht mehr an Korbinians gestriges Versprechen gedacht. »Das ist wirklich nett von dir, danke. Und entschuldige, dass ich eben noch ein bisschen verwirrt war.«

»Kein Problem, passt scho!«, lachte Korbinian. »Ich muss jetzt los, ich bin nämlich schon spät dran. Heut geht's auf den Brünnstein. Ich würd dich ja mitnehmen, aber bis du startklar bist, kommen schon die ganzen Touristen – und dann will ich längst wieder herunten sein.«

»Das verstehe ich.« Lorenz war alles andere als traurig darüber, zu dieser Tageszeit noch keinen Berggipfel erklimmen zu müssen. »Vielleicht ein anderes Mal«, fügte er noch hinzu, wobei er das »Vielleicht« im Geiste dreimal unterstrich.

»Also, servus! Und viel Spaß beim Lesen.«

»Und dir viel Vergnügen bei deiner Wanderung. Servus!« Lorenz schloss die Tür, blickte noch einmal kurz auf das Buch in seiner Hand, gähnte und trottete langsam wieder die Treppe hinauf.

Etwa drei Stunden später stand er – inzwischen ordentlich frisiert und mit sehr viel wacheren Augen – an einem kleinen Bistrotisch neben der Verkaufstheke der Bäckerei Huber und biss in ein Croissant mit Marmeladenfüllung.

Anneliese brachte ihm eine Tasse Kaffee. »Bitte schön. Möchten Sie die Zeitung lesen?«

Lorenz nickte erfreut. Guter Kaffee, ein frisches Croissant und dazu sogar noch die Zeitung! Hier würde er ab jetzt regelmäßig frühstücken, so viel stand fest.

Als er die Schlagzeile der aktuellen Ausgabe vom »Rosenheimer Tagblatt« auf dem Titelblatt sah, zog Lorenz neugierig die Augenbrauen hoch: *Wanderer stürzt bei Oberaudorf in den Tod.*

Er war gespannt, wie die Zeitung das Unglück, das am vergangenen Tag das ganze Dorf in Aufruhr versetzt hatte, beschreiben würde. Er nahm noch einen Schluck Kaffee und begann zu lesen:

Nächtliche Klettertour endet tragisch.
Am sogenannten Grafenloch bei Oberaudorf ist ein 34-jähriger Mann in der Nacht zum Dienstag tödlich verunglückt. Seine Leiche wurde am Dienstagmorgen von Wanderern entdeckt, die sofort den Notarzt alarmierten. Dieser konnte nach seinem Eintreffen nur noch feststellen, dass der Mann, der wohl beim Aufstieg zur Höhle in der Luegsteinwand abstürzte, bereits seit mehreren Stunden tot war. Warum Markus B., der in Amerika lebte und nur auf Besuch in seiner Heimat weilte, bei Nacht und schlechtem Wetter in dem schwierigen Gelände unterwegs war, ist noch nicht bekannt. Zuletzt wurde er am Abend in einer Gaststätte in Oberaudorf gesehen, wo es nach Augenzeugenberichten zu einem heftigen Streit zwischen Markus B. und einem anderen Gast gekommen sein soll. Die Polizei ist bemüht, die genauen Umstände des Unglücks aufzuklären, und hat zu diesem Zweck verschiedene Zeugen befragt.
Rupert Stöttner, der Bürgermeister von Oberaudorf, spricht von einem »tragischen Unglücksfall«, der die Gemeinde in einen Schockzustand versetzt habe. Die Frage, ob man den Zugang zum Grafenloch, der schon mehrfach als sehr gefährlich für ungeübte Wanderer bemängelt wurde, nicht schon längst besser hätte sichern müssen, beantwortet er mit dem Verweis darauf, dass die Wanderwege im Gemeindegebiet allen Vorschriften entsprächen. Außerdem sei Markus B. keineswegs ein unerfahrener Wanderer gewesen.

14

»Frechheit!« Rupert Stöttner warf das »Rosenheimer Tagblatt« unsanft auf seinen Schreibtisch. »Des war ja klar, dass de glei wieda irgend so wos Saubläd's schreib'n miass'n. Drecksbande!«

Elisabeth Sturzeder, die stets adrett gekleidete fünfundvierzigjährige Sekretärin, die dem Bürgermeister von Oberaudorf in diesem Moment gegenübersaß, blieb von dessen Wut unbeeindruckt. Dafür kannte sie ihren Chef schon zu lange. Seit Rupert Stöttner vor fünf Jahren das Bürgermeisteramt vom alten Josef Bachmeier übernommen hatte, gehörten seine Wutanfälle zum Alltag im zweiten Stock des Rathauses. Elisabeth Sturzeder hatte längst gelernt, seine Stimmungen zu ignorieren, sich auf die Sachlage zu konzentrieren – die meist bei Weitem nicht so dramatisch war, wie es die Laune ihres Chefs suggerierte – und gegebenenfalls Besucher, die eine solche Szene miterlebt hatten und danach etwas blass um die Nase wieder im Vorzimmer erschienen, mit einem Lächeln und einer kaum wahrnehmbaren Geste zu beruhigen. Denn sie wusste: Hinter der wütenden Fratze, zu der Rupert Stöttners Gesicht sich verzog, wenn er seinen Willen nicht bekam oder wenn jemand oder etwas seine Pläne zu durchkreuzen drohte, steckten nicht etwa Kraft und Durchsetzungsvermögen, sondern hauptsächlich verletzter Stolz und eine große Portion Unsicherheit.

Manchmal, wenn sie nach einer besonders lautstarken Auseinandersetzung in das Büro des Bürgermeisters ging, fand sie ihn am Fenster stehend vor, wo er nervös an seinen Fingernägeln kaute. Einmal hatte sie sogar gesehen, wie er sich schnell eine Träne aus dem Augenwinkel wischte. Vor fünf Jahren hatten sie an jedem Stammtisch und in jedem Vereinsheim in Oberaudorf unverhohlen darüber diskutiert, ob er, der Stöttner Rupert, der Steuerberater, überhaupt das Format hätte, um dem Bachmeier Josef als Bürgermeister nachzufolgen. Manche Stimmen hatten behauptet, er sei nur aufgestellt worden, weil er in der Grundschule mit dem Landrat in einer Klasse gewesen war. Heute waren die Stimmen in Oberaudorf vielleicht nicht mehr ganz so laut zu vernehmen, dennoch herrschte ein ständiges Raunen und Wispern hinter Rupert Stöttners Rücken, das an ihm nagte, so wie er in unbeobachteten Momenten an seinen Fingernägeln, die er, abgekaut, wie sie nun einmal waren, stets vor seinem jeweiligen Gegenüber zu verbergen versuchte.

All das wusste Elisabeth Sturzeder, und sie wusste auch, dass es Rupert Stöttners Ziel war, die Goldmedaille für das schönste Dorf Bayerns, die alle vier Jahre von der Staatsregierung vergeben wurde, nach Oberaudorf zu holen. Das war nicht nur deshalb so wichtig für ihn, weil man damit dieses Unternehmen aus Rottach-Egern hoffentlich endgültig davon überzeugen würde, dass hier der beste Standort für das neue Alpengolf-Ressort war, sondern auch, weil Rupert Stöttner damit allen Zweiflern im Ort zeigen konnte, dass er Oberaudorf wirklich voranbrachte. Und jetzt drohte der Unfall von Markus Bichler am Grafenloch, die mühsam vorbereitete Bewerbung um die Auszeichnung zu überschatten und – schlimmer noch – zum Negativen zu beeinflussen.

»Aber so schnei gib i ned auf.« Der Bürgermeister wirkte plötzlich erstaunlich ruhig und nachdenklich. An Frau Sturzeder gewandt fügte er hinzu: »Mir brauchan a außerordentliche Gemeinderatssitzung. Organisieren S' des bitt'schön. I muass jetzt zum Irschenberg zu einer Besprechung.«

15

Beim Frühstück hatte sich Lorenz entschieden, die Zeit bis zum Eintreffen seiner Messinstrumente zu nutzen, um die Gegend ein wenig zu erkunden. Und weil das Grafenloch nicht nur ein lohnendes Wanderziel zu sein schien, sondern auch sein Interesse als Wissenschaftler geweckt hatte, wollte er sich als Erstes dorthin aufmachen. Richtige Wanderschuhe hatten in seinem kleinen Koffer zwar keinen Platz gehabt, doch ein paar alte Turnschuhe hatte er dabei. Die zog Lorenz an, sobald er wieder in seiner Kammer im Torhaus war. Auch ein Rucksack fehlte ihm, doch für den kurzen Ausflug verstaute er die kleine Wasserflasche, die er in der Bäckerei gekauft hatte, in einer Tasche der leichten Sommerjacke, die er sich um den Bauch band – für den Fall, dass das Wetter umschlagen sollte.

Vom Torhaus schlenderte Lorenz zunächst die Hauptstraße

entlang, bis rechts die Straße zum Luegsteinsee abzweigte. Dort bog er ab, ging ein paar Schritte weiter – und sah wieder das wundersame Haus am Felsen, das ihm schon gestern vom Schlossberg aus ins Auge gefallen war. Diesmal war er dem skurrilen Bauwerk jedoch viel näher, sodass die Fassade, die unter der riesigen grauen Felswand auftauchte, noch spektakulärer wirkte.

Lorenz marschierte weiter die Straße entlang, bis ein Schild auf einen ungeteerten Weg wies. »Weber an der Wand« stand da. Darunter die Öffnungszeiten. Es war noch Vormittag, das Gasthaus würde erst am Abend öffnen. Aber einen Blick könnte er ja trotzdem darauf werfen. Kurz entschlossen folgte er dem Wegweiser und stieg die steile Auffahrt zum »Weber an der Wand« hinauf.

Der Weg war uneben, Bäume zu beiden Seiten verdeckten die Sicht auf das Gebäude. Erst als Lorenz direkt davor stand, konnte er erkennen, dass die Felswand, an die die Fassade gebaut war, mehrere Meter überhing. Die Gefahr, dass das Gasthaus durch Steinschlag beschädigt würde, war also längst nicht so groß, wie man von Weitem vermuten mochte.

Die letzten Meter zum Gebäude musste man über eine Treppe zurücklegen. Nachdem Lorenz sie erklommen hatte, befand er sich auf einer schmalen Terrasse, auf der einige Tische und Stühle in durch niedrige Mauern voneinander abgegrenzten Nischen standen. Am Eingang war die aktuelle Speisekarte befestigt. Die schwere hölzerne Tür, die ins Innere des Gasthauses führte, war halb geöffnet.

Lorenz blickte sich um und trat ein paar Schritte näher. Wo er schon einmal da war, wollte er auch einen Blick in das kuriose Haus werfen.

»Es ist geschlossen! Die Wirtschaft macht erst heut Abend auf!«

Lorenz schrak zusammen. Als er die im Befehlston donnernde Stimme hörte, nahm er im Augenwinkel plötzlich auch eine Gestalt wahr. Er drehte sich zu ihr um und sah einen mürrisch dreinblickenden, schnurrbärtigen alten Mann von großer, massiger Statur, bekleidet mit einer betagten hellbraunen Cordhose und einem für diese Jahreszeit definitiv zu warmen Strickpullover.

Lorenz hatte keine Ahnung, woher der Kerl auf einmal gekommen war. »Entschuldigung«, stotterte er, »ich war nur neugierig. Ich bin unten vorbeigegangen und habe dieses interessante Haus gesehen –«

»Dieses Haus!«, rief der Mann wieder in herrischem Ton und kam schwerfällig auf Lorenz zu, wobei er das linke Bein ein wenig nachzog. »Dieses Haus«, wiederholte er dann leise und mit schelmisch blitzenden Augen, als er direkt vor seinem eingeschüchterten Gegenüber stand, »ist viel interessanter, als Sie sich überhaupt vorstellen können.«

16

»Wie viel Arbeit ich da reingesteckt hab!« Bernhard Mochinger schloss die Tür, hinter der die blanke Felswand zu sehen gewesen war. Sein Besucher, dieser höfliche, interessierte junge Mann, hatte fasziniert in den dunklen, kühlen und feuchten Lagerraum geblickt: die Reste der einstigen Eremitenhöhle, aus welcher der »Weber an der Wand« entstanden war.

Ja, man konnte niemandem begreiflich machen, wie viel Mühe es gewesen war, dieses Haus in seinen aktuellen Zustand zu versetzen. Aber manchmal konnte es sich Bernhard Mochinger nicht verkneifen, einem unwissenden Fremden zumindest eine Andeutung, einen flüchtigen Eindruck davon zu vermitteln, womit er sein Leben verbracht hatte. Wofür er sich aufgeopfert hatte.

»Hier!« Der alte Mann zeigte mit Vehemenz auf den Fußboden. »Das Material! Alles original aus dem 19. Jahrhundert. Was glauben Sie, wie lange es gedauert hat, bis ich die passenden Steinplatten gefunden hatte? Die Tische und Stühle? Bis die Terrasse angelegt war? Als ich das Haus gekauft habe, war alles komplett heruntergekommen. Und war etwas tatsächlich erneuert worden, dann hatte man es dabei fürchterlich verschandelt. Dieses Gebäude hatte seinen altehrwürdigen Charakter beinahe zur Gänze verloren. Um so etwas zu erhalten, muss man ein

Gefühl für die Geschichte haben.« Bernhard Mochinger wies mit seiner Hand in den Gastraum, in dem schwere Holztische und -bänke, ein rustikaler Steinfußboden und betagte Fotografien neben einigen schmiedeeisernen Werkzeugen und Kerzenhaltern an den Wänden tatsächlich die Aura des vorletzten Jahrhunderts verströmten. »Die Vorbesitzer hatten davon keinen Funken! Es war eine Schande, wie sie mit dem Haus umgegangen sind. Einem Haus, das Künstler und Herrscher beherbergt hat. Carl Spitzweg war hier. Kennen Sie Joseph Stieler? Da!« Mit dem leicht zitternden Zeigefinger der rechten Hand deutete Mochinger auf ein kleines Billett, das eingerahmt neben dem Kachelofen hing. »Das ist von ihm. Handschriftlich signiert! Die Künstler waren damals begeistert von diesem Haus. Die Namen von Hunderten von Malern stehen in den Gästebüchern. Sogar Ludwig I. – der König! – ist gekommen.«

Bernhard Mochinger verstummte und atmete einige Male tief durch. Er war einmal mehr im Begriff, zu viel zu reden. Das passierte ihm manchmal, wenn er vom »Weber an der Wand« erzählte. Dann spürte er den unwiderstehlichen Drang, seinem Gegenüber klarzumachen, wie wertvoll seine Arbeit und sein Einsatz für das Haus waren. Dass die Opfer, die er gebracht hatte – all das Geld, die unzähligen Arbeitsstunden und vor allem die Auseinandersetzungen mit Ämtern und Behörden –, viel zu wenig Würdigung erfuhren. Im Gegenteil, von manchen im Dorf wurde er deshalb noch immer schief angeschaut. Und das, obwohl er nun schon seit über dreißig Jahren hier lebte.

Er musste sich zügeln. Es lohnte sich nicht, zu viel zu reden. Die Menschen verstanden ihn ja doch nicht, die meisten versuchten es erst gar nicht. Sie hörten der Höflichkeit halber ein wenig zu, so wie dieser junge Mann, der sich als Lorenz Kastner vorgestellt hatte, schalteten dann aber irgendwann ab, schwiegen, bekamen einen starren, glasigen Blick, während sie nach einem Vorwand suchten, um ihn, den alten Querulanten, den unangenehmen Quälgeist, stehen zu lassen und sich wieder ihrem eigenen kleinen miefigen Leben zu widmen. Und ihn, Bernhard Mochinger, möglichst schnell wieder zu vergessen.

Und so lange sie ihn nicht vergessen hatten, so lange lachten sie über ihn, machten sich lustig über seine Verbohrtheit, seinen Starrsinn, seine Leidenschaft. Wenn sie glaubten, dass er das nicht merkte, dann hatten sie sich getäuscht. Er war nicht dumm. Um so ein Projekt wie die Restaurierung des »Weber an der Wand« erfolgreich zu vollenden, musste man einiges im Köpfchen haben, da reichte es nicht, stur und offensichtlich unbelehrbar zu sein. Sollten sie ruhig über ihn lachen. Abgerechnet würde zu einer anderen Zeit, an einem anderen Ort. Und dann – so viel stand fest – hätte er, Bernhard Mochinger, sehr viel mehr vorzuweisen als diese kleinkarierten Wichtigtuer!

17

»Viele Leute suchen ihr Heil in der Vergangenheit und denken, wenn man nur auf Tradition setzt und darauf achtet, dass sich nichts ändert, dann ist man auf der sicheren Seite. An dieser – zugegebenermaßen verlockenden – Idee ist schon so manche einst blühende Tourismusregion zugrunde gegangen.« Alexander von Mayr-Kittling machte eine Pause, während der Kellner zwei Tassen auf den Tisch stellte: eine kleine mit dem doppelten Espresso für ihn und eine größere mit Filterkaffee für Rupert Stöttner, der ihm gegenübersaß. Sie hatten sich in einem modern eingerichteten, großräumigen Café am Irschenberg verabredet, weil es etwa auf halber Strecke zwischen Oberaudorf und Rottach-Egern lag und man sich hier ungestört unterhalten konnte. Nicht dass sie etwas zu verbergen gehabt hätten – aber im Dorf wurde sowieso schon genug geredet, und man musste die Spekulationen ja nicht unnötig anheizen.

Alexander von Mayr-Kittling war etwa dreißig Jahre alt, was Rupert Stöttner bei ihrem ersten Treffen, das schon viele Monate zurücklag, überrascht hatte. Er war damals selbstverständlich davon ausgegangen, dass der Guest Relations Manager und Assistant Executive Manager – so lauteten die Bezeichnungen auf seiner

Visitenkarte – des Golf & Spa Ressorts in Rottach-Egern am Tegernsee ein Herr mittleren Alters sein würde. Doch er hatte schnell gemerkt, dass der höfliche junge Mann mit den wachen und strahlend blauen Augen, der damals wie heute über einem rosafarbenen Hemd ein sportlich-elegantes weißes Sakko trug, wusste, wovon er sprach. Und das ohne jeden Anflug von Arroganz, wie sie Rupert Stöttner vor allem bei seiner Arbeit als Steuerberater vonseiten gut betuchter Unternehmer früher öfter begegnet war. Nein, wenn Alexander von Mayr-Kittling über die Chancen sprach, die der Premium-Tourismus für Oberaudorf bereithielt, dann tat er das stets auf Augenhöhe mit dem Bürgermeister.

Er zeigte Verständnis dafür, dass Rupert Stöttner mit viel Sorgfalt den Boden für das Projekt »Alpengolf-Ressort Oberaudorf« bereiten musste, ohne etwas zu überstürzen. Weil nicht alle im Ort Chancen-Typen waren, so wie er. Ja, das hatte Alexander von Mayr-Kittling gleich bei ihrem ersten Treffen festgestellt: Rupert Stöttner war ein Chancen-Typ. Im Gegensatz zur Mehrheit der Weltbevölkerung, die beim Blick in die Zukunft hauptsächlich Angst bekomme und sich in ihr Schneckenhaus zurückziehen wolle, habe er die positiven Entwicklungsmöglichkeiten im Auge und sei bereit, aktiv zu gestalten. Die meisten Leute gehörten eben der anderen Kategorie von Menschen an, dem Gefahren-Typ, hatte von Mayr-Kittling erklärt, und Rupert Stöttner konnte das aus seiner Erfahrung in Oberaudorf nur bestätigen. Sie hatten sich von Beginn an gut verstanden.

Als der Kellner sich wieder entfernt hatte, nahm Alexander von Mayr-Kittling die Espressotasse in die Hand und fuhr mit seinen Ausführungen fort: »Ich habe übrigens noch einmal mit dem Planungsbüro von Frederick Weidenfells gesprochen. Sie wissen schon, der Mann, der den Golfplatz im Allgäu entworfen hat, von dem ich Ihnen bei unserem letzten Treffen erzählt habe. Er findet das Projekt interessant. Ich denke, er wäre auf jeden Fall mit im Boot.« Er nahm einen Schluck Espresso, hob anerkennend die Augenbrauen und stellte die Tasse zurück, bevor er sich mit einem gewinnenden Lächeln wieder an den Bürgermeister wandte. »Eine sehr gute Nachricht für uns. Sein Name bürgt für Qualität. So jemanden dabeizuhaben ist ein Unique Selling Point in allen Verhandlungen, die noch ausstehen.«

Während Alexander von Mayr-Kittling weitersprach, trank Rupert Stöttner ebenfalls einen Schluck von seinem Kaffee und dachte darüber nach, was genau mit diesem Soundso-Selling-Point gemeint war. Sollte er nachfragen? Nein, besser nicht. Im Großen und Ganzen war ihm ja klar, was der Mann sagen wollte: Sie befanden sich auf der Erfolgsspur – und talentierte Menschen, die mit derartigen Projekten Erfahrung hatten, wollten unbedingt dabei sein. Das war wirklich eine gute Nachricht.

»Was ist das eigentlich für eine Geschichte mit dem BUND Naturschutz?«

Der Bürgermeister wurde aus seinen Gedanken gerissen. Fast war er überrascht, dass Alexander von Mayr-Kittling eine Frage an ihn richtete. Der Tonfall war wie immer freundlich und sanft gewesen, doch sein Lächeln war verschwunden, und die blauen Augen sahen Rupert Stöttner jetzt irgendwie durchdringender an als sonst. Der BUND Naturschutz? Ach ja, davon hatte der Schorschi bei der Gemeinderatssitzung neulich etwas gesagt. Er wollte bei denen Erkundigungen einholen, ob das Gelände in Urfahrn nicht besonderen Schutz verdiene. Niemand hatte die Bemerkung ernst genommen, aber was wusste sein Gegenüber davon?

Alexander von Mayr-Kittling wartete nicht lange auf eine Antwort, sondern sprach gleich weiter. »Mir ist zu Ohren gekommen, dass man dort über unser Projekt informiert wurde.« Nach einer kurzen Pause kehrte das Lächeln ebenso plötzlich zurück, wie es verschwunden war. »Natürlich ist das kein Problem. Wir haben ja nichts zu verbergen. Es ist nur so, dass diese Leute leider oft übermotiviert sind, wenn es darum geht, Initiativen, die, sagen wir mal, über den Tellerrand hinaussehen, zu blockieren. Wenn Sie also mitbekommen, dass der BUND Naturschutz in Oberaudorf aktiv wird, sorgen Sie am besten dafür, dass die *richtigen* Informationen an die richtigen Leute gelangen. Wissen Sie«, Alexander von Mayr-Kittling griff wieder zu der kleinen Tasse und leerte sie in einem Zug, »die Menschen sind leicht beeinflussbar. Und ihre Heimat liegt ihnen am Herzen, gerade in einer so wunderschönen Gegend wie der Ihren. Gott sei Dank ist das so! Dennoch sollte das nicht dazu führen, dass die Oberaudorfer vor unserem Projekt Angst haben. Im Gegenteil. Besonders im Premiumsegment wird ja viel Wert darauf gelegt, die Natur authentisch zu erfahren. Und ein Golfplatz – vor allem, wenn er von einem Könner wie Frederick Weidenfells angelegt wird – zerstört nicht etwa die Umwelt, sondern ergänzt die Natur behutsam und macht sie auf völlig neue Weise erlebbar! Das müssen die Oberaudorfer verstehen. Aber Ihnen, Herr Stöttner, muss ich zum Glück ja nicht erklären, dass es darum geht, das Potenzial einer solchen Idee zu erkennen.«

Nein, das musste er nicht. Schließlich war Rupert Stöttner ein Chancen-Typ.

18

Lorenz atmete schwer und begann zu schwitzen, während er weiter dem schmalen Trampelpfad zwischen den Bäumen folgte. Nachdem er den »Weber an der Wand« wieder verlassen hatte, war er am Luegsteinsee entlanggewandert und hatte dann die Abzweigung genommen, die durch den Wald hinauf zur Luegsteinwand führte.

Während er lief, ging ihm die seltsame Begegnung mit Bernhard Mochinger, dem Besitzer des Höhlenwirtshauses, nicht aus dem Kopf. Welch ein eigenartiger Mann. Mit seiner mürrischen Miene und der herrischen Art konnte er einem richtiggehend Angst einjagen. Andererseits hatte er – wenn seine Erzählungen wahr waren – tatsächlich Erstaunliches geleistet, indem er vor über dreißig Jahren das völlig heruntergekommene Gasthaus gekauft, es dann eigenhändig mit Hilfe einiger Freunde renoviert und dabei die Erinnerung an seine reiche Geschichte wieder wachgerufen hatte. Dabei hatte er nach seinen eigenen Worten kaum Unterstützung durch die Gemeinde erhalten, sondern sich vielmehr selbst mit unzähligen bürokratischen Hürden auseinandersetzen müssen. Lorenz konnte sich vorstellen, dass diese Schwierigkeiten auch durch den aufbrausenden und eigenbrötlerischen Charakter Mochingers bedingt gewesen waren. Doch das Wirtshaus, so wie es heute dastand, war wieder zu einem Kleinod geworden. Mochinger hatte es verpachtet, aber er wohnte direkt nebenan. Er sei kein Wirt, hatte er beim Abschied gesagt, das sei nie seine Ambition gewesen.

Die Gedanken an das geschichtsträchtige Gasthaus und an dessen Besitzer hatten Lorenz beinahe das eigentliche Ziel seiner Wanderung vergessen lassen. Doch nun sah er plötzlich nicht weit von seinem Standort entfernt zwischen den Baumstämmen den grauen Felsen der Luegsteinwand und davor die hölzerne Leiter, die hinauf zum Grafenloch führen musste. Lorenz' Herz schlug schneller, und das war nicht dem anstrengenden Anstieg geschuldet. Zum einen war der Historiker in ihm gespannt auf die Höhle, von der er schon viel gelesen hatte. Zum anderen konnte er natürlich nicht verdrängen, dass sich an dieser Stelle vor Kurzem ein furchtbares Unglück abgespielt hatte. In der vorletzten Nacht war Markus Bichler hier in den Tod gestürzt.

Eigentlich kannte Lorenz Kastner keine Höhenangst, weshalb er sich wunderte, dass seine Hände plötzlich feucht wurden und er befürchtete, von den Sprossen der Leiter abzurutschen und in die Tiefe zu stürzen.

Ganz ruhig bleiben! Auf halber Höhe hielt er inne und atmete tief durch. Er hätte nicht nach unten sehen sollen. Jedes Kind wusste das. Aber Lorenz hatte sich nichts dabei gedacht. Ihm kam der Gedanke, dass Markus Bichler in etwa an der Stelle, wo er sich befand, beim Aufstieg nach rechts weggerutscht sein musste. Wahrscheinlich war die Leiter in jener Nacht wegen des Regens nass und glitschig gewesen und hatte nicht genug Halt geboten. Der Unglückliche war abgestürzt, am Fuß der Leiter vorbei und noch viel tiefer hinab. Denn der Felsvorsprung, auf dem die Leiter stand, endete unter der Höhle. Für den, der nach rechts fiel, gab es kaum Hoffnung, den Sturz zu überleben.

Genug! Lorenz schloss für einige Sekunden die Augen. Er musste sich jetzt zusammenreißen und sich auf den Aufstieg konzentrieren. Einmal oben angekommen, würde er sich gefahrlos alle möglichen Gedanken machen können, doch jetzt hieß es erst einmal: Ruhe bewahren und auf die nächsten Schritte achten!

Geschafft! Nachdem er auch die letzten Sprossen der Leiter erklommen und sich für einige Minuten dem Blick über die Baumwipfel hinunter ins Inntal und hinüber zu den schroffen Felsen der österreichischen Alpen gewidmet hatte, konnte Lorenz sich ein selbstzufriedenes Grinsen nicht verkneifen. Welch ein faszinierender Ort diese Höhle war. Er wandte sich dem Grafenloch zu, betrat es. Durch die große Öffnung fiel genug Licht, dennoch war es in der Höhle deutlich kühler als draußen. Auf den ersten Blick erschien sie Lorenz nicht allzu groß. Etwa zwanzig Meter tief mochte sie in den Fels hineinreichen, ihre Höhe musste mehr als fünf Meter betragen.

Der junge Historiker erinnerte sich an das, was er über die Geschichte dieses Ortes in Erfahrung gebracht hatte: Noch bevor die Auerburg und andere größere Festungen errichtet worden waren, hatten sich hier bereits Menschen verschanzt, die von diesem beinahe uneinnehmbaren Stützpunkt aus die Verkehrsverbindung zwischen Tirol und Bayern kontrollieren konnten, und zwar sowohl den Wasserweg – den Inn – als auch den Landweg. Ob es sich bei ihnen nun wirklich um Raubritter gehandelt hatte, wie mancherorts zu lesen war, war wohl eher Definitionssache. Jedenfalls hatten sie die günstige Lage dieses Unterschlupfes ausgenutzt, so viel war anzunehmen.

Besonders bequem dürfte das Leben hier oben allerdings nicht gewesen sein, dachte Lorenz, während er die feuchten Felswände genauer betrachtete. Bearbeitungsspuren waren zu sehen. Anscheinend hatten die mittelalterlichen Höhlenbewohner hier mit einer Holzkonstruktion zwei Stockwerke geschaffen. Schon vom Fuß der Leiter hatte Lorenz deutlich die Reste der dicken Mauer erkennen können, die einst den Eingang zum Grafenloch vor ungewolltem Besuch sowie vor Wind und Wetter schützte. Langsam nahm die Höhlenburg vor seinem inneren Auge Gestalt an.

Moment! Was war das? Lorenz hatte sich wieder zum Höhleneingang begeben, um die alten Fundamente genauer zu untersuchen, als ihm ein kleiner, leuchtend weißer Gegenstand auffiel, der zwischen den Mauerresten so nahe am Abgrund lag, dass er jeden Moment hinabzufallen drohte. Vorsichtig, diesmal darauf bedacht, nicht nach unten zu sehen, schob sich Lorenz nach vorne, streckte den rechten Arm aus und griff zu.

Als er sich wieder aufrichtete, hielt er ein kleines braunes Glasfläschchen in der Hand, das beinahe bis zum Deckel mit winzigen runden Pillen gefüllt war. Sein weißes Etikett hatte so auffällig in der Sonne geleuchtet. Lorenz kniff die Augen zusammen und las die dunkelrote Beschriftung: »Cardiosan«.

Der Anrufton seines Handys schreckte ihn aus seinen Gedanken auf. Wo hatte er das verflixte Telefon eigentlich verstaut? Ach ja, in der Jackentasche! Hektisch kramte er es hervor und meldete sich erst nach dem fünften Klingeln.

»Lena Leitner hier«, sagte die Frauenstimme am anderen Ende. »Von der Gemeinde Oberaudorf. Ich wollte Ihnen nur mitteilen, dass Ihre Messinstrumente bei uns eingetroffen sind. Sie können sie jederzeit abholen. Möchten Sie heute noch vorbeikommen?«

19

Der Motor des Lastwagens heulte auf, für einige Sekunden erfüllte ohrenbetäubender Lärm den Rangierplatz der Spedition Ettenhofer. Dann setzte sich das riesige Gefährt in Bewegung und rollte in Richtung des geöffneten Tores, durch das es direkt auf die Bundesstraße einbiegen konnte.

»Was? Du, wart kurz, ich hab grad überhaupt nix verstanden! – Dann sag ihnen eben, dass sie unter diesen Umständen ihre hässlichen Plastikstühle von jemand anderem nach Deutschland transportieren lassen sollen. – Das ist mir egal, Vertrag ist Vertrag! – Meinetwegen, versuchst es halt noch einmal. Aber lass dich von denen nicht am Nasenring durch die Manege ziehen. – Ja, ich weiß schon. – In Ordnung, also servus!«

Karl Ettenhofer schaltete sein Handy aus und öffnete die Tür zum Verwaltungsgebäude der Spedition. Das war wieder ein Tag! Erst hatte einer seiner Fahrer aus irgendeinem Nest bei Hannover angerufen, wo er mit einer Panne festsaß. Nachdem Karl schnellstmöglich einen Ersatz-Lkw organisiert hatte, um die Terminlieferung nach Amsterdam nicht zu gefährden, hatte sich einer seiner Kunden aus Österreich gemeldet, der unbedingt eine außerplanmäßige Ladung nach Polen schicken wollte, am besten noch am gleichen Tag. Dann die Besprechung mit der Buchhaltung – das war nie ein besonders erbaulicher Termin – und jetzt noch dieser Gartenmöbelfabrikant, der seit Jahren immer wieder Ärger machte, weil er die Vertragsbedingungen für die Lieferungen von den Produktionsstätten in Rumänien zu den deutschen Verkaufsstellen mit durchsichtigen Tricks umgehen wollte.

Während er, immer zwei Stufen auf einmal nehmend, die Treppe in den ersten Stock hinauflief, warf Karl Ettenhofer einen Blick auf seine Armbanduhr: kurz vor drei. Der Tag war also längst noch nicht zu Ende, da könnte noch einiges auf ihn zukommen. Schwungvoll öffnete er die Tür zu seinem Büro.

»Herr Ettenhofer?«

Natürlich, Frau Maier, die Sekretärin. Wäre ja auch zu schön gewesen, einfach die Tür hinter sich schließen und wenigstens für ein paar Minuten Ruhe haben zu können. Er drehte sich zu der Frau um, die bereits für seinen Vater, Paul Ettenhofer, gearbeitet hatte, als die Spedition noch aus drei Lastwagen und einem kleinen Büro mit zwei Schreibtischen bestand.

»Was gibt's?« Er klang ungehaltener, als er das eigentlich wollte. Frau Maier konnte nun wirklich nichts für die Unannehmlichkeiten dieses Tages.

»Ich wollte Ihnen nur sagen, der Schorschi – also der Herr Leitner – hat vorhin nach Ihnen gefragt. Als ich ihm gesagt habe, dass Sie nicht da sind, hat er gemeint, ich soll Ihnen ausrichten, dass er sich nicht gut fühlt und deswegen lieber nach Hause gehen möchte. – Er war wirklich ganz blass«, fügte sie nach einer kurzen Pause hinzu.

»Das ist schon in Ordnung.«

Nachdem Karl Ettenhofer endlich die Tür hinter sich geschlossen hatte, ließ er sich erschöpft in seinen Bürostuhl fallen. Der Schorschi war also krank. Stand heute noch irgendetwas an, wofür er ihn unbedingt gebraucht hätte? Nein, spontan fiel ihm nichts ein. So blieb es zwar bei einer schlechten Nachricht, aber wenigstens ohne schwerwiegende Folgen. Seltsam war das allerdings schon. Der Schorschi hatte sich noch nie unpässlich gemeldet. Der hatte doch eigentlich eine unerschütterliche Konstitution.

Auf der anderen Seite war er gestern schon ziemlich nervös gewesen, als plötzlich die Polizei in der Spedition aufgetaucht war und ihm unangenehme Fragen über sein Verhältnis zu Markus Bichler gestellt hatte. Natürlich auch zum Streit, den die beiden am Abend vor dem Unglück ausgetragen hatten. Der Schorschi hatte beteuert, nicht zu wissen, warum sein Kontrahent anschließend trotz des schlechten Wetters zum Grafenloch gegangen war. Und so gravierend sei das alles auch nicht gewesen.

Karl Ettenhofer erinnerte sich, dass sein Mitarbeiter, nachdem die Ordnungshüter sich wieder verabschiedet hatten, seltsam verstört und ungewöhnlich still gewesen war. So etwas konnte bestimmt auch auf den Kreislauf schlagen. Vielleicht war es wirklich besser, wenn sich der Schorschi ein wenig Ruhe gönnte. Andererseits, so stellte Karl Ettenhofer fest, während er in seinem Terminplaner mit Ledereinband blätterte, würde ein längerer Ausfall seines Angestellten wohl dazu führen, dass er selbst in den nächsten Tagen noch weniger Ruhe hätte als jetzt schon. Mit einem Seufzer klappte er den Kalender zu.

Gerade wollte er sich zurücklehnen und für ein paar Sekunden die Augen schließen, da klingelte das Telefon auf seinem Schreibtisch. Nein, von Ruhe konnte wirklich keine Rede sein.

20

»Ich wollte mich noch einmal für Ihr Verständnis bedanken. Nach dem Anruf gestern konnte ich erst mal nicht klar denken.« Lena Leitner hatte etwas Zucker in ihre Kaffeetasse gegeben und hielt Lorenz jetzt mit fragendem Blick das kleine Gefäß mit der geschwungenen Aufschrift »Café Rechenberger« hin. Sie waren vom Rathaus herübergekommen, nachdem Lorenz den Koffer mit seinen Messinstrumenten in Empfang genommen hatte. Da Frau Leitner ohnehin gerade eine Pause machen und dabei gern das gestern so jäh abgebrochene Gespräch fortsetzen wollte, hatten sie kurzerhand beschlossen, sich in diesem Café zu unterhalten, das gemütlich eingerichtet war und in dessen Auslage die erstaunlichsten Tortenkreationen lockten. Die beiden hatten sich mit einem ruhigen Tisch in einer Ecke und jeweils einer einfachen Tasse Kaffee zufriedengegeben.

Lorenz lehnte das Zuckerangebot mit einer kurzen Geste ab. »Sie müssen sich wirklich nicht bei mir entschuldigen. Mir tut es leid, dass Sie diese furchtbare Nachricht so unvorbereitet getroffen hat«, sagte er. »Andererseits – vorbereitet kann man auf so etwas wohl nie wirklich sein.«

»Damit haben Sie recht. Uns allen ist doch klar, dass Unglücke und Unfälle jederzeit passieren können. Dass es nicht selbstverständlich ist, gesund zu bleiben und alt zu werden. Aber wenn es dann uns selbst oder jemanden aus unserem Umfeld erwischt, dann können wir es doch nicht glauben. Ich war einfach so geschockt, weil ich den Markus ja am Abend vorher noch gesehen hatte. Es ging ihm gut – soweit man das von jemandem sagen kann, der in seine Heimat gekommen ist, um seinen Vater zu beerdigen und den Nachlass zu regeln. Ich frage mich wirklich, was er so spät noch beim Grafenloch wollte und wie ihm so ein Unfall passieren konnte. Er kannte sich wirklich gut aus da oben – wahrscheinlich ist er schon hundertmal dort gewesen.«

»Sie haben ihn also näher gekannt?«, fragte Lorenz, der zu spüren glaubte, dass es Lena Leitner eine gewisse Erleichterung verschaffte, über die jüngsten Ereignisse zu sprechen.

»Den Markus? Allerdings.« Sie lächelte versonnen, während sie weiterredete. »Wir sind miteinander aufgewachsen. Ich kann mich nicht daran erinnern, dass wir während unserer Kindheit und Jugend einmal länger getrennt gewesen wären. Das war schon etwas Besonderes, auch weil er ja ein paar Jahre älter war als ich. Trotzdem haben wir immer alles gemeinsam gemacht. Er hat mich überallhin mitgenommen. Und das, obwohl er ja in Niederaudorf gewohnt hat, drunten bei der Fußgängerbrücke. Nach damaligen Maßstäben war das weit weg. Aber meine Mutter hat immer viel gearbeitet. Ich bin ohne Vater aufgewachsen, müssen Sie wissen, sie hat sich und mich gerade so durchgebracht und war froh, dass ich von Markus' Eltern immer mit offenen Armen empfangen wurde. Bei Alfons und Angelika wusste sie mich in guten Händen. Die Bichlers waren wie eine zweite Familie für mich. Und als wir dann eigene Fahrräder hatten und Markus später sogar ein Mofa«, Lena Leitners Augen leuchteten bei der Erinnerung, »da sind wir praktisch unzertrennlich gewesen.« Sie nahm einen Schluck Kaffee und schwieg für wenige Sekunden, bevor sie hinzufügte: »Damals hat jeder im Dorf gewusst, dass wir beide einmal heiraten werden.«

Die Worte hingen für eine Weile zwischen Lena Leitner und Lorenz Kastner in der Luft. Die Frage, warum es nie zu dieser Hochzeit gekommen war, lag nahe, doch Lorenz war sich sicher, dass er sie nicht zu stellen brauchte. Die Frau, die ihm gegenübersaß, würde sie ohnehin beantworten.

Und tatsächlich fuhr Lena Leitner bald fort: »Dann ist er gegangen. Nach Los Angeles. Er hatte dort die Möglichkeit bekommen, sich als Kameramann fortzubilden. Das war schon immer sein Traum gewesen. Er hatte das nötige technische Verständnis und schon als Jugendlicher viel mit Fotografie und Videoaufnahmen experimentiert. Nach der Ausbildung in Rosenheim hatte er eigentlich nur darauf gehofft, in Deutschland einen Job als Kameramann zu bekommen, und dann ergab sich plötzlich diese Chance! Er ging auf eine sündteure private Akademie, an der viele Stars der Szene ausgebildet wurden. Alfons hat ihn unterstützt, ich denke, es gab da eine Erbschaft oder so etwas. Jedenfalls hat er seinem Sohn die nötigen Mittel verschafft.« Lena Leitner stieß ein etwas bitteres Lachen hervor. »Hollywood! Markus war natürlich Feuer und Flamme. Und seitdem ist … war er weg.« Sie nahm noch einen Schluck Kaffee. »Aber ich erzähle so vieles, das gar nicht hierhergehört. Eigentlich möchte ich doch mehr über Ihre Arbeit erfahren.«

Plötzlich schien es der jungen Frau etwas unangenehm zu sein, dass sie einem Unbekannten so viel von sich und Markus Bichler erzählt hatte. Lorenz tat ihr den Gefallen und wechselte das Thema, berichtete von seiner Arbeit am Lehrstuhl für Mittelalterliche Geschichte an der Universität München, fasste kurz die Theorien seines Doktorvaters Professor Beckstein zusammen und erklärte, warum er in den Ruinen der Auerburg wichtige Daten für seine Forschung sammeln konnte.

Lena Leitner hörte interessiert zu und stellte einige Fragen. Nach dem kurzen Ausflug in die Feinheiten des mittelalterlichen Festungsbaus wirkte sie schon wieder unbeschwerter und erkundigte sich auch danach, ob sich Lorenz in seinem Zimmer im Museum gut untergebracht fühle.

»Das ist schon in Ordnung«, antwortete er schmunzelnd. »Der Ort passt ja immerhin zu meiner Tätigkeit. Und ich habe dort alles, was ich brauche. Nur ein Internetanschluss fehlt – aber Maria, die Dame vom Förderverein, hat mir erklärt, dass ich drüben im Audorfer Hof«, er deutete mit der rechten Hand in Richtung des Gasthauses auf der anderen Seite des Marktplatzes, »jederzeit mit meinem Laptop das WLAN nutzen kann. Dort werde ich wohl ohnehin meistens zum Abendessen hingehen.«

»Dann ist ja alles in Ordnung.«

Sie hatten bereits bezahlt und waren im Begriff aufzustehen, doch Lorenz wollte nicht gehen, ohne noch eine Frage zu stellen. Sie war zwar etwas heikel, doch nachdem Lena Leitner vorhin von sich aus so viel erzählt hatte, hielt er es für vertretbar, seiner Neugierde nachzugeben. »Haben Sie nie daran gedacht, auch nach Amerika zu gehen?«

Als Antwort erhielt Lorenz zunächst nur ein nachdenkliches Schweigen. Seine Gesprächspartnerin schien abzuwägen, ob sie noch einmal auf das Thema zu sprechen kommen wollte, mit dem sie ihre Unterhaltung begonnen hatten.

»Nein.« Sie sprach jetzt wieder leise und wirkte melancholisch. »Als Markus weggegangen ist, hätte ich mir das nicht vorstellen können. Nicht einmal, wenn es sich nur um ein anderes Land in Europa gehandelt hätte. Aber Amerika? Das war so weit weg. Ich hänge dafür zu sehr an meiner Heimat. Ich glaube nicht, dass ich woanders glücklich werden könnte. Und außerdem …« Wieder zögerte Lena Leitner einen Augenblick. »Bald nachdem Markus abgereist war, kam der Schorschi ins Spiel. Georg Leitner, mein Mann. Am Anfang hat er mich hauptsächlich über meinen Verlust hinweggetröstet, doch bald wurde daraus eine echte Beziehung. Er ist ganz anders als der Markus. Ernster, zuverlässiger. Auf seine Weise passt er wohl sogar besser zu mir. Er ist in Kiefersfelden bei seiner Tante aufgewachsen, weil seine Eltern bei einem Autounfall ums Leben gekommen sind, als er drei Jahre alt war. Die Erfahrung, keine vollständige Familie wie alle anderen zu haben, hat uns verbunden. Ich bin mit meinem Mann glücklich geworden und bis heute der Meinung, dass es am Ende richtig war, wie alles gelaufen ist. Auch wenn«, sie blickte ihr Gegenüber durchdringend an, »Sie im Dorf vielleicht schon Gegenteiliges gehört haben oder hören werden. Hier gibt es viele, die der Überzeugung sind, alles besser zu wissen.« Eine Zornesfalte erschien auf ihrer Stirn, ihre Stimme wurde noch leiser, aber umso deutlicher. »Und die es nicht lassen können, sich über die anderen das Maul zu zerreißen, auch wenn sie dafür die unglaublichsten Dinge erfinden müssen. Falls Ihnen bisher noch niemand erzählt hat, dass der Schorschi ein aufbrausender, unberechenbarer Mensch ist, mit dem ich ja nur unglücklich sein kann, und dass ich mir jahrelang nichts anderes gewünscht hätte, als dass der Markus endlich wiederkommt und mich erlöst, dann ist das garantiert nur noch eine Frage der Zeit. Sie werden ja, wie es aussieht, noch eine Weile bei uns bleiben.«

Bei den letzten Worten lächelte Lena Leitner wieder so charmant, wie sie es bisher meist getan hatte. Jeder Anflug von Verbitterung schien plötzlich aus ihrem Gemüt gewichen zu sein. »Mein Schorschi ist kein schlechter Kerl. Nur wer sich nicht die Zeit nimmt, ihn richtig kennenzulernen, mag das anders sehen. Manchmal ist er tatsächlich unbeherrscht und kann dann schon mal einschüchternd wirken. Aber im Grunde finde ich es sogar gut, dass er mit seiner Meinung nicht hinterm Berg hält. Manche haben allerdings Probleme damit, wenn er für Naturschutzprojekte kämpft und sich dabei auch mit den alteingesessenen Bauern anlegt. Zudem unterstützt er aktiv Menschen, die seine Ansichten teilen. Als vor einigen Monaten zum Beispiel der Bioladen aufmachte, war er der Erste, der regelmäßig dort eingekauft hat. Und die Besitzerinnen, die es hier im Ort alles andere als leicht haben – nicht nur, weil sie zwei Frauen sind und aus Brandenburg stammen, sondern auch, weil es so etwas wie einen Bioladen hier bisher eben noch nie gab –, hat der Schorschi immer verteidigt und ihnen Mut gemacht. Er ist sehr viel sensibler, als die meisten denken. Auch gesundheitlich halten ihn die Leute für stärker, als er ist. Wenn er nicht regelmäßig Tabletten gegen seine Herzschwäche nehmen würde, dann wäre das für jeden sichtbar. Aber wie gesagt: Die wenigsten Menschen machen sich die Mühe, ihre Vorurteile einem Vergleich mit der Realität zu unterziehen.« Mit den letzten Worten stand Lena Leitner auf.

Auch Lorenz erhob sich und sah sich nach dem Koffer mit seinen Messinstrumenten um, den er an der Garderobe des Cafés abgestellt hatte. Die beiden verabschiedeten sich herzlich voneinander, und Lorenz war froh, dass die junge Frau ihm seine persönlichen Fragen anscheinend nicht übel nahm. Im Gegenteil: So wie sie es gerade im Zusammenhang mit ihrem Mann erwähnt hatte, war sie wohl generell der Meinung, dass man besser nachfragen sollte, bevor man sich seine eigenen Ideen zu einer Phantasiegeschichte zusammenspann und diese dann womöglich auch noch herumerzählte.

Nachdem er das Café verlassen hatte, spazierte Lorenz die Hauptstraße entlang in Richtung des Torhauses. Es war bereits später Nachmittag, und ein kühler Wind kam auf. Für einen Moment stellte der junge Mann seinen Koffer ab, um den Reißverschluss seiner Sommerjacke zu schließen, und bemerkte dabei einen kleinen, harten Gegenstand in der Tasche. Er zog ihn heraus und erinnerte sich sofort: das Fläschchen mit den Pillen, das er am Grafenloch gefunden hatte! Cardiosan. Auch weniger umfassende Lateinkenntnisse als die eines Historikers hätten ausgereicht, um aus dem Namen zu schließen, dass es sich dabei nur um ein Herzmedikament handeln konnte. Ein Herzmedikament, wie es Schorschi Leitner regelmäßig nehmen musste.

21

Elisabeth Sturzeder stand im Büro des Bürgermeisters am Fenster und beobachtete, wie Lena Leitner mit eiligen Schritten vom Café Rechenberger zum Rathaus zurückkehrte. Sie hatte sich mit diesem Historiker getroffen, der auf dem Schlossberg irgendwelche Messungen vornehmen wollte. Vor ein paar Wochen hatte die Sekretärin des Rathauschefs in diesem Zusammenhang einige Briefe verfasst, die an die Universität München und an den Förderverein des Oberaudorfer Heimatmuseums gegangen waren. Wie hieß der Mann noch gleich? Kasper? Kästner? Nein … Kastner! Genau, das war sein Name.

»Frau Sturzeder, mir ham's dann, oder?«

Die Stimme des Bürgermeisters riss seine Sekretärin aus ihren Gedanken. Rupert Stöttner hatte ihr auf seine gewohnt ruppige Art mitgeteilt, dass ihre Besprechung beendet war. Gerade hatten sie die letzten Details der für morgen angesetzten Sondersitzung des Gemeinderates besprochen. Was das Unglück am Grafenloch betraf – den tödlichen Unfall Markus Bichlers –, so wollte der Bürgermeister das Gremium davon überzeugen, wie wichtig es war, dafür zu sorgen, dass diese Tragödie nicht das Hauptthema in der Öffentlichkeit und der überregionalen Berichterstattung blieb.

Er wollte allen deutlich machen, dass die Auszeichnung mit der Goldmedaille in diesem Jahr in greifbarer Nähe war – und dass man nun unbedingt dafür sorgen müsse, dass kein durch das jüngste Ereignis verzerrtes Bild zu den Entscheidungsträgern nach München transportiert werde. Jeder, der Kontakt mit der Presse habe, solle selbstverständlich sein Mitgefühl und sein Bedauern ausdrücken, aber auch versuchen, andere, positive Themen im Gespräch hervorzuheben – so würde die Aufforderung des Bürgermeisters an die Mitglieder des Gemeinderates lauten. Welche Themen das genau sein sollten, dazu war Rupert Stöttner noch nicht viel eingefallen. Im Gespräch mit Elisabeth Sturzeder hatte er einmal mehr die historischen Gästebücher aus dem »Weber an der Wand« ins Spiel gebracht. Seit Ewigkeiten wurde darüber diskutiert, wie man die wertvollen Stücke mit unzähligen Eintragungen bekannter Künstler des 19. und beginnenden 20. Jahrhunderts der Öffentlichkeit angemessen präsentieren könnte. Doch viele Gemeinderatsmitglieder waren der Meinung, dass man dazu auch das älteste Gästebuch bräuchte, das mit den Signaturen des russischen Zaren und des bayerischen Königs. Es befand sich noch immer in Besitz von Bernhard Mochinger, daran bestand eigentlich kein Zweifel – auch wenn der alte Kauz seit Jahren behauptete, keines der historischen Dokumente mehr zu besitzen.

Ob es wirklich eine gute Idee war, jetzt ausgerechnet auf diese unausgegorene Sache zu hoffen? Gab es nicht jemanden, mit dem sich seriösere Schlagzeilen machen ließen und der die historische Bedeutung Oberaudorfs ebenso in den Mittelpunkt rückte?

Elisabeth Sturzeder, die schon einige Schritte zur Tür gemacht hatte, blieb stehen und drehte sich noch einmal zu ihrem Chef um. »Entschuldigen Sie, Herr Stöttner. Mir ist da gerade noch ein Gedanke gekommen. Erinnern Sie sich an diesen Wissenschaftler aus München, der die Ruinen der Auerburg untersuchen will? Sein Name ist Kastner, und er ist gestern in Oberaudorf eingetroffen.«

22

Nachdem er den Koffer mit den Messinstrumenten ins Torhaus gebracht hatte, hielt Lorenz sich nicht lange dort auf. Vielmehr packte er schnell seinen Laptop ein und lief wieder in Richtung Marktplatz. Im Audorfer Hof stellte er sich der freundlichen Bedienung vor, die ein hellgrünes Dirndl trug und die, wie Lorenz bald bemerken sollte, von den Stammgästen mit »Kathi« angesprochen wurde, und suchte sich einen ruhigen Platz. Das WLAN funktionierte tadellos. Nachdem er einige Zeit mit der Beantwortung von E-Mails beschäftigt gewesen war, bestellte er einen Kaiserschmarrn. Verglichen mit der Instantsuppe vom vorigen Abend war die Küche des Audorfer Hofs eine echte Offenbarung.

Doch Lorenz war nicht wirklich bei der Sache. Seine Gedanken drehten sich immer wieder um das kleine Fläschchen mit den Herztabletten. Sollte er Lena Leitner von seinem Fund erzählen? Oder gar zur Polizei gehen? Aber würde er sich damit nicht lächerlich machen? Immerhin war das Medikament recht weit verbreitet, wie er gerade bei einer schnellen Recherche im Internet herausgefunden hatte. Andererseits sah das Fläschchen nicht so aus, als hätte es lange im Grafenloch zwischen den Felsen eingeklemmt gelegen.

Als es zu regnen begann, befand sich Lorenz längst wieder in seiner Kammer im Torhaus. Er lag auf dem Bett, die kleine Lampe auf dem Nachttisch war eingeschaltet. Hin und wieder fuhr unter ihm ein Auto durch das Tor, dann wurde das Licht der schwachen Straßenlaternen für einige Sekunden durch ein Paar Scheinwerfer verstärkt, dessen Lichtkegel über die Fassaden glitten, in denen kaum mehr ein Fenster erleuchtet war. Oberaudorf schien bereits tief und fest zu schlafen, während Lorenz in dem Buch mit dem grünen Einband blätterte, das ihm Korbinian Prantl am Morgen vorbeigebracht hatte. Es enthielt eine Fülle an uralten Geschichten, die man sich seit vielen Generationen im bayerischen Inntal erzählte und die ein fleißiger Heimatkundler vor einigen Jahrzehnten akribisch gesammelt, geordnet und veröffentlicht hatte. Manchmal standen in ihnen historische Ereignisse im Mittelpunkt, wie etwa die Wirren des Spanischen Erbfolgekriegs, die auch in der hiesigen Region mit Tod und Verwüstung einhergegangen waren, meist war es jedoch ein bestimmter Ort, um den sich die jeweilige Legende rankte.

Lorenz überflog die Seiten und las von Rittern, die sich mit dem Teufel eingelassen hatten, von armen Bauern, die tief in den Bergen verborgene Goldschätze hüteten, von herzlosen alten Weibern, die zu Stein erstarrt waren, und von den Geistern längst verschiedener Burgfräulein, die in Vollmondnächten zwischen alten Mauerresten spukten. Als er endlich die Geschichte vom Grafenloch entdeckte, wurde draußen der Regen stärker. In seiner Kammer konnte Lorenz hören, wie die Tropfen auf das Dach des Torhauses und auf den Asphalt der Hauptstraße prasselten.

Doch Lorenz Kastner war nicht der Einzige, der in Oberaudorf zu dieser späten Stunde noch wach war. Auf dem hölzernen Steg, der etwa fünfzehn Meter weit in den Luegsteinsee führte, hatte jemand alle Mühe, eine Schubkarre im Gleichgewicht zu halten. Ringsum ließ der Regen die Wasseroberfläche erzittern, sein Prasseln verschluckte alle anderen Geräusche. Um sich vor dem Wetter und vielleicht auch vor neugierigen Blicken zu schützen, hatte sich die Gestalt eine weite dunkle Regenjacke übergeworfen und deren Kapuze tief ins Gesicht gezogen.

Schließlich stand sie mit der Schubkarre am Ende des Stegs, wo wie üblich ein kleines Ruderboot vertäut lag, das der Gemeinde gehörte. Seit einigen Jahren schickte man regelmäßig einen Sachverständigen auf den See, um Proben zu nehmen, die die hervorragende Wasserqualität des Luegsteinsees belegen sollten.

Die Gestalt in der Regenjacke stöhnte kurz auf, als sie mit beiden Armen das schwere Bündel ergriff, das zuoberst in der Schubkarre lag. Einige Sekunden später landete der Sack mit einem dumpfen Poltern im Ruderboot, das unter seinem Gewicht gefährlich zu schwanken begann. Die Gestalt ließ einen

Augenblick verstreichen, bevor sie noch weitere Gegenstände von der Schubkarre in das kleine Gefährt lud: Ein großer runder Stein mit einem Loch in der Mitte bereitete ihr dabei fast ebenso viel Mühe wie das schwere Bündel zuvor. Das aufgerollte Seil, das darauf folgte, machte ihr dagegen keine Probleme.

Als Letztes nahm die Gestalt noch einen kompakten, offensichtlich ebenfalls ziemlich schweren Gegenstand aus der Schubkarre und hielt ihn einen Moment lang in den Händen, um ihn dann mit Schwung ins Wasser zu schleudern – so weit weg vom Steg, wie es ging.

Die Legende vom Grafenloch handelte von dem Burgherrn der Auerburg – dem Grafen –, der seine Eltern ermordete, um so schnell wie möglich in den Besitz seines Erbes zu gelangen. Eine alte Wahrsagerin prophezeite dem ebenso skrupellosen wie gierigen jungen Mann daraufhin, dass er seiner gerechten Strafe nicht entgehen werde. Die Rache des Allmächtigen, so kündigte sie an, werde ihn vom Himmel herab ereilen und er dereinst vom Blitz erschlagen werden. Der Graf verhöhnte die Frau und machte sich über ihre Worte lustig, doch schon bald begann die Prophezeiung, ihm Sorgen zu bereiten. Wenn er im Freien unterwegs war, sah der Mann ständig zum Himmel hinauf, um sicherzugehen, dass nicht irgendwo eine Gewitterwolke aufzog. Auch in seiner Burg fühlte er sich nicht mehr sicher, weil er befürchtete, dass sie ihn nicht ausreichend vor einem Blitzschlag schützen könnte. So zog er sich schließlich in eine Höhle in der Luegsteinwand zurück, in der ihn ein massiver Berg vor den Drohungen des Himmels abschirmte. Die Höhle wurde zum einzigen Zufluchtsort, an dem der Graf noch Ruhe finden konnte, und er verließ sie nur, wenn es unbedingt notwendig war – und wenn er am Himmel keine einzige Wolke sah.

Lorenz unterbrach seine Lektüre und stand auf, um einen Schluck aus der Wasserflasche zu nehmen, die auf dem kleinen Tisch vor dem einzigen Fenster seiner Kammer stand. Draußen regnete es noch immer. Er hoffte, dass das Wetter morgen wieder besser sein würde – schließlich wollte er jetzt, da die Instrumente eingetroffen waren, zügig mit seinen Messungen an den Resten der Auerburg beginnen. Mit einem leisen Seufzer legte er sich zurück auf das Bett, nahm erneut das Buch zur Hand und las die letzten beiden Absätze der Geschichte vom Grafenloch:

Eines Tages, nachdem er sich sorgfältig davon überzeugt hatte, dass nicht das kleinste Wölkchen am Himmel zu sehen war, verließ der Graf seine Höhle, um in seinen Besitztümern nach dem Rechten zu sehen. Unruhig ritt er durch den Wald und über die Felder, doch weil der Tag gar so friedlich schien und sich kein Lüftchen regte, wagte er sich immer weiter fort von seinem sicheren Versteck. Je länger er unterwegs war, desto leichter wurde ihm ums Herz. Er begann, sich über seine Sorge zu wundern und beim Gedanken an die Prophezeiung der alten Hexe laut aufzulachen.
Doch plötzlich, wie aus dem Nichts, brach ein Sturm los, und in Windeseile zogen sich bedrohlich dunkle Wolken zusammen. Der Graf erschrak und trieb mit einem Mal sein Pferd zu großer Eile an. Er wollte unbedingt seinen Unterschlupf erreichen, bevor das Gewitter begann. Sein Ross schien den weiten Weg zur Luegsteinwand zu fliegen. Dort angelangt, lief der Graf mit schnellen Schritten zum Fuß der Leiter, die hinauf in seine Höhle führte. Eilig erklomm er die Sprossen und wähnte sich schon beinahe in Sicherheit. Doch dann zerriss mit einem lauten Knall ein fürchterlicher Blitz den schwarzen Himmel, traf den Grafen, noch bevor er das Ende der Leiter erreicht hatte, und stieß ihn in den Tod.

Lorenz klappte das Buch zu. Das war also die Sage, auf die der Name »Grafenloch« zurückging – eine dramatische Geschichte um Schuld und Strafe.

Als er schließlich, müde von diesem ereignisreichen Tag, das Licht ausgeschaltet hatte und dem Prasseln des Regens zuhörte, dachte er noch einmal an das Glasfläschchen aus der Höhle. Im Halbschlaf kam ihm der Gedanke, dass Markus Bichlers Unfall am Grafenloch – in einer Gewitternacht – durchaus Parallelen zu dem Strafgericht aufwies, das der Legende nach den gierigen und skrupellosen Grafen ereilt hatte.

23

Am nächsten Morgen regnete es zwar nicht mehr, doch der Himmel und die Gipfel der Berge um Oberaudorf waren von tief hängenden grauen Wolken verdeckt. Es blies ein schwacher, aber für diese Jahreszeit viel zu kalter Wind, der Lorenz auf seinem Weg zum Frühstück in der Bäckerei Huber frösteln ließ.

Als er vor der Glastür stand und im Begriff war einzutreten, konnte er gerade noch rechtzeitig ausweichen. Mit einem Ruck war die Tür von innen aufgerissen worden, und der Mann, der hinauspolterte, hätte Lorenz sicherlich umgerannt, wäre der nicht im letzten Augenblick geistesgegenwärtig zur Seite gesprungen.

»Entschuldigung«, stammelte Lorenz verdutzt, obwohl er eigentlich nicht derjenige war, der um Verzeihung zu bitten hatte.

Sein Gegenüber schien ihn ohnehin nicht gehört zu haben. Der alte Mann blickte kaum auf, grunzte etwas Unverständliches und humpelte dann eilig weiter seines Weges, eine Papiertüte unter den Arm geklemmt.

Es dauerte eine Sekunde, bis Lorenz sich der Tatsache bewusst wurde, dass er den Mann am Tag zuvor bereits kennengelernt hatte: Es handelte sich um Bernhard Mochinger, den Besitzer des »Weber an der Wand«.

Als er die Bäckerei betrat, entdeckte Lorenz nicht nur Anneliese hinter der Verkaufstheke, sondern auch Maria, die Frau vom Förderverein des Museums, die ihm seit seiner Ankunft schon mehrmals im Torhaus begegnet war und sich sehr um sein Wohlergehen sorgte.

Die beiden Damen grüßten Lorenz ebenso knapp wie freundlich, ließen sich jedoch durch seine Ankunft keineswegs davon abhalten, die lebhafte Diskussion, die sie gerade geführt hatten, fortzusetzen.

»Dass der spinnt, des wissen mir doch scho lang!«, verkündete Anneliese mit einem verächtlichen Blick in Richtung der Tür, durch die Bernhard Mochinger vor wenigen Sekunden verschwunden war.

»Das ist wahr«, pflichtete Maria ihr bei, »aber anscheinend wird das immer schlimmer. Dass einer nicht gern mit den Leuten redet, das lass ich mir ja noch eingehen. Aber warum man den Mochinger jetzt schon nicht mehr daran erinnern darf, dass er einmal mit dem Alfons befreundet war, das verstehe ich wirklich nicht.«

»Ich sag's dir, der Mochinger ist nicht nur ein sturer Bock, der hat auch längst vergessen, dass er eben nicht alles allein gemacht hat, da droben bei seinem ›Weber an der Wand‹. Oder besser gesagt: Er würde es gern vergessen! Nehmen S' wieder ein Hörndl zum Kaffee?«

Annelieses Frage ließ Lorenz, der dem Wortwechsel der beiden Frauen interessiert zugehört hatte, wie ertappt zusammenzucken. »Ja, bitte«, antwortete er schließlich.

Anneliese reichte ihm ein Plastiktablett, auf dem sich eine Kaffeetasse und ein kleiner Teller mit einem Schokoladencroissant befanden.

Während Lorenz sein Frühstück vorsichtig zu einem der Bistrotische an der Wand transportierte, hatten Anneliese und Maria ihr Gespräch längst wieder aufgenommen, und der junge Mann erfuhr dadurch ganz nebenbei, dass Bernhard Mochinger, nachdem er Anfang der achtziger Jahre den »Weber an der Wand« gekauft hatte, bei den Renovierungsarbeiten Unterstützung von einigen wenigen Freunden aus dem Dorf erhalten hatte, die damals tatkräftig mit anpackten. Darunter auch Alfons Bichler, der Vater des verunglückten Markus, der erst vor einigen Wochen einem Schlaganfall erlegen war. Die Freundschaft zwischen Bernhard Mochinger und seinen damaligen Helfern hatte die Jahrzehnte jedoch nicht überdauert. Vielmehr war es wohl schon während der Bauarbeiten zunehmend zu Streitereien gekommen. Irgendwann hatte man dann nicht mehr miteinander gesprochen, sodass Bernhard Mochinger mit dem Projekt allein geblieben war.

»Dass er gleich so grantig wird, wenn man ihn auf den Bichler Alfons anspricht, das hätt ich nicht geglaubt«, stellte Maria fest. »Wirklich eine Tragödie, dass es den Sohn so kurz nach dem Vater erwischt hat. Aber dem Mochinger scheint das völlig egal zu sein. Der lebt in seiner eigenen Welt und glaubt, alle hätten sich gegen ihn verschworen.«

Als den beiden Frauen nichts mehr zu Bernhard Mochinger einfiel, wechselten sie das Thema und sprachen über Marias Sohn.

»Ich hab zu ihm gesagt, dass es ihn nicht weiterbringt, wenn er immer nur in den Tag hinein lebt. ›Solange du nicht weißt, was du machen sollst, kannst du mir doch wenigstens beim Förderverein ein bisserl helfen‹, hab ich gesagt. Dabei würd er ja bestimmt auch was lernen. Aber nein, den Klausi interessiert das alles nicht. Entweder schließt er sich daheim in sein Zimmer ein, oder er ist bis spät in die Nacht mit irgendwelchen Freunden unterwegs. Wir sehen ihn ja kaum noch.« Maria stieß einen verzweifelten Seufzer aus. »Jetzt macht er wenigstens für ein paar Wochen das Praktikum bei der Zeitung. Auch wenn mein Mann sagt, dass Journalismus kein besonders erstrebenswerter Beruf ist. Er meint, es würde dabei doch nur darum gehen, in den Angelegenheiten anderer Leute herumzuschnüffeln und irgendwelche Kleinigkeiten zu sensationellen Neuigkeiten aufzubauschen. Der hätte lieber, dass der Klausi ein ehrliches Handwerk lernt oder zur Gemeinde geht. ›Öffentlicher Dienst, das ist was Sicheres‹, sagt mein Mann. Aber mei, unser Bub, der liest doch so viel. Ich hoff ja schon, dass es ihm gefällt bei der Zeitung.«

In Lorenz' Jackentasche klingelte das Handy. Schnell fischte er es heraus, drückte auf die Annahme-Taste und meldete sich mit gedämpfter Stimme. »Ja?«

»Grüß Gott, spreche ich mit Lorenz Kastner?« Die Männerstimme klang etwas heiser, und es war zu hören, dass sich der Anrufer Mühe gab, Hochdeutsch zu sprechen.

»Der bin ich. Guten Morgen.«

»Guten Morgen, ja, schön, dass ich Sie erreiche. Mein Name ist Rupert Stöttner. Ich bin der Bürgermeister von Oberaudorf.« Eine kurze Pause folgte.

Lorenz war sich nicht sicher, ob sein Gesprächspartner nach dieser Information einen Kommentar von ihm erwartete.

Doch glücklicherweise fuhr der Bürgermeister selbst fort: »Ihr Besuch ist uns ja schon länger angekündigt worden. Leider hatte ich bisher noch keine Gelegenheit, Sie persönlich zu begrüßen, obwohl mir das sehr am Herzen liegt. Es ist ja für einen Ort wie Oberaudorf nicht alltäglich, dass man so in den Fokus der Wissenschaft gerät.«

Lorenz runzelte die Stirn, das Ganze klang wie ein Text, den ein schlecht vorbereiteter Laienschauspieler vortrug. Höflich antwortete er, dass ihn der Anruf des Bürgermeisters angenehm überrasche und er im Dorf sehr gut aufgenommen worden sei.

»Das freut mich zu hören.« Der Laienschauspieler quälte sich weiterhin, möglichst dialektfrei zu sprechen. Anscheinend hatte er Angst, dass der Wissenschaftler aus München ihn sonst nicht ernst nehmen würde. »Trotzdem möchte ich Sie gerne zu einer offiziellen Begrüßung zu uns ins Rathaus einladen. Dann könnten Sie mir noch mehr über Ihre Arbeit erzählen. Würde es Ihnen noch heute Vormittag passen? Ich weiß, das ist jetzt ein bisschen kurzfristig …«

Lorenz seufzte kaum hörbar. Eigentlich hatte er gleich mit den Vermessungen anfangen wollen. Andererseits war es heute Morgen furchtbar kalt und ungemütlich draußen. Vielleicht würde sich das Wetter bessern, während er diesen seltsamen Termin hinter sich brachte. »In Ordnung«, sagte er schließlich. »Ich komme gern gleich bei Ihnen vorbei.« Er legte auf, schob das Handy wieder in die Jackentasche und biss mit ungläubigem Kopfschütteln von seinem Schokoladencroissant ab.

24

Als bei Lena Leitner zu Hause das Telefon klingelte, war sie blitzschnell zur Stelle, um den Hörer abzuheben.

»Hallo?« Ihre Stimme bebte vor Spannung.

»Karl Ettenhofer hier. Lena?«

»Ja.« Die junge Frau konnte ihre Enttäuschung kaum verbergen. Sie hatte einen anderen Anrufer erwartet. Doch etwas Hoffnung blieb ihr noch. Vielleicht rief Karl Ettenhofer ja an, um ihr zu sagen, dass mit Schorschi alles in Ordnung sei, dass sie sich keine Sorgen zu machen brauche. Vielleicht war er aus irgendeinem Grund nach seinem nächtlichen Ausflug direkt in die Arbeit gegangen und hatte dann sofort für einen kranken Fahrer einspringen müssen, weshalb er ihr bis jetzt nicht selbst Bescheid hatte sagen können. Vielleicht.

»Ich … Ich wollte nur fragen … Also, der Schorschi, der ist ja gestern früher heimgegangen, weil er sich nicht so gut gefühlt hat. Jetzt wollte ich eigentlich nur wissen, wie es ihm geht … Also …« Der Leiter der Spedition fühlte sich hörbar unwohl in der Rolle des Vorgesetzten, der bei der Frau seines unpässlichen Mitarbeiters anruft, um herauszufinden, wie lange er noch ausfallen würde. »Auch weil wir seit gestern noch keine weitere Nachricht von ihm bekommen haben.«

»Karl, ich …«, Lena Leitner überlegte für eine Sekunde, wie sie sich dem Chef ihres Mannes gegenüber ausdrücken sollte, »ich kann dir nur sagen, dass der Schorschi nicht zu Hause ist.«

»Ist er etwa beim Arzt oder im Krankenhaus? Mein Gott, ich hab wirklich nicht geglaubt, dass es was Schlimmeres ist. Die Frau Maier hat mir nur gesagt, dass er –«

»Das ist es nicht, Karl. Er hat mir gestern Abend gesagt, dass es ihm schon wieder besser geht, aber dass er noch einmal wegmuss. Und dass es länger dauern könnte. Es war schon ein bisserl seltsam, auch weil er einfach nicht sagen wollte, worum es geht. Ich hab mir halt gedacht, dass er wieder nach Urfahrn runter will. Er ist da in letzter Zeit öfter abends hingefahren, um nach einer bestimmten Eulenart Ausschau zu halten. Du weißt schon, wegen der blöden Golfplatz-Geschichte. Wenn die Eule da nistet, wird das ein Schutzgebiet, dann kriegen die niemals eine Baugenehmigung. Na ja, jedenfalls ist er wie immer mit dem Fahrrad los. Aber als er heute Morgen nicht wieder da war, habe ich angefangen, mir ernsthafte Sorgen zu machen.«

»Das versteh ich. Das sieht dem Schorschi gar nicht ähnlich.«

Als sie diese Worte von Karl Ettenhofer hörte, huschte ein kurzes Lächeln über ihr ansonsten von Sorge gezeichnetes Gesicht. Karl kannte – wie sie – den echten Schorschi, den zuverlässigen und ernsthaften, von dem die meisten anderen nichts wissen wollten.

»Versuch, dich nicht zu sehr zu beunruhigen. Ich bin mir sicher, dass sich alles aufklären wird«, fuhr der Leiter der Spedition Ettenhofer fort, wobei man seiner Tonlage allerdings nicht nur Zuversicht entnehmen konnte. Auch er schien zumindest verwundert zu sein. »Wegen mir musst du dir jedenfalls keine Gedanken machen. Ich weiß jetzt Bescheid, und wir kommen heute auch ohne ihn zurecht. Aber ... würdest du dich kurz bei mir melden, wenn er wieder da ist? Nur damit wir ... du weißt schon ...«

»Natürlich«, sagte Lena Leitner und erlöste damit ihren Gesprächspartner davon, seinen Satz vollenden zu müssen. »Ich melde mich sofort, wenn ich etwas Neues weiß. Und vielen Dank für dein Verständnis.«

»Ist doch klar. Und wenn wir dir irgendwie helfen können ...« Karl Ettenhofer zögerte einen Moment, um dann leise und nachdrücklich hinzuzufügen: »Ich möchte nur, dass du weißt, dass du dich immer an mich wenden kannst. Jederzeit. In Ordnung?«

»Danke. Das ist sehr nett. Also dann, bis bald hoffentlich.«

»Servus, Lena.«

Lena Leitner legte den Hörer auf und starrte für einige Zeit regungslos auf ihren Küchentisch. Wo war ihr Mann abgeblieben? Was sollte sie tun? Die Polizei anrufen? War es dafür nicht zu früh? Sie zog einen Stuhl unter dem Tisch hervor, setzte sich darauf und versuchte, ihre Gedanken zu ordnen. Es galt jetzt, einen klaren Kopf zu bewahren.

25

»Schatzi, i muass jetzt aufleg'n, i hab a Besprechung.«

Rupert Stöttner hasste es, wenn seine Sekretärin mitbekam,

wie er mit seiner Frau sprach. Es war ihm unangenehm, wenn Elisabeth Sturzeder hörte, dass er »Schatzi« sagte. Und doch konnte er, wenn sie wie jetzt in sein Arbeitszimmer kam, während er mit Petra telefonierte, nicht plötzlich seinen Tonfall ändern. Er hatte seine Frau noch nie einfach nur »Petra« genannt, und wenn er es nun, mitten im Gespräch, plötzlich täte, würde sie bestimmt glauben, dass sie ihn störe und ihm ihr Anruf unangenehm wäre. Womit sie allerdings nicht ganz unrecht gehabt hätte. Momentan hatte er wirklich Wichtigeres zu tun, als sich über die neuesten Eskapaden seiner Tochter aufzuregen, von denen ihm Petra gerade entrüstet berichtet hatte.

Ein Brief von der Schule sei gekommen, in dem die Eltern von einer verschärften Verwarnung unterrichtet wurden, die wegen ungehörigen Verhaltens gegen Monika Stöttner ausgesprochen worden war. Außerdem stand noch darin, dass seine Tochter, sollte sie noch einmal unentschuldigt dem Unterricht fernbleiben oder einen anderen Regelverstoß begehen, mit einem endgültigen Schulverweis rechnen müsse.

Rupert Stöttner ärgerte sich über Monikas Kapriolen. Andererseits befand sie sich in einer schwierigen Lebensphase: Mit ihren sechzehn Jahren war sie kein Kind mehr – und trotzdem alles andere als schon erwachsen. War es nicht normal, dass Jugendliche in dem Alter zeitweise ein wenig aus der Bahn geworfen wurden? Und überhaupt, was sollte er denn tun? Sie sprach ja kaum noch mit ihm.

Und trotzdem musste man natürlich damit rechnen, dass ihr Verhalten irgendwann auf ihn, den Bürgermeister, zurückfallen würde. Rupert Stöttner kannte die Leute. »Wenn einer nicht einmal sein Kind im Griff hat, wie soll der dann die Gemeinde leiten?« Das würden sie sagen, wenn die Geschichten über die Eskapaden seiner Tochter die Runde machten. Und die, die da lästerten, würden sich nicht darum scheren, dass es Entwicklungsphasen gab, in denen ein Vater nicht an seine Tochter herankam – vor allem dann nicht, wenn er sich in einem öffentlichen Amt Tag für Tag aufarbeitete.

Monika brauchte jetzt ihre Mutter, das stand fest. Als weibliche

Vertrauensperson, die gleichzeitig mit elterlicher Autorität ausgestattet war, konnte Petra viel besser auf die Tochter einwirken als er. Das hatte er seiner Frau gerade möglichst behutsam zu erklären versucht und dabei immer wieder auf seine Armbanduhr geblickt, weil er jeden Moment diesen Historiker erwartete, den er ins Rathaus bestellt hatte. Als er den Hörer auflegte, war er sich nicht sicher, ob er Petra von seinen Ausführungen überzeugen hatte können. Vielleicht war sie auch sauer, weil er das Gespräch am Ende so schnell abgewürgt hatte. Egal, jetzt musste er sich auf wichtigere Dinge als auf seine pubertierende Tochter konzentrieren.

Elisabeth Sturzeder hatte ihrem Chef, während der noch telefonierte, durch einen Blick und eine kurze Geste zu verstehen gegeben, dass Lorenz Kastner eingetroffen war.

Rupert Stöttner ließ zwei Sekunden verstreichen, um sich zu sammeln, und nickte dann seiner Sekretärin zu. Als sie ihm den Rücken zuwandte, um den Besucher zu holen, ertappte er sich dabei, dass er am Nagel des rechten kleinen Fingers kaute. Er zuckte zusammen, riss seinen Arm gerade noch rechtzeitig nach unten und nahm eine möglichst entspannte Haltung ein, bevor Lorenz Kastner das Büro betrat.

26

Jetzt, da nur noch eine einzige, kurze Bewegung vonnöten war, hielt er unwillkürlich inne. In einer Stahlblechschale, die zu einem seit vielen Jahren unbenutzten Gartengrill gehörte, hatte er ein paar dünne Holzscheite auf zerknülltem Zeitungspapier zurechtgelegt und dieses angezündet. Wenige Sekunden später brannte das Feuer gleichmäßig und leise knisternd. Dieser Aufwand wäre eigentlich gar nicht nötig gewesen. Die paar Blätter, um die es ging, hätte er auch einzeln und nur mit Hilfe eines Feuerzeugs vernichten können. Aber etwas hatte ihn davon abgehalten, das Ganze möglichst schnell und unkompliziert hinter sich zu bringen. Vielleicht war es Nostalgie gewesen. Schließlich handelte es sich nicht um irgendwelche Papiere. Jedenfalls nicht für ihn.

Schon einmal hatte er diese Blätter in der Hand gehalten, und nie hätte er geglaubt, dass er es wieder tun würde. Sie waren ein Teil seiner Vergangenheit. Was damals geschehen war, ließ sich nicht mehr rückgängig machen. Das hätte er auch gar nicht gewollt. Nein, niemals. Trotzdem durften sich diese Geschichten nicht so ohne Weiteres in die Gegenwart drängen. Wenn man die Vergangenheit ignorierte und sie unkontrolliert ins Heute hinüberwuchern ließ, dann konnte sie zu einem tödlichen Krebsgeschwür werden – das war ihm in letzter Zeit klar geworden. Und wenn diese Krankheit einmal ausgebrochen war, dann konnte man sie nur bekämpfen, wenn man nicht zimperlich vorging. Wenn man bereit war, Schäden in Kauf zu nehmen, war sie sogar zu besiegen. In dieser Sache waren bereits mehrfach schmerzhafte Eingriffe nötig geworden. Das hier war nur der letzte Schritt – und vielleicht der wichtigste. Aber bei Weitem nicht der schwierigste.

Dass es überhaupt so weit gekommen war, daran war nur Alfons schuld. Wie waren die Briefe zu ihm gelangt? Warum hatte er sie aufbewahrt? Egal, in wenigen Sekunden, wenn von dem Papier nicht mehr als ein bisschen Asche übrig wäre, wäre das Problem endgültig aus der Welt geschafft.

Immer noch züngelten die Flammen hoch auf. Sie erschienen ihm wie hungrige Raubtiere im Zoo, die die Zeichen der bevorstehenden Fütterung erkannt haben und nun in gespannter Erwartung am Käfiggitter hinaufspringen. Er ließ die Blätter hineinfallen. Eine Sekunde lang wirkte es so, als drohte das Papier das Feuer zu ersticken, doch dann waren schon die ersten Löcher in die eng beschriebenen Seiten gefressen.

Während er zusah, wie die verräterischen Spuren vergangener Begebenheiten für immer ausgetilgt wurden, erkannte er die Worte »Schicksal« und »Verantwortung« und dazwischen immer wieder das Wort »Liebe«, geschrieben mit seiner eigenen, gleichmäßig geschwungenen Handschrift, die sich nach und nach mit dem Papier in schwarzen Rauch auflöste, der dann wie ein schmales, sich kräuselndes Band beinahe senkrecht aufstieg, bis er, einige Meter über der Terrasse, vom kühlen Wind dieses Vormittags erfasst, zerstreut und gänzlich unsichtbar wurde.

27

Als Lorenz nach etwa einer halben Stunde das Arbeitszimmer des Bürgermeisters verließ, ärgerte er sich über sich selbst. Er hatte sich von diesem Mann überrumpeln lassen. Und das, obwohl Rupert Stöttner gar kein wirkliches Interesse an seiner Arbeit gezeigt hatte.

Als Lorenz begonnen hatte, von den Details seiner Forschungen zu berichten – immerhin hatte er geglaubt, dass der Bürgermeister ihn aus diesem Grund eingeladen hatte –, war ihm schnell klar geworden, dass Rupert Stöttner nicht wirklich zuhörte.

Stattdessen hatte der Bürgermeister ihn unterbrochen und selbst zu erzählen begonnen. Von der einzigartig schönen Lage Oberaudorfs und vom Tourismus, der ein fragiles Geschäft sei, um das man sich permanent bemühen müsse, wenn man bei all der Konkurrenz in Bayern und Österreich nicht den Anschluss verlieren wolle. So ein Vorfall wie das Unglück am Grafenloch könne da verheerende Folgen haben, hatte er verbittert festgestellt, vor allem, wenn man medial nicht gegensteuere, um zu verhindern, dass den potenziellen Gästen ein verzerrtes Bild der Gemeinde übermittelt würde.

Und dann hatte er von einer Pressekonferenz berichtet, die das Rathaus für morgen früh organisiert habe. Einige Zeitungen und sogar ein regionaler Fernsehsender würden Reporter zum Luegsteinsee schicken, wo er, der Bürgermeister, das neue, von ihm selbst entwickelte Fremdenverkehrskonzept für die Gemeinde präsentieren werde. Ein wichtiger Eckpfeiler dieses Konzepts sei die historische Bedeutung der Gegend um Oberaudorf – und er, Lorenz Kastner, sei genau der Richtige, um diesen Teil des Konzepts bei der Präsentation zu verkörpern. Er müsse unbedingt dabei sein, hatte der Bürgermeister gesagt und Lorenz dabei mit erwartungsvoll leuchtenden Augen angesehen.

An dieser Stelle hätte er selbstbewusst »Nein!« sagen müssen, hatte aber stattdessen gezögert, nach einem höflichen Ausweg gesucht und schließlich irgendetwas von Messungen gestammelt, mit denen er schon in Verzug sei.

Doch Rupert Stöttner hatte seine Unsicherheit sofort ausgenutzt, ihn festgenagelt und ihm kurzerhand eine Zusage für diese alberne Presseveranstaltung abgenötigt.

Als Lorenz konsterniert mit einem kurzen Gruß an dessen Sekretärin vorbeiging und hinaus auf den Rathausflur trat, machte es ihn wütend, dass er sich so in die Ecke hatte drängen lassen.

Er war diesem seltsamen Typen doch wirklich nichts schuldig, dachte Lorenz, während er im Treppenhaus auf dem Weg nach unten war. Konnte er morgen vielleicht einfach nicht hingehen und bei eventuellen Nachfragen einen wichtigen Termin an der Universität vorschieben? Nein. Wenn überhaupt, dann hätte er das gerade eben im Büro des Bürgermeisters tun müssen. Jetzt würde er sich nur noch mit einem Migräneanfall herausreden können – oder mit einer akuten Darmgrippe.

Im ersten Stock des Rathauses hielt Lorenz in seiner Bewegung inne. Vom Treppenhaus konnte man in einen langen, düsteren Gang blicken, von dem aus zu beiden Seiten hellgrau gestrichene Türen zu den verschiedenen Amtsbüros der Gemeinde führten. Im Vorbeigehen hatte Lorenz im Augenwinkel eine Frauengestalt wahrgenommen, die den Flur entlang hastig in seine Richtung lief. Beim zweiten Blick wurde ihm klar, dass er die Frau kannte: Es war Lena Leitner, deren Büro auf dem Gang lag und mit der er erst gestern Kaffee getrunken hatte. Sie wirkte aufgewühlt und nervös.

»Hallo, Frau Leitner, ist alles in Ordnung?«

Die junge Frau erkannte ihn nicht gleich, war anscheinend mit ihren Gedanken ganz woanders gewesen. Doch nach einer Sekunde wich die erste Irritation, und sie lächelte Lorenz freundlich an. Eine gewisse Nervosität konnte sie allerdings weiterhin nicht verbergen. »Herr Kastner, hallo. Es tut mir leid, aber ich bin gerade … Ich muss …« Sie sah sich kurz um, dann holte sie tief Luft und begann noch einmal von Neuem, diesmal etwas gefasster. »Ich bin leider etwas in Eile. Es … Es geht mir gut, danke der Nachfrage. Auf Wiedersehen.«

Damit setzte sie sich wieder in Bewegung und lief zügig die Treppe hinunter.

Lorenz, der ihr etwas langsamer folgte, wollte nicht so recht glauben, dass sie die Wahrheit gesagt hatte. Nicht darüber, dass sie in Eile war – das war nun wirklich offensichtlich –, sondern über ihr Befinden. Dieser Frau ging es alles andere als gut.

»Frau Leitner!« Ohne lange nachzudenken, beschleunigte Lorenz seine Schritte, um Lena Leitner einzuholen, die im Erdgeschoss bereits um die nächste Ecke verschwunden war.

28

»Kann ich Ihnen irgendwie helfen?«

Lena Leitner und Lorenz Kastner standen auf dem Parkplatz vor dem Rathaus. Der Historiker hatte die junge Frau eingeholt und sprach sie erneut an, während sie hektisch in ihrer Handtasche kramte. Anscheinend suchte sie ihren Autoschlüssel.

Auf Lorenz' Worte hin unterbrach sie ihre Suche und blickte ihn an. Für einige Sekunden stand sie reglos und schweigend da. Sie schien abzuwägen, ob sie den Mann, den sie noch nicht lange kannte, ins Vertrauen ziehen sollte, gab sich dann aber anscheinend einen Ruck und antwortete mit unsicherer Stimme: »Der Schorschi ist verschwunden. Mein Mann. Und ich«, sie zog mit einer schnellen Bewegung einen Schlüsselbund aus der Handtasche, »ich werde ihn jetzt suchen. Ich habe gerade bei der Polizei angerufen, weil ich mir langsam wirklich Sorgen mache und an nichts anderes mehr denken kann. Ich hab den Beamten gesagt, dass mein Mann gestern Abend aus dem Haus gegangen ist und dabei gemeint hat, er komme bald wieder, und dass ich ihn seitdem nicht mehr gesehen habe.« Sie stieß einen wütenden

Seufzer aus. »Und wissen Sie, was die mir erzählt haben? Dass ich morgen wieder anrufen soll, wenn er dann immer noch nicht wiederaufgetaucht ist. Es sei jetzt noch zu früh, ihn als vermisst zu melden!« Plötzlich hatte Lena Leitner Tränen in den Augen und schüttelte heftig den Kopf. »Und das soll Hilfe sein? Was glauben die? Dass ich eine hysterische Ziege bin, deren Mann einfach mal eine Auszeit braucht? Ich weiß genau, dass da irgendwas nicht stimmt. Der Schorschi macht so was nicht. Wenn er sagt, er kommt gleich wieder, dann tut er das auch! Und wenn nicht – dann ist etwas passiert.« Die letzten Worte hatte Lena Leitner leise, aber mit Nachdruck gesprochen, als wäre Lorenz der Polizeibeamte, der ihr Anliegen nicht weiterverfolgen wollte. Als müsste sie ihn überzeugen, ihr zu glauben – was jedoch keineswegs nötig war.

»Hat er ein Handy dabei?«

»Natürlich habe ich schon mehrfach probiert, ihn anzurufen. Es ist ausgeschaltet, oder der Akku ist leer. Und in der Spedition ist Schorschi auch nicht, dort habe ich schon nachgefragt.«

»Was haben Sie jetzt vor? Haben Sie eine Idee, wo Ihr Mann sein könnte?«

»Nein, aber eigentlich kann er nicht weit weg sein, weil er mit dem Fahrrad gefahren ist.« Lena Leitner machte eine kurze Pause und dachte nach. Schließlich zuckte sie resigniert mit den Schultern. »Ich weiß nicht. Ich denke, ich werde einfach losfahren und mich umsehen. Und die Leute fragen, ob ihn jemand gesehen hat. Alles ist jetzt besser, als untätig im Büro zu sitzen.«

Lorenz konnte die junge Frau gut verstehen. Georg Leitner war ihr gegenüber immer sehr zuverlässig gewesen, das hatte sie schon gestern im Café erzählt. Kein Wunder, dass sie sich jetzt große Sorgen machte. Und dazu kam, dass Lena Leitner erst kurz zuvor die Nachricht vom Tod ihres besten Freundes aus Kindertagen hatte verkraften müssen. Nervös und aufgewühlt, wie sie auf ihn wirkte, wollte er sie jetzt keinesfalls allein durch die Gegend fahren lassen. Mit seiner Arbeit war er ohnehin schon im Verzug, da kam es auf eine Stunde mehr oder weniger auch nicht mehr an. Also beschloss er kurzerhand, Lena Leitner einen

Vorschlag zu unterbreiten. »Sie haben recht. Wenn Sie sich Sorgen machen, sollten Sie nicht untätig bleiben. Aber«, er überlegte einen Moment, wie er sich möglichst taktvoll ausdrücken konnte, »Sie sind verständlicherweise beunruhigt und aufgeregt. Wäre es nicht besser, wenn ich Sie begleite? Ich kann mich auch gern ans Steuer setzen – und Sie halten die Augen offen und konzentrieren sich auf das, was Sie sehen. Einverstanden?«

Wieder brauchte Lena Leitner einige Sekunden Bedenkzeit, streckte dann aber wortlos die Hand aus und hielt ihm den Autoschlüssel hin.

Lorenz war schon länger nicht mehr Auto gefahren. Er selbst besaß keinen Wagen, das konnte er sich bei seinem mickrigen Doktorandengehalt nicht leisten. In München, wo es überall Straßen-, S- oder U-Bahnen gab, war ein Auto allerdings auch gar nicht unbedingt nötig beziehungsweise eher störend.

Beim Ausparken vor dem Rathaus führten die fehlende Fahrpraxis und der ihm nicht vertraute japanische Kleinwagen zu einer peinlichen Situation: Im Rückwärtsgang betätigte Lorenz das Gaspedal zu forsch und ließ den Motor aufheulen. Der Wagen schoss mit einem Satz aus der Parklücke und hätte beinahe den Mercedes gerammt, den ein älterer Herr soeben hinter ihnen abgestellt hatte. Gerade noch rechtzeitig stieg Lorenz erschrocken und mit voller Kraft auf die Bremse, der Mercedes-Fahrer rief mit ärgerlicher Stimme etwas Unverständliches und tippte sich mit dem Zeigefinger an die Stirn, und auch Lena Leitner tauchte für einen Moment aus ihrer sorgenvollen Gedankenwelt auf und bedachte den verlegen lächelnden Mann auf dem Fahrersitz mit einem skeptischen Blick, so als wäre sie sich auf einmal nicht mehr ganz sicher, ob ihr dieser unbeholfene Kerl wirklich eine Hilfe sein könnte.

Glücklicherweise blieb es bei dem einen Missgeschick, und Lorenz gewöhnte sich schnell wieder daran, hinter dem Steuer zu sitzen. Zunächst fuhren sie kreuz und quer durch die Straßen Oberaudorfs und hielten Ausschau nach einem Hinweis auf Georg Leitner. Manchmal bedeutete Lena Leitner ihrem Fahrer mit einer kleinen Handbewegung anzuhalten. Dann ließ sie das Fenster herunter und sprach kurz mit dem einen oder anderen Dorfbewohner, fragte, ob ihm etwas aufgefallen sei. Doch niemand hatte ihren Schorschi gesehen oder konnte einen Hinweis auf seinen Verbleib geben.

Als die beiden schließlich jeden Winkel des Dorfes abgesucht hatten, sah Lena Leitner ihren Begleiter traurig an und stellte fest: »Das war's. Hier finden wir ihn nicht.«

Lorenz rechnete schon damit, dass Schorschis Frau die Suche aufgeben wollte.

»Jetzt fahren wir rüber nach Niederaudorf«, sagte sie aber stattdessen. »Das ist nicht besonders weit, es wäre schon möglich, dass er mit dem Fahrrad dorthin wollte.«

Wirklich überzeugt schien sie jedoch nicht. Die ergebnislose Suche hatte sie frustriert und ihre Sorge nur noch gesteigert. Mit leiser Stimme gab sie Lorenz ein paar kurze Anweisungen, wie er fahren sollte, nahm dann ihr Handy zur Hand und versuchte erneut, ihren Mann zu erreichen. Doch Schorschis Telefon war noch immer ausgeschaltet. Lena Leitner biss sich auf die Unterlippe und schob ihr Handy wieder zurück in die Handtasche.

Zwischen Ober- und Niederaudorf verlief die Straße etwa einen Kilometer durch Wiesen und Felder. In Niederaudorf wies Lena Leitner Lorenz an, nach rechts abzubiegen. Sie würden durch die Siedlung bis hinunter zum Inn und dann die Parallelstraße zurückfahren. Außer ihnen war im Moment keine Menschenseele unterwegs. Lorenz steuerte den Wagen langsam zwischen stattlichen Wohnhäusern hindurch, von denen die meisten gepflegte Vorgärten, sauber gefegte Einfahrten und große Garagen besaßen.

»Hier hat der Markus gelebt. Auf dieser Straße sind wir immer mit seinem Mofa gefahren«, sagte Lena Leitner unvermittelt, wobei die Erinnerung für eine Sekunde ein nostalgisches Lächeln auf ihr Gesicht zauberte, bevor Nervosität und Anspannung wieder die Oberhand gewannen. »Halt!« Plötzlich hatte sich ihr Ton verändert.

Lorenz stieg sofort auf die Bremse und sah seine Beifahrerin erschrocken an.

Sie hatte ihren Blick starr nach vorne gerichtet.

»Da! Das ist sein Fahrrad.«

An einer dichten dunkelgrünen und sehr hohen Hecke am rechten Straßenrand stand neben einem kleinen Gartentor ein nicht mehr ganz modernes Mountainbike. Der Sattel war abgewetzt, das hintere Schutzblech verbogen.

»Das ist das Haus der Bichlers.« Lena Leitners Stimme war brüchig vor Aufregung. »Hier ist Markus aufgewachsen, hier hat sein Vater die letzten Jahre nach Angelikas Tod allein gelebt. Was sucht denn der Schorschi hier?«

Schon hatte sie die Beifahrertür geöffnet und war mit schnellen Schritten auf dem Weg zum Gartentor.

Lorenz stellte den Wagen an den Straßenrand, stieg ebenfalls aus und folgte ihr. Hinter der düsteren Hecke lag ein verwilderter Garten. Das Haus, das von der Straße aus fast gar nicht zu sehen gewesen war, wirkte im Vergleich zu denen der Nachbarn eher klein und vernachlässigt. Vermutlich war Alfons Bichler in den letzten Jahren überfordert gewesen, sich allein um alles zu kümmern.

»Schorschi?« Halblaut rief Lena Leitner den Spitznamen ihres Mannes, während sie über die teilweise mit Moos bewachsenen Steinplatten zur Eingangstür des Hauses lief. Plötzlich erstarrte sie mitten in der Bewegung, sodass Lorenz beinahe mit ihr zusammengeprallt wäre. »Die Tür ist offen.«

»Was?«

Er hatte nicht gleich verstanden. Dann blickte er über ihre Schulter in Richtung des Hauses und sah, was Lena Leitner stutzig gemacht hatte: Die Haustür war halb geöffnet. Einige Holzsplitter standen vom Türrahmen ab, andere lagen auf dem Boden und auf der grauen Fußmatte. Hier war eindeutig jemand gewaltsam eingebrochen.

Die Erkenntnis durchfuhr Lorenz wie ein Stromschlag. Sofort wollte er seine Begleiterin auffordern, keinen Schritt weiter zu gehen und die Polizei zu rufen, doch sie war ihm bereits einige Schritte voraus, rief noch einmal nach ihrem Mann und stieß unerschrocken die Tür auf.

»Frau Leitner! Sie können da nicht einfach reingehen! Wir müssen –« Es hatte keinen Sinn, sie war bereits im Haus verschwunden. Lorenz rang einige Sekunden lang mit sich, atmete dann einmal tief durch und folgte ihr.

29

Der Hirschreiter Sepp war sich sicher: Beim alten Bachmeier hätte es so etwas nicht gegeben. Nie und nimmer! Der war ein Bürgermeister gewesen, vor dem die Leute Respekt gehabt hatten. Ein gestandenes Mannsbild von der Sorte, die man heute kaum noch in der Öffentlichkeit sah. Einer, der wusste, worum es in der Politik wirklich ging. Der sich nicht in kleinlichem Schmarrn verzettelte, so wie sein Nachfolger, der Stöttner Rupert.

Der hatte den Gastraum des Audorfer Hofs eben verlassen, nachdem er mindestens eine Viertelstunde lang mit der Kathi über irgendein Mittagessen geredet hatte, zu dem er – also eigentlich die Gemeinde Oberaudorf – irgendwelche Leute eingeladen hatte. Der Hirschreiter Sepp stieß ein abschätziges Grunzen aus und nahm einen großen Schluck aus seinem Weißbierglas.

Wie wichtig der sich gemacht hatte! Unbedingt hatte er ganz laut reden müssen, damit auch die Leute in der hintersten Ecke der Gastwirtschaft noch mitbekamen, dass »die Presse kommt«. Die Presse. Wegen irgendwelcher dahergelaufenen Schreiberlinge hätte der Bachmeier Josef nie so einen Aufstand veranstaltet. Die hätten froh sein können, wenn er ihnen einen Termin gegeben hätte.

Dem Vorgänger war eben noch klar gewesen, was man von einem anständigen Bürgermeister erwartete. Er hatte sich Zeit für die Menschen im Dorf genommen, nicht nur für Tourismusmanager und Zeitungsfritzen. Jede Woche war der Bachmeier mit der Stammtischrunde beim Schafkopfen im Audorfer Hof gesessen, und jeder hatte ihn alles fragen können. Sofern er sich traute, natürlich. Weil, wenn einer einen rechten Blödsinn redete, dann hatte ihm das der Bachmeier gradheraus ins Gesicht gesagt. Und zwar deutlich. Und wer das schon einmal erlebt hatte, der überlegte es sich danach sehr genau, ob sein nächstes Anliegen wirklich so wichtig war, dass er den Bürgermeister deswegen beim Schafkopfen stören wollte. Das war eben der Respekt, den die Leute vor der Person des Bürgermeisters Josef Bachmeier gehabt hatten.

Und der Stöttner Rupert? Den bekam man ja kaum zu Gesicht. Der traute sich fast nie heraus aus seinem Rathaus. Und wenn man ihn dann einmal sah, so wie gerade eben, dann machte er keine besonders gute Figur, fand der Hirschreiter Sepp. Aufgeregt war er und nervös, und nie gab es ein deutliches Wort von ihm zu hören. Ständig redete er um den heißen Brei herum und wollte von allen gemocht werden. Und außerdem ging es bei ihm andauernd um den Tourismus und darum, wer oder was ihn bedrohte und wie man ihn fördern könnte. Ergebnisse dieser Überlegungen waren so großartige Ideen wie der Vorschlag, in Urfahrn eine Luxus-Golfanlage mitten in die schönste Landschaft zu bauen. Dafür müsste allerdings der Schopper erst einmal das Land verkaufen. Und so blöd würde ja wohl nicht einmal der Junior sein, der den Hof vor Kurzem von seinem Vater überschrieben bekommen hatte.

Der Hirschreiter Sepp war der Meinung, dass in Oberaudorf sowieso schon viel zu viele Fremde unterwegs waren. Ob im Sommer oder im Winter, an manchen Tagen war es unmöglich, noch einen gemütlichen Platz außerhalb der eigenen vier Wände zu finden, der nicht schon von fröhlichen Urlaubern belegt war, die Sächsisch oder Berlinerisch sprachen und sich gegenseitig Komplimente machten, wie unglaublich gut ihnen ihre nagelneuen Dirndl und Lederhosen standen.

Doch dem Bürgermeister reichte das anscheinend noch lange nicht. Anstatt den Leuten im Dorf, die ehrliche Arbeit leisteten, zu helfen, sah er den Fremdenverkehr als einziges großes Heilsversprechen für alle Probleme und unterstützte ein Tourismusprojekt nach dem anderen. Erst die sündteure Modernisierung des Skilifts und dann auch noch diese seltsame Fluganlage, mit der sich die Urlauber im Sommer vom Hocheck ins Tal stürzen konnten. Jede Idee, die dazu beitrug, die schöne Bergwelt noch mehr zu verschandeln, wurde von Stöttner mit offenen Armen begrüßt – solange ihm nur jemand zuflüsterte, dass sie wichtig für den Tourismus sei. Doch damit sich solche Investitionen rechneten, brauchte man natürlich noch mehr Gäste. Und damit sie auch ja nur Positives über Oberaudorf schrieben, hechelte der Bürgermeister jetzt den Journalisten hinterher. Und lud sie in den Audorfer Hof zu Schweinebraten und Semmelknödel ein, wie der Hirschreiter Sepp vorhin ganz deutlich vernommen hatte. Das war ihm dann so wichtig, dass er es nicht etwa seiner Sekretärin überließ, im Gasthaus anzurufen und Tische zu reservieren. Nein, für die Damen und Herren von den Zeitungen bequemte sich Rupert Stöttner sogar höchstpersönlich aus seinem Büro, um sich zu vergewissern, dass am nächsten Tag auch wirklich alles reibungslos ablaufen würde.

Wenn er an dem Schlaganfall, der ihn vor ein paar Jahren ins Pflegeheim gebracht hatte, gestorben wäre, dann würde sich der Bachmeier Josef im Grab umdrehen, dachte der Hirschreiter Sepp, als er den letzten Schluck aus seinem Bierglas nahm, bevor er sich langsam von seinem Stammplatz am Tisch in der holzgetäfelten Ecke des Audorfer Hofs erhob. Es war schon das dritte Glas gewesen, seit er sich am Morgen hingesetzt hatte. Kein Wunder, dass sich seine Blase meldete.

30

Lorenz trat durch die offenbar gewaltsam geöffnete Haustür und fand sich in einem breiten Flur wieder. Unter einer Treppe, die ins obere Stockwerk führte, stand eine Kommode, deren Schubladen unterschiedlich weit herausgezogen waren und den Blick auf offensichtlich achtlos hineingeworfene Schnürsenkel, Brillenetuis und Schlüsselanhänger preisgaben. Ansonsten war nichts Auffälliges zu sehen.

Lena Leitner war bereits durch eine weitere Tür am Ende des Ganges verschwunden, wobei sie erneut halblaut nach ihrem Mann gerufen hatte. Lorenz folgte ihr, vorbei am Durchgang zur großzügigen Küche des Hauses, wo sich neben der Spüle ziemlich viel schmutziges Geschirr angesammelt hatte. Schließlich stand er neben Lena Leitner in einem hellen, gemütlichen Wohnzimmer. Den Parkettboden bedeckten mehrere Läufer in dezenten Farben, die rustikalen Holzmöbel wirkten einladend und hatten nichts von dem kühlen, rein funktionalen Design, das Lorenz an vielen modern eingerichteten Häusern missfiel. Hier störte ihn nur die Unordnung. Doch was im Flur und in der Küche noch wie das Ergebnis bloßer Nachlässigkeit gewirkt hatte, sah im Wohnzimmer nach den Spuren eines sehr neugierigen Eindringlings aus: Auf dem großflächigen Tisch waren Dokumente, Bücher und Zeitschriften ausgebreitet, die offensichtlich aus den Schränken stammten, deren Türen und Schubladen allesamt offen standen.

»Schorschi!« Lena Leitner rief den Namen ihres Mannes jetzt laut und verzweifelt, während sie sich irritiert umblickte und allem Anschein nach fieberhaft nach Antworten auf die vielen Fragen suchte, die ihr wie Lorenz durch den Kopf gehen mussten.

War Georg Leitner noch hier? Und wenn ja, warum ließ er sich nicht blicken, obwohl er seine Frau doch längst gehört haben musste? War er in das Haus eingebrochen und auch für die Unordnung verantwortlich, oder gab es eine andere plausible Erklärung?

Lena Leitner hatte sich umgedreht und lief in Richtung der Treppe im Flur, wahrscheinlich um sich im oberen Stockwerk umzusehen.

»Halt!« Der laute Befehlston, den er angeschlagen hatte, tat Lorenz augenblicklich leid. Doch er hatte Angst, dass sie beide in dieser seltsamen und aufwühlenden Situation einen Fehler machen könnten. »Ich glaube, wir sollten jetzt die Polizei anrufen«, fuhr er betont ruhig fort, nachdem sie innegehalten und sich ihm zugewandt hatte. »Bevor wir hier noch aus Versehen irgendwelche Spuren verwischen, meine ich. Außerdem werden die uns jetzt, nachdem wir das Fahrrad Ihres Mannes gefunden haben, bestimmt nicht mehr auf morgen vertrösten. Meinen Sie nicht?«

Lena Leitner überlegte kurz und nickte dann stumm.

Lorenz kramte sein Handy aus der Jackentasche und wählte die 110.

31

»Und warum haben Sie, nachdem Sie bemerkt hatten, dass jemand die Tür aufgebrochen hat, nicht gleich bei uns angerufen?« Der schmächtige Polizist, der Lena Leitners Ausführungen über das Verschwinden ihres Mannes sowie die Entdeckung des Fahrrads und des Einbruchs sorgfältig notiert hatte, blickte Lorenz streng an.

Lorenz hatte sich gemerkt, dass er Petkovic hieß.

Der größere und korpulentere Kollege, dessen rundes Gesicht ein leuchtend roter Schnurrbart zierte, hatte noch kaum etwas gesagt.

Seinen Namen hatte Lorenz schon wieder vergessen.

Er lief schwer atmend durch die Räume des Hauses – anscheinend war es seine Aufgabe, den Tatort genauer zu inspizieren.

»Abgesehen davon, dass man den Ort eines Einbruchsdeliktes nicht unnötig betreten sollte«, fuhr der Schmächtige fort, »haben Sie eigentlich eine Vorstellung davon, was alles passieren kann, wenn man einen Straftäter auf frischer Tat überrascht? Sie haben sich unnötig in Gefahr gebracht.«

Lorenz stimmte dem Beamten zerknirscht zu und sagte, es tue ihm leid, er habe im ersten Moment nicht klar denken können. Aber, so fügte er mit einem Lächeln hinzu, von dem er hoffte, dass es Ehrfurcht und Respekt zum Ausdruck brachte, er sei nun umso froher darüber, dass die Polizei auf seinen Anruf hin keine Zeit verloren habe. Er und sein Kollege seien schließlich die Profis, die nun bestimmt Licht in diese verworrene Angelegenheit bringen würden.

So überzeugt, wie seine Worte klingen sollten, war Lorenz allerdings bei Weitem nicht. Die beiden Beamten hatten sich, nachdem sie in aller Seelenruhe aus ihrem Streifenwagen gestiegen und gemächlich zu den beiden vor dem Haus Wartenden geschlendert waren, als nicht besonders eifrig herausgestellt. Lena Leitners Hoffnung, dass sich die beiden jetzt in erster Linie für den Verbleib ihres Mannes interessieren würden, hatte sich bald zerschlagen.

Routiniert und behäbig arbeiteten die Polizisten das Standardrepertoire ab, das für Einbruchsdelikte vorgeschrieben war: Sie begutachteten Spuren und fragten, ob im Haus etwas fehle. Aber wer sollte das beantworten?

Dass der Mann, dem das Fahrrad neben dem Gartentor gehörte, verschwunden war, schienen die Beamten nur am Rande zur Kenntnis zu nehmen. Im Vorbeigehen murmelte der Dicke in seinen roten Schnurrbart: »Wenn einer wo einbricht, dann verschwindet er danach. Ist doch normal.«

Auf die Information, dass der Hausbesitzer vor Kurzem verstorben sei, reagierte der schmächtige Polizist namens Petkovic mit wissendem Nicken und sagte nur: »Aha, da hat wohl mal wieder ein ganz Schlauer die Todesanzeigen studiert, um ein Haus zu finden, in dem er nicht gestört wird. Alter Trick.«

Lena Leitner wurde immer ungeduldiger. Für sie war die Situation keine Routine.

Lorenz konnte ihre Unruhe deutlich spüren. Irgendetwas brannte der Frau unter den Nägeln. Anscheinend war ihr etwas Wichtiges eingefallen, das sie den Polizisten aber nicht mitteilen wollte.

Als die Beamten sich gerade darüber austauschten, dass sie vor Ort eigentlich fertig seien, erklärte sie: »Ich muss noch mal kurz nach oben und etwas nachsehen.« Schon sprang sie mit schnellen Schritten die Treppenstufen hinauf.

»Halt! Stehen bleiben!« Der schmächtige Beamte hörte sich an, als hätte er den Einbrecher soeben auf frischer Tat ertappt. Mit bebender Stimme rief er Lena Leitner hinterher: »Sie gehen nirgendwohin! Wollen Sie etwa noch mehr durcheinanderbringen?«

Er setzte zur Verfolgung an, doch die junge Frau erschien schon wieder auf der Treppe.

Lächelnd präsentierte sie den Beamten ihr Handy, bevor sie es in der Handtasche verschwinden ließ. »Hab ich vorhin oben liegen lassen. Wissen Sie, ich wollte Sie anrufen, aber dann habe ich gehört, dass Herr Kastner schon mit Ihnen redet, und habe in der Aufregung … Egal. Glücklicherweise habe ich mich gerade eben noch daran erinnert.«

»Glücklicherweise!« Der Polizist hatte sich noch immer nicht beruhigt. Im Gegenteil. »Ich sage Ihnen mal, wofür Sie sich glücklich schätzen können! Nämlich dafür, dass ich Sie nicht wegen Behinderung der Polizeiarbeit belange. Da könnte ja jeder kommen und einfach Dinge von einem Tatort entfernen. Zeigen Sie mir dieses Telefon.«

Mit kritischem Blick ließ er sich von Lena Leitner vorführen, dass sie die PIN-Nummer kannte. Dann inspizierte er neugierig die gespeicherten Fotos, um sicherzustellen, dass sie die wirkliche Besitzerin des Handys war, bevor er ihr das Gerät mit gnädiger Miene zurückgab. »Und jetzt sehen Sie, dass Sie von hier verschwinden. Das Haus wird versiegelt, und Sie werden von uns hören. Verstanden?«

Lena Leitner seufzte, verließ aber zusammen mit Lorenz zügig das Haus. Draußen hatte es leicht zu regnen begonnen.

»Machen Sie sich keine Gedanken«, sagte Lorenz, der die junge Frau aufmuntern wollte. »Die waren zwar nicht besonders nett, werden sich jetzt aber auf jeden Fall auf die Suche nach Ihrem Mann machen.«

Als Antwort atmete sie nur einmal hörbar verächtlich aus und schüttelte energisch den Kopf.

»Eine Frage hätte ich noch.« Lorenz blieb mit dem Schlüssel in der Hand neben dem Auto stehen. »Sie sind vorher doch gar nicht im oberen Stockwerk gewesen. Wie konnten Sie dann Ihr Handy dort liegen lassen?«

Lena Leitner lächelte zum ersten Mal seit ihrer Begegnung im Rathausflur. »Natürlich habe ich mein Handy nicht dort liegen lassen«, sagte sie. »Aber ich musste einfach rauf, weil …« Sie überlegte kurz und wies dann mit dem Kinn in Richtung des Hauses, in dem Alfons Bichler gelebt hatte und das sein Sohn Markus hätte erben sollen. »Weil ich später noch einmal reingehen will.«

32

Der Hirschreiter Sepp wusste nicht genau, was er von dem jungen Mann halten sollte. Schon gestern war er hier gewesen, am Abend. Hatte sich an einen Tisch in einer Nische gesetzt und dort tatsächlich so einen tragbaren Computer ausgepackt. Das hatte man im Audorfer Hof bisher noch nicht gesehen, dass sich jemand so einen Kasten beim Essen auf den Tisch stellte. Zuerst hatte der junge Mann allerdings gar nicht gegessen, sondern nur immer auf dem Ding herumgetippt. Und dann – das war dem Hirschreiter Sepp beim Weg auf die Toilette zufällig ins Auge gefallen – hatte er sich einen Kaiserschmarrn und einen Apfelsaft bestellt und beim Essen die Augen kaum vom Bildschirm abgewendet. Diese Jugend! Kein Fleisch, kein Bier, aber dafür ständig im Internet. Wo sollte das noch hinführen?

»Ja mei, wos woaß i?«, stieß der Plenzinger Toni etwas verdutzt aus.

Der Hirschreiter Sepp, aus seinen Gedanken gerissen, sah seinen Tischgenossen daraufhin nicht minder überrascht an, bis er begriff, dass er seine letzte Frage wohl versehentlich laut formuliert haben musste. Er machte eine wegwerfende Handbewegung, wie um dem Plenzinger Toni zu zeigen, dass man von ihm sowieso keine intelligenten Antworten auf die wirklich drängenden Fragen erwarten konnte. Dann kehrte seine Aufmerksamkeit wieder zu dem jungen Mann zurück, der den Audorfer Hof vor ein paar Minuten erneut betreten hatte. Er setzte sich an den gleichen Tisch wie am Abend zuvor, diesmal allerdings ohne Computer. Falls er sich jetzt auch noch ein Weißbier bestellte, würde der Hirschreiter Sepp mit seiner Analyse wieder ganz von vorn anfangen müssen.

»Einen kleinen Apfelsaft, bitte.«

»Gern. Möchten S' auch was essen?« Kathi fand, dass Lorenz Kastner wie ein netter Kerl wirkte. Ein wenig schüchtern vielleicht. Gestern, als er zum ersten Mal in den Audorfer Hof gekommen war, hatte er sich zuerst gar nicht getraut, sie nach dem WLAN-Passwort zu fragen, weil sie mit den anderen Gästen so beschäftigt gewesen war. Und das, obwohl er ein Wissenschaftler aus München war, den wichtige Forschungsarbeiten nach Oberaudorf führten. So hatte es zumindest Maria vom Förderverein des Museums erzählt. Von diesem Mann könnten sich einige im Dorf eine Scheibe abschneiden. Von denen bildete sich nämlich so manch einer schon Gott weiß was ein, nur weil er im Schützenverein zweiter Schriftführer war. Oder die Stempfl Viktoria, die verbitterte alte Jungfer, die zwar, wie jeder wusste, zu beschränkt war, um zwei und zwei zusammenzuzählen, jedoch nie vergaß, lautstark zu betonen, dass man sie als stellvertretende Vorsitzende des Gartenbauvereins gefälligst nicht so lange auf ihre Leberknödelsuppe warten lassen dürfe.

Nein, Lorenz Kastner war ein ganz anderer Typ. Einer, wie man ihn im Ort nicht so oft zu Gesicht bekam. Und gut aussehend war er auch, fand Kathi. Jetzt zum Beispiel, wie er so dasaß und verlegen lächelte, weil er nicht wusste, was er zum Essen bestellen sollte. Sie beschloss, ihm bei der Entscheidungsfindung unter die Arme zu greifen.

»Vielleicht Dampfnudeln mit Vanillesoße?« Den Kaiserschmarrn hatte er gestern anscheinend gemocht, da konnte sie mit einer Süßspeise nicht ganz falsch liegen.

»Dampfnudeln? Ja, wenn Sie meinen … dann probiere ich die gern.«

Wie erleichtert er jetzt wirkte. Ja, das war nun wirklich ein besonderer junger Mann.

Eigentlich hatte Lorenz, nachdem er mit Lena Leitner zu ihrem Wohnhaus gefahren war, direkt zu seiner Unterkunft gehen wollen, um die Messgeräte zu holen und endlich mit seiner Arbeit zu beginnen. Schließlich war ihm an diesem Tag schon viel zu viel dazwischengekommen. Aber dann, als er über den Marktplatz und am Audorfer Hof vorbeigegangen war, hatte sich sein leerer Magen gemeldet. Außerdem war ihm das Gespräch, das er mit Lena Leitner auf der Rückfahrt geführt hatte, nicht aus dem Kopf gegangen, und er wollte noch einmal in Ruhe darüber nachdenken. Also hatte Lorenz spontan den Entschluss gefasst, sich im Gasthaus für die nachmittägliche Arbeit in der Ruine der Auerburg zu stärken.

Jetzt saß er vor einem Glas Apfelsaft und wartete auf die Dampfnudeln, die ihm die nette Kellnerin, die heute ein hellblaues Dirndl trug, empfohlen hatte. Sein Laptop lag leider in seinem Zimmer im Torhaus, sonst hätte Lorenz wenigstens seine E-Mails überprüfen können. Aber eigentlich wollte er das gar nicht. All die belanglosen Informationen aus dem Universitätsalltag, die täglich sein Postfach verstopften, hätten ihn nach diesem aufregenden Vormittag ohnehin nicht wirklich interessiert.

Lena Leitner war gerissener, als er zunächst angenommen hatte. Als sie vorhin im Haus der Bichlers ins obere Stockwerk gelaufen war, hatte sie dort die Verriegelung eines Fensters geöffnet. »Wenn die Polizisten unten alle Türen und Fenster versiegeln, muss ich eben oben rein«, hatte sie vorhin im Auto gesagt.

Lorenz hatte versucht, sie von dem irrsinnigen Gedanken abzubringen, am kommenden Abend erneut in das Haus einzubrechen – aber vergeblich. Eine Idee, die stärker war als jede vernünftige Abwägung, trieb Lena Leitner um. Hinzu kam, dass sie den Polizisten nicht traute und nach wie vor große Angst um ihren Mann hatte. Deshalb wolle sie sich noch einmal auf eigene Faust umsehen, hatte sie gesagt.

Lorenz war – für seine Verhältnisse – sehr deutlich geworden: Es sei unverantwortlich, solch eine Aktion hinter dem Rücken der Polizei durchzuführen. Sie solle den Beamten ihre Gedanken mitteilen, früher oder später würden sie bestimmt alles aufklären. Zudem wäre es sowieso das Beste, wenn sie zu Hause warte, schließlich könne ihr Mann jederzeit dort auftauchen.

Doch es war nichts zu machen gewesen. Die junge Frau blieb fest entschlossen, ihren Plan in die Tat umzusetzen.

Also hatte sich Lorenz höflich von ihr verabschiedet und beschlossen, sich fortan komplett aus der Sache herauszuhalten. Er hatte sich in dieser Angelegenheit schon genügend Unannehmlichkeiten eingebrockt, und außerdem war er deswegen immer noch nicht dazu gekommen, mit seinen Messungen anzufangen. Nein, wenn diese Frau solch abenteuerliche Dinge vorhatte, konnte man von ihm nicht erwarten, sich auch noch daran zu beteiligen. Sie konnte froh sein, wenn er nicht die Polizei unterrichtete.

»So, bitt'schön, Ihre Dampfnudeln.« Kathi, die Kellnerin, strahlte Lorenz an, nachdem sie die duftende, dampfende und großzügig mit Vanillesoße übergossene Mehlspeise vor ihm abgestellt hatte. »Ist alles in Ordnung? Schauen die Dampfnudeln nicht gut aus?«, fragte sie sichtlich beunruhigt, als sie seinen verstörten Gesichtsausdruck bemerkte.

»Doch, doch … Sie sehen wirklich phantastisch aus«, bemühte sich Lorenz schnell, ihre Bedenken zu zerstreuen. »Ich kann es gar nicht erwarten, sie zu probieren.«

Kathis Miene entspannte sich wieder. »Guten Appetit!«, wünschte sie ihm noch, bevor sie sich wieder in die Küche begab.

Aber Lorenz griff nicht nach dem Besteck neben seinem Teller, sondern suchte stattdessen nach dem Handy in seiner Jackentasche. Er wählte eine Nummer und wartete.

»Hallo, Lorenz Kastner hier. Ich wollte Ihnen nur sagen … Also, wenn Sie heute unbedingt noch einmal da hinwollen … und wenn ich Ihnen das auf gar keinen Fall ausreden kann … Sie wissen ja, dass ich es absolut nicht richtig finde … aber … also, ich wollte nur sagen: Ich komme mit.«

33

Roland Fichtner ächzte laut, als er sich unter seinen Schreibtisch beugte, um mit seiner rechten Hand den fleckigen Teppichboden abzutasten, der vor langer Zeit einmal eine Farbe gehabt haben musste, welche sich inzwischen jedoch in einen unbestimmbaren Grauton verwandelt hatte. Der voluminöse Körper des journalistischen Leiters des »Inntalboten« drohte, komplett nach vorne vom Bürostuhl zu kippen, während er sich mit der linken Hand weiterhin den Telefonhörer ans Ohr hielt.

»Rupert, das brauchst du mir nicht zu erzählen. Ich hab mit dem Artikel über den Unfall am Grafenloch nichts zu tun. Wie du ja wahrscheinlich bemerkt hast, ist der in der Rubrik ›Rosenheimer Land‹ erschienen – also hat ihn ein Kollege aus der Hauptredaktion in Rosenheim geschrieben.« Ein triumphierendes Lächeln erschien auf Roland Fichtners Gesicht. Zwischen unzähligen Krümeln und Staubflusen unter seinem Schreibtisch hatte er die Zigarette ertastet, die ihm beim Klingeln des Telefons aus der Hand gefallen war. Er drehte sie – noch immer unbequem unter die Schreibtischplatte gekrümmt – zwischen Daumen und Zeigefinger, während er mit gepresster Stimme weiter mit dem Bürgermeister sprach.

»So ist das nämlich hier bei uns: Kaum passiert mal irgendwas Außergewöhnliches, meldet sich Rosenheim, und man teilt mir mit, dass das Thema von ›überregionalem Interesse‹ sei. Im Klartext heißt das: Den Hauptartikel, der mit riesiger Überschrift ganz vorn im ›Rosenheimer Tagblatt‹ steht, schreibt jemand von denen – und ich darf gnädigerweise für die Inntal-Seite einen zusätzlichen Dreizeiler verfassen.« Mit einem erneuten Ächzen richtete sich Roland Fichtner wieder auf, bevor er in ironischem Ton hinzufügte: »Wenn ich das neben den außerordentlich intensiven Recherchen zum was-weiß-ich-wievielten Geburtstag irgendeines Vereinsvorstands überhaupt noch schaffe.«

Er klemmte sich die Zigarette zwischen die Lippen, kramte unter einem Haufen loser Blätter auf seinem Schreibtisch ein Feuerzeug hervor und lehnte sich im quietschenden Bürostuhl zurück, während der Bürgermeister am anderen Ende der Leitung weitersprach. Die Flamme zuckte auf, er nahm einen tiefen ersten Zug und blies den Rauch genüsslich in die stickige Büroluft.

Diese neun Quadratmeter, und damit die gesamte Redaktion des »Inntalboten« – so hießen die Oberaudorfer Regionalseiten innerhalb des »Rosenheimer Tagblatt« –, waren sein Reich. Hier würde er sich das Rauchen nie verbieten lassen, da konnten sich die beiden Ökoschnepfen aus dem Osten, die vor ein paar Monaten in den Räumen nebenan den Bioladen aufgemacht hatten, noch so oft über den Geruch beschweren, der angeblich von seinem Büro bis in ihr Geschäft hinüberzog.

Der Bürgermeister redete noch immer, Fichtner hingegen ließ nur hin und wieder ein scheinbar interessiertes »Aha« oder ein zustimmendes »Sowieso« hören.

Der Rupert mit seiner albernen Pressekonferenz am nächsten Tag am Luegsteinsee. Das war schon der dritte Anruf deswegen. Diesmal wollte er sicherstellen, dass die Rosenheimer Redaktion auch einen Fotografen schicken würde.

Roland Fichtner hatte ihm leider mitteilen müssen, dass die im Moment alle mit anderen Aufträgen beschäftigt waren. Die wörtliche Aussage von Frau Boes, der Chefredakteurin, war nicht so höflich gewesen: »Was bildet der sich eigentlich ein? Glaubt der, dass wir den ganzen Tag nur darauf warten, dass uns irgendein Dorfbürgermeister zum Fototermin bestellt? Das kann er sich abschminken!«

So deutlich wollte er dem Rupert gegenüber dann doch nicht werden, schließlich schadete ein guter Draht zu den örtlichen Entscheidungsträgern als Journalist nicht unbedingt. Deswegen hatte er die Bestürzung des Bürgermeisters zu lindern versucht, indem er ihm versprach, seinen neuen Praktikanten mitzubringen, der dann die Bilder machen würde.

»Mittagessen?« Fichtners Augenbrauen schossen erstaunt in die Höhe. Dass sich der Rupert so sehr bemühen würde, hätte er nicht gedacht. Aber weil für morgen sogar der Heimatminister zugesagt hatte, wollte sich die Gemeinde wohl erst recht nicht lumpen lassen. »Danach im Audorfer Hof? Dafür kann ich mir dann schon ein bisserl Zeit nehmen, da kommt man ja auch besser ins Gespräch. – Keine Ursache, für dich doch immer! Servus, bis morgen.« Er legte den Hörer auf und nahm erneut einen Zug von seiner Zigarette. Immerhin etwas. Die Küche im Audorfer Hof war exzellent, dafür konnte man vorher schon einmal eine dämliche PR-Veranstaltung über sich ergehen lassen. Es klopfte leise an der Bürotür.

»Ja?« Fichtner wählte vorsorglich einen strengen Tonfall, sollte es wieder eine von den Ökotanten sein, die sich beschweren wollte. Doch herein kam Klausi, sein neuer Praktikant. Ein blasser, langhaariger Kerl, der, nachdem er die Schule hinter sich gebracht hatte, nicht wusste, was er machen sollte. Oder besser gesagt: Seine Eltern wussten es nicht. Klausi selbst vertrat offensichtlich die Ansicht, dass man sein Leben am besten damit verbrachte, schlaue Bücher von linksradikalen Pseudophilosophen zu lesen, klug daherzureden und ansonsten faul abzuhängen. Und jetzt hatten die Eltern diesen nutzlosen Bengel für zwei Monate zu ihm in die Redaktion des »Inntalboten« gesteckt in der Hoffnung, dass irgendwo in dem antriebslosen Jüngling eine Zukunft als Journalist schlummerte.

»Heut sind wir ja wieder mal früh dran«, begrüßte Roland Fichtner seinen Schützling. Eigentlich war er froh, dass der Bursche fast nie zur verabredeten Zeit erschien. Er hatte ohnehin keine Ahnung, womit er ihn beschäftigen sollte. Doch wenigstens morgen würde sich Klausi nützlich machen können. »Hast du schon mal fotografiert?«, fragte Fichtner, während er seinen Zigarettenstummel in den längst überquellenden Aschenbecher stopfte, der stets neben der klebrigen Computertastatur auf dem Schreibtisch stand.

Klausi zuckte mit den Schultern.

»Gut. Dann haben wir beide morgen früh einen Termin. Zehn Uhr beim Parkplatz am Luegsteinsee. Und zwar pünktlich!«

34

Im Laufe des Nachmittags wurde der Regen immer heftiger, bis das Wetter gegen sechs Uhr abends abrupt umschlug. Lorenz blieb die ganze Zeit in seinem Zimmer im Torhaus. Einmal rief er noch bei Lena Leitner an, um sich zu erkundigen, ob sie inzwischen etwas von ihrem Mann gehört habe. Sie verneinte und versprach ihm, sofort Bescheid zu geben, wenn das der Fall sein sollte.

Eine Stunde später wurde er tatsächlich vom Klingelton seines Mobiltelefons aufgeschreckt, während er gerade vergeblich versuchte, sich auf ein Fachbuch mit dem Titel »Die Entwicklung der Festungsarchitektur im süddeutschen Raum vom frühen Mittelalter bis zur Renaissance« zu konzentrieren.

Auf sein erwartungsvolles »Ja, was gibt's?« war allerdings nur die etwas verwunderte Stimme von Herrn Prof. Dr. Beckstein zu hören, der sich erkundigte, wie die Messungen an diesem Tag verlaufen waren.

Lorenz, von dem Anruf auf dem falschen Fuß erwischt, bemühte nach einigem Hin und Her schließlich das Wetter als Ausrede dafür, dass bisher noch nichts Zählbares zustande gekommen war. Die Vorbereitungen, so sagte er, seien jetzt aber endgültig abgeschlossen, sodass es bald richtig losgehen könne.

Dem Professor blieb nichts anderes übrig, als seinem Mitarbeiter für die kommenden Tage viel Erfolg zu wünschen, wobei sein Tonfall seine Enttäuschung keineswegs verbarg.

Nach diesem Gespräch war Lorenz erst recht nicht mehr in der Lage, sich auf seine Fachliteratur zu konzentrieren, und verbrachte die restliche Zeit bis zur Verabredung mit Lena Leitner damit, ziellos durch das Museum zu schlendern, minutenlang in Gedanken versunken aus dem Fenster zu sehen und zwischendurch immer wieder die Zeit auf seiner Armbanduhr zu überprüfen.

Endlich war es so weit. Lorenz stand vor dem Haus, an dem er die junge Frau vor einigen Stunden zurückgelassen hatte, und drückte auf die Klingel.

Lena Leitner öffnete sofort, sie hatte ihn offensichtlich schon erwartet. Sie hatte sich umgezogen, war von Kopf bis Fuß dunkel gekleidet. Der damenhafte Rock war einer schwarzen Jeanshose gewichen, die Pumps dunkelgrauen Turnschuhen. Bevor sie die Haustür hinter sich schloss, stopfte sie noch ein paar dünne Handschuhe in ihre Jackentasche.

Lorenz kam sich plötzlich vor wie ein Idiot. An passende

Kleidung hatte er natürlich nicht gedacht! Er sah skeptisch an sich hinab. Blassgrüner Pullover, Leinenhose in Hellbeige. Weder besonders unauffällig noch ausgesprochen strapazierfähig. Und dazu die leichten Lederschuhe.

Lena Leitners Blick war seinem gefolgt. Ihre Stirn legte sich für einen Moment in Falten, doch sie verkniff sich einen Kommentar.

Schweigend liefen die beiden zum Auto, und wie zuvor setzte sich Lorenz hinter das Lenkrad, während Georg Leitners Frau die Beifahrerposition einnahm. Mit leicht zitternden Fingern ließ er den Motor an und fuhr vorsichtig auf die Straße nach Niederaudorf.

35

Zwischen Ober- und Niederaudorf war an diesem Abend wenig Verkehr, sodass der Traktor, der auch auf bestem Asphalt nicht mehr als dreißig Kilometer pro Stunde schaffte, nur selten überholt wurde. Simon Grasecker musste mit dem betagten Gefährt arbeiten, weil der Regen den Boden aufgeweicht hatte. Der neue Traktor war schneller und stärker, aber eben auch schwerer und musste deshalb heute in der Garage auf dem Schopperhof bleiben.

Der für auswärtige Ohren seltsam klingende Name kam daher, dass der Hof früher einmal eine Werft für Plätten beherbergt hatte, mit deren Hilfe auf dem Inn jahrhundertelang Waren transportiert worden waren. Die Zeiten, in denen diese Plätten immer wieder mit Pech abgedichtet – also »geschoppt« – werden mussten, waren lange vorbei, aber im Hofnamen war die Bezeichnung bis heute erhalten geblieben. Das war auch der Grund dafür, dass Simon Grasecker im Dorf meistens nur »der Schopper« genannt wurde, genau wie sein Vater und sein Großvater und die Hoferben vieler Generationen davor.

Etwa auf halber Strecke zwischen den beiden Dörfern bog Simon Grasecker nach links ab und steuerte die Maschine direkt auf das Feld. Die zwei Scheinwerfer über der Frontscheibe des

Traktors konnten nur ein kleines Areal mit ihrem kalten, grellen Licht ausleuchten. Dahinter lag das Ackerland in umso tieferer Dunkelheit. Simon Grasecker musste sich ständig konzentrieren, musste immer auf ein unerwartetes Hindernis gefasst sein, das plötzlich auftauchen konnte.

Eigentlich erledigte er die Feldarbeit lieber bei Tageslicht, doch viel zu oft blieb ihm nichts anderes übrig, als sich nach Sonnenuntergang auf den Traktor zu setzen, weil er tagsüber zur Arbeit in den Steinbruch nach Brannenburg musste. Von der Landwirtschaft allein konnte man heutzutage nicht mehr leben. Jedenfalls nicht besonders gut. Was brachte es einem, dass man den ganzen Tag Zeit hatte, um die Arbeit mit den Kühen und auf den Feldern zu erledigen, wenn man sich am Ende mit einem Hungerlohn zufriedengeben musste, weil die Milch- und Getreidepreise im Keller waren? Nein, auf dem Schopperhof war die Landwirtschaft schon von Simons Vater nur noch als Nebenerwerb betrieben worden. Und jetzt, nachdem er, der Junior, den Betrieb übernommen hatte, machte er es eben genauso. Wobei er sich an Abenden wie diesem schon manchmal fragte, ob das die Mühe überhaupt noch wert war.

Aber demnächst würde sich sowieso vieles ändern. Wenn die Felder in Urfahrn verkauft wären, würde ihm das in Zukunft einige Mühen ersparen. Abgesehen davon war der Preis, den diese Tourismusfirma zu zahlen bereit war, so hoch, dass Simon Grasecker ein sehr gutes Geschäft machen würde. So viel Zuckerrüben und Futtermais konnte man im ganzen Landkreis nicht anbauen, um den Betrag auch nur annähernd zu erwirtschaften.

Sein Vater hätte nie verkauft, das wusste Simon Grasecker. Oft genug hatte es in den letzten Jahren Streit gegeben, wenn sie auf dieses Thema gekommen waren. Aber die Dinge hatten sich geändert. Seit ihm seine Eltern alles überschrieben hatten, war Simon der Bauer auf dem Schopperhof. Er trug die Verantwortung, er leistete die meiste Arbeit – also entschied auch er, wie es mit dem Hof weitergehen würde.

Das Geld aus dem Verkauf könnte man wieder investieren und das verbliebene Land dadurch lukrativer bewirtschaften. Das war das kleine Einmaleins der Ökonomie – von dem sein Vater, der alte Dickschädel, nichts hören wollte. Dem ging es immer nur darum, dass das Land seit soundso vielen Generationen der Familie gehörte und deswegen keinesfalls in andere Hände fallen durfte.

Und die Mama, die redete immer nur davon, dass er endlich eine Frau finden und eine eigene Familie gründen müsse, damit es auch nach ihm auf dem Schopperhof weiterginge. Als ob das so einfach wäre. Welche junge Frau war denn heute überhaupt noch dazu bereit, sich auf das harte Leben in der Landwirtschaft einzulassen? Simon kannte jedenfalls keine.

Und dann gab es auch noch diejenigen, die das alles rein gar nichts anging, sich aber dennoch berufen fühlten, ihren Senf dazuzugeben. Allen voran der Leitner Schorschi. Der spielte sich seit Monaten als Umweltschutz-Apostel auf und redete überall von der Bewahrung der Schöpfung. Behauptete, eine Anlage wie der geplante Golfplatz würde das Landschaftsbild zerstören und hätte unabsehbare Folgen für die Tier- und Pflanzenwelt. Hatte sich gesonnt im Glanz des Bildes eines unerschrockenen Kämpfers für die gute Sache. Aber Simon Grasecker wusste, dass der Schorschi im Grunde schon immer neidisch war. Auf alle, die eine Familie hatten und ein Haus oder einen Hof. Weil er selbst nie so etwas gehabt hatte. Keine Eltern, keine Freunde, nichts. Das war zwar schade für ihn, aber das gab ihm noch lange nicht das Recht, dazwischenzufunken, wenn andere etwas aus dem machen wollten, was ihnen der liebe Gott mitgegeben hatte. Der Schorschi mischte sich immer mehr in alles ein – und bei dieser Geschichte mit der Golfanlage, da war er ganz deutlich zu weit gegangen.

Simon Grasecker konnte sich noch genau an Georg Leitners Worte erinnern. Auch wenn er jeden Grashalm untersuchen müsse, hatte er vor ein paar Wochen im Audorfer Hof gesagt, er werde den Behörden einen Grund liefern, das Gelände in Urfahrn zur besonders schutzbedürftigen Zone zu erklären. Anscheinend hatten ihm diese Wichtigtuer vom BUND Naturschutz Hoffnung gemacht, dass er mit dem Blödsinn Erfolg haben könnte.

Der Schorschi hatte sich alles selbst eingebrockt. So konnte man mit den Menschen nicht umspringen. Immer mitreden, sich selbst zum Retter der Heimat erklären und überall herumschnüffeln. Das funktionierte nur so lange, bis man an jemanden geriet, der sich nicht einschüchtern ließ. Jemanden wie Simon Grasecker, der keine Angst davor hatte, es diesem Großmaul mit gleicher Münze heimzuzahlen.

36

»Verschränken Sie die Finger. So!« Lena Leitner sprach mit gedämpfter Stimme und machte Lorenz vor, wie er aus seinen Händen eine trittsichere Aufstiegshilfe formen sollte.

Der nickte und tat es ihr nach.

Die beiden standen an der Rückseite des Hauses der Bichlers im beinahe stockfinsteren Garten, der durch die hohe Hecke von allen Straßenlaternen abgeschirmt wurde. Lena Leitner hatte ihrem Begleiter erklärt, dass sie über das Dach eines niedrigen Anbaus zum geöffneten Fenster im ersten Stock gelangen könne. Früher, als Kind, habe sie auf diese Weise manchmal mit Markus Bichler zusammen heimlich in der Nacht das Haus verlassen und später auch wieder betreten. Damals hätten sie sich einer im Anbau verstauten handlichen Leiter bedient, um auf das Dach zu gelangen. Heute war die Tür zu dem Schuppen mit einem Vorhängeschloss gesichert, weshalb Lorenz nun in die Geheimnisse der »Räuberleiter« eingeführt wurde.

Lena Leitner legte Lorenz beide Hände auf die Schultern. »Sie dürfen jetzt aber nicht nachgeben, verstanden?«

»Alles klar … Huch!« Im ersten Moment, als sie ihren linken Fuß forsch in seine Hände stemmte, wäre Lorenz in seinen feinen Lederschuhen auf dem vom Regen aufgeweichten Boden beinahe weggerutscht. Glücklicherweise gewann er sofort das Gleichgewicht wieder, sodass sich Lena Leitner schließlich nach und nach über die Dachrinne auf das Dach vorarbeiten konnte.

Lorenz konnte im Dunkeln nur noch undeutlich ihre Silhouette erkennen, während sie sich vorsichtig auf den losen und bei jedem Schritt leise klappernden Ziegeln in Richtung des Fensters bewegte. Als sie dort angekommen war, sah er, wie sie sich aufrichtete und mit beiden Händen am Fensterrahmen hantierte.

Auf einmal kam Lorenz ein erschreckender Gedanke: Wie konnten sie eigentlich sicher sein, dass das Haus mit keiner Alarmanlage ausgestattet war, die bei nächtlichem Eindringen unverzüglich einen Höllenlärm verursachte? Immerhin war Frau Leitner vor sehr vielen Jahren das letzte Mal ins Haus eingestiegen – und in der Zwischenzeit hatte Alfons Bichler lange allein in ihm gelebt. Bestimmt hatte er sich manchmal unsicher gefühlt. Und was lag da näher, als den einen oder anderen Bewegungsmelder zu installieren?

Lorenz' Herz schlug schneller, er war versucht, Lena Leitner zuzurufen, dass sie die Sache besser auf sich beruhen lassen und verschwinden sollten – doch das Fenster war bereits geöffnet und die Frau mit einem beherzten Sprung im Inneren des Hauses verschwunden.

Jetzt konnte er nichts anderes mehr tun, als abzuwarten. Das Auto hatten sie vorsichtshalber ein Stück die Straße hinunter abgestellt und waren dann zu Fuß – möglichst unauffällig und doch aufmerksam, um sicherzugehen, dass niemand sie bemerkte – zum Haus der Bichlers spaziert und dort schnell durch das Gartentor geschlüpft. Außer ihnen war niemand unterwegs gewesen.

Lena Leitner hatte ihm schon im Auto erklärt, dass er nicht mit hineinzugehen brauche, er solle ihr nur behilflich sein und draußen im Garten bleiben – sozusagen als Wachposten –, während sie im ehemaligen Kinderzimmer von Markus Bichler nach einer Art Geheimfach suchen würde. Früher habe es hinter einer Kommode versteckt eine kleine Tür gegeben, die man mit bloßem Auge kaum hatte ausmachen können, selbst wenn man die Kommode beiseiterückte.

»Wenn Markus in diesem Haus etwas versteckt hat, dann dort«, hatte Lena Leitner gesagt. Und wenn ihr Mann tatsächlich ins Haus eingebrochen sei, dann habe er dafür sicherlich einen guten

Grund gehabt. »Um was auch immer es hier geht, der Schorschi will anscheinend nicht, dass die Polizei oder jemand anderes es findet. Wenn es also noch im Haus ist, dann bestimmt in diesem Fach in Markus' altem Kinderzimmer. Und in diesem Fall möchte ich es sehen, bevor es jemand anderes in die Hände bekommt. Können Sie das verstehen?«

Lorenz hatte auf diese Frage nur stumm genickt. Und so stand er nun auf dem feuchten Rasen und lauschte aufmerksam, ob aus Richtung der Straße oder aus den umliegenden Häusern irgendein verdächtiges Geräusch zu vernehmen war. Gleichzeitig bangte er, dass der schrille Ton einer Alarmanlage nicht plötzlich die Stille durchbrechen würde.

Wie lange konnte Lena Leitner da drin wohl brauchen? Es waren schon einige Minuten vergangen, ohne dass sich im Haus etwas gerührt hatte. Bestenfalls ist das ominöse Geheimfach leer, dachte Lorenz. Dann könnten sie gleich wieder wegfahren, und niemand würde jemals von dieser seltsamen Aktion Wind bekommen.

Von der Straße erklangen jetzt Schritte und leise Stimmen. Ein kurzes Lachen, in das eine zweite Person einstimmte. Spaziergänger, dachte Lorenz, keine Gefahr. Und doch war er erleichtert, als die Geräusche sich langsam wieder entfernten.

Plötzlich drang in den eben noch völlig finsteren Garten ein schwacher Lichtschein, und Lorenz fuhr erschrocken zusammen. Eine Taschenlampe? Schnell huschte er unter das Vordach des Anbaus in den Schatten, hielt die Luft an, horchte regungslos und angespannt. Er verfluchte die Tatsache, dass er und Lena Leitner nicht einmal ein Zeichen für den Notfall vereinbart hatten. Wie sollte er sie nun warnen?

Doch es war nichts weiter zu sehen oder zu hören – nur sein eigener, rasender Herzschlag. Aber woher kam auf einmal dieses Licht? Er beugte sich langsam nach vorne, um einen kurzen Blick in den Garten zu werfen.

Das Licht kam von oben, aus einem Zimmer im ersten Stock. Lena Leitner hatte es allem Anschein nach einfach eingeschaltet! War sie verrückt geworden? Was, wenn das die beiden Spaziergänger gesehen hätten? In Niederaudorf wusste doch wohl jeder, dass sowohl Alfons als auch Markus Bichler tot waren und demnach niemand in dem Haus sein dürfte, vor allem nachts! Wenn nun jemand von den Nachbarn die Polizei rief? Lorenz schüttelte nervös den Kopf und biss sich auf die Unterlippe. Warum hatte er sich nur darauf eingelassen? Das Ganze ging ihn doch überhaupt nichts an!

Plötzlich erlosch das Licht im ersten Stock, und der Garten versank wieder in Dunkelheit.

Kurz darauf hörte Lorenz leise Geräusche über sich. Anscheinend war Frau Leitner wieder am Fenster zugange. Er trat aus seiner Nische hervor und stieß ein gepresstes »Alles in Ordnung?« hervor.

Keine Antwort. Entweder hatte sie ihn nicht gehört, oder sie war zu sehr damit beschäftigt, auf dem Dach das Gleichgewicht zu halten.

Einige Sekunden später erklang ein dumpfer Aufprall, als Lena Leitner direkt neben Lorenz landete. »Alles klar«, flüsterte sie. »Und jetzt nichts wie weg von hier!«

37

»Und?« Als er den Wagen auf die Hauptstraße lenkte, die aus Niederaudorf hinausführte, brach Lorenz das Schweigen. Bis jetzt war er zu angespannt und konzentriert gewesen, um auch nur ein Wort zu verlieren, doch jetzt, in Sicherheit, gewann seine Neugier die Oberhand.

»Was, ›und‹?«, fragte Lena Leitner zurück.

»Na ja … Haben Sie das Geheimfach gefunden?« Lorenz hatte schon erleichtert registriert, dass die junge Frau anscheinend nichts aus dem Haus mitgenommen hatte. Aber natürlich wollte er trotzdem genauer wissen, was sie gesehen hatte und wie weit sie mit der Suche gekommen war.

»Natürlich. Es ist fast alles noch so wie vor zwanzig Jahren. Die Kommode steht an der gleichen Stelle.«

»Und warum mussten Sie dann unbedingt das Licht anmachen?« Der ruhige Klang von Lena Leitners Stimme störte Lorenz plötzlich. Sie schien sich nicht im Klaren darüber zu sein, wie riskant die ganze Sache gewesen war. »Wenn die Nachbarn im falschen Moment aus dem Fenster geschaut hätten, säßen wir jetzt schon in der Zelle.«

»Lieber Herr Kastner, nun übertreiben Sie mal nicht. Um das Fach in der Wand zu öffnen, braucht man einen länglichen Gegenstand. Einen Schraubenzieher oder etwas Ähnliches. Ich hatte dummerweise nichts dergleichen dabei und dachte mir, bevor ich ewig halb blind im Dunkeln herumtaste, mache ich lieber einen Augenblick lang das Licht an. So habe ich schnell einen Brieföffner gefunden, ohne viel durcheinanderbringen zu müssen.« Sie sah Lorenz an, der sich ihr nur kurz zuwandte, bevor er sich wieder auf die Straße konzentrierte. »Ich wollte Sie keinesfalls beunruhigen. Und … ich bin Ihnen wirklich sehr dankbar, dass Sie mitgekommen sind.«

Der aufrichtige Klang dieser Worte dämpfte Lorenz' Groll sofort. »Na ja«, sagte er, »jetzt haben Sie wenigstens Gewissheit, was dieses Geheimfach betrifft. Ich verstehe ja, dass Sie sichergehen wollten, dass nichts drin ist. Auch wenn ich noch immer der Meinung bin, dass Sie es der Polizei hätten überlassen können, da mal reinzuschauen.« Lorenz bemühte sich, einen versöhnlichen Ton anzuschlagen. »Ich bringe Sie jetzt nach Hause, und dort ruhen Sie sich aus, bis Ihr Mann sich wieder meldet. Die ganze Angelegenheit klärt sich bald auf, glauben Sie mir.«

»Sie meinen, Gewissheit, dass das Geheimfach leer ist? Im Gegenteil!« Lena Leitner lachte kurz und trocken auf, griff mit einer Hand unter ihre Jacke und zog ein dickes Bündel hervor.

Lorenz war in der Dunkelheit nicht aufgefallen, dass sie etwas unter ihrer Kleidung verborgen hatte. Erschrocken stieg er auf die Bremse und lenkte den Wagen an den Straßenrand. Sie hatten Oberaudorf noch nicht erreicht, aber in der Ferne waren die Lichter des Ortes schon auszumachen. »Was ist das?« Er sah Lena Leitner entsetzt an. »Haben Sie das etwa mitgenommen?«

»Natürlich. Meinen Sie vielleicht, ich lasse das in dem Haus liegen? Wer auch immer bei den Bichlers eingebrochen ist: Das hier«, sie begann, einen Gegenstand aus einem Lumpen zu wickeln, »hat er wahrscheinlich gesucht.«

»Aber ... aber ...« Lorenz war entgeistert. Gerade hatte er noch gedacht, alles wäre glimpflich vonstattengegangen, und jetzt musste er sich plötzlich mit der Tatsache abfinden, Beihilfe zum Diebstahl geleistet zu haben.

Seine Beifahrerin schien das nicht zu kümmern. Mit ein paar Handgriffen entfernte sie das Tuch.

Was darunter zum Vorschein kam, sah aus wie eines der alten Werke, mit denen Lorenz schon unzählige Stunden im Lesesaal der Universitätsbibliothek verbracht hatte: ein fleckiger dunkelbrauner Ledereinband, die Seiten an den Rändern ausgefranst.

Lena Leitner hatte offenbar ein Buch gestohlen.

38

Lorenz konnte nicht schlafen. Er drehte sich zur Wand, als würde seine Unruhe durch den schwachen Schein der Straßenlaternen verursacht, der durch das kleine Fenster ins Zimmer im Torhaus fiel. Doch egal, wie er sich hinlegte, seine Gedanken kreisten immer wieder um die seltsamen Begebenheiten des vergangenen Tages.

Wie war er nur in diese Sache hineingeraten? Nun, Frau Leitner war ihm von der ersten Begegnung an sympathisch gewesen. Da war es einerseits nur natürlich, dass er ihr helfen wollte, doch andererseits hatte er sich ihretwegen Hals über Kopf in ein Abenteuer gestürzt, dessen Ausgang völlig ungewiss war. Hätte er Lena Leitner nicht viel stärker dazu drängen sollen, sich der Polizei anzuvertrauen? Vielleicht wäre das die richtige Art von Hilfe gewesen, die sie gebraucht hätte. Jetzt hatten sie in einer Nacht-und-Nebel-Aktion dieses Buch aus dem Haus der Bichlers gestohlen und wussten nicht, was sie damit tun sollten.

Zugegeben, es hatte schon eine gewisse Spannung in der Luft

gelegen, als sie vorhin im Auto ihre »Beute« näher in Augenschein genommen hatten. Lena Leitners Blick war hastig und ungeduldig über die Seiten geflogen. Lorenz hatte gesehen, dass sie mit handschriftlichen Einträgen gefüllt waren, manche mit kunstvoll verschnörkelten, ausladenden Buchstaben, andere mit eher schlichten. Auch Zeichnungen waren zu erkennen gewesen. Zudem war Lorenz nicht verborgen geblieben, dass aus dem Buch einige Seiten fein säuberlich herausgeschnitten worden waren, auf deren ehemalige Existenz nur der kümmerliche Rest von wenigen Millimetern Papier hinwies.

»Was ist das?«, hatte Lena Leitner gefragt. »Sieht alt aus ... Ich kann nichts davon lesen.«

»Eine Art Gästebuch, wenn Sie mich fragen«, hatte Lorenz nachdenklich gemurmelt.

»Ja, Sie haben recht, das könnte es sein.« Sie hatte noch ein paar Seiten weitergeblättert und dann plötzlich wie vom Blitz getroffen innegehalten. »Das ist es! Das ist das erste Gästebuch vom ›Weber an der Wand‹! Ich werd verrückt.«

Der »Weber an der Wand«? Was das alte Höhlenwirtshaus, in dem er am Vortag den seltsamen Herrn Mochinger angetroffen hatte, mit dieser Sache zu tun haben sollte, war Lorenz nicht gleich klar gewesen.

Doch auf dem Beifahrersitz hatte Lena Leitner sofort zu erzählen begonnen: »Ich kann mich erinnern, dass früher das Gerücht umging, der Alfons könnte das Buch gestohlen haben. Er war einer von denen, die dem Mochinger bei den Renovierungsarbeiten geholfen haben, während derer die Gästebücher auftauchten. Erst waren es wohl drei, aber dann, als die Gemeinde die historischen Dokumente in Obhut nehmen wollte, hat der Mochinger plötzlich behauptet, nur noch zwei zu haben. Das älteste – und wertvollste – sei verschwunden. Die meisten glauben bis heute, dass der alte Querkopf das fehlende Buch einfach nicht hergeben wollte und es immer noch unter seinem Kopfkissen liegt. Erst gestern habe ich den Bürgermeister so etwas sagen hören. Aber als sich der Alfons und der Bernhard Mochinger damals noch während der Renovierung zerstritten, waren – wie ich später manchmal gehört habe, wenn im Dorf über diese alten Geschichten gesprochen wurde – einige der Meinung, dass das mit dem verschwundenen Gästebuch zu tun haben könnte. Tja, und so, wie's aussieht, hatten sie recht!«

Lorenz drehte sich erneut um, schlug für einen Moment die Augen auf und lauschte dem Motorengeräusch eines Autos, das unter dem Torhaus hindurchfuhr. Lena Leitner hatte das geheimnisvolle Buch mit nach Hause genommen. Was hätten sie auch damit tun sollen, so spät am Abend? Die junge Frau wollte es so lange verwahren, bis ihr Mann wieder auftauchte. »Dann werden wir weitersehen«, hatte sie gesagt.

Während er noch darüber nachdachte, dass er das Gästebuch gern einmal in Ruhe genauer betrachten würde – aus rein fachlichem Interesse, schließlich war er als Historiker auf solche Relikte aus vergangenen Zeiten spezialisiert –, schlief Lorenz endlich ein.

Ein Klirren ließ ihn erschrocken hochfahren. Einen Moment lang, bis er ganz zu sich gekommen war, war Lorenz nicht sicher, wo er sich befand. Es war stockdunkel, lange konnte er noch nicht geschlafen haben. Hatte er das eben wirklich gehört? War das Geräusch von der Straße gekommen? Eher nicht. Es hatte so nah gewirkt, beinahe, als käme es aus dem Nebenzimmer. Vielleicht ein Traum?

Moment! Lorenz hielt die Luft an. War das nicht gerade so etwas wie ein dumpfer Schlag gewesen? Eine Tür? Nach einigen Sekunden gestattete er sich wieder zu atmen, während er regungslos in die Dunkelheit horchte. Alles war vollkommen still.

Unsinn. Er würde jetzt nicht anfangen, Angst vor Gespenstern zu bekommen, auch wenn das alte Gemäuer einen schon auf dumme Gedanken bringen konnte. Und dann noch nach so einem aufregenden Tag – der ihm anscheinend mehr zugesetzt hatte als angenommen.

»Noch ein paar Stunden Schlaf, dann bin ich wieder auf dem Damm«, sagte sich Lorenz zu seiner eigenen Beruhigung. Und

tatsächlich war er nach wenigen Minuten wieder friedlich einge-
schlummert.

39

Als er am Morgen das kleine Fenster seiner Kammer öffnete,
um die angenehm kühle Luft hereinzulassen, fühlte Lorenz sich
erfrischt. Er hatte recht behalten – etwas Schlaf, und die Welt sah
wieder deutlich positiver aus.

Es fiel ihm leicht, sich von den Vorgängen rund um das Verschwinden Georg Leitners freizumachen. Schließlich hatte er mit
all dem eigentlich nichts zu tun – und hier seine ganz eigene
Aufgabe zu erledigen. Es wurde höchste Zeit, endlich mit den
Messungen zu beginnen! Und so, wie es aussah, würde heute
auch das Wetter mitspielen.

Leider musste Lorenz zuerst noch zu dieser albernen Pressekonferenz, zu der ihn der Bürgermeister gestern eingeladen hatte.
Hoffentlich würde die nicht allzu lange dauern. Nun, sollte es
ihm zu viel werden, könnte er sich immer noch unter irgendeinem Vorwand verabschieden. Andererseits konnte es für die Zukunft nicht schaden, einen guten Draht zum Rathaus zu haben.
Professor Beckstein hatte vor Kurzem angedeutet, man könne auf
dem Gelände der ehemaligen Auerburg durchaus noch einmal
Grabungen durchführen – und bei solchen Projekten half es den
Wissenschaftlern meist sehr, wenn die betroffene Gemeinde dem
Ansinnen positiv gegenüberstand.

Als Lorenz aus dem Badezimmer in seine Kammer zurückgekehrt war, warf er einen Blick auf seine Armbanduhr und
seufzte. Wenn er pünktlich sein wollte, musste er sein Frühstück in der Bäckerei ausfallen lassen und stattdessen mit einem
Schluck Tee aus seiner Plastiktasse und dem letzten Keks aus
der Schachtel auf seinem Tisch vorliebnehmen. Nachdem er
wenigstens etwas im Magen hatte, klemmte er sich eine Mappe,
in die er ein paar Infoblätter zu seiner Arbeit gesteckt hatte,

unter den Arm und schloss die Tür zu seinem Zimmer hinter sich ab.

Lorenz war über die enge Wendeltreppe ins Erdgeschoss hinuntergestiegen und suchte an seinem Bund nach dem großen Schlüssel für die schwere Holztür, als sein Blick an einer Glasscherbe auf dem Fußboden hängen blieb. Sie lag halb verdeckt unter einer kleinen Kommode, das einzige Möbelstück in dem kleinen, rechteckigen Eingangsbereich. Von ihm gingen noch drei Türen ab, hinter denen, wie Maria sich ausgedrückt hatte, »jede Menge Gerümpel« verstaut war, für das sich in den Ausstellungsräumen kein Platz fand.

Plötzlich hatte Lorenz ein seltsames Gefühl in der Magengegend. Sollte er das Klirren mitten in der Nacht doch nicht geträumt haben?

Er bückte sich und hob die Scherbe auf. Sie war halb so groß wie sein Handteller und wies eine regelmäßige Krümmung auf. Vielleicht ein Teil einer Schüssel oder einer Vase. Hatte auf dieser Kommode nicht eigentlich etwas gestanden? Doch Lorenz konnte sich nicht genau erinnern – im Erdgeschoss hatte er sich nie länger aufgehalten.

Kopfschüttelnd legte er die Scherbe auf die Kommode und nahm wieder den Schlüsselbund zur Hand. Das Bruchstück befand sich wahrscheinlich schon ewig hier auf dem Boden. Er musste sich wirklich endlich auf seine Arbeit konzentrieren und durfte sich nicht ständig von seiner Phantasie ablenken lassen.

Mit einem dumpfen Schlag fiel die Eingangstür des Torhauses hinter Lorenz ins Schloss.

Beim fünften Versuch tat das Feuerzeug endlich, was man von ihm erwarten durfte. Klaus Moratschek beobachtete, wie Roland Fichtner, der journalistische Leiter des »Inntalboten«, seine Hand schützend vor die Flamme hielt, damit der Wind, der an diesem Morgen auf dem Parkplatz am Luegsteinsee ging, sie nicht gleich wieder ausblies. Die Zigarette hatte er sich schon vor einigen Minuten zwischen die fleischigen Lippen geklemmt. Während er den Rauch des ersten, tiefen Zuges langsam und genüsslich durch die Nase wieder entweichen ließ, schob er das Feuerzeug zurück in die ausgebeulte Tasche seiner abgetragenen Jeanshose, über deren straff gespannten Bund der riesige Bauch des Journalisten quoll, den ein fleckiges grün-weiß kariertes Hemd nur mühsam zu bedecken vermochte.

Gelangweilt schaltete Klaus die Digitalkamera ein, die er von zu Hause mitgebracht hatte, spielte ein wenig mit der Zoom-funktion herum und stellte das Gerät dann wieder aus. Immerhin waren sie heute an der frischen Luft. Der schlimmste Teil des Praktikums war, mit diesem Mann in dem winzigen Redakti-onsbüro des »Inntalboten« eingepfercht zu sitzen. Dass es sich bei den Arbeiten, die Klaus von ihm aufgetragen bekam, meist nur um stupide und völlig sinnfreie Tätigkeiten handelte, war die eine Sache. Viel unangenehmer war der Umstand, dass Ro-land Fichtner das Fenster ungern öffnete, weil er sich, wie er es auszudrücken pflegte, »bei dem ganzen Radau da draußen« nicht konzentrieren könne. Das bedeutete, dass die Büroluft zu-sätzlich zum unvermeidlichen dichten Zigarettenqualm von den unangenehmen Körperausdünstungen dieses Mannes erfüllt war, der regelmäßiges Duschen offensichtlich für eine dekadente und überflüssige Angewohnheit hielt.

Der Bürgermeister hatte es geschafft, erstaunlich viele Leute zu diesem Presse-Event zusammenzutrommeln. Neben dem Kamerateam eines Regionalsenders machte Klaus auch ein paar Männer und Frauen mit Notizblöcken und Fotoapparaten aus, die wohl im Auftrag lokaler Anzeigenblätter gekommen waren. Außerdem erkannte er die Gesichter einiger Mitarbeiter des Tourismusbüros sowie Karl Ettenhofer. Der Speditionschef war wohl als Vertreter des Gemeinderats hier, doch die Unruhe, mit der er auf dem Parkplatz auf und ab lief, immer wieder auf seine Armbanduhr sah und dabei ständig in sein Handy sprach, ließ keinen Zweifel daran aufkommen, dass er eigentlich Wichtigeres zu tun hatte.

Der Bürgermeister stand neben dem Rednerpult auf einer klei-nen Bühne, die so positioniert worden war, dass der Luegsteinsee und das Bergpanorama dahinter auf den Fotos der Presseleute und den Bildern der Fernsehkamera einen perfekten malerischen Hintergrund abgeben würden. Rupert Stöttner hatte sich, seit er vor wenigen Minuten eingetroffen war, sichtlich zufrieden umgesehen, seine Anspannung aber nicht verbergen können. Jetzt sprach er leise mit einem jungen Mann, der gerade erst dazugekommen war und den Klaus nicht kannte. Die Gesten des Bürgermeisters deuteten darauf hin, dass der Mann, der sich eine Mappe unter den Arm geklemmt hatte, Teil der Präsentation sein würde und gerade in den Ablauf eingewiesen wurde.

Plötzlich richtete sich die Aufmerksamkeit der Wartenden auf einen weiteren Neuankömmling. Gespräche wurden unterbrochen, Köpfe drehten sich, um einen Blick auf den etwa fünfzigjährigen grau melierten Herrn im feinen Anzug zu erhaschen, der zügigen Schrittes auf die Bühne zumarschierte. Einen Meter hinter ihm folgte mit Mühe eine deutlich jüngere Frau mit Brille, Hosenanzug und hochhackigen Schuhen, die in der einen Hand ein Smartphone und in der anderen einen großen, in schwarzes Leder eingebundenen Terminplaner und einige lose Blätter hielt.

»Von wegen Minister«, hörte Klaus Roland Fichtner verächtlich murmeln. »Es hat gerade mal so für den stellvertretenden Staatssekretär gereicht. Aber wahrscheinlich auch nur, weil bald wieder Wahlen sind.« Der Journalist räusperte sich hörbar, drehte sich ein wenig zur Seite und spuckte angewidert auf den Boden. »Dem feinen Herrn wird der Rupert jetzt ordentlich Honig ums Maul schmieren – weil er meint, dass uns das hilft, diese blödsinnige Goldmedaille zu gewinnen. Als hätten wir keine dringlicheren Probleme.«

Klaus konnte sich nicht vorstellen, welche Probleme der Gemeinde Roland Fichtner für dringlich erachtete. Bei genauer Betrachtung schien er sich für gar nichts besonders zu interessieren, solange er in Ruhe gelassen wurde und seinen fetten Hintern nicht aus seinem Bürostuhl zwängen musste.

Wieder verebbte das Gemurmel auf dem Parkplatz, das sich nach dem Erscheinen des stellvertretenden Staatssekretärs erhoben hatte. Der Bürgermeister war, nachdem er dem Mann im Anzug die Hand gegeben und ein paar Worte mit ihm gewechselt hatte, auf das Rednerpult hinter das Mikro getreten, um mit der Pressekonferenz zu beginnen.

Lorenz verkniff sich das Gähnen im letzten Moment. Immerhin stand er auf der Bühne und hatte sein Gesicht all den Fotoapparaten und der Fernsehkamera zugewandt, die auf den Bürgermeister und den stellvertretenden Staatssekretär des Heimatministeriums gerichtet waren. Da wollte er nicht demonstrativ gelangweilt wirken. Allerdings dauerte die Ansprache Rupert Stöttners nun wirklich schon ziemlich lange. Zuerst hatte er mit vielen überschwänglichen Worten den Mann aus dem Ministerium begrüßt, sich danach auch bei Lorenz für sein Kommen bedankt, ihn dabei jedoch als »Lorenz Kästner« vorgestellt, der eine »Koryphäe im Bereich der Mittelalterforschung« sei.

Was der Bürgermeister dann umständlich zu erklären versuchte, war wohl so etwas wie ein verbessertes Tourismuskonzept für die Gemeinde Oberaudorf. Dabei holte Rupert Stöttner immer wieder weit aus, um die bestehenden Attraktionen für Feriengäste, die den meisten Anwesenden längst bekannt sein durften, ausführlich und in den höchsten Tönen anzupreisen. In erster Linie schien es ihm darum zu gehen, den Journalisten ein Loblied auf den Tourismusstandort Oberaudorf in die Blöcke zu diktieren und den Mann von der Staatsregierung von der Schönheit und Vielseitigkeit der Ortschaft zu überzeugen.

Durch die neue Beschneiungsanlage sei man, was den Skibetrieb betreffe, den Wetterkapriolen nicht mehr ausgeliefert und könne den Gästen eine höhere Schneesicherheit bieten. Der »Audorfer Flieger«, mit dessen Hilfe man sich in atemberaubender Geschwindigkeit vom Hocheck ins Tal stürzen könne, sorge auch im Sommer für ein aufregendes und einmaliges Bergerlebnis. Die Wanderwege – das erwähnte der Bürgermeister mit besonderem Nachdruck – seien mit modernsten Markierungssystemen ausgestattet und würden regelmäßig kontrolliert und auf ihre Sicherheit geprüft.

Als die Assistentin dem stellvertretenden Staatssekretär etwas ins Ohr flüsterte und der daraufhin mit ungeduldiger Miene einen verstohlenen Blick auf seine Armbanduhr warf, beschloss Rupert Stöttner, zum zweiten Teil des Vortrags überzugehen.

Lorenz wusste, dass nun gleich ausführlicher von ihm die Rede sein würde. Doch zunächst verzettelte sich der Bürgermeister aufs Neue in einer langatmigen Einleitung, in der er die historisch-kulturelle Bedeutung des Inntals im Allgemeinen und die über Jahrhunderte bestehende strategische Bedeutung des Gebietes der Gemeinde Oberaudorf im Besonderen zu erläutern versuchte.

Der stellvertretende Staatssekretär stieg unruhig von einem Fuß auf den anderen.

Schließlich widmete sich Rupert Stöttner den Grabungen, die in den neunziger Jahren in den Ruinen der Auerburg stattgefunden hatten. »Der historischen Bedeutsamkeit unserer Region wird in diesen Tagen einmal mehr auch von wissenschaftlicher Seite Rechnung getragen«, sagte der Bürgermeister und drehte sich zu Lorenz um.

Jetzt würde er ihn und seine Arbeit noch einmal kurz vorstellen, dann sollte er, der Historiker, selbst ein paar Worte sagen, und danach, stellte Lorenz erleichtert fest, würde er endlich verschwinden können.

Ihm zugewandt fuhr der Bürgermeister fort: »Extra aus München, wo er an der Ludwig-Maximilians-Universität bedeutende Forschungsarbeit zum mittelalterlichen Burgenbau leistet, angereist ist der Historiker –«

Ein markerschütternder Schrei sorgte dafür, dass alle Anwesenden zusammenzuckten und Rupert Stöttner mitten im Satz verstummte.

40

Der Schrei war von hinter der Bühne gekommen – woher genau, wusste im ersten Moment niemand. Einige tauschten ratlose Blicke aus, andere – allen voran die Reporter und der Chef des

Kamerateams – liefen um das Podest herum in die Richtung, in der sie die Quelle des Geräusches vermuteten.

Der Bürgermeister hatte die Situation noch nicht wirklich erfasst, allerdings war ihm bewusst, dass ihm die Aufmerksamkeit seines Publikums mit einem Schlag abhandengekommen war und es keinerlei Sinn hatte weiterzureden. In seiner Verwirrung wandte er sich mit einer entschuldigenden Geste zum stellvertretenden Staatssekretär, der ihm jedoch bereits den Rücken zugedreht hatte und sich ebenfalls nach dem Urheber des Schreis umsah.

Karl Ettenhofer, der gerade sein Handy aus der Tasche genommen hatte, um zu überprüfen, wie viele Anrufe aus der Spedition seit Beginn von Stöttners Rede eingegangen waren, steckte das Gerät schnell wieder ein, bevor er den Neugierigen mit etwas Abstand folgte.

Sobald Roland Fichtner sah, dass auch der Reporter des Regionalsenders sein Kamerateam mit einer Handbewegung anwies, hinter die Bühne zu kommen, warf er seine halb gerauchte Zigarette auf den Boden und rief Klaus Moratschek zu, ihm zu folgen.

Als die beiden sich dem Seeufer näherten, ließ allein die dort zusammengedrängte Menge erahnen, dass an dieser Stelle der Grund für die Aufregung zu finden war. Doch Roland Fichtner konnte nichts sehen.

»Jetzt lassen Sie mich mal durch. Ich bin von der Presse!«, rief er, während er versuchte, seinen massigen Körper zwischen den anderen Schaulustigen hindurch nach vorne zu zwängen. Aber sein Einwurf war nicht erfolgreich, schließlich durften fast alle der Anwesenden von sich das Gleiche behaupten. Was war hier nur vorgefallen? Dem Geplapper um ihn herum konnte Fichtner kaum etwas Sinnvolles entnehmen. Frustriert rief er in die versammelte Menge: »Ja, was ist denn jetzt los, Herrgott noch mal?«

Die Frau vor ihm drehte sich zu dem Journalisten um.

Roland Fichtner sah die Brille und den Hosenanzug und erkannte die Assistentin des stellvertretenden Staatssekretärs, die auf einmal sehr viel blasser und verletzlicher wirkte als noch vor einigen Minuten.

»Da liegt jemand im Wasser.« Sie sprach leise und mit einem leichten Zittern in der Stimme. »Anscheinend ist er tot.«

Lorenz hatte sich innerlich gerade darauf vorbereitet, sich den Zuhörern vorzustellen, als hinter ihm der gellende Schrei ertönt war. Auch er hatte sich sofort reflexartig umgesehen und am Ufer des Luegsteinsees, nur ein kleines Stück vom Standort der Bühne entfernt, eine Frau erkannt, die sich entsetzt eine Hand vor den Mund hielt. Die andere war auf das Wasser gerichtet, auf etwas, das dort lag, das Lorenz aber nicht erkennen konnte. Nach ein paar schnellen Schritten stand der Historiker neben der Frau, die geschrien hatte.

Wenige Sekunden später waren fast alle, die gerade noch dem Bürgermeister zugehört hatten, herbeigeeilt. Fotoapparate klickten, hinten schimpfte einer, er wolle durchgelassen werden, er sei von der Presse.

Die Frau, die geschrien hatte, trug eine dünne blaue Sommerjacke, eine beige Funktionshose und Wanderschuhe. Sie wirkte verstört. »Der ist tot«, stammelte sie und wies dabei auf den Körper, der reglos mit dem Gesicht nach unten im Wasser lag.

»Wir müssen die Polizei benachrichtigen!«, rief jemand.

Und eine andere Stimme antwortete: »Hab ich schon, die kommen gleich.«

Ein Mann trat nach vorne und ging, einen dicken Ast vom Seeufer in der Hand, ohne Rücksicht auf Schuhe oder Hose ein paar Schritte ins Wasser und auf den leblosen Körper zu, bis seine Waden verschwunden waren. Er mochte etwa fünfundvierzig Jahre alt sein und war Lorenz bereits vor Beginn der Veranstaltung aufgefallen, weil er bis zur letzten Sekunde anscheinend geschäftliche Telefonate geführt hatte. Viel hatte man zwar nicht verstehen können, aber offensichtlich war es um Terminlieferungen gegangen und darum, dass ein Fahrer wegen eines Bandscheibenvorfalls kurzfristig ausgefallen war.

Als der Mann die Leiche erreichte, beugte er sich ein wenig hinunter und drehte den Körper mit Hilfe des Astes, um das Gesicht des Toten erkennen zu können.

Die Menge war jetzt absolut still, auch die Frau in der Wanderkleidung war verstummt.

Schließlich richtete sich der Mann wieder auf, wandte sein entsetztes Gesicht den Menschen am Ufer zu und rief mit bebender Stimme: »Der Schorschi! Es ist der Schorschi!«

Für einige Sekunden sagte niemand etwas, dann begann ein allgemeines Raunen, das sich bald zu aufgeregten Diskussionen steigerte. Die Fotoapparate der Presseleute klickten unaufhörlich, und das Fernsehteam kämpfte um einen Platz am Ufer, von dem aus die Kamera die Szene am besten einfangen konnte. Die Frau, deren Schrei die Leute aufgeschreckt hatte, erbrach sich ins Gebüsch, und die Assistentin des stellvertretenden Staatssekretärs reichte ihr ein Taschentuch. Der Bürgermeister war allein auf der Bühne zurückgeblieben. Hilflos starrte Rupert Stöttner auf den Tumult, der seine akribisch geplante Veranstaltung gesprengt hatte.

Lorenz nahm von all dem kaum etwas wahr. Er schloss die Augen und versuchte zu verstehen, was er gerade gehört hatte und doch kaum glauben mochte: Dort im Wasser lag der leblose Körper von Lena Leitners Mann.

Zweiter Teil

1

Kriminalhauptkommissarin Tamara Stahl schloss die Tür, durch die Lorenz Kastner soeben ihr Büro verlassen hatte. Es war still geworden im Gebäude des Polizeidezernats in Rosenheim, draußen ging die Dämmerung bereits in die Dunkelheit der Nacht über.

Ihre Kollegen machten sich oft lustig darüber, dass Tamara Stahl immer wieder bis weit über den offiziellen Dienstschluss hinaus in ihrem Büro saß. Das passte wunderbar zu den übrigen Witzeleien über ihr Geschlecht und ihr Alter.

»Wenn du ein bisschen mehr Erfahrung hast, wirst du merken, dass man die ausgeschlafensten unter den bösen Jungs nur zu fassen kriegt, wenn man sich selbst genügend Ruhe gönnt«, hatte Kollege Heinrich Schmitterer ihr neulich voll altväterlicher Fürsorge zugeraunt, als sie spätabends noch über einem Berg von Akten an ihrem Schreibtisch gesessen hatte.

Tamara Stahl war die jüngste Hauptkommissarin, die es in Rosenheim je gegeben hatte. Und die erste Frau beim Mord, was die bierbäuchigen Platzhirsche im Präsidium nur so lange gut fanden, wie sie sich als wohlmeinende Beschützer und weise Ratgeber für die unerfahrene junge Kollegin aufspielen konnten, die dann mit blinzelnden Rehäuglein ihre Dankbarkeit bekunden durfte.

Seit sie wenige Wochen nach ihrem Dienstantritt in Rosenheim das erste Mal einem dieser selbstgefälligen Schwätzer deutlich die Meinung gesagt hatte, schwang in den guten Ratschlägen stets ein bissiger, ironischer Tonfall mit. Tamara Stahl war sich sicher, dass auf den Fluren des Kommissariats spätestens seit diesem Zeitpunkt hauptsächlich spöttisch über sie geredet wurde. Vor allem, wenn am Vortag in ihrem Büro noch immer Licht gebrannt hatte, während der letzte ihrer Kollegen in seinem Auto vom Parkplatz gefahren war, so wie heute.

Mit einem sanften Ruck setzte sich der Zug in Bewegung. Lorenz Kastner, der allein in einem Abteil saß, blickte aus dem Fenster und sah das Rosenheimer Bahnhofsgebäude langsam an sich vorbeiziehen. Es würde keine halbe Stunde dauern, bis er wieder in Oberaudorf war.

Erst jetzt spürte er, wie sehr ihn dieser Tag erschöpft hatte. Außerdem knurrte sein Magen, weil seit dem kümmerlichen Frühstück am Morgen kaum daran zu denken gewesen war, etwas zu essen. Lorenz musste unwillkürlich den Kopf schütteln, wenn er sich ins Gedächtnis rief, wie er das Torhaus verlassen hatte, um zu der Pressekonferenz zu gehen. Im Grunde war das noch nicht sehr lange her, und doch erschien es ihm, als hätte sich seitdem alles verändert.

Diese Hauptkommissarin hatte ihn ein wenig eingeschüchtert. Ihr Blick, wenn sie ihre Fragen stellte, war stechend gewesen. So als würden ihre Augen durch die Fassade ihres Gegenübers sehen können, um jegliche Unstimmigkeit, jeden Versuch einer Lüge sofort zu enttarnen.

Lorenz hatte keineswegs gelogen und auch nichts bewusst verschwiegen. Und trotzdem hatte er sich in ihrem Büro die ganze Zeit wie ein ertappter Verbrecher gefühlt.

Die Sache mit dem Gästebuch hatte bei Frau Stahl natürlich nicht gerade einen guten ersten Eindruck gemacht. Irgendwie hatte sie sich ungern damit zufriedengeben wollen, dass Lorenz nur durch Zufall in diese Sache hineingeraten war. Ihr Misstrauen hatte man beinahe mit Händen greifen können. Und als er der Hauptkommissarin dann noch das Fläschchen mit dem Herzmedikament gegeben hatte, war ihre Laune nicht besser geworden, im Gegenteil. Trotzdem war sich Lorenz sicher, das Richtige getan zu haben. Es ging schließlich um Mord, da wollte er auf keinen Fall eine Information zurückhalten, die eventuell zur Klärung des Falls beitragen konnte. Deshalb hatte er das Fläschchen mitgenommen, als er am Nachmittag nach Rosenheim aufgebrochen war, um seine Zeugenaussage zu machen.

Der Klingelton seines Handys riss ihn aus seinen Gedanken.

Wer wollte ihn so spät am Abend noch sprechen? Ihm wurde etwas flau im Magen, als ihm klar wurde, dass eigentlich nur eine Person in Frage kam. Daran hatte er überhaupt nicht mehr gedacht! Bevor er das Gespräch annahm, streckte er den Rücken durch – vor Müdigkeit war er tief in seinen Sitz gesunken – und räusperte sich.

»Kastner. – Guten Abend, Herr Professor Beckstein. – Ich wollte Sie auch schon anrufen, aber … – Ach so, ja. – Nein, Herr Professor, leider bin ich heute nicht wirklich vorangekommen, weil … – Ja, ich weiß, dass es einen Zeitplan gibt. Es tut mir ja auch sehr leid, dass ich … – Ja, heute war das Wetter gut, aber … – Hören Sie, Herr Professor Beckstein, ich war gerade in Rosenheim bei der Polizei. In Oberaudorf ist heute Morgen die Leiche eines Mannes gefunden worden. Es handelt sich um einen Mordfall. Und ich, nun ja, ich bin da irgendwie hineingeraten und musste deshalb nach Rosenheim, um eine Aussage zu machen. – Ja. Morgen lesen Sie wahrscheinlich sowieso davon in der Zeitung. – Natürlich, Herr Professor, ich verstehe Sie sehr gut. Ich verspreche Ihnen, dass ich mich ab sofort ausschließlich um die Messungen kümmern werde. Morgen … Hallo?«

Lorenz Kastner nahm das Handy vom Ohr und starrte konsterniert auf das Display. Dann steckte er das Mobiltelefon wieder in seine Tasche und versuchte, durch das spiegelnde Zugfenster in die Dunkelheit zu blicken, um irgendeinen Hinweis darauf zu erhaschen, dass er sich dem Bahnhof von Oberaudorf näherte. Er brauchte jetzt erst einmal etwas zu essen und dann ein paar Stunden Schlaf, so viel stand fest.

2

Lorenz Kastner, der Historiker, der die letzten ereignisreichen Tage in Oberaudorf verbracht hatte, war es mit seiner Aussage nicht wirklich gelungen, Licht in diese seltsame Angelegenheit zu bringen. Im Gegenteil. Auch wenn Tamara Stahl versucht hatte, es sich während der Vernehmung nicht anmerken zu lassen: Seine Angaben trugen sogar entscheidend zu ihrer Verwirrung bei.

Erschöpft ließ sie sich in ihren Bürostuhl fallen und nahm erneut den Notizblock zur Hand, auf den sie im Laufe des Tages alle wichtigen Informationen geschrieben hatte. Die Essenz aus dem bedruckten Papier und dem Chaos, das sich auf Tamara Stahls Arbeitsplatz türmte, sollte in ihm enthalten sein. Was hatte sie also?

Ein Mordopfer in einem See, am Morgen von einer Spaziergängerin gefunden. Nach der ersten Einschätzung der Gerichtsmedizin hatte der leblose Körper mindestens vierundzwanzig Stunden im Wasser gelegen. Eine Verletzung am Kopf hatte wahrscheinlich zum Tod geführt. Name des Toten: Georg Leitner. Er wurde sechsunddreißig Jahre alt. Verheiratet. Angestellter in einer Spedition. Seinetwegen war Tamara Stahl am Vormittag nach Oberaudorf gefahren. Dort war es am – sie suchte in ihrem Notizblock nach dem Namen –, am Luegsteinsee nicht nur zu der unerfreulichen Begegnung mit der Wasserleiche gekommen, sondern sie hatte sich auch einer aufgeregten Ansammlung von Dorfbewohnern und Reportern gegenübergesehen.

Die Dame, die Georg Leitner gefunden hatte, hatte keinerlei Angaben machen können, die die Ermittlungen voranbrachten. Sie war eine Touristin aus Niedersachsen und nach ihrem Frühstück zu einer Wanderung aufgebrochen, die sie am Luegsteinsee vorbeiführte – wo sie dann etwas im Wasser hatte liegen sehen, was sich auf den zweiten Blick erschreckenderweise als Leiche entpuppt hatte.

Die Ehefrau des Toten, Lena Leitner, war kaum in der Lage gewesen, Fragen zu beantworten, als Tamara Stahl mit der schrecklichen Nachricht zu ihr nach Hause gekommen war. Die Hauptkommissarin hatte sie zunächst der Obhut des Notfallseelsorgers überlassen. Am nächsten Tag wollte sie noch einmal versuchen, mit ihr zu sprechen, dann würde sie vielleicht schon mehr sagen können.

Es war nie angenehm, wenn man Menschen begegnete, die meist schon während der Begrüßung beunruhigt waren, weil sie ahnten, dass eine Hauptkommissarin von der Mordkommission keine guten Neuigkeiten im Gepäck hatte – und wenn man diese Menschen dann nicht etwa beruhigen konnte, sondern ihnen sagen musste, dass ihre schlimmsten Befürchtungen der Wahrheit entsprachen. In solchen Situationen fragte sich Tamara Stahl schon manchmal, warum sie ausgerechnet diesen Beruf gewählt hatte. Irgendwie war sie eher zufällig reingerutscht: Polizeischule, weil sie gut in Sport war. Dann auf die Polizeihochschule, weil man sie für fähig hielt. Damals wollte sie zum Betrug, weil einer ihrer Förderer im Betrugsdezernat in München saß und ihr immer wieder von den spannenden Ermittlungen in diesem Bereich erzählte.

Ihre ersten Sporen als Kommissarin verdiente sie sich auch tatsächlich in dieser Abteilung – bis die Beförderung und das Angebot einer Stelle in Rosenheim kamen: Mordkommission.

Dass sie so schnell zugesagt hatte, hatte wohl auch mit Tobi zu tun. Zwar war die Trennung einvernehmlich verlaufen, aber trotzdem war es seltsam gewesen, dem Mann, mit dem sie fast zwei Jahre lang eine Beziehung geführt und sogar schon über Heirat und Kinder gesprochen hatte, danach weiterhin jeden Tag im Büro zu begegnen.

Manchmal fragte sie sich, ob sie sich nicht regelrecht zur Mordkommission geflüchtet hatte, um dieser Situation zu entgehen. Aber das wäre wohl zu drastisch ausgedrückt. Die berufliche Perspektive hatte durchaus jederzeit im Mittelpunkt ihrer Überlegungen gestanden. Doch unter den gegebenen Umständen hatte sie nicht besonders lange darüber nachgedacht, was letztlich in Rosenheim auf sie zukäme. Jedenfalls war sie sich nicht im Klaren darüber gewesen, dass sie selbst es sehr oft sein würde, die den nächsten Angehörigen die Todesnachricht überbrachte.

So wie heute Lena Leitner. Die war – wie erwartet – am Boden zerstört gewesen, doch außerdem auch wütend. Sie hatte erzählt, sie habe ihren Mann schon als vermisst gemeldet, sei aber nicht ernst genommen worden. Tamara Stahl war nichts anderes übrig geblieben, als die Vorwürfe, die die aufgelöste Frau den Kollegen machte, zur Kenntnis zu nehmen.

Interessant war gewesen, was Lena Leitner dann erzählte: Sie habe gestern das Fahrrad ihres Mannes vor dem Haus eines Bekannten gefunden. Sie habe die Polizei gerufen, die festgestellt habe, dass in das Haus eingebrochen worden sei, das im Übrigen leer gestanden habe, weil der Besitzer vor einigen Tagen bei einem Unglück beim Wandern ums Leben gekommen sei.

Damit wäre sie dann beim zweiten Toten in dieser Geschichte. Tamara Stahl blätterte eine Seite ihres Notizblocks um. Markus Bichler, vierunddreißig Jahre, hatte die letzten Jahre in Los Angeles gelebt. Die Kollegen aus Kiefersfelden hatten ihr bereits sämtliche Informationen zu seinem Fall zukommen lassen: Der Mann war unweit von Oberaudorf am Fuß einer Felswand unterhalb einer Höhle namens »Grafenloch« gefunden worden. Tod durch Genickbruch, ansonsten mehrere Knochenfrakturen. Wahrscheinlich war er von der Leiter gefallen, die in die Höhle führte. Einige Fragen waren jedoch noch offen. So wusste niemand, was Markus Bichler abends bei schlechter Witterung an diesem Ort gewollt haben könnte. Außerdem hatte er sich am selben Tag noch mit – und an dieser Stelle wurde es für Tamara Stahl interessant – Georg Leitner gestritten. Für die Auseinandersetzung in einer Gaststätte in Oberaudorf gab es mehrere Zeugen. Georg Leitner war am Tag nach dem Unglück von den Kollegen befragt worden, hatte dabei aber vehement – und anscheinend glaubwürdig – bestritten, etwas mit dem Ableben von Markus Bichler zu tun zu haben.

Hingen die beiden Todesfälle zusammen? Oder war es Zufall, dass Georg Leitner ermordet worden war, kurz nachdem Markus Bichler beim Wandern den Tod gefunden hatte? Tamara Stahls Blick fiel auf das Fläschchen mit den Herztabletten, das Lorenz Kastner mit zerknirschter Miene aus seiner Jackentasche geholt hatte und das jetzt in einem Plastikbeutel für Beweismittel auf ihrem Schreibtisch lag.

Kastner hatte ausgesagt, es zwei Tage nach dem Unglück im Grafenloch gefunden zu haben. Und zu wissen, dass Georg Leitner dieses Medikament regelmäßig genommen habe. War er also in der Höhle gewesen, als Markus Bichler in den Tod stürzte?

Tamara Stahl ärgerte sich über die Kollegen, die den Unglücksort anscheinend nicht gründlich genug abgesucht hatten, um selbst auf das Fläschchen zu stoßen, und blätterte noch einmal um.

Der dritte Tote: Alfons Bichler, Markus Bichlers Vater. Gestorben vor vier Wochen im eigenen Bett an einem Schlaganfall. Keine Auffälligkeiten. Er hatte in den letzten Jahren allein in seinem Haus gewohnt. Dort, wo – wie die Spurensicherung heute Nachmittag schon anhand einiger kleiner Blutspritzer an einem Wohnzimmerschrank festgestellt hatte – Georg Leitner möglicherweise erschlagen worden war.

Dieses Haus musste der Schlüssel zu den mysteriösen Todesfällen sein, da war sich Tamara Stahl sicher. Erst starb der alte Besitzer, dann traf der Sohn aus den USA ein, um den Nachlass zu regeln, und kam bei einer nächtlichen Wanderung unter seltsamen Umständen ums Leben. Daraufhin brach Georg Leitner in das Haus der Bichlers ein, um nach etwas zu suchen. Dort wurde er erschlagen und anschließend von seinem Mörder im Luegsteinsee versenkt. So stellte sich das Bild für Tamara Stahl am Ende dieses Tages dar.

Dann war da noch dieses Gästebuch, aus dem einige Seiten herausgeschnitten worden waren. Lena Leitner war heute noch nicht in der Lage gewesen, die Geschichte verständlich zu erzählen, hatte die Hauptkommissarin aber auf Lorenz Kastner, den Historiker, verwiesen. Also hatte Tamara Stahl ihn ins Präsidium bestellt, und er hatte ihr berichtet, dass er Frau Leitner gestern geholfen habe, ein altes Gästebuch aus einem Geheimfach im Haus der Bichlers zu entwenden – obwohl das Gebäude wegen des Einbruchs bereits von der Polizei versiegelt gewesen sei.

Tamara Stahl klopfte sich mit dem Zeigefinger an die linke Schläfe, wie sie es oft tat, wenn sie nachdachte. Lorenz Kastner war wirklich die seltsamste Figur in diesem Szenario. Er gab an, niemanden der Beteiligten wirklich zu kennen und Anfang dieser Woche zum ersten Mal in seinem Leben nach Oberaudorf gekommen zu sein – und doch war er irgendwie in den Fall verwickelt. Sie war sich noch immer nicht sicher, ob sie ihm glauben sollte. Hatte er sich wirklich mir nichts, dir nichts von einer ihm völlig unbekannten Frau zu einer so seltsamen Aktion wie dem nächtlichen Bücherdiebstahl verleiten lassen?

Jedenfalls hatte er gesagt, dass das Buch aus einem alten Wirtshaus in Oberaudorf stamme, dem »Weber an der Wand«. Und dass es lange verschollen gewesen sei. Aber hatte das überhaupt etwas mit den Todesfällen zu tun? Und wer hatte die fehlenden Seiten herausgeschnitten? Nun ja, sie würde das Wirtshaus ohnehin bald aufsuchen. Morgen musste Tamara Stahl noch einmal nach Oberaudorf, um ein hoffentlich etwas aufschlussreicheres Gespräch mit Lena Leitner zu führen – und sich das Haus der Bichlers in Ruhe anzusehen.

Das Telefon auf Tamara Stahls Schreibtisch klingelte.

Als die Hauptkommissarin abhob, meldete sich Sonja Fuhrmann von der Kriminaltechnik. »Hab ich mir doch gedacht, dass ich Sie noch im Büro erreiche! Vergessen Sie nicht, sich auch mal etwas Ruhe zu gönnen. Neuer Mordfall hin oder her – Ihr Körper und Ihr Geist werden es Ihnen danken.«

»Sehr liebenswürdig, dass Sie sich so um mich sorgen, Frau Fuhrmann. Ich verspreche Ihnen, bei nächster Gelegenheit etwas weniger zu arbeiten. Allerdings nehme ich nicht an, dass das der einzige Grund für Ihren Anruf ist. Haben Sie weitere Ergebnisse der Untersuchungen im Haus der Bichlers?«

»Wir sind noch nicht fertig, aber ich wollte Sie von etwas unterrichten, das wir eher zufällig entdeckt haben. Am Wasserhahn in der Küche hatten wir gehofft, Fingerabdrücke des Täters zu finden, der ja offensichtlich das meiste Blut aufgewischt hat. Abdrücke waren leider keine da – aber dafür Spuren von Blausäure.«

»Blausäure? Nach einem Giftmord sah das bisher überhaupt nicht aus. Ich bin gespannt, ob die Gerichtsmedizin im Körper des Toten ebenfalls fündig wird. Jedenfalls danke ich Ihnen, dass Sie mir gleich Bescheid gegeben haben.«

»Gern geschehen. Ich melde mich wieder, sobald wir neue Ergebnisse haben. Und natürlich bekommen Sie auch bald meinen schriftlichen Bericht.«

»In Ordnung. Gute Nacht.«

»Gute Nacht.«

Nachdem die Hauptkommissarin aufgelegt hatte, atmete sie tief durch und schüttelte den Kopf. Falls bei der Sache tatsächlich Gift im Spiel gewesen war, stellten sich bezüglich des Tathergangs völlig neue Fragen. Doch damit würde sie sich heute wirklich nicht mehr beschäftigen.

Sie legte den Notizblock zu den restlichen Papieren auf ihren Schreibtisch, stand auf, streckte sich und gähnte. Sie warf einen Blick auf die Funkuhr neben ihrem abgeschalteten Computerbildschirm: Es war bereits nach dreiundzwanzig Uhr. Plötzlich spürte Tamara Stahl, dass sie unglaublichen Hunger hatte. Kein Wunder, den ganzen Tag war keine Zeit gewesen, um etwas zu essen.

Seit sie wieder allein lebte, passierte es ihr manchmal, dass sie die Mahlzeiten völlig vergaß. Kochen war ohnehin nicht gerade ihre Leidenschaft, zuletzt hatte Tobi das immer übernommen. Regelmäßig gut zu essen war ihm sehr viel wichtiger gewesen als ihr, er las gerne Kochbücher mit ausgefallenen Rezepten und hatte sie manchmal zu animieren versucht, sich mit ihm zusammen an den Herd zu stellen. Sie war nie darauf eingegangen.

Während sie nach ihrer Jacke griff, ihren Schlüssel einsteckte und das Büro verließ, ging sie im Kopf die Take-away-Restaurants durch, an denen sie auf der Fahrt nach Hause vorbeikommen würde. In ein paar Tagen würde gleich hier um die Ecke ein neuer Italiener eröffnen – doch bis dahin musste sie mit dem vorliebnehmen, was sonst noch auf ihrem Heimweg lag und um diese Uhrzeit noch nicht geschlossen hatte. Als sie auf dem Parkplatz ihren Wagen aufschloss, hatte sie sich zähneknirschend für den Chinesen entschieden.

3

Lorenz wusste nicht, wie das Gästebuch in das Büro von Professor Beckstein gelangt war. Jedenfalls lag es auf seinem riesigen dunklen Schreibtisch, während der grauhaarige Historiker mit zorniger

Miene hektisch darin herumblätterte. Schweißperlen standen auf seiner Stirn, seine Brille war ein wenig verrutscht.

»Herr Kastner, das ist eine Schande. Ein Skandal! Wer hat die Seiten herausgeschnitten?«

Lorenz wollte antworten, wollte seinem Doktorvater mitteilen, dass er von nichts wisse und das Buch nur zufällig gefunden habe – doch er brachte nicht einen einzigen Laut heraus. Sein Hals war wie zugeschnürt, seine Zunge gelähmt.

»Er kann nichts dafür. Er hat nur getan, was ich ihm gesagt habe.« Die Frauenstimme klang ruhig und wohlwollend.

Lorenz drehte sich nach links und blickte in die sanftmütigen Augen von Lena Leitner, die ihn direkt ansah.

»Nicht wahr, Lorenz? Du würdest alles tun, was ich dir sage. Alles.«

Wieder setzte er zum Sprechen an, doch es blieb bei einem kläglichen Versuch. Lorenz wollte nur weg von hier, der unangenehmen Situation entkommen.

Also lief er. Er rannte einen düsteren Korridor mit dunkelgrauen Türen entlang, an denen Schilder mit der immer gleichen Aufschrift hingen: »Einwohnermeldeamt«.

Lorenz begann zu schwitzen, seine Beine wurden schwer. Jeder Schritt war anstrengender als der vorige. Das musste am Wasser liegen. Es reichte ihm schon bis zu den Oberschenkeln. Und seine dünnen Lederschuhe drohten, im schlammigen Boden des Sees stecken zu bleiben. Warum hatte er sich nicht praktischer angezogen?

Er blieb stehen. Was wollte er hier überhaupt? Er musste ans Ufer, dort käme er viel leichter voran. Er drehte sich um und stieß gegen etwas Weiches. Er wollte schreien, doch dann erstarrte er vor Schreck. Die toten Augen von Georg Leitner starrten ihn aus dem Wasser heraus ungläubig an.

»Herr Kastner, wo bleiben Sie denn? Wir warten alle schon auf Sie.« Der Bürgermeister stand am Ufer, winkte und deutete hektisch auf das Rednerpult hinter sich. Kameras klickten.

Schritte auf einem Holzboden.

»Ihre Geschichte erscheint mir doch ziemlich abenteuerlich,

Herr Kastner.« Der durchdringende Blick der jungen Hauptkommissarin zog Lorenz in den Bann. Die tiefblauen Augen waren drauf und dran, ihn zu verschlingen.

Dann erneut die eisige Stimme: »Ich will die Wahrheit hören. Die ganze Wahrheit!«

Wieder Schritte, diesmal lauter. Das Geräusch, das die Bodendielen im Torhaus machten, wenn man darüberlief. Es klang, als wäre jemand in einem der unteren Stockwerke.

»Die Wahrheit!«

Lorenz schreckte hoch, sein Atem ging schnell. Um ihn herum war alles dunkel, nur wenig milchiges Mondlicht drang durch das kleine Fenster in seine Kammer. Ein Traum. Keine Angst, es war alles nur ein Traum gewesen. Professor Beckstein, das Gästebuch, der See, die Leiche, die Hauptkommissarin, die Schritte auf den Holzdielen – alles nur geträumt.

Lorenz atmete wieder etwas ruhiger. Die letzten Tage waren einfach zu aufregend gewesen. Moment – die Schritte! Sie waren noch immer zu hören, leise, aber deutlich.

Lorenz hielt den Atem an und lauschte. Außer ihm war noch jemand im Torhaus. Was jetzt? Aufgeregt versuchte er, einen klaren Gedanken zu fassen. Sollte er einfach die Tür seiner Kammer öffnen und laut fragen, wer sich hier herumtrieb? Andererseits – wenn jemand nachts durch das Gebäude schlich, führte derjenige wohl etwas im Schilde, wobei er nicht erwischt werden wollte. War Lorenz also in Gefahr? Ihm stockte erneut der Atem: Was, wenn der Eindringling auf der Suche nach ihm war?

Plötzlich ein dumpfer Schlag – dann war alles still. Das musste die schwere Eingangstür gewesen sein. Lorenz stieg langsam aus dem Bett, darauf bedacht, kein unnötiges Geräusch zu verursachen. Er schlich zum Fenster und beugte sich gerade so weit nach vorn, dass er auf die Straße sehen konnte.

Nur eine Sekunde lang war die schattenhafte Gestalt zu sehen, bevor sie zwischen den Häusern verschwand.

4

Der komfortable und repräsentative, aber keinesfalls protzige Dienstwagen, der von der Autobahn kommend am Ortsschild vorbei nach Oberaudorf hineinfuhr, war eines der vielen kleinen Details, die deutlich machten, dass sich etwas verändert hatte.

Flüchtig betrachtet war es ein Morgen wie viele andere. Die Strahlen der Sonne, die sich schon vor einigen Stunden bemerkbar gemacht hatte und inzwischen hoch über die Berghänge gestiegen war, fielen auf ein Dorf, in dem die Betriebsamkeit eines gewöhnlichen Werktags zu herrschen schien: Einige Menschen waren auf dem Weg zum Einkaufen in den Supermarkt am Ortsrand, einige auch in den kleinen Biomarkt, der erst vor wenigen Monaten eröffnet hatte.

Andere gingen ihrer Arbeit nach, wie etwa in der Spedition, auf deren Rangierhof die Motoren aufheulten, während in den Büros im Verwaltungsgebäude unaufhörlich telefoniert und auf die Computertastaturen eingehämmert wurde. Über den Marktplatz liefen Leute zielstrebig in verschiedene Richtungen – die einen wollten zum zweiten Frühstück ins Café Rechenberger, andere kamen gerade mit einer gefüllten Papiertüte aus der Bäckerei Huber. Auch vor dem Rathaus herrschte ein reges Kommen und Gehen.

An alldem fuhr der Dienstwagen in gemessenem Tempo vorbei. Einem aufmerksamen Beobachter wäre nicht entgangen, dass an diesem Morgen über jeder Alltäglichkeit und über allen Gewohnheiten eine Spannung lag, die sonst nicht zu spüren war. Wie ein Flüstern und Raunen durchdrang sie die Ortschaft, und obwohl jeder der Bewohner seinem eigenen Tagesplan nachging, war nicht zu leugnen, dass ein einziges Thema ihre Gedanken beherrschte – und vielerorts auch ihre Handlungen.

Direkt neben dem Biomarkt, sogar im gleichen Haus, saß Roland Fichtner vor seiner Tastatur und dem Bildschirm, auf dem verschiedene Internetseiten geöffnet waren. Hinter ihm lag eine kurze Nacht, der ein so intensiver Arbeitstag vorausgegangen war, wie er ihn schon lange nicht mehr erlebt hatte. Tiefe dunkle

Ringe lagen unter seinen Augen – doch sein Blick wirkte so lebendig wie selten zuvor.

Etwas in Roland Fichtner war gestern erwacht. Etwas, das so lange tief geschlummert hatte, dass der Journalist selbst nicht mehr an dessen Existenz geglaubt hatte. Das Gefühl, das sich nach unzähligen Jahren plötzlich wieder in ihm bemerkbar machte, hatte ihn morgens sehr früh aufstehen lassen, obwohl er am Vorabend noch bis lange nach Sonnenuntergang recherchiert und telefoniert hatte. Es war ein wohltuendes Gefühl, eines, das ihm den Ausblick auf einen weiteren Tag in dem winzigen Redaktionsbüro ausnahmsweise sogar erträglich erscheinen ließ. Wenn Roland Fichtner Zeit gehabt hätte, sich Gedanken zu machen, wie man dieses Gefühl nennen könnte, dann hätte er wahrscheinlich gesagt, dass es mit dem Wort »Ehrgeiz« am besten zu beschreiben sei.

In der Spedition saß Karl Ettenhofer in seinem großen ledernen Bürostuhl und starrte aus dem Fenster, ohne wirklich wahrzunehmen, was sich dahinter auf dem Rangierplatz abspielte. Immer wieder kehrten seine Gedanken zurück zu dem Augenblick, als er den leblos im Wasser treibenden Körper mit Hilfe des Stocks umgedreht und damit seine eigenen, diffusen Befürchtungen bestätigt gesehen hatte. Dieses Gesicht, diese Augen.

Karl Ettenhofer gab sich einen Ruck und versuchte – nicht zum ersten Mal an diesem Tag –, sich auf die Abrechnungsunterlagen aus der Buchhaltung zu konzentrieren, die vor ihm lagen.

In der Bäckerei sprach Anneliese viel weniger als sonst mit ihren Kunden. Was sollte sie auch sagen? Etwa fragen, ob sie schon davon gehört hätten? Jeder im Ort wusste es inzwischen, daran konnte kein Zweifel bestehen. Und doch schienen die Leute keine Ahnung zu haben, wie sie das Geschehene kommentieren sollten. Vielmehr herrschte eine Art von unausgesprochenem Einverständnis, heute nicht zu plaudern, nicht über Belanglosigkeiten zu reden – aber eben auch nicht über diese furchtbare Sache. Das Seufzen, mit dem das übliche »Guten Morgen« vorgebracht wurde, reichte, um die Übereinkunft zu besiegeln. Auch der junge Mann aus München, der seit Neuestem im Torhaus wohnte und zum Frühstück in die Bäckerei kam, erschien Anneliese heute noch ruhiger als sonst. Der Appetit war ihm anscheinend auch vergangen – er hatte nur einen Kaffee bestellt.

Und im Rathaus? Nun, Elisabeth Sturzeder stand kein ruhiger Tag bevor. Der Bürgermeister hatte sich krankgemeldet. Sie musste einige Termine absagen, und die Gespräche, die sich dabei ergaben, zerrten an ihren Nerven. Was wusste sie schon? Sie konnte den Leuten doch auch nicht mehr sagen, als in der Zeitung stand. Es war einer dieser Tage, an denen Elisabeth Sturzeder kein Mitleid mit dem Bürgermeister hatte. Nein, heute war sie richtiggehend wütend auf ihren Chef. Wie konnte er sie in dieser Situation alles allein regeln lassen? Er verkroch sich, und sie musste alle Anfragen abwimmeln – sowohl die der Presse als auch die anderen. Nur weil dieses Verhalten typisch für ihn war, brauchte sie es noch lange nicht hinzunehmen! Wenn Rupert Stöttner wieder zurück wäre, könnte er sich auf etwas gefasst machen.

Der Dienstwagen fuhr auf der Hauptstraße durch den Ort, passierte den Bioladen, den Marktplatz mit der Bäckerei und dem Rathaus und fuhr danach unter dem Torhaus hindurch. Schließlich bog er in eine Seitenstraße und hielt nach wenigen Metern in der Einfahrt eines Einfamilienhauses. Die junge Hauptkommissarin öffnete die Wagentür, stieg aus und blickte sich um. Kein Mensch war zu sehen, und bis auf das leise Rauschen der Autos auf der Hauptstraße wirkte alles still und friedlich. Doch Tamara Stahl wusste, dass die Erschütterung, die den ganzen Ort erfasst hatte, hier am stärksten gewesen war.

Mit wenigen Schritten erreichte sie die Eingangstür des Hauses. An der Wand hing ein buntes Schild aus glasiertem und gebranntem Ton, auf dem stand: »Hier wohnen Lena & Georg Leitner«. Die Hauptkommissarin räusperte sich leise und drückte auf den Klingelknopf.

5

»Sog amoi, red i Chinesisch?« Rupert Stöttners Kopf war rot angelaufen, wie immer, wenn er sich aufregte. »I – hob – jetzt – koa – Zeit, hob i g'sagt! Und außerdem host du mia des ois vorgestern scho verzeit.«

Petra Stöttner, die in der offenen Tür zum Arbeitszimmer ihres Mannes stand, fuhr erschrocken zusammen. Damit, dass ihr Rupert so schroff reagieren würde, hatte sie nicht gerechnet. Sicher, die Sache von gestern war ihm auf den Magen geschlagen – deswegen war er heute Morgen auch nicht ins Rathaus gefahren. Aber wie hätte sie denn ahnen sollen, dass er derart mitgenommen war? Vielmehr hatte sie gehofft, dass sie – wenn sich ihr Mann schon einmal einen Tag freinahm – endlich in Ruhe über ihre Tochter reden könnten.

Es stimmte nämlich nicht, was ihr Mann gerade behauptet hatte. Sie hatte ihm noch längst nicht alles erzählt. Das glaubte er nur, weil er ihr nie richtig zuhörte. Vor zwei Tagen war es nur um die Schule gegangen, um den Brief, in dem es hieß, Moni würde immer wieder unentschuldigt fehlen und ihre Leistungen und ihr Betragen ließen stark zu wünschen übrig. Aber von ihrem Verdacht hatte Petra Stöttner ihrem Mann noch nicht berichtet. Dafür hatte sie den richtigen Moment abwarten wollen. Einen Moment, in dem der Rupert mal nicht mit seinen Gedanken im Rathaus war oder bei irgendeinem Zeitungsartikel, der ihm nicht passte. War es denn so abwegig gewesen zu glauben, dass heute vielleicht so eine Gelegenheit wäre? Immerhin hatten die gestrigen Ereignisse ihren Mann nachdenklich gestimmt, weshalb sie geglaubt hatte, er würde sich heute ein wenig Zeit für die Familie nehmen. Und ihr zuhören, wenn sie ihm von ihrem Verdacht erzählte.

Aber so, wie er reagierte, hatte sie sich in ihrer Annahme wohl gründlich getäuscht. Und dann war es besser, gleich den Rückzug anzutreten. Denn was sie mit ihm zu besprechen hatte, war zu heikel, um damit in einem wütenden Wortgefecht herauszurücken. Sie konnte ihm ja schlecht einfach so an den Kopf werfen: »Rupert, ich glaube, unsere Tochter nimmt Drogen!«

Nein, das wäre taktisch unklug. Wahrscheinlich würde er dann, aufgebracht, wie er war, nur behaupten, sie übertreibe maßlos und sehe schon überall Gespenster. Doch so war es nicht. Petra Stöttner hatte nur die Anzeichen wie in einem Puzzle zusammengefügt.

Ihre geröteten, verquollenen Augen und ihr seltsames Verhalten, wenn Monika spätabends nach Hause kam. Die Telefonate, bei denen ihre Tochter die Stimme senkte und peinlich darauf bedacht war, dass ihre Mutter nichts mitbekam. Das Foto auf ihrem Handy, auf dem sie eine Zigarette in der Hand hielt. So hatte es in dem kurzen Moment, den Petra Stöttner das Bild betrachtet hatte, bevor ihre Tochter ihr mit einem wütenden Schrei das Telefon aus der Hand riss, jedenfalls ausgesehen. Auf ihre Nachfrage hatte Monika natürlich alles abgestritten. Und außerdem – mit wem traf sie sich eigentlich andauernd? Sie war ja kaum noch zu Hause. Früher hatte Monika immer Bescheid gesagt, mit welcher ihrer Freundinnen sie verabredet war und was sie zusammen machen wollten. Und jetzt? Nur noch ausweichende und patzige Antworten auf ganz normale Fragen. Nein, da stimmte etwas nicht, und das bildete sich Petra Stöttner sicherlich nicht ein. Der Brief von der Schule bestätigte das nur noch einmal.

Petra Stöttner war im Begriff, sich abzuwenden und ihren Mann mit seinem Groll allein im Arbeitszimmer zu lassen, als der sich zu ihr umdrehte.

»Schatzi.« Rupert Stöttners Miene war plötzlich weicher geworden und passte gar nicht mehr zu dem herrischen Bild, das er noch vor wenigen Sekunden abgegeben hatte. Der Bürgermeister von Oberaudorf hatte anscheinend begriffen, dass sein Verhalten seiner Frau gegenüber nicht fair gewesen war, und hielt es für angebracht, die Wogen zu glätten. Leider fehlten ihm dafür die passenden Worte. Mühsam suchte er nach einer versöhnlichen Formulierung. »Du konnst nix dafür, des woaß i scho. Es is nur … Die Sach gestern … I hob den Schock no ned wirklich verdaut. Und irgendwie muass i trotzdem schaugn, wia jetzt ois weitergeht.«

Petra Stöttner hatte in der Bewegung innegehalten und hörte ihrem Mann aufmerksam zu. Es kam nicht oft vor, dass er sich so schnell fing und sich dann auch noch – zumindest beinahe – entschuldigte.

»Und du host natürlich recht«, fuhr der Bürgermeister fort, »dass mia die Sach mit dem Briaf vo da Schui besprechen miass'n. Und wahrscheinlich … Oiso … Vielleicht is jetzt grod gar koa so schlechter Zeitpunkt –« Das Mobiltelefon, das auf dem Schreibtisch lag, klingelte. Rupert Stöttner griff automatisch danach und warf einen Blick auf das Display. »Oh. Des is … wichtig. Mia red'n a anders Moi weida, Schatzi. In Ordnung?«

Petra Stöttner nickte kaum merklich und stieß einen Seufzer aus. In Ordnung. Dann würde es eben an diesem Tag tatsächlich nichts damit werden. Während sie leise die Tür schloss, hörte sie ihren Mann schon lautstark und etwas angestrengt Hochdeutsch mit dem Anrufer sprechen.

»Herr von Mayr-Kittling! Schön, Sie zu hören. – Ja, haben Sie's in der Zeitung gelesen? Es ist eine Tragödie …«

6

Das Gespräch erwies sich nach anfänglichen Schwierigkeiten, die allerdings nicht über die in solchen Fällen üblichen hinausgingen, als sehr aufschlussreich.

Lena Leitner beschrieb ihren Mann als Menschen mit Prinzipien, der sich im Dorf vor allem wegen seines kompromisslosen Einsatzes für den Naturschutz so manchen Feind gemacht hatte. Zuletzt hatte es wohl Streit wegen einer geplanten Golfanlage gegeben.

Tamara Stahl notierte sich in diesem Zusammenhang den Namen »Simon Grasecker«. Das war der Bauer, der sein Land für das Projekt zur Verfügung stellen würde und dem Georg Leitner mit dem BUND Naturschutz gedroht hatte. Darunter schrieb sie: »Bürgermeister (Rupert Stöttner)!« Dem schien besonders viel daran zu liegen, dass der Golfplatz entstand. Außerdem wisse er über die Pläne am besten Bescheid, hatte Lena Leitner gesagt. Schließlich vermerkte die Hauptkommissarin noch die Stichworte »Rottach-Egern Golf & Spa Ressort« auf ihrem Notizblock. Georg Leitners Frau wollte gehört haben, dass der dortige Betreiber hinter dem Plan der neuen Anlage für Oberaudorf stand.

Der Name »Rottach-Egern« brachte Tamara Stahl für einen Moment aus dem Konzept. Ein Teil von Tobis Familie stammte aus dem Ort, und während ihrer gemeinsamen Zeit waren sie dort mehrmals zu Besuch gewesen. Die Beamtin erinnerte sich an noble Boutiquen rechts und links der Hauptverkehrsstraße, an steile, bewaldete Berghänge, an das kühle, klare Wasser des Tegernsees, das knallrote Handtuch, ausgebreitet auf den Kieselsteinen am Strand. Und an Tobis Lachen, als er vom Schwimmen zurückgekommen war und sich neben sie in die Sonne gelegt hatte.

Schnell kam Tamara Stahl auf ein anderes Thema zu sprechen: das mysteriöse alte Gästebuch mit den fehlenden Seiten.

Lena Leitner berichtete ihr, was sie wusste. Alfons Bichler, der ehemalige Besitzer des Hauses, in dem Georg Leitner allem Anschein nach den Tod gefunden hatte, war demzufolge vor langer Zeit bei der Renovierung eines alten Gasthauses – dem »Weber an der Wand« – mit von der Partie gewesen. Dabei wurden Gästebücher entdeckt, von denen das älteste und wertvollste bald verschwunden war. Der Fundort des Buches ließ nun den Schluss zu, dass Alfons Bichler es damals an sich genommen hatte. War er es auch gewesen, der die Seiten herausgetrennt hatte? Und wenn ja, warum hätte er so etwas tun sollen?

Lena Leitner wusste auf diese Frage keine Antwort, und die Hauptkommissarin malte einen Pfeil unter ihre Notizen und vermerkte dazu den Namen »Kastner«. Der junge Mann, der gestern im Präsidium seine Aussage gemacht hatte, war schließlich Historiker. Nach allem, was Lena Leitner berichtete, schien er wirklich zufällig in die Sache hineingeraten zu sein. Vielleicht würde sie ihn trotzdem noch einmal befragen. Ebenso wie Bernhard

Mochinger, den Besitzer des Gasthauses, der sich noch während der Renovierungsarbeiten mit Alfons Bichler überworfen haben sollte.

Doch zunächst wollte Tamara Stahl das Gespräch mit Lena Leitner beenden. Dafür, dass sie die Frau eines Mordopfers war, schlug sie sich tapfer – und das, ohne den Eindruck zu erwecken, ihren Mann nicht geliebt zu haben. Nein, Frau Leitner war schockiert und betroffen. Sie trauerte ehrlich, das war nicht zu übersehen. Und gerade deshalb war es ihr besonders hoch anzurechnen, dass sie bereits einen Tag, nachdem sie die erschütternde Gewissheit über das Schicksal ihres Mannes erhalten hatte, alles versuchte, um die Ermittlungen zu unterstützen.

Die Hauptkommissarin erhob sich von der Couch im Wohnzimmer, auf der sie während des Gesprächs gesessen hatte, und verabschiedete sich gerade von Frau Leitner, als sich ihr Handy mit einem dezenten Klingelton bemerkbar machte. Nach einer entschuldigenden Geste in Richtung ihres Gegenübers zog sie das Mobiltelefon aus der Tasche, wischte über das Display und meldete sich. »Stahl.«

Einige Zeit hörte die Beamtin nur zu, wobei sie dem Anrufer durch ein gelegentlich eingestreutes »Aha« signalisierte, aufmerksam bei der Sache zu sein. Einmal hob sie erstaunt die Augenbrauen, so als hätte sie gerade eine unerwartete Nachricht erhalten. »Gut, dass Sie mich gleich angerufen haben«, stellte sie schließlich fest. »Ich bin noch bei Frau Leitner, wollte aber soeben zur Spedition fahren. Mein Besuch dort wird jetzt umso wichtiger sein. Vielen Dank. Auf Wiederhören.«

Sie ließ das Telefon wieder in der Tasche verschwinden und wandte sich erneut der Frau des Ermordeten zu. »Ich habe gerade etwas erfahren, wozu ich gern Ihre Meinung hören würde.«

Lena Leitner reagierte auf den fragenden Blick der Beamtin mit einem kaum merklichen Nicken. Man sah ihr an, dass sie gespannt war zu erfahren, worum es bei dem Anruf gegangen war.

»Der Zoll in Kiefersfelden hat gestern ein anonymes Schreiben erhalten, in dem von illegalen Aktivitäten von Mitarbeitern der

Spedition Ettenhofer berichtet wird. Anscheinend ist vor einigen Monaten bei einer Routinekontrolle ein Lastwagen aufgefallen, der Diebesgut transportierte. Wissen Sie etwas davon?«

Lena Leitner zögerte kurz, bevor sie antwortete. »Der Schorschi hat so etwas erzählt. Also, dass die Polizei da war. Und dass der Karl – sein Chef – den verantwortlichen Fahrer entlassen hat. Aber … was hat das mit meinem Mann zu tun?«

»In diesem Schreiben wird behauptet, Ihr Mann sei der Drahtzieher dieser Geschäfte gewesen.« Tamara Stahl hatte einen Plauderton angeschlagen, während sie sehr genau auf die Reaktion von Frau Leitner achtete.

Die schien ehrlich verblüfft. »Der Schorschi? Drahtzieher? Niemals! Mein Mann hat sich nie und nimmer in kriminelle Machenschaften verwickeln lassen. Und wenn, dann hätte ich doch etwas davon gemerkt.« Sie schüttelte energisch den Kopf. »Wer behauptet denn so etwas? Vor allem jetzt, wo er tot ist und sich nicht mehr wehren kann?«

»Wie gesagt, das Schreiben war anonym. Der Brief traf bereits gestern früh ein, also noch bevor Ihr Mann gefunden wurde. Demnach ist es wahrscheinlich, dass der Verfasser des Briefes noch nicht wusste, dass …« Tamara Stahl sprach nicht weiter. Lena Leitner hatte sie bereits verstanden. Nach einer kurzen Pause fügte sie hinzu: »Natürlich werde ich der Sache so wie allen Hinweisen, die wir im Zusammenhang mit diesem Fall bekommen, nachgehen. Ich würde Sie bitten, sich zur Verfügung zu halten – für den Fall, dass sich noch weitere Fragen ergeben. Einstweilen danke ich Ihnen für das Gespräch. Ich weiß, in Ihrer Situation ist es nicht leicht, über Ihren Mann zu reden.«

Lena Leitner rang sich ein Lächeln ab und nickte kurz.

Die beiden Frauen gaben sich die Hand, dann verließ Tamara Stahl das Haus. Im Auto warf sie einen Blick auf die Uhr am Armaturenbrett. Wenn sie sofort in die Spedition fuhr, würde sie dort noch vor der Mittagspause eintreffen.

7

Das Klappern des Geschirrs, das das Annerl draußen in der Küche aus der Spülmaschine räumte, hallte in seinem Kopf lautstark und äußerst unangenehm nach. Die Schmerzen waren ohnehin kaum auszuhalten. Und jetzt auch noch dieser fürchterliche Lärm. So wie er das Annerl kannte, geschah das mit purer Absicht. Die Frau konnte es nicht ertragen, wenn er um diese Zeit noch im Bett lag. Aber wem wäre geholfen, wenn er sich in seinem erbärmlichen Zustand herausquälte?

Bis zur Abendmesse hatte er keinen einzigen Termin. Natürlich musste man jederzeit mit einem Anruf rechnen oder damit, dass jemand unangekündigt klingelte und etwas von ihm wollte. Doch mit solchen Dingen konnte sich an Tagen wie heute, an denen ihm nicht wohl war, das Annerl beschäftigen. Wenn es nicht um etwas wirklich Wichtiges ging – und in den meisten Fällen ging es nicht um etwas wirklich Wichtiges –, dann sagte sie dem Besuch eben, dass der Herr Pfarrer außer Haus und erst am nächsten Tag wieder zu sprechen sei. Oft konnte seine Haushaltshilfe die Angelegenheit sogar selbst abschließend regeln, indem sie einem Bittsteller ein paar Euro in die Hand drückte – sofern derselbe Bittsteller nicht schon innerhalb der letzten Tage vor der Tür gestanden hatte, das Annerl hatte diesbezüglich nämlich ein sehr gutes Gedächtnis –, eine einfache Auskunft gab oder auch einmal einen praktischen Rat erteilte. Nur jemandem die Beichte abnehmen, das konnte das Annerl natürlich nicht an seiner Stelle. Aber zum Beichten kam ja heutzutage eh kaum noch jemand.

Was war also so verwerflich daran, nicht aufstehen zu wollen? Niemand vermisste ihn. Niemandem konnte er wirklich helfen. Jedenfalls nicht besser als seine Haushaltshilfe.

Wenn er nur nicht mit diesen bohrenden Kopfschmerzen gestraft wäre, dann hätte Ludwig Riederer sich vermutlich dennoch aufgerafft. Denn bei aller Selbstkritik, zu der er durchaus bereit war, musste sich der Pfarrer von Oberaudorf keinesfalls vorwerfen lassen, es sich zu leicht zu machen. Bestimmt nicht. Manchmal dachte er sogar, dass darin sein eigentliches Problem lag. Es war ihm eben nicht egal, was da draußen in der Welt Tag für Tag vor sich ging. Dass Verzweiflung, Schuld und Schmerz die unvermeidlichen Nebenwirkungen der menschlichen Existenz waren und man im Leben nicht mit einer ausgleichenden Gerechtigkeit rechnen konnte. Diese Dinge beschäftigten ihn weit mehr, als gut für ihn war.

Die meiste Zeit gelang es ihm, sich zusammenzureißen und den Menschen im Dorf Mut zu machen, ihnen Zuversicht zu geben. Aber wenn so etwas geschah wie gestern, dann konnte es schon einmal passieren, dass sich seine Gedanken zu einer einzigen dunklen Wolke verdichteten, durch die kein Sonnenstrahl mehr drang. In diesem Fall war es besser, wenn er mit sich allein war, wenn er sich in sein Arbeitszimmer zurückzog, nachdachte, dabei eine Flasche Wein trank und anschließend, falls die finsteren Gedanken weiterhin durch sein Gehirn kreisten, noch eine zweite Flasche öffnete und vielleicht auch noch eine dritte. Und wenn ihn dann am nächsten Morgen diese entsetzlichen Kopfschmerzen plagten und er am späten Vormittag noch immer nicht aufstehen wollte, dann hatte das wahrscheinlich seinen Sinn. Denn sobald er einen Fuß aus seinem Bett setzte, war er Ludwig Riederer, der Pfarrer von Oberaudorf. Der Mann, der in diesem Ort bereits mehrere Generationen hatte aufwachsen sehen und dessen Aufgabe es war, den Leuten eine Brücke zum lieben Gott zu bauen. Ihnen die Kraft des Glaubens zu vermitteln.

Doch an den Tagen, an denen er, Ludwig Riederer, selbst auf dem besten Weg war, alle Brücken zum Herrgott abzubrechen, war es wohl besser, wenn er allein blieb und sich unter seine Bettdecke verkroch.

Aber das Annerl, das hatte dafür noch nie Verständnis gezeigt. Deswegen räumte sie jetzt auch die Spülmaschine aus und machte dabei einen Lärm, der selbst den Leibhaftigen aus der Hölle verjagt hätte.

8

Karl Ettenhofer, der Tamara Stahl in seinem Bürostuhl sitzend empfangen hatte, sprang erregt auf, als ihm die Hauptkommissarin eröffnete, worüber sie mit ihm sprechen wollte. »Ich habe das Ihren Kollegen vom Zoll doch schon alles haarklein erklärt! Sie können mir glauben: Die haben so schnell nicht lockergelassen. Sie haben nicht nur mich befragt, sondern jeden, der regelmäßig hier im Betrieb ein und aus geht. Außerdem wurden unsere Unterlagen geprüft, die wir bereitwillig offengelegt haben. Das war nicht leicht für uns damals. Und ich war ja selbst am meisten daran interessiert, Licht ins Dunkel dieser Angelegenheit zu bringen. Immerhin stand unser gesamter Betrieb auf dem Spiel. Aber mehr als das fahrlässige Verhalten eines unserer Mitarbeiter konnte nicht nachgewiesen werden. Diesen Mann habe ich dann entlassen – und gehofft, mich endlich wieder auf meine eigentliche Arbeit konzentrieren zu können. Davon habe ich nämlich mehr als genug, wie Sie sich vielleicht vorstellen können.«

Karl Ettenhofer unterbrach sich. Vielleicht war ihm klar geworden, dass er dabei war, sich in Rage zu reden, und dass das im Gespräch mit einer Hauptkommissarin der Mordkommission nicht gerade ratsam war. Er sah Tamara Stahl für einen kurzen Moment schweigend an, verzog den Mund zu einem etwas gequälten Lächeln und setzte sich schließlich wieder auf seinen Bürostuhl.

»Gestern früh, noch bevor ich zu dieser Veranstaltung am Luegsteinsee gefahren bin, kam ein Anruf vom Zoll«, fuhr er sehr viel kontrollierter und ruhiger fort. »Die Beamten sagten, es gebe neue Hinweise und sie müssten mich in den nächsten Tagen noch einmal sprechen. Ich bin aus allen Wolken gefallen. Am Telefon haben sie nicht gesagt, worum genau es geht. Und jetzt kommen Sie und erzählen mir, der Schorschi – einer meiner besten Mitarbeiter, dem ich immer vertraut habe – wäre ein Krimineller gewesen?«

»Dafür gibt es keine Beweise«, beeilte sich Tamara Stahl richtigzustellen. »Jedenfalls bis jetzt nicht. Nur einen anonymen Brief, in dem Georg Leitner beschuldigt wird, seine Stellung in Ihrer Spedition für illegale Geschäfte missbraucht zu haben.«

Karl Ettenhofer schüttelte resigniert den Kopf. Seine Stimme war jetzt leise und nachdenklich. »Ich glaube nicht, dass ich mich Illusionen hingebe. Ich weiß, dass Menschen oft schwerer zu durchschauen sind als gedacht. Aber was den Schorschi betrifft – bei dem kann ich mir nicht einmal vorstellen, dass er hinter meinem Rücken irgendetwas Derartiges veranstaltet haben soll. Da hätte er mir ja quasi ständig ins Gesicht lügen müssen. Und das, obwohl wir uns sogar privat ganz gut verstanden haben.«

»Sie waren befreundet?«

»Na ja, so würde ich das jetzt nicht sagen. Aber wir haben eben auch mal über persönliche Dinge gesprochen. In der Spedition gibt es nicht viele, mit denen ich das tue, aber mit dem Schorschi hat sich das manchmal ergeben. Ich habe immer ungefähr Bescheid gewusst, wie es ihm geht – und auch seiner Frau.«

»Sie kennen Lena Leitner ebenfalls persönlich?«

»Ja, schon.«

Tamara Stahl glaubte, gesehen zu haben, wie für den Bruchteil einer Sekunde ein Schatten über Karl Ettenhofers Gesicht gehuscht war. Und klang er jetzt nicht auch nervös?

»Also, wie man halt die Frau eines Angestellten kennt. Bei der einen oder anderen Betriebsfeier sind wir ins Gespräch gekommen. Außerdem ist Oberaudorf ein kleiner Ort. Hier kennt jeder jeden – zumindest ein wenig.«

»Vielen Dank, Herr Ettenhofer. Das genügt fürs Erste. Ich würde Sie bitten, sich zu unserer Verfügung zu halten. Meine Kollegen werden den Arbeitsplatz von Georg Leitner bald genauer untersuchen und alle relevanten Unterlagen mitnehmen.«

Der Speditionsleiter seufzte schicksalsergeben, bevor er in leicht ironischem Tonfall feststellte: »Wenn es der Wahrheitsfindung dient, dann wollen wir Ihnen und Ihren Kollegen natürlich keine Steine in den Weg legen.«

9

Die Ziege beobachtete ihn aus sicherer Entfernung. Sie schien nicht wirklich beunruhigt zu sein – jedenfalls ließ ihr Verhalten keine derartigen Rückschlüsse zu –, andererseits war das, was der Mann dort trieb, kein alltäglicher Anblick für sie. Normale Spaziergänger hingegen kamen oft hinauf zur Ruine der Auerburg. Entweder Touristen, die Wanderführer dabeihatten und sich gegenseitig erklärten, wie die markantesten der Berggipfel hießen, die sich majestätisch in einem Halbkreis vor ihnen präsentierten. Oder Dorfbewohner, die ihre Mittagspause zwischen den uralten Mauerresten verbrachten oder abends nach der Arbeit im Dämmerlicht ein wenig frische Luft schnappten, um etwas Abstand von ihren Alltagssorgen zu bekommen.

Lorenz gehörte zu keiner der beiden Kategorien, das war wahrscheinlich auch der Ziege aufgefallen. Der Koffer, den er mit Mühe heraufgeschleppt hatte, war voller ungewöhnlicher Instrumente. Lorenz hatte sie sorgfältig auf der hölzernen Bank ausgebreitet, auf der sonst meistens die Touristen saßen, wenn sie sich die Namen der Berge aus ihren Wanderführern vorlasen.

Schließlich begann er, zwischen den Mauerresten umherzulaufen, sich immer wieder hinunterzubeugen, ein Auge zuzukneifen und mit dem anderen über den Boden zu spähen. Dann holte Lorenz den Theodoliten von der Bank und platzierte ihn umständlich mit Hilfe eines dreibeinigen Ständers auf den unebenen Boden. Oft musste er kleinere Korrekturen vornehmen, bevor er mit der Ausrichtung des Instruments einverstanden war. Dann zog er einen Schreibblock aus einer Tasche, die über seiner linken Schulter hing, und notierte etwas auf das Papier, das in der Sonne schneeweiß leuchtete – was die Ziege ungeheuer zu faszinieren schien. Schließlich baute er das Instrument wieder ab, legte es zurück auf die Bank und begann, in der Ruine nach einer weiteren Stelle zu suchen, wo er die Prozedur wiederholen würde.

Die Ziege blinzelte und sah sich nach ihren Artgenossen um. So langsam hatte sie das Interesse an diesem seltsamen Mann, seinem Schreibblock und seinen Geräten verloren. Es schien nicht so, als würde sich an seinem Verhalten in nächster Zeit etwas Wesentliches ändern. Für ein paar Sekunden sah sie dem Mann noch zu, wie er emsig seiner rätselhaften Tätigkeit nachging, dann wandte sie sich ab und war nach einigen kleinen Sprüngen in Richtung Herde verschwunden.

Es fiel Lorenz nicht leicht, sich auf seine Arbeit zu konzentrieren. Andererseits war er sich am Morgen schnell darüber klar gewesen, dass es am besten wäre, sich mit den Messungen zu beschäftigen und die Ereignisse des gestrigen Tages sowie der vergangenen Nacht möglichst zu verdrängen. Außerdem saß ihm Professor Beckstein im Nacken, der längst mit ersten Ergebnissen gerechnet hatte und – wie er gestern Abend am Telefon unmissverständlich klargemacht hatte – langsam die Geduld mit ihm verlor.

Doch während er in der Ruine mit dem Theodoliten hantierte und die dabei ermittelten Winkel- und Längenmaße notierte, stiegen vor Lorenz' innerem Auge immer wieder die Bilder des Leichnams von Georg Leitner auf, der im Wasser des Luegsteinsees trieb. Und manchmal, wenn eine der Ziegen, die auf dem Schlossberg grasten, einen Laut ausstieß, dann glaubte er für einen Moment, noch einmal den Schrei zu hören, der der versammelten Menge bei der Pressekonferenz durch Mark und Bein gegangen war. Und immer wieder fragte er sich, wie es wohl Lena Leitner ging.

Ein ums andere Mal zwang sich der junge Historiker, alle düsteren Gedanken aus seinem Kopf zu verbannen und sich ganz auf die Zahlen zu konzentrieren, die er handschriftlich auf einem Notizblock festhielt, um sie am Abend in seinen Laptop zu übertragen. Jemand anderes hätte sie vielleicht sofort elektronisch gespeichert, doch Lorenz hielt es für einfacher – und sicherer –, wenn er am Ende des Arbeitstages das Ergebnis auf einem Blatt Papier sehen konnte.

Im Übrigen waren es nicht nur die Eindrücke vom Luegsteinsee, die ihn ablenkten. Auch die Frage, was es mit dem nächtlichen Besucher im Torhaus auf sich hatte, schlich sich immer wieder in seine Gedanken. Es war nicht das erste Mal gewesen, dass er zu später Stunde verdächtige Geräusche gehört hatte. Auch die Scherbe, die am vorigen Morgen im Erdgeschoss des Torhauses auf dem Boden gelegen hatte, hatte Lorenz nicht vergessen. Wurde er vielleicht heimlich beobachtet? Hatte es jemand auf ihn abgesehen? Immerhin war in Oberaudorf offensichtlich ein skrupelloser Mörder unterwegs. Doch andererseits – was konnte der schon von ihm, einem Historiker aus München, wollen? Was ging des Nachts im Torhaus Geheimnisvolles vor sich?

»Ja, der Lorenz!«

Der Historiker erkannte die tiefe Stimme, die aus einiger Entfernung ertönte, sofort. Er drehte sich um und sah Korbinian Prantl, wie schon bei ihren letzten Treffen mit Tirolerhut, Trachtenhemd und Kniebundlederhose bekleidet, der langsam Schritt für Schritt zu ihm heraufkam.

Als er Lorenz erreicht hatte, drückte er ihm kräftig die Hand. »Na, hat's dich also auch wieder hier herauf verschlagen«, stellte er fest, nachdem er einige Male tief Luft geholt hatte. Der Aufstieg auf den Schlossberg dauerte nicht lange, war aber trotzdem nicht zu unterschätzen.

»Die Arbeit«, antwortete Lorenz und deutete auf seine Messinstrumente auf der hölzernen Bank, auf der die beiden Männer erst vor einigen Tagen gesessen hatten.

»Sind deine Gerätschaften also endlich angekommen? Und ich hab schon gedacht, du bist hier, um dir den ›Weber an der Wand‹ noch einmal von oben anzuschauen.«

»Nein, aber die Aussicht ist ein angenehmer Nebeneffekt.« Lorenz stellte sich neben Korbinian Prantl und ließ den Blick über die Dächer Oberaudorfs schweifen. Vor dem »Weber an der Wand« fuhr gerade ein Wagen vor. Er hielt auf dem Parkplatz, von dem aus man das Gasthaus zu Fuß über einige Treppen erreichte. Lorenz konnte ihr Gesicht aus der Ferne nicht genau erkennen, und doch kam ihm die Frau, die in diesem Moment aus dem Auto stieg, bekannt vor.

10

»Herr Mochinger?« Tamara Stahl hatte am Morgen in ihrem Gespräch mit Lena Leitner erfahren, dass der Besitzer des »Weber an der Wand« in einem Haus direkt unterhalb des historischen Lokals wohnte. Nun hatte sie an ebenjenem Gebäude ein Türschild mit der Aufschrift »B. Mochinger« ausgemacht. Doch auf ihr Klingeln erfolgte keine Reaktion. Die Hauptkommissarin war schon im Begriff, zum Gasthaus hinaufzugehen, um nachzusehen, ob dessen Eigentümer vielleicht dort zu finden war, als ihr eine Bewegung hinter einem der Fenster im ersten Stock des Wohnhauses auffiel. Langsam öffnete sich über dem Eingang eine Balkontür.

»Herr Mochinger?«, wiederholte Tamara Stahl in der Hoffnung, der Angesprochene würde sich endlich zeigen, wenn er seinen Namen hörte.

Tatsächlich erschien eine Gestalt auf dem Balkon, die sich einen Schlapphut so tief ins Gesicht gezogen hatte, dass ihre Augen kaum zu sehen waren. Der imposante Schnurrbart wies seinen Träger als nicht mehr ganz jungen Mann aus.

»Mein Name ist Tamara Stahl. Ich bin Kriminalhauptkommissarin und suche den Besitzer des ›Weber an der Wand‹!«, rief die junge Frau in Richtung des Schlapphuts.

»Die Polizei?« Die Stimme des älteren Herrn klang nicht so abweisend, wie man es Lena Leitners Beschreibung nach hätte vermuten können, sondern eher ein wenig belustigt. »Welch eine Überraschung! Was verschafft mir die Ehre? Warten Sie, ich komme herunter.«

Der Mann verschwand, um kurze Zeit später in der Haustür zu erscheinen.

Tamara Stahl sah, dass er einen Strickpullover und eine abgewetzte Cordhose trug. Seine Augen waren aus der Nähe besser zu erkennen – sie musterten die Hauptkommissarin prüfend. »Sie sind Herr Mochinger?«, fragte sie, als ihr klar wurde, dass ihr Gegenüber nicht daran dachte, sich vorzustellen.

»Bernhard Mochinger – ja, so heiße ich.« Er streckte die Hand aus, um die Beamtin förmlich zu begrüßen, und bat sie, ihr in sein Haus zu folgen.

»Geht's um den Leitner Schorschi?«, fragte Mochinger, während er sich in seinem mit viel Naturholz eingerichteten Wohnzimmer auf eine Eckbank fallen ließ. Seiner Besucherin hatte er mit einer von unverständlichem Brummen untermalten Geste einen Stuhl angeboten, der sich als nicht besonders bequem erwies. »Da war gestern ja einiges los, als er aus dem See aufgetaucht ist«, fuhr der Mann fort, während er seinen Schlapphut vom Kopf nahm und ihn neben sich auf die Bank legte. Bernhard Mochingers weißes Haar war voller als das der meisten seiner Altersgenossen, aber nicht besonders gepflegt.

Tamara Stahl hatte damit gerechnet, dass dem Besitzer des Gasthauses der durch den Fund der Leiche ausgelöste Trubel nicht entgangen war. Das Ufer des Luegsteinsees lag in Sichtweite des Hauses, in Mochingers direkter Nachbarschaft. »Ich bin für den Fall zuständig«, antwortete sie.

»Bin ich verdächtig?« Die Frage Mochingers klang spöttisch.

Die Hauptkommissarin entschloss sich, diesen Umstand zu ignorieren. »Der Grund für meinen Besuch ist, dass Hinweise auf eine Verbindung zwischen Ihrem Gasthaus«, sie deutete vage in die Richtung, in der sich der »Weber an der Wand« befinden musste, »und dem Mord an Georg Leitner bestehen.«

»Eine Verbindung?« Der Spott tropfte noch immer aus Mochingers Stimme. »Da bin ich aber gespannt, um welche Verbindung es sich handeln soll.«

»Vor Kurzem ist der Sohn Ihres Freundes Alfons Bichler bei einem Unfall ums Leben gekommen.« Tamara Stahl würde sich von dem alten Mann nicht aus der Ruhe bringen lassen. Der überraschende Themenwechsel sollte sicherstellen, dass sie weiterhin die Richtung des Gespräches vorgab.

»Meines *Freundes* Alfons Bichler! Wer hat Ihnen denn diesen Unsinn erzählt?« Tatsächlich hatte Bernhard Mochinger mit einem Mal ein gutes Stück seiner bisher demonstrierten Souveränität verloren. »Der Alfons und ich, wir haben schon lange nichts mehr miteinander zu schaffen gehabt.«

»Ist es dann auch nicht wahr, dass Ihnen Alfons Bichler seiner-zeit bei der Renovierung des ›Weber an der Wand‹ geholfen hat?«

Mochinger atmete einmal tief und deutlich hörbar durch, bevor er antwortete. »Wissen Sie, wie lange das her ist? Das sind inzwischen«, er zog einen Moment lang die Stirn in Falten, während er nachrechnete, »über dreißig Jahre.« Als er merkte, dass die Hauptkommissarin seinen Einwand nicht kommentieren würde, fuhr er achselzuckend fort: »Der Alfons hat damals mitgearbeitet und war nicht der Einzige. Am Anfang haben sich viele aus dem Dorf für das Projekt interessiert. Aber so etwas kann man nicht mal eben schnell erledigen. Bei solchen Vorhaben kommt es immer zu Problemen und Hindernissen, und die Umsetzung der eigenen Vorstellungen ist oft sehr mühsam. Daran denken nicht viele, wenn sie anfangs die Klappe recht weit aufreißen. Man muss schon Durchhaltevermögen haben. Idealismus, verstehen Sie? Der hat den meisten gefehlt. Schließlich habe ich die Sache allein zu Ende gebracht. Und nicht einmal schlecht, wie jeder zugeben muss, der sich das Gasthaus heute ansieht.«

»Aber mit niemandem sonst haben Sie sich derart überworfen wie mit Alfons Bichler, oder?« Tamara Stahl hatte ihren Notiz-block und einen Kugelschreiber gezückt. Während sie sprach, sah sie Mochinger nicht an, sondern blätterte durch die Seiten, bis sie ein unbeschriebenes Blatt fand. »Gab es für das Zerwürfnis zwischen Ihnen beiden einen speziellen Grund?«

Mochinger war jetzt sichtlich genervt. »Ich weiß wirklich nicht, was diese alten Geschichten mit dem Leitner Schorschi zu tun haben sollen«, sagte er, »aber wenn es Sie so brennend interessiert: Der Alfons hat mich damals bestohlen.«

»Bestohlen?« Tamara Stahl sah ihrem Gesprächspartner wieder in die Augen. Noch wollte sie sich nicht in die Karten schauen lassen. Es war interessant zu erfahren, wie viel der Alte von sich aus erzählen würde.

»Ja, bestohlen. Ich weiß es, auch wenn der feige Hund es nie zugegeben hat. Warten Sie.« Mochinger erhob sich und verließ den Raum.

Die Hauptkommissarin hörte, wie er im Zimmer nebenan

offenbar in einer Kiste kramte und dabei etwas Unverständliches vor sich hin murmelte.

Nach kurzer Zeit kehrte er mit ein paar Fotografien zurück und drückte Tamara Stahl eine davon in die Hand. Dass das Bild vor längerer Zeit aufgenommen worden war, erkannte man sofort. Es zeigte einige staubige Bücher mit Ledereinband, die nebeneinander auf einem Holztisch lagen. Ein Exemplar war aufgeschlagen, sodass man eine Seite mit einer kunstvollen Zeichnung erkennen konnte.

»Beim Entrümpeln oben in den Speicherräumen haben wir ein paar Dinge entdeckt, die noch aus der Blütezeit des ›Weber an der Wand‹ stammten. Sind Sie mit der Geschichte des Hauses vertraut?«

Tamara Stahl beantwortete Mochingers fragenden Blick mit einem kurzen Nicken. Sie hatte am Abend zuvor kurz die Fakten zur Historie des Gasthauses im Internet recherchiert und war beeindruckt gewesen, wie viele berühmte Persönlichkeiten vor über hundert Jahren nach Oberaudorf gekommen waren, um im »Weber an der Wand« Station zu machen.

»Dann wissen Sie ja«, fuhr der aktuelle Besitzer des Gasthauses fort, »dass es sich dabei nicht um irgendein Lokal gehandelt hat, sondern um einen Ort, der sowohl hervorragende Künstler als auch einige der Mächtigen der damaligen Zeit anzog. Unter anderem haben wir in einer alten Holzkiste Gästebücher gefunden.« Mochinger deutete auf die Fotografie, die die Beamtin noch immer in der Hand hielt. »Das sind unschätzbar wichtige historische Dokumente. Stellen Sie sich einmal vor: Endlich konnten wir genau nachweisen, wer sich wann im ›Weber an der Wand‹ aufgehalten hat. Vor diesem Fund hat es ja auch viele Leute gegeben, die der Meinung waren, ich würde übertreiben und dass das Gasthaus nichts Besonderes wäre. Aber *damit* hatte ich es schriftlich. Verstehen Sie? Sie können die Bedeutung dieser Bücher für unser damaliges Vorhaben gar nicht hoch genug einschätzen. Am wichtigsten war natürlich das älteste Gästebuch aus der Zeit um 1830. Aber auch die jüngeren, deren Inhalt bis ins 20. Jahrhundert datiert, enthalten viele interessante Einträge.

Doch so filigrane Kunstwerke, wie man sie auf dem Foto sieht, und dazu die Handschriften des bayerischen Königs oder des russischen Zaren – die waren nur in diesem einen Exemplar vorhanden. Deswegen war es auch bei Weitem das wertvollste. Und nun raten Sie mal, welches Buch nach einiger Zeit plötzlich nicht mehr aufzufinden war? … Genau! Der Alfons ist uns allen damals immer wieder auf die Nerven gegangen, weil er nur noch davon geredet hat, dass wir die alten Sachen teuer verkaufen könnten. Irgendwann habe ich zu ihm gesagt: ›Wenn du nur dabei bist, weil du einen Haufen Geld machen willst, dann kann ich auf deine Hilfe gut verzichten.‹ Am nächsten Tag hat er sich prompt verabschiedet, und kurz darauf war das Buch weg. Natürlich hat er alles abgestritten. Und bei der Gemeinde, die die Gästebücher schließlich in Verwahrung genommen hat, hat man ihm geglaubt. Stattdessen haben sie *mich* verdächtigt und behauptet, ich würde das Buch nicht mehr rausrücken wollen. Wenn Sie dort nachfragen, werden die Ihnen heute noch erzählen, dass das älteste Exemplar unter meinem Kopfkissen liegt.« Nach der letzten Bemerkung lachte Mochinger und schüttelte resigniert den Kopf.

»Ich werde nicht nachfragen müssen«, stellte Tamara Stahl fest, »weil sich das Gästebuch inzwischen bei uns im Polizeipräsidium in Rosenheim befindet.«

»Bei Ihnen im …« Bernhard Mochinger blieb vor Überraschung einen Moment lang der Mund offen stehen. Mit großen Augen starrte er sein Gegenüber an. Als er sich wieder einigermaßen gefangen hatte, entfuhr ihm abermals ein bitteres Lachen.

Tamara Stahl, die auf dem unbequemen Stuhl während der ausführlichen Erzählung Mochingers ein wenig in sich zusammengesunken war, richtete sich wieder auf. »Können Sie mir sagen, wo Sie letzten Sonntagabend waren?«

»Am Sonntagabend? Ich glaube, da war ich hier, zu Hause. Allein, falls es Sie interessiert. Aber warum fragen Sie mich das?«

Die Hauptkommissarin notierte sich etwas in ihren Block, während sie antwortete:»Weil an diesem Abend Markus Bichler gestorben ist, der Sohn von Alfons Bichler. Er hatte gerade das

Haus geerbt, in dem – wie Sie ja schon immer vermutet haben – das verschwundene Gästebuch lag.«

Mochinger stieß ein Schnauben aus, von dem sich schwer sagen ließ, ob es Erstaunen oder Belustigung ausdrücken sollte.

Tamara Stahl war gerade zu dem Schluss gekommen, dass sie vorerst keine weiteren Fragen an den Besitzer des »Weber an der Wand« hatte, als ihr Blick auf eines der anderen Bilder fiel, die Mochinger kurz zuvor auf dem Tisch ausgebreitet hatte.

An der Qualität sah man, dass es aus derselben Zeit stammte wie jenes, das die Gästebücher zeigte. Auf diesem waren ein Mann und eine Frau zu sehen. Letztere fiel der Hauptkommissarin auf, weil sie im ersten Moment geglaubt hatte, ihr bereits früher am Tag begegnet zu sein.

»Sagen Sie, diese Frau hier«, sie nahm das Bild in die Hand und hielt es Mochinger hin, »eine Sekunde lang habe ich gedacht, das ist Lena Leitner, Georg Leitners Frau. Aber das kann ja wohl nicht sein.«

Ihr Gegenüber lachte trocken auf. »Nein, auch wenn sie ihr sehr ähnlich sieht. Wie das eben manchmal so ist, bei Mutter und Tochter.« Er deutete mit dem Finger auf die Frau auf dem Foto. »Das ist Sabine Obermaier. Damals hatte sie noch kein Kind.«

»Lena Leitners Mutter?« Tamara Stahl sah sich das Bild noch einmal an. »Und der Mann daneben ist der Vater?«

Wieder lachte Mochinger auf, bevor er antwortete. »Nein. Die Lena hat nie einen Vater gehabt.«

11

»Ja, damals hat es schon auch einigen Ärger wegen der Gästebücher gegeben. Der Mochinger hat das wohl nie ganz überwunden. Er redet heute noch nicht gern darüber. Er fühlt sich als Diebstahlopfer, dem keiner so richtig glauben will. Und wenn du mich fragst, hat er damit wahrscheinlich recht.«

Korbinian Prantls Stimme klang traurig und müde. Überhaupt

erschien er Lorenz heute viel ernster als bei ihren bisherigen Begegnungen. Die Neuigkeiten des gestrigen Tages waren anscheinend auch an ihm nicht spurlos vorübergegangen.

Da die Bank mit den Messgeräten belegt war, hatten sich die beiden Männer auf einen niedrigen Mauerrest gesetzt, der zur Ruine der alten Auerburg gehörte. Weil Lorenz mit seiner Arbeit heute schon weit gekommen war, hatte er seine Umhängetasche mit gutem Gewissen abgenommen und den Block mit den Messergebnissen zusammen mit dem Kugelschreiber darauf abgelegt.

Da Korbinian Prantl gleich nach seiner Ankunft wieder auf den »Weber an der Wand« zu sprechen gekommen war, hatte Lorenz nicht widerstehen können und die Unterhaltung auf die alten Gästebücher gelenkt – allerdings ohne ein einziges Wort darüber zu verlieren, dass er erst kürzlich das begehrteste Exemplar davon selbst in den Händen gehalten hatte. Auch sonst hatte er vermieden, etwas von seinen persönlichen Verwicklungen in die Ereignisse zu erwähnen, die an diesem Tag ganz Oberaudorf beschäftigten.

Zum einen tat Lorenz das, weil er selbst noch immer das Gefühl hatte, dass ihm mehr Abstand dazu nur guttäte. Außerdem hatte ihn das Erlebnis der gestrigen Vernehmung im Polizeipräsidium vorsichtig werden lassen. Korbinian Prantl war zwar ein netter Kerl, aber Lorenz wollte keinesfalls einen Fehler machen, indem er einem Unbeteiligten zu viel über die Umstände des Todes von Georg Leitner berichtete. Allein der Gedanke daran, von Hauptkommissarin Stahl erneut mit strengen Blicken und bohrenden Fragen traktiert zu werden, ließ ihn frösteln.

Nein, Lorenz wollte auf keinen Fall zu viel verraten. Andererseits wiederum war er auch deshalb Historiker geworden, weil es ihn faszinierte, in vergessenen Details aus der Vergangenheit zu stöbern. Und dieses Gästebuch, das Lena Leitner mit seiner Hilfe aus dem Haus der Bichlers entwendet hatte, war in dieser Hinsicht natürlich besonders interessant – vor allem, wenn es möglicherweise seinetwegen in jüngster Zeit buchstäblich zu Mord und Totschlag gekommen war.

Korbinian Prantl gehörte in etwa zur selben Generation wie

Bernhard Mochinger und Alfons Bichler und wusste gut über die Geschehnisse von vor dreißig Jahren Bescheid. Ausführlich – und nur durch das gelegentliche Meckern einer der grasenden Ziegen unterbrochen – berichtete er Lorenz davon, wie die Freundschaft der beiden Männer zerbrochen war und sich die Renovierung des »Weber an der Wand« in der Folge immer mehr zu Mochingers alleiniger Angelegenheit entwickelt hatte.

»Übrigens: Wahrscheinlich gehe ich am nächsten Mittwoch aufs Kranzhorn«, wechselte Korbinian Prantl plötzlich das Thema. »Dafür ist jetzt die beste Jahreszeit. Wenn man früh genug aufbricht, ist es noch nicht zu warm, und die Sicht ist jetzt auch besser als im Hochsommer, weil die Luft noch trocken und klar ist. Ich hole dich dann Mittwochmorgen ab. Dir zuliebe können wir auch etwas später aufbrechen.« Mit einem verschmitzten Lächeln fügte er noch hinzu: »Schau zu, dass du diesmal ausgeschlafen bist. Und vergiss nicht, dir anständige Schuhe anzuziehen.«

Lorenz fühlte sich überrumpelt. Er dachte daran, wie Korbinian neulich kurz nach Sonnenaufgang mit Rucksack und Wanderschuhen voller Tatendrang vor seiner Tür gestanden hatte. Die Aussicht, demnächst – wenn auch ein wenig später am Morgen – mit ihm zusammen auf einen Berg gehen zu müssen, erfüllte Lorenz nicht gerade mit freudiger Erwartung.

Andererseits wäre er sich schäbig dabei vorgekommen, Korbinian eine Ausrede aufzutischen. Immerhin war es nicht selbstverständlich, dass sich ein erfahrener Wanderer so sehr darum bemühte, Lorenz die Schönheit der hiesigen Bergwelt näherzubringen. Im Notfall würde ihm später schon noch eine Entschuldigung einfallen. Und vielleicht wäre er nach ein paar Tagen Arbeit in der Ruine sogar froh über eine kleine Abwechslung. Dementsprechend antwortete Lorenz, nachdem er für einen Augenblick verblüfft geschwiegen hatte: »Ich werd's mir merken. Am besten schreibe ich es mir gleich auf, damit ich nicht am Ende doch noch verschlafe …«

Lorenz sah sich nach seinem Notizblock um. Die Umhängetasche lag hinter den beiden Männern im Gras, wo er sie vorhin liegen gelassen hatte, doch der Block war verschwunden und der

Kugelschreiber in die Wiese gerollt. Lorenz runzelte die Stirn, während er überlegte. Er erinnerte sich ganz genau, dass er alles zusammen abgelegt hatte. Konnte ein Windstoß den Block weggeweht haben? Nein, heute regte sich kaum ein Lüftchen.

»Suchst du etwas?«, fragte Korbinian, der Lorenz' Verwirrung bemerkt hatte.

»Meinen Notizblock. Ich hatte ihn hier auf die Tasche gelegt, aber jetzt …«

Der Blick des Historikers wanderte suchend über die Wiese und an den niedrigen Mauerresten der Burgruine entlang. Außer dem Gras, den Bäumen, den Mauersteinen und der Ziegenherde war nichts zu sehen. Moment!

Lorenz fiel eine Ziege auf, die ihm geradewegs in die Augen sah – wobei ihr ein leuchtend weißer Fetzen Papier aus dem Mundwinkel ragte. Er sprang auf und erkannte zwischen ihren Vorderhufen die zerfledderten Reste seines Notizblocks.

»Du vermaledeites Tier!«, rief Lorenz, dem in der Aufregung kein zeitgemäßeres Schimpfwort einfiel. Mit schnellen Schritten lief er auf die Herde zu, und die Ziegen zogen sich zurück, ohne sichtlich nervös zu werden.

»Oh nein, bitte nicht«, murmelte Lorenz, als er sich hinunterbeugte und nach den Resten seines Blocks griff. Doch die wenigen leeren Blätter, die er in den Händen hielt, machten jede Hoffnung zunichte. Seine Messergebnisse wanderten offensichtlich gerade in den Magen eines ebenso freundlich wie teilnahmslos dreinblickenden Wiederkäuers.

12

Es war zu hell, um durch das Fenster einen Blick in das Innere des Hauses erhaschen zu können. Stattdessen spiegelten sich in der Scheibe nur einige Bäume und Büsche sowie die hohe, etwas ungepflegte Hecke, die den Garten in alle Himmelsrichtungen von der Straße und den Nachbargrundstücken abschottete.

Roland Fichtner musste sich dementsprechend anstrengen, um seine Neugier zu befriedigen. Seine Nase berührte beinahe das Glas, beide Hände hielt er seitlich an sein Gesicht wie große Scheuklappen. Es musste doch möglich sein, wenigstens irgendetwas da drinnen zu erkennen.

Der Journalist vom »Inntalboten« wagte nicht einmal, auf einen riesigen Blutfleck oder den mit Kreide auf den Boden gezeichneten Umriss eines menschlichen Körpers zu hoffen. Letzteres würde es nirgendwo im Haus geben, da die Leiche ja nicht hier gefunden worden, sondern aus den Tiefen des Luegsteinsees aufgetaucht war – wo sie der Mörder allem Anschein nach versenkt hatte, um seine Tat zu vertuschen.

So ähnlich jedenfalls hatte es der Petkovic von der Polizei in Kiefersfelden erzählt. Roland Fichtner rief den ehemaligen Klassenkameraden immer an, wenn es zu irgendeinem Einsatz der örtlichen Gesetzeshüter Fragen gab. Meistens handelte es sich dann allerdings um Fälle wie einen betrunkenen Autofahrer, der einen neuen Promillerekord für den Landkreis aufgestellt hatte, oder um einen Heuschober, der bei einem nächtlichen Gelage der Dorfjugend in Flammen aufgegangen war. Über einen Mord hatte Roland Fichtner den Petkovic tatsächlich noch nie ausfragen müssen.

Überhaupt hatte er als Redakteur des »Inntalboten« bisher über keinen bedeutenden Kriminalfall berichtet. Wenn er es genau betrachtete, musste er sogar zugeben, dass während seiner langjährigen Tätigkeit auch sonst kaum ein Artikel entstanden war, von dem man in Oberaudorf ein paar Tage nach seinem Erscheinen noch geredet hätte. Das entsprach seinem Ruf in der Redaktion in Rosenheim. Für die war Fichtner doch nur ein Dorfschreiberling, dem man die Meldungen überlassen konnte, die einer Bearbeitung durch die Hauptredaktion nicht würdig erachtet wurden. Roland Fichtner hatte schon lange keine Chance mehr bekommen zu zeigen, was er konnte. Ehrlicherweise musste er sich eingestehen, dass er eine solche Chance in letzter Zeit aber auch nicht gerade gesucht hatte. Doch egal, was in den letzten Jahren geschehen war – oder eben nicht: Das plötzliche

Auftauchen einer Leiche im Luegsteinsee hatte die Karten wieder neu gemischt.

Natürlich hatten die Kollegen in Rosenheim ihre bekannte Nummer abgezogen: Er solle die Meldung für die Inntal-Seite verfassen, die auch in den großen Artikel im überregionalen Teil mit einbezogen würde, hatte Cornelia Boes, die Chefredakteurin, gönnerhaft gesagt. Und sich dann über die Fotos beschwert, die von Fichtner selbstverständlich unverzüglich per E-Mail in die Redaktion des »Rosenheimer Tagblatt« geschickt worden waren.

Die könne man nicht abdrucken, hatte Boes gesagt, teilweise seien sie unscharf, und außerdem sei auf den meisten Bildern außer einigen Hinterköpfen sowieso nichts zu erkennen. So peinlich es auch sei, man werde wohl bei den Redaktionen der anderen Presseorgane, die am Luegsteinsee waren, nach brauchbarem Bildmaterial fragen müssen.

Das war wieder mal typisch für Cornelia Boes gewesen: Zuerst wollte sie auf gar keinen Fall einen Fotografen nach Oberaudorf schicken – und dann musste Fichtner sich vorwerfen lassen, dass es keine professionellen Aufnahmen vom Fund der Leiche gab. Eigentlich konnte sie froh sein, dass er daran gedacht hatte, den Klausi mitzunehmen – auch wenn der sich nicht gerade als Naturtalent in Sachen Fotografie entpuppt hatte.

Mit seinen beiden Händen als Sonnenschutz und der Nase dicht am Fenster konnte Roland Fichtner tatsächlich recht gut erkennen, wie es in dem Haus aussah, das Alfons Bichler erst vor Kurzem seinem Sohn Markus vererbt hatte. Hinter dem Fenster lag anscheinend ein Wohnzimmer. Eigentlich wirkte alles ganz normal: Holzmöbel, ein Kachelofen, Fliesenboden mit weich aussehenden Läufern und Teppichen darauf, ein Kachelofen. Doch bereits auf den zweiten Blick war klar, dass hier etwas Ungewöhnliches vorgefallen sein musste: Schranktüren standen offen, auf einem Tisch lagen Unterlagen kreuz und quer verteilt. Auch in den Regalen herrschte eine Unordnung, wie sie ein Einbrecher hinterlässt, der rücksichtslos alles durchwühlt. Irgendjemand hatte in diesem Haus etwas gesucht und war dabei nicht zimperlich gewesen.

Roland Fichtner dachte an die heiße Spur, auf die ihn der Petkovic gestoßen hatte: Lena Leitner. Bisher war nicht an die Öffentlichkeit gedrungen, dass die Polizei am Tag vor dem Auftauchen von Georg Leitners Leiche dessen Frau in Begleitung eines anderen Mannes in diesem Haus angetroffen hatte. Bei ihrem Begleiter hatte es sich um den jungen Historiker aus München gehandelt, der gerade zu Forschungszwecken in Oberaudorf weilte und zufällig auch gestern auf der Pressekonferenz des Bürgermeisters aufgetaucht war.

Forschungszwecke? Für den Journalisten klang das reichlich vage. Jedenfalls waren die beiden in das leer stehende Gebäude eingebrochen – angeblich auf der Suche nach dem bereits vermissten Schorschi. Sie hatten zwar selbst die Polizei alarmiert – aber der Petkovic, der daraufhin mit einem Kollegen hergekommen war, vermutete, dass sie den Beamten irgendetwas verschwiegen hatten.

Das alles hatte der Polizist Roland Fichtner nur unter der Bedingung erzählt, dass der nichts davon öffentlich machen würde – jedenfalls nicht sofort. Der Journalist war einverstanden gewesen. Was blieb ihm auch anderes übrig? Immerhin hatte er damit einen Recherchevorsprung vor allen Kollegen. Und wenn er dann selbst Indizien oder sogar Beweise gefunden hätte, würde sowieso niemand mehr danach fragen, wer ihn ursprünglich auf die richtige Spur angesetzt hatte.

Waren also Lena Leitner und dieser Historiker für die Unordnung im Haus verantwortlich? Petkovic hatte auch erzählt, die Spurensicherung habe nach dem Fund der Leiche das Haus genauer untersucht und Blutspuren entdeckt, die die Vermutung zuließen, dass Georg Leitner hier ermordet worden sei. Vielleicht also hatte der Schorschi im Haus etwas gesucht und war dabei von jemandem überrascht worden, der ihn dann umgebracht hatte. Oder andersherum? Natürlich konnte es auch Georg Leitner gewesen sein, der seinen Mörder beim Einbruch ertappt hatte. Roland Fichtner trat einen Schritt vom Fenster zurück und griff in seine Hosentasche. Er zog eine zerknautschte Schachtel heraus und entnahm ihr eine etwas lädierte Zigarette sowie sein Feuerzeug.

Es gab einfach zu viele Möglichkeiten, wie sich der Mord abgespielt haben könnte. Zu viele offene Fragen.

Während er den Rauch des ersten Zuges langsam durch seine Nasenlöcher entweichen ließ, überlegte Roland Fichtner, welche dieser Fragen momentan am dringendsten beantwortet werden musste. Er kam zu dem Ergebnis, dass es ihn sehr viel weiter bringen würde, wenn er wüsste, was in diesem Haus so wichtig gewesen war, dass sich anscheinend mehrere Leute unerlaubterweise Zutritt zu ihm verschafft hatten, um danach zu suchen.

Von der anderen, der Straße zugewandten Seite des Hauses hörte man Motorengeräusche und, nachdem diese abrupt verstummt waren, das Zuschlagen von Autotüren. Roland Fichtner war nicht überrascht. Petkovic hatte erzählt, dass die Hauptkommissarin, die der Journalist schon gestern am See hatte beobachten können, während sie am Fundort der Leiche zugange gewesen war, an diesem Nachmittag das Haus der Bichlers inspizieren wollte – und zwar gemeinsam mit den beiden Beamten, die Lena Leitner und den Historiker dort angetroffen hatten.

Stimmen waren zu hören, und kurz darauf klapperte auch schon das Gartentor. Der Redakteur des »Inntalboten« warf seine halb gerauchte Zigarette ins Gras und überprüfte kurz sein Spiegelbild in dem Fenster, durch das er gerade eben noch ins Wohnzimmer der Bichlers geblickt hatte. Dann machte er sich auf den Weg, die Neuankömmlinge zu begrüßen.

Sein alter Freund Petkovic hatte Roland Fichtner eindringlich gebeten, zur entsprechenden Zeit nicht in der Nähe von Bichlers Haus zu sein. Verständlich, wenn die Hauptkommissarin zugegen war. Schließlich würde sie dann bestimmt einen Informanten in den Reihen der Polizei vermuten – und viel Spürsinn wäre nicht nötig, um dabei auf Petkovic zu kommen.

Doch bei allem Verständnis für dessen Lage musste Roland Fichtner in erster Linie an seine eigene Arbeit denken. Und für die könnte ein Gespräch mit der leitenden Ermittlerin im Fall Georg Leitner nun einmal unschätzbare Erkenntnisse bringen. Fichtner hatte schon am Tag zuvor am See bemerkt, dass die Hauptkommissarin ziemlich jung und dementsprechend wohl recht unerfahren war. Bei so jemandem lohnte es sich oft, wenn man überraschend agierte und forsch auftrat. Vielleicht würde er sie auf dem falschen Fuß erwischen und ihr so ein paar Informationen entlocken können, bevor sie sich überhaupt klar darüber wurde, mit wem sie es zu tun hatte. Einen Versuch war es jedenfalls wert. Und der Petkovic? Der würde schon darüber hinwegkommen.

13

Während Tamara Stahl ihren Dienstwagen an den Niederaudorfer Ein- und Mehrfamilienhäusern mit gepflegten Vorgärten und teuren Autos deutschen Fabrikats in den Garagen vorbeilenkte, versuchte sie, sich auf das zu konzentrieren, was vor ihr lag: die Besichtigung des wahrscheinlichen Tatorts.

Seit sie am Morgen vom Präsidium in Rosenheim nach Oberaudorf aufgebrochen war, hatte sie einige Gespräche geführt, die ihr Bild von den Lebensumständen des Opfers zwar nicht komplettiert, aber zumindest ein wenig geschärft hatten.

Da war die Aussage von Lena Leitner, der Ehefrau des Opfers, die dessen Engagement in Umweltschutzfragen ins Spiel gebracht hatte. Ein Golfplatz. Wer würde von diesem Projekt am meisten profitieren? Das musste sie noch klären.

Dann der Anruf aus Kiefersfelden wegen der anonymen Anschuldigung gegen Georg Leitner. Konnte es sein, dass der Mann wegen einer Verwicklung in illegale Machenschaften im Zusammenhang mit der Spedition ermordet worden war? Osteuropäische Mafiabanden? Aber die wussten normalerweise, wie man eine Leiche so entsorgt, dass sie nicht schon nach einem Tag wieder auftaucht.

Außerdem tendierte Tamara Stahl dazu, dem Bild, das der Speditionsleiter von seinem Angestellten gezeichnet hatte, zu vertrauen: ein manchmal etwas aufbrausender, aber im Grunde zuverlässiger und geradliniger Mann mit Prinzipien und Pflichtgefühl. Keiner, der für schnelles Geld kriminell wird und Kopf und Kragen riskiert.

Außerdem: War es nicht sehr viel wahrscheinlicher, dass der Mord mit dem alten Gästebuch zusammenhing? Bernhard Mochinger, der Besitzer des »Weber an der Wand«, sah sich als Opfer eines Diebstahls und einer Verleumdungskampagne. War er deshalb zum Mörder geworden? Ausschließen konnte man das nicht – und vor allem, was den vermeintlichen Unfall von Markus Bichler betraf, war die Hauptkommissarin ganz und gar nicht von seiner Unschuld überzeugt. Aber warum hätte Mochinger Georg Leitner töten sollen?

Tamara Stahl holte tief Luft und versuchte, die Gedanken an die Begegnungen der vergangenen Stunden abzuschütteln. Es wäre am besten, wenn sie völlig unvoreingenommen in den letzten Termin des Tages hineinging. Die Tatortbegehung stand normalerweise direkt am Anfang der Ermittlungen, sofern möglich. Sie hatte ihren Besuch des Anwesens der Bichlers dennoch auf den Nachmittag verschoben, weil sie am Haus die beiden Polizisten treffen wollte, die am Vortag des Leichenfunds von Lena Leitner und Lorenz Kastner herbeigerufen worden waren. Da die Streifenbeamten Schichtdienst leisteten, hatte Hauptkommissarin Stahl den Besichtigungstermin zwangsweise an den Arbeitsplan der Dienststelle in Kiefersfelden angepasst.

Als das Navigationssystem verkündete, dass sie die Zieladresse erreicht hatte, bemerkte sie den Streifenwagen im Rückspiegel. Immerhin waren die beiden Kollegen pünktlich.

Sie stellte ihren Wagen ab, ging den Polizisten entgegen, und es kostete sie einige Mühe, ihre erste Assoziation, die deren Anblick in ihr hervorrief, schnell wieder zu verdrängen: Asterix und Obelix. Als Kind hatte sie deren Geschichten geliebt. Während ihre Altersgenossinnen von einem Ponyhof träumten oder sich eine Zauberfee als Gefährtin wünschten, war es für die kleine Tamara das Höchste gewesen, in ihrer Phantasie an der Seite der unbeugsamen Gallier den hochnäsigen Römern die nächste ordentliche Abreibung zu verpassen. Jahre später, als hochrangige Beamtin, die in einem Mordfall ermittelte, schien es ihr jedoch nicht besonders angemessen, an Comicfiguren zu denken. Auch wenn die beiden uniformierten Gestalten es ihr nicht leicht machten: ein großer, korpulenter Mann mit leuchtend rotem Schnurrbart und sein sehr viel kleinerer, schmächtiger Kollege, der einen Schritt vorausging und auch sonst das Heft in der Hand zu halten schien.

Als die drei Beamten vor dem Gartentor aufeinandertrafen, richtete der kleine sofort das Wort an die junge Frau: »Hauptkommissarin Stahl? Grüß Gott!«

Er reichte ihr die Hand zu einem Händedruck, der sich keineswegs so anfühlte, als hätte er gerade einen Schluck des legendären Zaubertranks der Gallier zu sich genommen. Tamara Stahl ermahnte sich innerlich streng, jetzt gefälligst alle Konzentration auf ihre Ermittlungsaufgaben zu richten, während der Streifenpolizist weiterredete.

»Mein Name ist Petkovic. Florian Petkovic. Das ist mein Kollege Martin Schuster.«

Der Händedruck des rundlichen Polizisten war deutlich kräftiger, und Tamara Stahl erklärte den beiden, dass sie das Haus gründlich in Augenschein nehmen wolle. Die Kollegen sollten ihr vor Ort genau erläutern, was sich abgespielt hatte, als sie von Lena Leitner und Lorenz Kastner gerufen worden waren.

Durch das Gartentor betraten alle drei das Grundstück. Doch noch bevor sie die Haustür erreicht hatten, bog eine untersetzte, dickliche Gestalt mit ungepflegten, für ihr Alter viel zu langen Haaren um eine Hausecke und kam zügig auf die Polizisten zu.

Der etwa fünfzigjährige Mann trug eine ausgebeulte Jeans, die ihre ursprüngliche Farbe längst verloren hatte. Das grellbunte Hemd hatte er unachtsam in den Hosenbund gestopft, sodass an seiner linken Hüfte ein Zipfel des Saums herauslugte. »Grüß Gott zusammen!«

Die Stimme des Mannes klang rau, und als er nahe genug gekommen war, konnte Tamara Stahl riechen, dass das wohl durch übermäßigen Zigarettenkonsum begründet war. Der Kerl stank wie ein überquellender Aschenbecher, in den ein zu Schweißfüßen neigender Wanderer seine ungewaschenen Socken gestopft hatte.

»Grüß Gott. Was machen Sie hier?« Die Hauptkommissarin hatte weder Zeit noch Lust, sich mit einem neugierigen Nachbarn herumzuschlagen. Dieser Tag war schon lang genug, und sie musste noch einiges erledigen, bevor sie endlich wieder zurück nach Rosenheim fahren konnte.

Tamara Stahl fiel auf, dass ihre beiden uniformierten Kollegen mit erstaunlicher Zurückhaltung auf das Auftauchen des Fremden reagierten. Es schien ihr sogar, als hätte Florian Petkovic – der Schmächtige – für einen kurzen Moment einen beschwörenden Blick in Richtung des Neuankömmlings geworfen, bevor er seine Gesichtszüge wieder unter Kontrolle gebracht und eine möglichst unbeteiligte Miene aufgesetzt hatte. Martin Schuster – der Wohlbeleibte mit dem roten Schnurrbart – besaß den Vorteil, dass seine allgemeine Trägheit jede vorschnelle Reaktion verhinderte. Doch Tamara Stahl war sich bereits sicher, dass zumindest Petkovic den unappetitlichen Mann kannte, der jetzt in vertraulichem Ton auf sie einredete.

»Mein Name ist Fichtner, ich bin Journalist. ›Rosenheimer Tagblatt‹.« Der Mann hielt in seiner Bewegung inne, als er merkte, dass Tamara Stahl keineswegs im Begriff war, seine ausgestreckte Hand zu ergreifen. Stattdessen sah sie ihn ungeduldig an, wie ein lästiges Insekt, von dem man nicht weiß, ob es im nächsten Moment von selbst wieder verschwindet oder ob man sich die Mühe machen muss, es eigenhändig zu verscheuchen. »Gestern war ich am Luegsteinsee«, redete er weiter, »wegen der Pressekonferenz des Bürgermeisters, als dann … Sie wissen schon. Jedenfalls ist mir zugetragen worden, dass der Mord hier im Haus stattgefunden haben soll. Sie werden verstehen, dass das auch für die Öffentlichkeit eine interessante Information wäre. Wenn sie denn wirklich stimmt.« Fichtner machte eine Pause und sah sein Gegenüber herausfordernd an.

Tamara Stahl blieb nicht verborgen, dass diese Augen wacher wirkten, als man es bei solch einer Gestalt eigentlich vermuten mochte. Sie musste davon ausgehen, dass der Mann nicht ganz so unbeholfen war, wie er aussah.

»Ich bin mir meiner Verantwortung natürlich bewusst«, fuhr

der Journalist fort. »Weder möchte ich die Ermittlungen behindern noch Falschmeldungen verbreiten. Es würde mir immens helfen, wenn Sie mir bestätigen könnten, dass meine Informationen der Wahrheit entsprechen. Man erzählt sich ja nicht nur, dass Georg Leitner hier umgebracht wurde, sondern auch, dass in diesem Haus das Mordmotiv versteckt ist. Oder besser: versteckt war? Hat es der Mörder mitgenommen?« Ein Lächeln, von dem schwer zu sagen war, ob es freundlich oder süffisant wirken sollte, umspielte Fichtners fleischige Lippen.

»Wenn es Neuigkeiten gibt, die für die Öffentlichkeit von Belang sind, dann geben wir eine Pressemitteilung heraus.« Tamara Stahl sprach ruhig und ohne eine Miene zu verziehen. »Und jetzt verschwinden Sie besser von hier, bevor ich in Versuchung komme, einen offiziellen Platzverweis auszusprechen.«

Fichtner rührte sich nicht vom Fleck. »Sie verstehen mich falsch, Frau ... wie war noch gleich Ihr Name?«

Als die Hauptkommissarin sich nicht aus der Reserve locken ließ, legte der Journalist nach: »Ist das der erste Mordfall, den Sie bearbeiten? Ich frage nur, weil Sie ja noch recht jung sind. Das überrascht mich, weil ich mir jemanden, der sich mit solchen Verbrechen beschäftigt, immer ganz anders vorgestellt habe. Routiniert. Abgebrüht, wie man so schön sagt. Aber bestimmt habe ich nur zu viele Krimis gelesen, in denen sich griesgrämige alte Kommissare mit skrupellosen Mördern herumschlagen müssen. Ich bin da nicht die Ausnahme, das weiß ich. Die Leute lieben diese Geschichten. Was glauben Sie, wie die reagieren werden, wenn sie erfahren, dass man diesen Fall einer blutjungen Anfängerin überlassen hat? Man könnte ja fast glauben, die Sache würde in Rosenheim nicht wirklich ernst genommen. Nicht dass ich so etwas je schreiben würde! Aber wenn Sie mir etwas von sich erzählen, kann ich Sie so darstellen, wie Sie wirklich sind. Und den Menschen klarmachen, dass die Polizei ihre besten Leute einsetzt, um den Täter schnellstmöglich zu fassen. Verstehen Sie?«

Tamara Stahl verstand nur allzu gut. Und das bisschen Geduld, das sie bereit gewesen war, für diesen schmierigen Unsympathen zu investieren, war längst verbraucht. »Ich sage es Ihnen nur noch einmal: Ich habe weder Zeit, mich mit Ihnen zu unterhalten, noch glaube ich, dass Sie darauf irgendeinen Anspruch haben. Wenn Sie sich tatsächlich nützlich machen wollen, dann lassen Sie uns in Ruhe arbeiten. Wir gehen jetzt ins Haus – und wenn ich wieder herauskomme, dann sind Sie verschwunden. Haben Sie mich verstanden?«

Sie wartete keine Antwort ab, drehte sich stattdessen um, bedeutete ihren beiden Kollegen mit einer Geste, ihr zu folgen, und ging mit schnellen Schritten zur Haustür.

Martin Schuster folgte ihr unverzüglich. Florian Petkovic blieb noch eine Sekunde lang stehen und sah Roland Fichtner kopfschüttelnd und mit flehendem Blick an.

Der grinste nur und zuckte mit den Schultern, bevor er auf dem Absatz kehrtmachte und langsam in Richtung Gartentor davonschlenderte.

14

Kathi, die Kellnerin des Audorfer Hofs, hatte am Tag zuvor erst mit einiger Verzögerung von dem entsetzlichen Fund im Luegsteinsee erfahren. Und wenn sie sich jetzt daran erinnerte, wie das gewesen war, als sie die Nachricht von Schorschi Leitners Tod erhalten hatte, dann schämte sie sich.

Sie war den ganzen Vormittag damit beschäftigt gewesen, das Lokal für die Ankunft der vom Bürgermeister geladenen Gesellschaft vorzubereiten.

Der Wirt selbst hatte angekündigt, erst später, wenn die Gäste bereits eingetroffen wären, im Lokal aufzutauchen, weil er vorher noch einen wichtigen Termin in Kufstein hatte. Er wusste, dass er sich in solchen Fällen auf die Kathi verlassen konnte. Sie war in der Lage, den Überblick zu behalten und alles so zu koordinieren, dass der Gast nichts vermisste und die entspannte Atmosphäre genoss. Die Kathi war im Grunde viel mehr als eine Kellnerin, und das schätzte der Wirt sehr. Deswegen bezahlte er sie gut und hatte seinen anderen Angestellten, vom Koch bis zur Reinigungskraft, längst klargemacht, dass sie, wenn er nicht im Haus war, das Sagen hatte. Die meisten kamen gut damit klar, weil die Kathi in der Hektik des Betriebs nicht nur die Übersicht behielt, sondern ihre Anweisungen meistens in freundlicherem Ton formulierte, als er, der eigentliche Chef, es zu tun pflegte.

Gestern war zuerst der Koch wegen einer Autopanne nicht pünktlich erschienen, dann, als er endlich eingetroffen war, hatte ihm in der Küche das Knödelbrot gefehlt – und das, wo der Bürgermeister seinen Gästen doch unbedingt die Semmelknödel vorsetzen wollte, von denen er selbst so schwärmte.

Die Kathi hatte den Koch angewiesen, schon einmal alles andere vorzubereiten, während sie sich um das Knödelbrot kümmern wollte. Außerdem hatte sie noch die Tischdecken aus der Reinigung holen müssen, bevor überhaupt daran zu denken gewesen war, den kleinen Festsaal angemessen herzurichten.

Bei all dem Trubel hatte es sie zuerst sogar gefreut, dass die Gesellschaft nicht pünktlich auf der Matte gestanden hatte. Doch dann, als mit einiger Verspätung endlich alles vorbereitet, aber weder im Lokal noch auf dem Parkplatz davor ein einziger Gast zu sehen gewesen war, war der Kathi etwas mulmig geworden.

Ihr erster Gedanke war gewesen, dass sie sich bei der letzten Besprechung mit dem Bürgermeister vielleicht die Uhrzeit falsch notiert haben könnte.

Und dann war wie am Vortag versprochen der Wirt gekommen. Ganz blass war er gewesen, hatte sich an einen der Tische gesetzt – und die Kathi, die sofort angefangen hatte zu erklären, dass sie auch nicht wisse, warum die Gesellschaft des Bürgermeisters noch nicht eingetroffen sei, unterbrochen: Diese Dinge seien jetzt nicht wichtig.

Heute komme von denen wohl keiner mehr, hatte er gesagt. Er sei gerade beim Luegsteinsee vorbeigefahren, dort herrsche höchste Aufregung, auch der Bürgermeister und seine Gäste seien noch vor Ort. Die Polizei sei gerade dabei, die Leute wegzuschicken und das Gelände abzusperren. Er habe gefragt, was denn los sei, und man habe ihm geantwortet, dass der Leitner Schorschi tot im Wasser liege, von irgendjemandem erschlagen.

Die Kathi hatte das alles nicht gleich verstanden. Sie war so sehr auf ihre Aufgaben konzentriert gewesen, dass ihr Geist – wie ein schwerer Lastwagen oder ein träger Öltanker – nicht sofort eine Kursänderung hatte vornehmen können. Erst nach ein paar Sekunden, vielleicht sogar nach einer halben Minute, war ihr klar geworden, was der Wirt gerade gesagt hatte.

Und für den ersten Gedanken, den sie dann gehabt hatte, schämte sie sich noch jetzt, am nächsten Tag, obwohl er glücklicherweise unausgesprochen geblieben war und somit niemand außer ihr von ihm wusste. Es war ihr einfach unbegreiflich, warum sie nicht sofort an den armen Schorschi oder an seine liebe, bemitleidenswerte Frau, die Lena, gedacht hatte, die mit dieser Katastrophe von nun an weiterleben musste. Statt an das Leid dieser armen Menschen zu denken, war ihr durch den Kopf gegangen, dass sie nun völlig umsonst das Knödelbrot für die Semmelknödel besorgt hatte, die in der Küche schon viel zu lange im kochenden Wasser lagen.

»Mei, Schopper, heid g'steist di oba scho!« Der Hirschreiter Sepp warf die einzige Karte, die er noch auf der Hand gehabt hatte, in die Mitte des Tisches. Den letzten Stich hatten sie zwar gemacht, der Grasecker Simon und er, doch das Spiel hatten sie mit Pauken und Trompeten verloren. Und daran war sein Mitspieler nicht ganz unschuldig. Der junge Bauer vom Schopperhof spielte so unkonzentriert, wie man es von ihm sonst nicht gewohnt war.

Die Schafkopfrunde am Freitagabend gab es im Audorfer Hof schon seit Ewigkeiten. Die Besetzung war dabei nicht immer festgelegt, manchmal hatten sich sogar schon zwei Runden ergeben, weil sich an einem Abend genügend Spielkundige und -willige im Lokal einfanden. Zu anderen Zeiten war es schwer, überhaupt regelmäßig die vier Spieler für eine einzige Runde zusammenzubekommen.

Nach dem Schlaganfall des alten Bürgermeisters war es ihnen zuletzt immer wieder so ergangen – bis sich der junge Simon

Grasecker zu den Schafkopfern gesellt hatte. Der hatte zwar immer viel zu tun, schließlich musste er sich neben der Arbeit im Steinbruch auch noch um die Landwirtschaft kümmern, die er kürzlich von seinen Eltern übernommen hatte, doch den Freitagabend hielt er sich frei, so oft es ging. Von Anfang an war er besser gewesen, als es die alteingesessenen Spieler für möglich gehalten hatten. Normalerweise konnte man sich darauf verlassen, dass der Schopper junior als Partner eine sichere Partie nicht durch Unachtsamkeit und Anfängerfehler gefährden würde. Doch heute schien er irgendwie abwesend. Oder einfach nur lustlos? Vielleicht beides.

Der Hirschreiter Sepp war sich nicht einmal sicher gewesen, ob die anderen an diesem Freitag überhaupt kommen würden. Alle im Dorf waren ganz durcheinander wegen der Geschichte mit dem Schorschi. Doch mit dem Plenzinger Toni, dem Schachner Franz und dem jungen Schopper hatte sich die gesamte derzeitige Stammbelegschaft der Schafkopfrunde eingefunden. Natürlich war der Leichenfund im Luegsteinsee auch unter ihnen ein Thema gewesen, aber so richtig wusste niemand, was er dazu sagen sollte. Also hatte man eben zu spielen begonnen, wie jeden Freitagabend.

»I spui mit da Oid'n.« Der Schachner Franz machte es wie immer, wenn er ein Spiel angesagt hatte: Sein rechtes Auge blickte nacheinander im Uhrzeigersinn jeden am Tisch an, wie um sicherzustellen, dass alle seine Ankündigung verstanden hatten. In seiner linken Augenhöhle steckte, unter einem stets halb geschlossenen Lid, eine gläserne Attrappe, seit er vor gut zwanzig Jahren beim Schützenfest unglücklich in einen Maßkrug gefallen war. Das Glasauge war unbeweglich und schien stets nur den Spieler zu fixieren, der ihm genau gegenübersaß.

In schneller Folge flogen die Karten in die Mitte des Tisches. Nach dem zweiten Stich war klar, dass der Plenzinger Toni die Eichel-Sau – die »Oide« – auf der Hand hatte und damit für diese Partie der Partner vom Schachner Franz war. Kurz darauf machten sie »den Sack zu«, ihr Sieg stand fest, und die restlichen Stiche waren nur noch Makulatur.

»Aber oans muass ma scho sog'n«, der Hirschreiter Sepp sah mit leicht geneigtem Kopf den jungen Bauern vom Schopperhof an, der rechts neben ihm saß, »jetzt, wo der Schorschi hi is, do muasst du di wenigst'ns nimma mit eam plog'n. I moan, wega deine Wies'n drunt in Urfahrn.«

Der letzte Stich war ausgespielt, der Plenzinger Toni hatte die Karten an sich genommen und mischte den Stapel routiniert.

Simon Grasecker starrte den Hirschreiter Sepp an und reckte dabei sein Kinn trotzig nach vorn. Er schien im Begriff zu sein, etwas auf dessen Bemerkung zu erwidern, blieb dann aber stumm, so als würden die Worte, die ihm auf der Zunge lagen, von einer unsichtbaren Barriere zurückgehalten. Was war es, das in seinem Blick lag? Zorn? Angst?

Der Plenzinger Toni war mit dem Mischen fertig und begann, die Karten für eine weitere Partie zu verteilen.

Der Hirschreiter Sepp setzte ein kumpelhaftes Lächeln auf und legte dem Schopper eine Hand auf die Schulter.

»Versteh mi ned foisch. I sog doch ned, dass du di freist, wei dem Schorschi des passiert is …«

Als Simon Grasecker aufsprang, stieß er gegen die Tischkante, sodass die Karten, die vor den vier Männern lagen, einen kurzen Luftsprung machten und das Weißbier aus den Gläsern zu schwappen drohte. Wortlos zog der Schopperbauer einen Geldschein aus der Hosentasche und knallte ihn auf den Tisch. Dann wandte er sich von seinen Mitspielern ab und lief zur Garderobe, an die er seinen Trachtenhut gehängt hatte. Als er aus dem Lokal stürmte, warf er die Tür mit einem lauten Krachen ins Schloss.

15

Abendliches Dämmerlicht hatte sich bereits über Niederaudorf gelegt, als Tamara Stahl wieder in ihren Dienstwagen stieg, um zurück nach Rosenheim zu fahren. Die beiden Streifenpolizisten waren schon vor einer halben Stunde in ihre Dienststelle zurückgekehrt, woraufhin sich die Hauptkommissarin noch ein wenig allein im Haus der Bichlers umgesehen hatte.

Als sie in die Hauptstraße eingebogen war, die nach Oberaudorf führte, drückte sie ein paarmal auf das Display ihrer Freisprechanlage.

Eine Männerstimme drang aus den Lautsprechern: »Ah, die Frau Hauptkommissarin hat jetzt endlich Zeit für mich.«

Die Stimme gehörte Heinrich Schmitterer, ihrem Kollegen aus dem Präsidium. Er hatte schon einmal angerufen, während Tamara Stahl im Gespräch mit Asterix und Obelix aus Kiefersfelden gewesen war, weshalb er von ihr auf später vertröstet worden war, wofür er sich nun anscheinend mit einem übertrieben unterwürfigen Ton revanchierte.

Die Beamtin beschloss, sich deswegen nicht allzu viele Gedanken zu machen. »Tut mir leid wegen vorhin. Ich war gerade noch in dem Haus, in dem der Mord verübt wurde, und habe mit den Kollegen aus Kiefersfelden gesprochen. Jetzt bin ich auf dem Rückweg. Was gibt's bei euch Neues?«

»Der Gerichtsmediziner hat die Todesursache bestätigt: Schlag auf den Kopf mit einem schweren Gegenstand. War wohl eine Hantel, aber dazu komme ich noch. Jedenfalls gibt es keinerlei Hinweis auf eine Vergiftung. Außerdem sind die Taucher fertig und haben im See tatsächlich etwas Brauchbares gefunden: einen Mühlstein, an dem ein Seil und ein zerrissener Leinensack hingen. An dem Stein hatte der Täter mit Hilfe des Seils den Sack mit der Leiche befestigt. Vermuten wir jedenfalls. Das ganze Paket wurde dann im See versenkt. Dummerweise – aus Sicht unseres Mörders – war der Sack aus dünnem Leinen. Ist auf jeden Fall ein älteres Fabrikat. Er ist aufgerissen, und die Leiche wurde von der Strömung, die in den unteren Wasserschichten herrscht, weggezogen.«

»Klingt plausibel. Und wenig professionell, was den Täter betrifft.«

»Falls du auf die angeblichen Verstrickungen des Opfers in Machenschaften des organisierten Verbrechens anspielst, bin ich ganz deiner Meinung. Wenn Leute aus dem Milieu jemanden verschwinden lassen, dann machen sie das besser. Und wenn sie wollen, dass jemand gefunden wird, dann auch. Die Taucher haben übrigens wahrscheinlich auch die Tatwaffe entdeckt. In der Nähe eines Stegs lag eine Hantel auf dem Grund des Sees. Sie passt zu denen, die im Haus der Bichlers auf einer Kommode liegen. Das ganze Zeug, das heute aus dem Wasser gefischt wurde, wird natürlich noch genau untersucht. Vielleicht hast du morgen früh schon einen Bericht von der Kriminaltechnik dazu auf dem Schreibtisch. Meinen lege ich dir jedenfalls schon mal hin. Ich gehe nämlich jetzt nach Hause.«

»Alles klar, wir sehen uns morgen. Und danke.«

»Bitte sehr, Frau Hauptkommissarin.« Schmitterer hatte seinen ironischen Ton noch immer nicht abgelegt. »Ach, da fällt mir noch was ein: Es hat jemand für dich wegen der Leiche von diesem Markus Bichler angerufen. Du willst doch, dass die noch nicht freigegeben wird, oder?«

»Allerdings.«

»Tja, Pech gehabt. Der gute Mann wurde bereits eingeäschert. Ich denke, das, was von ihm übrig ist, wird uns nicht mehr weiterbringen.«

»Mist!« Tamara Stahl schlug mit dem Handballen gegen das Lenkrad.

»Also, schönen Abend und bis morgen!«

»Bis morgen.«

Es piepte, Schmitterer hatte aufgelegt.

In Oberaudorf folgte die Hauptkommissarin den Schildern in Richtung Autobahn. Sie ärgerte sich, weil sie sich nicht früh genug um den Verbleib von Markus Bichlers Körper in der Obhut der Gerichtsmediziner gekümmert hatte. Die Untersuchungen, die man nach dem tödlichen Vorfall am Grafenloch vorgenommen hatte, waren ihrer Meinung nach keineswegs ausreichend gewesen. Mit ihrem Besuch in dem Haus, das Bichler von seinem Vater geerbt hatte, war diese Überzeugung in Tamara Stahl nur noch mehr gewachsen.

Die Spuren im Wohnzimmer sprachen dafür, dass Georg Leitner, bevor er erschlagen wurde, nach etwas gesucht hatte.

Dabei war er nicht sehr bedacht vorgegangen, die Kriminaltechnik hatte an den Schränken und Regalen seine Fingerabdrücke gefunden.

Die Beamtin hatte auch das Versteck in Augenschein genommen, in dem Lena Leitner nach eigenen Angaben das Gästebuch gefunden hatte. War das wirklich der Schlüssel zu diesem Fall? Die Indizien sprachen jedenfalls dafür, dass seinetwegen mindestens ein Mord begangen worden war. Wahrscheinlich sogar zwei. Denn falls Georg Leitner wegen des Buches hatte sterben müssen – war dann noch anzunehmen, dass Markus Bichler, dem es ja offensichtlich zusammen mit dem Haus von seinem Vater hinterlassen worden war, seinen Tod tatsächlich einem tragischen Unfall zu verdanken hatte?

Nein, Tamara Stahl kam es viel wahrscheinlicher vor, dass auch hier jemand nachgeholfen hatte. Vielleicht Georg Leitner, der sich einigen Zeugenaussagen zufolge kurz vor dessen Tod mit Markus Bichler gestritten hatte? War es bei der Auseinandersetzung um das Buch gegangen? Hatte Leitner seinen Kontrahenten später getötet, um dann in dessen Haus einzubrechen und die historische Kostbarkeit an sich zu nehmen? Möglich. Immerhin hatte Lorenz Kastner, der Historiker, am Grafenloch dieses Herzmedikament gefunden. Und Lena Leitner hatte der Hauptkommissarin heute bestätigt, dass ihr Mann genau diese Tabletten regelmäßig eingenommen und sie immer bei sich getragen habe. Andererseits klang ein rücksichtsloser und blutrünstiger Raubzug nicht gerade nach dem Georg Leitner, den seine Frau und sein Chef übereinstimmend beschrieben hatten.

Deswegen wäre es so wichtig gewesen, Markus Bichlers Körper noch einmal genauer zu untersuchen – vor allem auf Spuren eines anderen Menschen, wie sie nach einem Kampf zurückbleiben: Hautpartikel unter den Fingernägeln, Haare oder Blut. Doch dafür war es nun zu spät.

Der Klingelton ihres Handys riss die Beamtin aus ihren Gedanken. Sie schaltete erneut die Freisprechanlage ein. »Hallo?«

»Hallo, hier ist Sonja Fuhrmann.«

»Guten Abend! Ich habe gerade mit Heinrich Schmitterer

telefoniert. Haben Sie etwa schon die Ergebnisse zu den Gegenständen, die aus dem Luegsteinsee geborgen wurden?«

»Nein, Frau Stahl, so weit sind wir noch nicht. Aber dafür kann ich Ihnen etwas Neues zu den Blausäurerückständen sagen, die wir gefunden haben. Ich habe die Spuren genauer analysiert und bin außerdem auf Prunasin gestoßen.«

»Prunasin? Sollte mir das etwas sagen?«

»Das ist ein ungiftiger Stoff, der sich unter bestimmten Umständen in Blausäure umwandelt. Einige Pflanzenarten machen sich das zunutze, um sich vor Fressfeinden zu schützen. Sie speichern Prunasin in ihren Blättern oder Früchten. Wenn sie verletzt werden, tritt der Stoff zusammen mit Enzymen aus, die dafür sorgen, dass sich das Prunasin aufspaltet – dann entstehen cyanogene Glykoside, also Blausäure. Wer auch immer die Pflanze angeknabbert hat, bekommt in der Folge wahrscheinlich mehr als nur Bauchschmerzen.«

»In Ordnung, ich glaube, ich habe verstanden. Um welche Pflanzen geht es dabei?«

»Holunder zum Beispiel. Allerdings sind nur seine unreifen Beeren betroffen. Beim Kirschlorbeer findet man Prunasin dagegen auch in den Blättern. Offensichtlich hat unser Täter Handschuhe getragen, die nicht allzu lange vor dem Mord in intensivem Kontakt mit einer solchen Pflanze gewesen sind.« Sonja Fuhrmann lachte kurz und trocken auf. »Wenn Sie mich fragen: Der Gärtner war's!«

Auch Tamara Stahls Miene wurde für einen Moment heiterer.

»Danke für den Tipp«, sagte sie. »Nur ist mir in diesem Fall bisher leider noch kein Gärtner begegnet.« Etwas ernster fuhr sie fort: »Trotzdem könnte das eine wichtige Spur sein. Gut, dass Sie sich das noch mal genau angesehen haben.«

Als auch dieses Gespräch beendet war, passierte Tamara Stahl mit ihrem Dienstwagen die Ausfahrt Brannenburg. Bis nach Rosenheim würde sie noch etwa eine Viertelstunde brauchen. Plötzlich spürte sie ihre Müdigkeit, und auch ihr leerer Magen meldete sich. Die Hauptkommissarin warf einen Blick auf die Uhr am Armaturenbrett. Sie war noch früh genug dran, um beim

Griechen vorbeizufahren. Der war zwar besser als der Chinese, aber echte Vorfreude stellte sich bei ihr trotzdem nicht ein. Es wurde wirklich langsam Zeit, dass der neue Italiener aufmachte.

16

Als er auf den Balkon trat, war die Sonne bereits zur Gänze untergegangen. Er zog die Tür hinter sich zu, weil er einen Augenblick lang für sich sein wollte. Ein kurzer, unbeobachteter Moment an der frischen Luft wäre ihm genug. Dann würde er sich zusammen mit Christa wie jeden Abend vor den Fernseher setzen.

Die Luft war noch immer angenehm warm. Der eigentümliche Geruch einer Sommernacht ließ seine Gedanken unwillkürlich in der Zeit zurückreisen. Über dreißig Jahre war das nun schon her. Es waren mühsame Tage gewesen, in denen sie bei brütender Hitze geschuftet hatten wie nie zuvor in ihrem Leben. Und laue Nächte, in denen bei italienischem Rotwein große Pläne geschmiedet worden waren. Eine Zeit der Träume – und der Liebe.

Im Verlauf des Jahres 1983 zählte man in Bayern weit mehr Sonnentage als üblich. Die Hitzewelle begann Anfang Juni und zog sich mit wenigen Unterbrechungen bis in den September. Noch Jahre später würde man sich in Oberaudorf an einen Sommer erinnern, in dem in den Mittagsstunden das öffentliche Leben fast völlig zum Erliegen gekommen war, während sich die Menschen am späten Abend ein Bad im Luegsteinsee gegönnt hatten, der, gespeist von einer kühlen Quelle, noch immer für eine Erfrischung gut gewesen war.

Die Autos und die Lastwagen fuhren an den heißen Tagen mit weit geöffneten Fenstern durch die Gegend, weil an serienmäßig eingebaute Klimaanlagen noch lange nicht zu denken war. Überhaupt waren es viele kleine Dinge, in denen sich der damalige Alltag vom heutigen unterschied.

Mit dem Begriff »Computer« bezeichnete man seltsame Geräte, an denen Tüftler und Technikfreaks in ihren Hobbykellern herumbastelten. Das Wort »Internet« wurde in Fachkreisen in den USA zunehmend populär, doch bis es in Oberaudorf erstmals jemand in den Mund nahm, sollte es noch viele Jahre dauern. Wenn man jemanden anrufen wollte, tat man das von zu Hause aus oder suchte sich eine öffentliche Telefonzelle.

Die politischen Diskussionen im Land waren während der letzten Jahre vom Ost-West-Konflikt und der Friedensbewegung geprägt worden. In Bayern wunderte man sich darüber, dass ausgerechnet der Ministerpräsident und bekennende Antikommunist Franz Josef Strauß einen Milliardenkredit für die klamme DDR ermöglicht hatte. Kurzzeitig geriet der ansonsten als unantastbar geltende Herrscher über Partei und Freistaat deshalb gehörig unter Druck. Einer seiner engsten Gefolgsleute, der in Oberaudorf geborene Jurist Edmund Stoiber, war anscheinend dazu auserkoren worden, für diese Krise mit dem frühen Ende seiner politischen Karriere zu bezahlen: Er verlor in diesem Sommer seinen Posten als Generalsekretär der Regierungspartei.

Allzu viele Gedanken machte man sich im Ort aber nicht über die große Politik. Man war hauptsächlich mit sich selbst beschäftigt.

Der Schopperbauer haderte mit der anhaltenden Trockenheit, die für die kommende Ernte nichts Gutes verhieß. Er hatte vor über einem Jahr geheiratet, und noch immer war seine Frau nicht schwanger. Wenn es so weit wäre, hoffte er auf einen Sohn, der wie er auf den Namen »Simon« getauft und irgendwann einmal den Hof übernehmen würde.

In Niederaudorf entstanden viele neue Ein- und Zweifamilienhäuser. Im Sommer des Jahres 1983 waren die Dachdecker dort unablässig bei der Arbeit. Einer von ihnen war der Schachner Franz, der erst über ein Jahrzehnt später von der Tätigkeit in luftiger Höhe Abstand nehmen würde, weil man, um sich auf den Dächern sicher zu bewegen, zwei gesunde Augen benötigte. Der Schachner Franz war Teil der Schafkopfrunde im Audorfer Hof, bei der auch Bürgermeister Josef Bachmaier regelmäßig zugegen war.

Paul Ettenhofer, Gründer des gleichnamigen Fuhrunternehmens, war freitagabends ebenfalls oft mit von der Partie. Sein Sohn Karl ging in die vierte Klasse der Volksschule in Oberaudorf.

Anton »Toni« Plenzinger hatte in seinen zehn Jahren bei der Freiwilligen Feuerwehr noch keinen Sommer erlebt, in dem er so oft mit seinen Kameraden ausrücken musste, um einen beginnenden Waldbrand zu löschen. Am eindrücklichsten sollte ihm jedoch die Nacht im Juli in Erinnerung bleiben, in der sie an den Schauplatz eines Autounfalls gerufen wurden. Ein Kleinwagen war mit überhöhter Geschwindigkeit von der Straße abgekommen und hatte sich mehrfach überschlagen. Die Insassen, ein junges Ehepaar, waren bereits tot, als die Feuerwehr und der Rettungswagen eintrafen. Anton Plenzinger kannte die beiden. Und wusste, dass sie einen kleinen Sohn namens Georg hatten. Georg war glücklicherweise nicht mit im Auto gewesen, seine Eltern hatten ihn bei der Tante in Kiefersfelden gelassen, die ihn von diesem Tag an aufziehen sollte.

Rupert Stöttner war fünfzehn Jahre alt und fand sich langsam damit ab, dass aus ihm kein Fußballprofi werden würde. Vielleicht würde er auf den Rat seines Vaters hören und sich nach der Schule für einige Zeit bei der Bundeswehr verpflichten. Auf keinen Fall würde er, wie es sich seine Mutter wünschte, auf die Steuerfachschule in Herrsching gehen. Später einmal den ganzen Arbeitstag in einem Büro zu verbringen – das käme für ihn niemals in Frage.

Zu Beginn des Jahres hatte sich eine Gruppe von jungen Leuten zusammengefunden, um ein gemeinsames Projekt zu verwirklichen. Alfons Bichler, gebürtiger Oberaudorfer und Sohn eines Kraftfahrzeug- und Landmaschinenmechanikers, hatte schon immer davon geredet, dass man den »Weber an der Wand« wiederbeleben müsse. Das altehrwürdige Haus war heruntergekommen. Pächter hatte man für das baufällige Gemäuer nicht mehr gefunden, und so drohten dem historischen Lokal früher oder später der Abriss und das endgültige Vergessenwerden. Immer wieder hatte der Alfons mit seinen Freunden nach Wegen gesucht, wie man an das nötige Geld zum Kauf des Hauses kommen könnte.

Die Lösung des Problems war eines Tages in Gestalt von Bernhard Mochinger aufgetaucht. Der war gelernter Schreiner aus München mit Sinn für die Kunst und einem Herz für die Geschichte. Und in Besitz einer Erbschaft, mit der er etwas bewirken wollte. Mit dem Bernhard kam so richtig Schwung in die Sache. Nachdem er den »Weber an der Wand« schließlich gekauft hatte, legte er zusammen mit dem Alfons und dessen Freunden sofort mit den Renovierungsarbeiten los. Die Gruppe plante, das Lokal später gemeinsam so zu führen, wie es der historischen Rolle des Gasthauses als gemütliche Wirtsstube mit regionalem Charakter und überregionaler Anziehungskraft entsprach.

Wenn er jetzt, mehr als drei Jahrzehnte später, vom Balkon aus in den Abendhimmel blickte und über diese Zeit nachdachte, dann fragte er sich manchmal, ob es nicht auch anders hätte kommen können. War es unausweichlich gewesen, dass sich ihre idealistischen Pläne in einem Geflecht aus Neid, Eifersucht und Egoismus verfingen? Dass Alfons und Bernhard nur noch voller Bitterkeit über den jeweils anderen sprachen? Dass Sabine, die durch ihr sonniges Gemüt und ihre liebevolle Ausstrahlung immer für gute Stimmung in der Gruppe gesorgt hatte, sich am Ende allein durchschlagen musste? War das der Lauf der Dinge, der menschliche Charakter?

Natürlich fühlte er sich schuldig. Innerlich war er in den letzten dreißig Jahren immer zerrissen gewesen. Die Verantwortung hatte schwer auf seinen Schultern gelastet. Doch egal, wie man es drehte und wendete: Es wäre unmöglich gewesen, allen gerecht zu werden. Er hatte richtig daran getan, sich zu entscheiden.

Er stützte sich auf die Balkonbrüstung und legte den Kopf in den Nacken. Unzählige Sterne leuchteten über den tiefschwarzen Silhouetten der Baumkronen und Berggipfel. In diesem unendlichen Universum – was war er da schon? Was war ein kleines Menschenleben mit seinen lächerlichen Verwicklungen und Dramen, mit all den unerfüllten Sehnsüchten? Was war mit seiner Schuld? Verlor sie sich vor diesem gewaltigen, unerschütterlichen Großen und Ganzen nicht? Löste sie sich nicht auf?

Eine Stimme ertönte aus dem Inneren des Hauses. Christa. Sie rief nach ihm, fragte, wo er bliebe. Seine liebe, vertrauensvolle, herzliche und zerbrechliche Frau. Kein Vorwurf lag in ihrer Stimme, sondern ausschließlich Fürsorge. Leise zitternde, ängstliche Fürsorge. Er hatte es für sie getan. Für sie hatte er es tun müssen.

Ein leichter Druck in der Herzgegend erinnerte ihn daran, dass es längst Zeit für seine Tablette war. Seine rechte Hand suchte in der Hosentasche nach dem Fläschchen und zog es heraus. Er schraubte den Deckel ab, schüttete eine der Pillen in die linke Handfläche, warf sie sich in den Mund und schluckte sie schnell herunter. Dann steckte er das Fläschchen wieder ein, drehte sich um und öffnete die Balkontür. Christa sollte sich nicht beunruhigen.

17

Als er das Geräusch hörte, war Lorenz Kastner sofort hellwach. Wahrscheinlich hatte ein Teil seines Bewusstseins noch immer auf der Lauer gelegen, obwohl er nach schier endlosen Stunden des nervösen sich Hin- und Herrollens endlich in einen labilen, unruhigen Schlaf gefunden hatte. Nicht nur die Erinnerung an die vorige Nacht, die ihm Gewissheit gab, dass im Torhaus zu später Stunde seltsame Dinge vor sich gingen, hatte ihm im Kopf herumgespukt. Auch die Frage, wie er Prof. Dr. Beckstein – der sich an diesem Abend glücklicherweise nicht mehr gemeldet hatte – den Verlust seiner bisherigen Messergebnisse erklären könnte, trieb ihn schon seit dem Abstieg vom Schlossberg um.

Er war zu dem Ergebnis gekommen, dass ein Computerabsturz weitaus glaubwürdiger klang als der Diebstahl und anschließende Verzehr der handschriftlichen Aufzeichnungen durch eine Bergziege. Sollte sich sein Doktorvater nach den Ergebnissen erkundigen, bevor er den Schaden wieder hereinarbeiten konnte, würde er also lügen, um seine Glaubwürdigkeit nicht gänzlich aufs Spiel zu setzen.

Doch nun, da ihn das Geräusch aus dem Schlaf gerissen hatte, dachte er nicht mehr an seine Messungen. Fahles Mondlicht erhellte in der wolkenlosen Nacht die Kammer. Wie spät mochte es sein? Jedenfalls weit nach Mitternacht. Wieder war es dieses Poltern, das Lorenz gehört hatte. Und falls sein Geist nicht doch noch zur Hälfte in einem Traum verhaftet gewesen war, dann hatte er auch eine Stimme vernommen.

Da war es wieder! Es klang, als würde jemand in einem der unteren Stockwerke ein Möbelstück verrücken. Und hatte er nicht gerade auch Schritte gehört?

So konnte es auf keinen Fall weitergehen. Lorenz würde nicht wieder wie ein ängstliches Kind im Bett sitzen bleiben, den Atem anhalten und hoffen, dass niemand zu ihm heraufkäme. Wer auch immer um diese Zeit durch das Museumsgebäude schlich – Lorenz würde den Einbrecher stellen und ihn ein für alle Mal in die Flucht schlagen!

Allerdings erschien es ihm nicht ratsam, sich in dieser Situation völlig unbewaffnet aus seinem Zimmer zu begeben. Er brauchte etwas, um sich im Notfall gegen einen Angreifer wehren zu können. Sein Blick wanderte auf der Suche nach einem handlichen Gegenstand, der ihm als Knüppel dienen könnte, durch die Kammer. Eine Sekunde lang blieb er an einem Handbesen hängen, dessen Griff unter dem Tisch hervorlugte – doch die Vorstellung, mit diesem Plastikding in der Hand einem kaltblütigen Kriminellen gegenüberzutreten, erfüllte ihn nicht gerade mit Zuversicht. Auch die Vase, in der die Blumen, mit denen Maria Moratschek die Kammer verschönert hatte, inzwischen bedenklich die Köpfe hängen ließen, war zur Selbstverteidigung nur sehr bedingt geeignet. Lorenz Kastner hatte sich schon beinahe damit abgefunden, sich im Flur nach einer Waffe umsehen zu müssen, als ihm plötzlich die Lösung einfiel. Natürlich! Warum hatte er nicht gleich daran gedacht?

Vorsichtig, um nicht unnötig auf sich aufmerksam zu machen, stieg er aus dem Bett und zog behutsam an der Schublade des Nachtkästchens. Da lag sie: die riesige, schwere Taschenlampe, die er auf seinem spätabendlichen Gang zur Toilette bisher immer vergessen hatte. Als er sie prüfend hochhob, fühlte er sich gleich sicherer. Es konnte losgehen.

Es gelang ihm, die Tür seiner Kammer beinahe geräuschlos zu öffnen. Im Flur war es stockfinster. Lorenz war sich sicher, dass die Geräusche von unten gekommen waren. Die enge Wendeltreppe fand er inzwischen blind. Als er sie langsam, Stufe für Stufe hinunterstieg, ertappte er sich, wie er mit beiden Händen den Griff der Taschenlampe fest umklammerte. Einen Moment lang glaubte er, einen eigenartigen Geruch wahrzunehmen, doch als er sich darauf konzentrierte, schien er sich schon wieder verflüchtigt zu haben.

Auf Höhe des ersten Stockwerks hielt Lorenz kurz inne. Seine Augen hatten sich inzwischen an die hier vorherrschende Finsternis gewöhnt, sodass er schemenhaft einige Ausstellungs- und Möbelstücke wahrnahm. Nichts bewegte sich. Ob der Einbrecher schon wieder das Weite gesucht hatte? Die Eingangstür hatte Lorenz jedenfalls nicht gehört, seit er wach war.

Wieder ein Geräusch. Und eine Stimme. Beides kam aus dem Erdgeschoss. Lorenz umklammerte die Taschenlampe noch fester und schlich weiter die Stufen hinunter. Da war auch wieder dieser süßliche Geruch. Diesmal viel deutlicher. Weihrauch? Nein, das war es nicht. Lorenz verband mit ihm eine Erinnerung, aber es gelang ihm nicht, sich die konkrete Situation vor Augen zu führen, in der er dieses Aroma schon einmal in der Nase gehabt hatte.

Im Erdgeschoss spähte Lorenz vorsichtig aus dem dunklen Treppenhaus in den Eingangsbereich, in den durch ein kleines Fenster das Licht einer Straßenlaterne fiel. Nichts bewegte sich, die schwere Eingangstür war, ebenso wie die drei Türen, die zu den Abstellkammern führten, geschlossen.

Plötzlich fiel Lorenz der matte rötliche Lichtschein ins Auge, der durch einen dünnen Spalt zwischen Tür und Boden aus dem hintersten der drei Räume schien. Unwillkürlich hielt er die Luft an. Dort war jemand. Jetzt hörte er auch wieder, wie gedämpft einige unverständliche Worte gesprochen wurden. Eine Männerstimme. Wahrscheinlich musste er mit mehreren Eindringlingen rechnen.

Noch einmal vergewisserte er sich des Gewichtes der Taschenlampe in seiner Hand. Im Ernstfall würde er damit bestimmt
jemanden in die Flucht schlagen können – sofern derjenige nicht
selbst eine Waffe bei sich hatte, ein Messer oder sogar eine Pistole.
Für einen Augenblick kehrte das schreckliche Bild vom leblosen
Körper Georg Leitners vor Lorenz' inneres Auge zurück. Er ver-
scheuchte es sofort. In der Situation, in der er sich jetzt befand,
musste er auf jeden Fall einen klaren Kopf bewahren.

Nach wenigen weiteren Schritten befand er sich direkt neben
der betreffenden Tür. Er lauschte mit angehaltenem Atem, doch
es war nichts mehr zu hören. Sollte er vielleicht laut rufen und
fragen, wer sich hier herumtrieb? Nein, damit würde er nur den
Überraschungseffekt verschenken, der ihm vielleicht noch sehr
nützlich sein könnte. Besser wäre es, den Eindringlingen offensiv
zu begegnen.

Langsam streckte Lorenz die linke Hand nach der Türklinke
aus, während er die Lampe in seiner Rechten zum Schlag bereithielt. Er wartete noch einige Sekunden, dann riss er die Tür
mit einem Ruck auf, tat einen Schritt in den Raum und schrie:
»Keine Bewegung – oder ihr könnt was erleben!«

18

Eine batteriebetriebene, farbige Lichterkette, die über einer
Schranktür hing, verlieh der Szenerie in der Kammer eine schumm-
rige dunkelrote Aura. Lorenz Kastner stand breitbeinig im Türrahmen, die Taschenlampe drohend über seinem Kopf schwingend.
Sein Gesicht war zu einer Grimasse verzerrt, die Entschlossenheit
ausdrücken sollte, der aber auf halber Strecke die Luft ausging,
sodass Lorenz kaum mehr als verwirrte Nervosität ausstrahlte. Auch
der Schlafanzug mit den etwas zu kurzen Hosen und Ärmeln,
dessen ursprünglich hellblaue und weiße Streifen bei dieser Art
von Beleuchtung zu Rot und Lila umgefärbt wurden, trug nicht
gerade dazu bei, seine Erscheinung bedrohlicher wirken zu lassen.

Trotz alldem hatte Lorenz' plötzlicher Überfall seine Wirkung keineswegs komplett verfehlt. Die ertappten Eindringlinge waren vor Schreck erstarrt. Zwei Augenpaare blickten ihn panisch an, kein Laut drang aus den offen stehenden Mündern.

Das Mädchen rührte sich zuerst. Mit einer schnellen Bewegung schnappte sie sich die Wolldecke, die neben ihr auf dem alten Sofa lag, und wickelte sich darin ein. Der Junge, der ebenso wie seine Freundin nur noch mit einer Unterhose bekleidet war und der sich in dem Moment, in dem Lorenz in den Raum stürmte, in einer zärtlichen Geste über sie gebeugt hatte, brauchte etwas länger, bis er wieder einen klaren Gedanken fassen konnte. Dann sprang er auf und hob beschwichtigend seine Hände. »He, Mann, alles klar.« Seine Stimme zitterte. Er war sicher noch keine zwanzig Jahre alt, hatte ziemlich lange Haare.

Sein Gesicht kam Lorenz sofort bekannt vor.

»Wir chillen hier nur 'n bisschen. Okay? Kein Grund, gleich auszuflippen.«

Lorenz hatte keine Ahnung, was er sagen sollte. Ratlos verharrte er in seiner seltsamen Pose und versuchte, die Situation zu erfassen. Die beiden hatten sich offensichtlich zu einem intimen Stelldichein zusammengefunden. Kleidungsstücke lagen auf dem Boden verteilt, mittendrin stand ein Aschenbecher und daneben ein seltsames Ding aus Glas, das ihn zuerst an eine Vase und dann an ein Chemielabor denken ließ.

Im nächsten Moment wurde ihm endlich klar, woran ihn der Geruch im Treppenhaus, der in diesem Raum noch viel intensiver war, erinnert hatte. Als Student war er einmal auf einer Party in der Wohnung eines Kommilitonen gewesen. Zu fortgeschrittener Stunde waren dort ebenfalls solche Glasröhren, deren bauchiges Ende mit etwas Wasser gefüllt war, herumgereicht worden. Lorenz hatte die damals auch ihm angebotene »Bong« dankend abgelehnt – aber der Geruch des Marihuanas, das mit solchen Wasserpfeifen geraucht wurde, war ihm bis heute im Gedächtnis geblieben.

Es war deutlich zu sehen, dass dieser Raum normalerweise als Abstellkammer des Museums genutzt wurde. Doch hinter all dem

Krempel, der notdürftig beiseitegeräumt war, hatte jemand mit Hilfe eines Sofas und eines flauschigen Teppichs einen halbwegs gemütlichen Rückzugsort eingerichtet. In einer Ecke lagen ein paar Bücher, obenauf erkannte Lorenz einen Band mit Schriften des Philosophen Herbert Marcuse.

Der Junge nahm die Hände runter und sah Lorenz stirnrunzelnd an. »Wer sind Sie eigentlich? Und was machen Sie hier? Ich hab Sie doch neulich bei dieser Pressekonferenz gesehen. Da standen Sie auf dem Podium, stimmt's?«

Jetzt fiel es auch Lorenz wieder ein: Er kannte den Jungen von der Veranstaltung des Bürgermeisters am Luegsteinsee. Er hatte mit einer Kamera in der Hand bei den Journalisten gestanden. Lorenz ließ nun seinerseits die Hände mit der Taschenlampe sinken. »Lorenz Kastner. Ich bin zurzeit in Oberaudorf, um zu arbeiten.« Er deutete mit der linken Hand an die Decke. »Ich wohne da oben.«

»Scheiße, Sie wohnen hier? Warum hat mir meine Mutter nichts davon gesagt?« Der Junge schien ebenso verblüfft wie erleichtert. »Ich bin Klaus Moratschek. Meine Mutter leitet den Förderverein des Museums. Ich … mach hier so was normalerweise nicht … Es ist nur …«

»Klausi, ich geh jetzt. Wir seh'n uns.« Die Freundin des Jungen – sie mochte vielleicht sechzehn Jahre alt sein – hatte sich inzwischen wieder angezogen. Bevor Klaus oder Lorenz noch ein Wort zu ihr hätten sagen können, war sie schon aus dem Raum verschwunden.

Wenige Sekunden später fiel die schwere Eingangstür des Torhauses ins Schloss.

»Eigentlich hab ich hier nur so ein paar Sachen versteckt. Sie verstehen schon.« Klaus Moratschek warf einen verstohlenen Blick auf die Wasserpfeife. »Oder ich komme her, um in Ruhe zu lesen. Nichts Schlimmes.« Er begann umständlich, seine Hose anzuziehen. »Dass ich sie heute mitgenommen habe, hat sich eher zufällig ergeben. Wir wussten halt nicht, wohin.«

»Du warst in letzter Zeit öfter nachts hier, stimmt's?«, fragte Lorenz.

»Haben Sie das bemerkt? Gestern wollte ich nur etwas holen.«

Als er seine Hose zugeknöpft hatte, nahm der Junge einen kleinen Plastikbeutel vom Sofa. Es war unschwer zu erraten, dass es sich bei dem Inhalt nicht um Oregano handelte. »Wollen Sie was?« Er streckte die Hand aus und hielt Lorenz den Beutel hin.

»Nein, lass mal«, antwortete der, wobei er versuchte, nicht allzu entsetzt zu klingen. Er beschloss, das Gespräch in eine andere Richtung zu lenken. »Ich nehme an, deine Mutter weiß nichts von deinem«, er sah sich noch einmal um, während er nach dem richtigen Begriff suchte, »deinem Versteck?«

»Um Gottes willen, nein.« Klaus lachte, klang dabei allerdings nicht besonders fröhlich. »Für die ist das Museum ein Heiligtum. Nicht dass ich es nicht auch schön fände. Aber vor allem ist es eben praktisch, dass bei uns zu Hause immer ein Schlüssel für das Torhaus rumliegt. Und für die Kammer hier unten interessiert sich normalerweise niemand. Daheim hab ich halt nie meine Ruhe, verstehen Sie? Meine Mutter würde durchdrehen, wenn sie wüsste, dass … Sie werden's ihr doch nicht sagen, oder?« Klaus Moratschek sah Lorenz mit flehendem Blick an.

»Äh, nein, natürlich nicht.« Lorenz hatte geantwortet, ohne überhaupt nachgedacht zu haben. Aber was würde es bringen, wenn er Maria Moratschek von den nächtlichen Ausflügen ihres Sohnes ins Museum erzählte? Nichts als unnötigen Ärger. »Aber um eine Sache würde ich dich bitten.«

»Ja?« Klaus, der sich inzwischen komplett angezogen hatte und dabei war, das Gerümpel wieder so hinzustellen, dass es das Sofa verdeckte, sah Lorenz fragend an.

»Solange ich hier bin … also … wäre es mir schon recht, wenn du nichts … nichts Illegales im Torhaus deponierst. Ich bin hier ja nur zu Gast, und es wäre mir unangenehm, wenn jemand ein solches Tütchen finden und der Eindruck entstehen würde, ich hätte damit etwas zu tun. Verstehst du?«

Klaus lachte wieder, diesmal deutlich entspannter. »Klar, Mann! Ist doch logisch. Ich lass nichts davon hier. Versprochen. Und wenn ich in nächster Zeit trotzdem mal herkommen will – also nur, um ganz legal ein bisschen zu lesen –, dann schleiche ich mich nicht so rein. Okay?«

»Okay. Und es tut mir leid, dass ich da gerade so reingeplatzt bin und euch erschreckt habe. Deine Freundin …« Lorenz sah zur Tür, durch die das Mädchen vor ein paar Minuten so hastig verschwunden war.

»Kein Problem, Sie wussten's ja nicht besser.«

Alles stand wieder an seinem Platz. Klaus hatte die Lichterkette ausgeschaltet und vom Schrank genommen, und die beiden verließen den Raum.

Während der Junge die Tür zur Abstellkammer abschloss, fiel Lorenz ein, was Maria Moratschek über die Orientierungslosigkeit ihres Sohnes in Bezug auf seinen weiteren Lebensweg erzählt hatte. »Du hast bei dieser Veranstaltung am Luegsteinsee fotografiert, oder? Arbeitest du für eine Zeitung? Deine Mutter sagte neulich, du wüsstest noch nicht so recht, was du werden willst.«

»Sie hat mit Ihnen über mich gesprochen?«

»Nicht ausführlich.« Lorenz beeilte sich, Klaus Moratscheks offensichtlichen Argwohn bezüglich der Gesprächigkeit seiner Mutter zu zerstreuen. »Nur was man halt so sagt, während ein Gast sein Zimmer in Augenschein nimmt.«

»Das bei der Zeitung ist nur ein Praktikum. Meine Mutter meint, Journalismus wäre was für mich. Ich selbst bin mir da nicht so sicher – vor allem, seit ich zu Roland Fichtner in die Redaktion gehe. Der macht einem den Beruf nicht gerade schmackhaft – wenn Sie verstehen, was ich meine.«

Lorenz verstand. Er konnte sich an den übergewichtigen, ungepflegten Mann erinnern, neben dem Klaus bei der Pressekonferenz gestanden hatte. »Sieh es einfach als Erfahrung. Wenn das Praktikum schon nicht der Beginn einer glorreichen Journalistenkarriere ist, dann lernst du dabei bestimmt trotzdem so manches, was dich später weiterbringen wird. Wie man mit unangenehmen Vorgesetzten umgeht, zum Beispiel.«

Im spärlichen Licht der Eingangshalle des Torhauses konnte Lorenz erkennen, wie ein Lächeln über das Gesicht des Jungen huschte.

»Ich werde versuchen, das Beste draus zu machen. Was anderes bleibt mir ja nicht übrig.«

»Da hast du recht. Dann werde ich mich jetzt noch mal hinlegen. Ich muss morgen nämlich früh raus, weil ich mit meiner Arbeit ein wenig … in Verzug bin. Gute Nacht!«

»Gute Nacht. Und danke noch mal. Ist echt nett, dass Sie das nicht an die große Glocke hängen.«

Lorenz nickte und gab Klaus Moratschek die Hand. Als der Junge verschwunden war, stieg er die Wendeltreppe wieder hinauf. Nachdem er in der Dunkelheit vorsichtig die ersten Stufen erklommen hatte, fiel ihm ein, dass er ja eine Taschenlampe in der Hand hielt. Er suchte nach dem Einschaltknopf, fand ihn und drückte darauf. Nichts passierte. Maria Moratschek, die so fürsorglich gewesen war, ihn mit der Lampe auszustatten, hatte anscheinend nicht an neue Batterien gedacht.

19

In den folgenden Tagen versuchten die Bewohner von Oberaudorf, zur Normalität zurückzukehren. Vielen gelang das erstaunlich gut – es bestätigte sich einmal mehr, dass sich die Menschen oft schneller an veränderte Gegebenheiten anpassen, als sie es selbst für möglich gehalten hatten.

Wer hätte vor einer Woche schon daran geglaubt, dass in dieser beschaulichen Gemeinde ein Mord begangen werden könnte? Wer hätte sich auch nur vorstellen können, dass jemand aus ihrer Mitte Opfer einer solchen Gewalttat werden würde? Dass auch der Täter eventuell einer aus ihrer Mitte wäre? Und welches Entsetzen hätte der Gedanke hervorgerufen, sein alltägliches Leben weiterführen zu müssen, während der Mörder noch immer auf freiem Fuß war und einem vielleicht als Nachbar, Freund oder Geschäftskunde über den Weg lief?

Doch für die meisten Oberaudorfer war die Nachricht vom Leichenfund im Luegsteinsee eben doch nur eine Neuigkeit, eine Sensation, ein Gesprächsthema. Und im Laufe des Wochenendes begann man, auch wieder über andere Dinge nachzudenken und zu sprechen. Das Leben ging ja weiter. Gartenzäune mussten repariert, Autos gewaschen und die Söhne beim Heimspiel des FV Oberaudorf gegen den TSV Rohrdorf-Thansau angefeuert werden.

All das erleichterte es den Bewohnern, die schrecklichen Vorgänge der vergangenen Tage zu vergessen – wobei die Gedanken daran natürlich immer wieder kurz aufblitzten, sei es beim Warten vor dem Tor der Waschanlage oder beim Gespräch mit den anderen Eltern am Spielfeldrand.

Diejenigen, die Georg Leitner nähergestanden hatten oder anderweitig in die Geschehnisse um seinen Tod verwickelt waren, hatten es da deutlich schwerer. Allen voran Lena Leitner. So unruhig und aktiv sie auf der Suche nach ihrem verschwundenen Mann gewesen war, so gelähmt war sie nun, da sie wusste, was mit ihm geschehen war. Mit der Nachricht von seinem Tod schien sich jeglicher Antrieb verflüchtigt zu haben. Trauer und Fassungslosigkeit hatten sie überwältigt und sich wie eine Wand zwischen sie und die restliche Welt geschoben. Lena Leitner blieb auch am Wochenende zu Hause.

Keiner der Nachbarn wusste so recht, wie man sich verhalten sollte. Am Samstag entschloss sich jemand, bei ihr zu klingeln, um zu fragen, ob man etwas für sie tun könne.

Es dauerte ziemlich lange, bis sie die Tür öffnete. Sie sprach ruhig und gefasst, war höflich und dankte für das Beileid und die angebotene Hilfe, bat ihren Besuch jedoch nicht herein und gab ihm zu verstehen, dass sie lieber allein sein wolle.

Am Sonntag klingelte das Telefon. Als sie abhob, hörte sie die Stimme von Karl Ettenhofer. Er sprach zögerlich, wusste nicht, was er sagen sollte. Am Ende schwiegen beide die meiste Zeit.

Lena Leitner störte das nicht. Im Gegenteil, sie hatte das Gefühl, dass Karl Ettenhofer vielleicht der Einzige war, der wenigstens ein bisschen verstehen konnte, wie es in ihr aussah. Und der wusste, dass es keine Worte gab, die ihren Schmerz lindern und ihr den Boden unter den Füßen zurückgeben würden. Denn seit sie am Donnerstag in die Augen der Hauptkommissarin geblickt hatte, die gekommen war, um ihr die Todesnachricht zu überbringen, hatte sie das Gefühl, sich im freien Fall zu befinden.

Karl Ettenhofer verbrachte den Samstag in seinem Büro in der Spedition. Das war nichts Außergewöhnliches, er kam oft am Wochenende in den Betrieb, um nicht am Montag vor einem Berg von unbearbeiteten Anfragen und ungelösten Problemen zu stehen, der sich unvermeidlich auftürmte, sobald der Chef einmal länger außer Haus war.

Doch diesmal ging es ihm auch darum, die Sache mit den Vorwürfen gegen Schorschi Leitner noch einmal zu durchleuchten. Zwar hatte die Polizei alle Unterlagen, die mit dessen Arbeit zusammenhingen, mitgenommen, aber Karl Ettenhofer war auch nicht darauf aus, in irgendwelchen Akten nach Hinweisen zu suchen. Vielmehr durchforstete er sein eigenes Gedächtnis und versetzte sich zurück in die Zeit, als der Zoll auf die gestohlenen Navigationsgeräte in einem der Lastwagen der Spedition gestoßen war. Hatte er damals vielleicht doch irgendeine Auffälligkeit in Schorschis Verhalten übersehen? Doch sosehr er sich auch bemühte, sich zu erinnern – da war nichts.

Aber wer käme auf die Idee, den Schorschi ohne Grund zu beschuldigen? Karl Ettenhofers Gedanken drehten sich immer wieder im Kreis. Trotzdem fiel es ihm leichter, sich mit diesen Fragen herumzuschlagen, als daran zu denken, wie es wohl Schorschis Witwe in diesem Moment ging. Allein den Begriff, der ihm sofort Bilder von schwarz gekleideten, grauhaarigen alten Frauen vor Augen rief, im Zusammenhang mit Lena zu verwenden, erschien ihm absurd.

Am Sonntag nach dem Kirchgang gab er sich einen Ruck und rief sie an. Immerhin hatte sie jetzt keine Familie mehr, man konnte sich also nicht darauf verlassen, dass sich jemand um sie kümmerte. Das Gespräch verlief zäh, es wurde viel geschwiegen, und trotzdem glaubte Karl Ettenhofer anschließend, dass er richtig daran getan hatte, sich bei ihr zu melden.

Bürgermeister Rupert Stöttner versuchte, das Wochenende zu nutzen, um Ordnung in die anstehenden Angelegenheiten zu bringen. Er war zu dem Schluss gekommen, dass in diesen Zeiten gerade er als Bürgermeister gefordert war, nicht den Blick für das große Ganze zu verlieren. Es war ja verständlich, wenn einige sich nach dem, was geschehen war, erst einmal von ihren Gefühlen überwältigen ließen und nicht imstande waren, einen klaren Gedanken zu fassen. Doch er in seinem Amt konnte sich so etwas nicht leisten. Es galt, die momentane Trauer und die aktuellen Sorgen der Bürger auch vonseiten der Gemeinde zu begleiten und dabei trotzdem die längerfristigen Interessen ebendieser Bürger nicht aus dem Auge zu verlieren.

Und dazu gehörten eben auch das Alpengolf-Ressort und der Wettbewerb um die Auszeichnung mit der Goldmedaille der Bayerischen Staatsregierung – auch wenn das so mancher im Ort wahrscheinlich für pietätlos halten würde. In der Politik musste man zuallererst einen kühlen Kopf bewahren.

Das sagte Rupert Stöttner am Sonntag auch zu seiner Frau, als sie auf dem Weg zur Kirche waren und Petra wieder davon anfing, dass sie noch etwas mit ihm besprechen wolle, ihre Tochter betreffend.

»I ko mi ned um ois gleichzeitig kümmern, Schatzi«, erwiderte Rupert Stöttner mit gedämpfter Stimme, weil er nicht wollte, dass der Mesner, der ihnen die Kirchentür aufhielt, mitbekam, wovon sie gerade sprachen. »Du woaßt doch, dass i so vui um die Ohr'n hob. Grod jetzt, nach der Sach mit dem Schorschi. Es braucht in so oana Situation oan, der ois zammhoit. Und des bin hoid amoi i.«

Damit waren die Verhältnisse fürs Erste geklärt, und Petra würde mit den Familienangelegenheiten, die sie umtrieben, eben so lange warten müssen, bis in der Gemeinde wieder etwas mehr Ruhe eingekehrt war.

Ludwig Riederer, der Pfarrer von Oberaudorf, hatte noch am Freitagnachmittag die Nachricht erhalten, dass die Urne mit der Asche des am Grafenloch verunglückten Markus Bichler auf dem

Weg nach Oberaudorf sei, und daraufhin die Beisetzung für den kommenden Dienstag angesetzt. Am Samstag ging es dem Pfarrer – nach der Phase akuter Schwermut, die die fürchterlichen Nachrichten der Woche bei ihm ausgelöst hatten – schon wieder etwas besser.

Trotzdem kehrten seine Gedanken immer wieder zu Lena Leitner zurück. Auch wenn sie keine regelmäßige Kirchgängerin war, kannte er sie ziemlich gut. Er mochte sie ebenso, wie er schon ihre Mutter gemocht hatte. Ludwig Riederer hatte immer gehofft, dass es Lena einmal leichter haben würde als sie. Sabine Obermaier, einer Frau mit einer bezaubernden Ausstrahlung, war nie ein wirklich beständiges Glück beschert gewesen. Als Alleinerziehende hatte sie sich und ihre Tochter durchbringen müssen, und dann war auch noch die Krankheit dazugekommen, die sie am Ende das Leben gekostet hatte. Es quälte Riederer, wenn er sich daran erinnerte, wie schwach und hilflos sie zuletzt gewesen war. Und nun wurde Lena vom Schicksal ebenso gebeutelt. In einer Woche hatte sie den besten Freund aus ihrer Jugend und ihren Ehemann verloren. Obwohl es seinen tiefsten Glaubensgrundsätzen widersprach, konnte Ludwig Riederer den Gedanken nicht verdrängen, dass auf dem Leben der Tochter wie einst auf dem der Mutter ein furchtbarer Fluch lastete.

Doch beim sonntäglichen Gottesdienst sprach er natürlich nicht von solchen Dingen. Er verkündete der Gemeinde in seiner Predigt vielmehr die Barmherzigkeit Gottes, der auf wundersame Weise Gerechtigkeit zu schaffen vermöge, wo der Mensch mit seinen begrenzten Möglichkeiten der Verzweiflung anheimzufallen drohe.

Bernhard Mochinger saß am Sonntagmorgen zu Hause an seinem Wohnzimmertisch. Vor ihm stand ein Schuhkarton mit unzähligen alten Fotos. Stundenlang saß er da und sah sich langsam ein Bild nach dem anderen an, während er an Alfons Bichler und an das älteste Gästebuch dachte.

Die Hauptkommissarin hatte gesagt, dass das Buch tatsächlich bei seinem alten Freund gefunden worden sei. Er hatte es immer gewusst. Am Ende war er der Einzige gewesen, der sich nicht hatte beirren lassen. Und doch brachte ihn die Gewissheit, die er seit gestern hatte, ein wenig aus der Fassung.

Irgendwann stand Bernhard Mochinger auf, lief hinüber zur Kommode, nahm ein Taschentuch heraus, wischte sich eine Träne aus dem Gesicht und schnäuzte sich laut. Dann setzte er sich wieder und holte ein weiteres Bild aus der Schachtel. Als er in der Ferne die Glocken läuten hörte, dachte er daran, vielleicht einmal wieder in die Kirche zu gehen, verwarf den Gedanken aber sofort wieder. Man konnte es mit der Sentimentalität auch übertreiben.

Simon Grasecker wäre nach einer Sonderschicht im Steinbruch am Samstag durchaus zum Kirchgang bereit gewesen. Doch wie so oft hatte die Feldarbeit Vorrang. Immerhin konnte er sie am Sonntag tagsüber erledigen.

Dementsprechend saß der junge Schopperbauer auf seinem Traktor und bearbeitete einen Acker in Urfahrn, während Ludwig Riederer in der Oberaudorfer Kirche predigte. Wenn sich Simon Grasecker an diesem sonnigen Vormittag umsah, dann musste er zugeben, dass Georg Leitner nicht unrecht gehabt hatte mit seinem Gerede vom »Paradies auf Erden«. Die herrliche Landschaft vor der atemberaubenden Bergkulisse – beides musste man wirklich als Gottesgeschenk begreifen. Letztlich war es genau das, wovon auch sein Vater immer redete, wenn er sich so vehement gegen den Verkauf des Landes aussprach. Andererseits hatte der Bürgermeister gesagt, dass die Golfanlage ja gerade zum besseren Erhalt der Landschaft führen würde.

Während er den Traktor in einer geraden Linie quer über das Feld steuerte, stellte Grasecker sich vor, wie auf dem Boden, den vor ihm schon sein Vater, sein Großvater und sein Urgroßvater bearbeitet hatten, wohlhabende, ältere Geschäftsleute in sündteurer Freizeitkleidung ihren viel jüngeren blonden Begleiterinnen zeigten, wie man den Golfschläger richtig schwang. Der Schopperbauer wusste nicht, ob seine Vorstellung wirklich dem entsprach, was in Zukunft an dieser Stelle entstehen sollte, aber eines wusste er auf jeden Fall: dass sich diese Vorstellung absolut nicht richtig anfühlte.

20

Drei Menschen, die jeweils auf ihre eigene Weise in die Geschehnisse rund um Georg Leitners Tod verstrickt waren, hatten das Wochenende in erster Linie dazu genutzt, um ihrer Arbeit nachzugehen.

Da war zum einen Roland Fichtner, der Redakteur vom »Inntalboten«. Am Samstag rief ihn Florian Petkovic, sein alter Schulfreund und heutiger Informant aus Kiefersfeldener Polizeikreisen, an. Das Gespräch verlief nicht sehr harmonisch, vor allem weil Petkovic Fichtner dessen Überfall auf die Hauptkommissarin aus Rosenheim bei ihrem Besichtigungstermin in Niederaudorf noch immer ziemlich übel nahm.

Trotzdem erhielt der Journalist im Verlauf ihrer Unterhaltung eine wirklich interessante Neuigkeit. Petkovic lag nämlich so viel daran, dass Fichtner in Zukunft nicht mehr am Tatort herumschnüffelte und nach geheimnisvollen Objekten suchte, die angeblich im Haus der Bichlers versteckt gewesen waren, dass ihm irgendwann herausrutschte, dass es deutliche Hinweise gebe, nach denen das Motiv für den Mord in einem ganz anderen Bereich liege.

Nachdem Fichtner das vernommen hatte, kam ihm Petkovic natürlich nicht mehr aus. Am Ende erzählte der Polizist – selbstverständlich unter dem Siegel der Verschwiegenheit –, dass Georg Leitner in illegale Machenschaften innerhalb der Spedition Ettenhofer verwickelt gewesen sei.

»Erst vor Kurzem hat sich ein anonymer Informant bei uns gemeldet«, sagte er. »Demnach war euer angeblich unbescholtener Speditionsmitarbeiter der führende Kopf einer Gruppe, die gestohlene Elektrobauteile nach Osteuropa schmuggelt. Hehlerei im großen Stil – Verbindungen zur organisierten Kriminalität keinesfalls ausgeschlossen. Wer solche Geschäftspartner hat, der lebt gefährlich – das ist klar. Georg Leitner wäre nicht der Erste, dem solche Leute am Ende ein nasses Grab beschert haben.«

Roland Fichtner bedankte sich für die Informationen und versprach, der Polizei nicht mehr in die Quere zu kommen. Und dann verbrachte er den Rest des Samstags und den gesamten Sonntag in seinem Büro, wo er über einen Online-Zugang zum Archiv vom »Rosenheimer Tagblatt« verfügte.

Er fand heraus, dass die Spedition vor nicht allzu langer Zeit tatsächlich wegen gefundener Schmuggelware in einem ihrer Lastwagen kurz in die Schlagzeilen geraten war, und trug alles zusammen, was er zu diesem Vorfall finden konnte.

Als er am Montagmorgen wieder in seinem Büro saß, hatte er bereits einen Plan, wie er weiter vorgehen würde. Doch zuerst musste er noch mit seinem Praktikanten sprechen. Der könnte sich in nächster Zeit tatsächlich nützlich machen, indem er ihm den Rücken freihielt.

Auch Tamara Stahl verbrachte das Wochenende in erster Linie mit Recherchearbeiten. Sie hatte sich die Berichte der Kollegen, die die Telefonverbindungen der letzten Tage, die finanzielle Situation und die Arbeitsunterlagen von Georg Leitner durchleuchtet hatten, mit nach Hause genommen. Die Ergebnisse der akribischen Untersuchungen waren spärlich bis nichtssagend. Wenn der Tote tatsächlich in illegale Machenschaften verstrickt gewesen war, dann hatte er das überaus sorgfältig verborgen.

Weil die Hauptkommissarin die Statistiken kannte, die besagten, dass bei der Aufklärung eines Mordfalls jeder Tag zählte – und weil sie in Rosenheim außerhalb des Polizeipräsidiums ohnehin noch keinerlei soziales Leben hatte –, saß sie am Samstag und am Sonntag über den Akten, ihren Notizen aus den Gesprächen, die sie in Oberaudorf geführt hatte, und vor ihrem heimischen Laptop und versuchte, aus all den Ermittlungsansätzen die heißeste Spur herauszufiltern. Doch da waren noch zu viele Sackgassen, zu viele Unwägbarkeiten, zu viele Fährten, die sich irgendwo im Dickicht der Vergangenheit verloren.

In ihrem Notizblock stieß sie auf den Vermerk »Rottach-Egern Golf & Spa Ressort«, gab ihn in eine Internet-Suchmaschine ein und las sich durch die Homepage des Betriebs. Dann rang sie eine Zeit lang mit sich, bevor sie schließlich zum Telefon griff und Tobis Nummer wählte. Hier ging es schließlich um eine rein dienstliche Angelegenheit, es wäre töricht gewesen, ihn nur wegen ihrer gemeinsamen Vergangenheit nicht zu kontaktieren.

Mit der Frauenstimme, die sich am anderen Ende der Leitung meldete, hatte Tamara Stahl allerdings nicht gerechnet. Noch bevor Zeit war, einen klaren Gedanken zu fassen oder der Dame eine Frage zu stellen, reichte diese den Hörer schon weiter. Tobi schien überrascht zu sein und klang anfangs ein wenig verunsichert. Doch dann fing er sich und erzählte bereitwillig alles, was er über das Golf & Spa Ressort zu berichten wusste. Dabei kam er auch auf jemanden zu sprechen, dessen Name am Ende der Unterhaltung dick umrandet im Notizblock der Hauptkommissarin landete: »Alexander von Mayr-Kittling«.

»Das ist der Sohn des plastischen Chirurgen Dr. Leopold von Mayr-Kittling, der in Rottach-Egern eine Privatklinik betreibt«, erklärte Tobi. »In besseren Kreisen, in denen einfache Kriminalbeamte wie wir sich eher selten bewegen, ist er ziemlich bekannt. Sein Sprössling ist am Medizinstudium gescheitert und macht sich seit einiger Zeit im Rottacher Golf & Spa Ressort nützlich, indem er die Premium-Gäste betreut. Das heißt so viel wie: Er begleitet gut betuchte, alleinstehende Damen auf ihrer Golfrunde, lacht über die schlechten Witze übergewichtiger Manager und sorgt dafür, dass alle das Gefühl haben, dass sich die Welt – oder zumindest das Golf & Spa Ressort in Rottach – nur um sie dreht. Der Mann hat zu dieser Gesellschaft offensichtlich einen guten Draht, was ihn für den Job prädestiniert. Seit Neuestem – so habe ich jedenfalls gehört – ist Alexander von Mayr-Kittling auch eifrig dabei, die Expansion des Golf & Spa Ressorts in Form eines Alpengolf-Ressorts im Inntal einzufädeln – man sagt, er würde sich Hoffnungen auf den dortigen Geschäftsführerposten machen.«

Als Tamara Stahl am Montag in ihr Büro kam, war sie fest entschlossen, dieser Sache genauer nachzugehen. Vielleicht sollte sie den ambitionierten Herrn von Kittling befragen? Außerdem wollte sie noch mehr über das alte Gästebuch herausfinden. Immerhin war sie im Internet auf Seiten gestoßen, auf denen ähnliche Bücher für ziemlich viel Geld angeboten wurden. Zudem würde sie sich auch noch einmal mit dem vermeintlichen Unfall beschäftigen, der Markus Bichler das Leben gekostet hatte.

Aber zuerst war der Bürgermeister von Oberaudorf an der Reihe, der zu diesen Ermittlungsansätzen hoffentlich etwas sagen konnte.

Die Kollegen ließen die Zeugen meistens einbestellen, sodass sie ihre Aussagen im Präsidium machen konnten. Tamara Stahl hingegen suchte die Menschen gerne dort auf, wo sie lebten und arbeiteten. Sie hatte das Gefühl, dass sie auf diese Weise mehr über sie erfuhr, ohne dafür eine einzige Frage stellen zu müssen. Sie würde also auch an diesem Tag wieder nach Oberaudorf fahren.

Lorenz Kastner hatte das Wochenende dazu genutzt, die von der Ziege verspeisten Messergebnisse noch einmal aufzunehmen. Als er am Sonntagabend wieder in seine Kammer im Torhaus zurückkehrte, hatte er so viel gearbeitet, dass er dem nächsten Gespräch mit Prof. Dr. Beckstein mit einigermaßen gutem Gewissen entgegensehen konnte.

Am Montagmorgen ging Lorenz wieder zum Frühstück zur Bäckerei Huber. Als er die Glastür geöffnet hatte, erblickte er nicht nur Anneliese, die wie gewohnt hinter der Verkaufstheke stand, sondern auch Maria Moratschek und noch eine weitere Dame.

Letztere war nur wenig älter als die beiden anderen Frauen. Sie hatte ihre weiße Haarpracht zu einem imposanten Dutt hochgesteckt, trug eine Trachtenjacke und einen dunklen Rock.

Anneliese hatte ihr schon eine große Papiertüte gefüllt mit

Backwaren überreicht und redete gerade auf sie ein: »Der Herr Pfarrer hat gestern in der Messe wieder genau die richtigen Worte gefunden. Wenn ich ihm zuhör, hab ich hinterher immer das Gefühl, dass ich irgendwie besser damit umgehen kann. Mit dem Unglück und solchen Sachen – wie jetzt mit dem Schorschi. Ich frag mich schon manchmal, wo der Mann diese Glaubensstärke hernimmt? So ein Gottvertrauen hat der Herr Pfarrer, gell, Maria?« Anneliese wartete Maria Moratscheks zustimmendes Nicken ab, bevor sie fortfuhr: »Bei dem Priestermangel, von dem man heutzutage immer in der Zeitung liest, können wir erst recht froh sein, dass der unsere ein so ein guter Mensch ist. Dass du uns fei immer auf ihn aufpasst, Annerl!«

»Des mach i scho, da kannst beruhigt sei.« Die Frau mit dem Dutt antwortete in einem Tonfall, in dem ebenso viel Bestimmtheit wie Herzlichkeit mitschwang. »Oans sog i da trotzdem: Der Herr Pfarrer is freilich a guada Mo, desweg'n is er auf da ander'n Seitn oba no lang koa Heiliger. Der hod scho a seine Marott'n, des konnst ma glam.«

Maria Moratschek hatte Lorenz inzwischen bemerkt, kam auf ihn zu und begrüßte ihn freundlich. »Herr Kastner, guten Morgen! Wie kommen Sie mit Ihrer Arbeit voran? Sie haben ausgerechnet eine Zeit erwischt, in der es hier im Dorf drunter und drüber geht. Schrecklich ist das – erst der Unfall vom Markus und jetzt auch noch … Sagen Sie, kennen Sie eigentlich das Annerl schon?« Maria Moratschek deutete auf die Frau mit dem Dutt. »Sie ist die gute Seele unseres Pfarrhauses – also, natürlich abgesehen vom Pfarrer persönlich!«

»Griaß God, Herr Kastner!« Die Angesprochene machte einen Schritt auf Lorenz zu und drückte ihm kräftig die Hand. »I hob scho vo Eana g'head. Und vo die Messungen, die Sie machan, drob'n auf der Auerburg. I bin die Anna Wimmer – oba d' Leit sog'n oiwei bloß ›Annerl‹ zu mia. Des mit dera ›guad'n Seele‹ woas i ned – i schaug hoid, dass da Herr Pfarrer jed'n Dog wos zum ess'n aufm Tisch und a saubane Wäsch im Schrank hod. ›Pfarrhaushälterin‹, sogt ma heitz'dog. Mei jetz bin i scho wieda spat dro. Pfiat eich mitanand! Pfiat Eana, Herr Kastner!«

185

Kurz darauf war die resolute Dame mitsamt ihrer Papiertüte durch die Glastür verschwunden.

»Sogar am Montag, wo der Herr Pfarrer freihat, hat 's Annerl keine Zeit. Die ist auch nicht zu beneiden«, seufzte Anneliese. Dann wandte sie sich Lorenz zu: »Nehmen S' wieder ein Hörndl zu Ihrem Kaffee, Herr Kastner?«

21

Bürgermeister Rupert Stöttner war doch recht überrascht, als sich Alexander von Mayr-Kittling, der Assistant Executive Manager des Golf & Spa Ressorts in Rottach-Egern, am Morgen telefonisch bei ihm meldete und seinen Besuch ankündigte. Vor allem, weil dieser Besuch quasi sofort stattfinden sollte – von Mayr-Kittling war zum Zeitpunkt des Telefonats bereits von der Autobahn auf die Landstraße Richtung Oberaudorf abgebogen.

Jetzt saßen die beiden im Büro des Bürgermeisters an dem runden Tisch, der für Besprechungen im kleineren Kreis gedacht war. Frau Sturzeder hatte geistesgegenwärtig auf den spontanen Besuch reagiert und zwei Tassen Kaffee gebracht.

»Es tut mir wirklich leid, dass ich Sie so überfalle, Herr Stöttner. Wir hatten ja aus gutem Grund abgemacht, auf Diskretion achten zu wollen – vor allem, solange unser gemeinsames Projekt noch nicht offiziell besiegelt ist.« Alexander von Mayr-Kittling lehnte sich zurück und atmete einmal tief durch. Beim Treppensteigen in den zweiten Stock des Rathauses war er ein wenig ins Schwitzen gekommen, weshalb sein weißes Sakko nun über der Lehne seines Stuhls hing und ein Knopf seines sportlich geschnittenen rosaroten Hemds offen stand. »Doch besondere Umstände rechtfertigen eben auch besondere Maßnahmen, nicht wahr?«

Rupert Stöttner nickte, doch sein Besuch aus Rottach-Egern sprach bereits weiter.

»Es waren ja wirklich entsetzliche Nachrichten, die uns da

letzte Woche aus Oberaudorf erreichten. Natürlich gilt weiterhin, was ich Ihnen am Freitag am Telefon gesagt habe: Wir lassen uns von momentanen Rückschlägen nicht aus der Fassung bringen. Unser Projekt steht auf einem soliden Fundament. Der Standort Oberaudorf ist und bleibt absolut vielversprechend. Daran können auch Schlagzeilen, in denen von Mord und Totschlag die Rede ist, nichts ändern. Im Gegenteil: Langfristig steigert auch so eine Medienpräsenz den Bekanntheitsgrad des Ortes. Allerdings gibt es da«, Alexander von Mayr-Kittling rutschte auf seinem Stuhl ein wenig nach vorne und räusperte sich, bevor er den Satz vollendete, »eine neue Entwicklung, was unseren Architekten betrifft. Sie wissen schon, Frederick Weidenfells. Gestern war ein Projektleiter aus seinem Büro bei uns in Rottach im Ressort, und ich habe ihn auf seiner Golfrunde begleitet. Und, nun ja, wir haben natürlich auch über Oberaudorf gesprochen. Weidenfells war ja sehr interessiert.« Von Mayr-Kittling nahm einen Schluck Kaffee.

Rupert Stöttner rührte sich nicht, sondern sah sein Gegenüber schweigend und mit leicht gerunzelter Stirn an. Er wollte zu gern wissen, warum dieser Überraschungsbesuch notwendig geworden war.

Der Mann aus Rottach-Egern fuhr schließlich fort: »Um es kurz zu machen: Anscheinend hat sich Weidenfells wegen der neuesten Schlagzeilen noch einmal mit meinen Partnern in Rottach unterhalten. Und offensichtlich sind sowohl diese als auch er dabei, die Sache noch einmal zu überdenken. Das heißt nicht, dass sie das Projekt nicht mehr interessant finden! Es bedeutet nur, dass wir vielleicht noch etwas … mehr Überzeugungsarbeit leisten müssen. Nun ja, und deswegen bin ich gleich hergekommen.«

Rupert Stöttner fragte sich, warum Alexander von Mayr-Kittling plötzlich von seinen »Partnern« in Rottach-Egern redete, die anscheinend ohne ihn Besprechungen abhielten. Bisher hatte der Mann immer so geklungen, als wäre er der Entscheider in dieser Angelegenheit, zumindest was das Engagement des Golf & Spa Ressorts betraf. Doch der Bürgermeister kam nicht dazu, diese Gedanken zu vertiefen.

»Wissen Sie«, fuhr sein Gegenüber fort, »eigentlich sind das ja die Situationen im Geschäftsleben, die es erst interessant machen. Man plant, berechnet, verhandelt – alles scheint wie auf Schienen zu laufen. Und dann – passiert das Unerwartete, Unvorhersehbare, das uns dazu zwingt, die ausgetretenen Pfade zu verlassen! Jetzt ist echte Kreativität gefragt, wo vorher Erfahrung und Routine ausgereicht haben. Jetzt heißt es: *Think outside the box!* Verstehen Sie?«

Rupert Stöttner verstand nicht. Was wollte Alexander von Mayr-Kittling ihm eigentlich sagen? Würden die Rottacher einen Rückzieher machen? Oder lag das Problem bei diesem Architekten? Und was hatte das alles mit einer Box zu tun? Noch bevor der Bürgermeister auch nur eine seiner Fragen stellen konnte, klopfte es an der Tür, obwohl er beim Eintreffen seines Gastes deutlich verkündet hatte, bei diesem Gespräch nicht gestört werden zu wollen. »Ja?«, rief er ärgerlich in Richtung der Tür, die sich daraufhin halb öffnete.

Frau Sturzeder beugte sich herein. »Herr Stöttner, Entschuldigung, aber eine Hauptkommissarin aus Rosenheim steht in meinem Büro und möchte Sie unbedingt sofort sprechen. Es geht um die Sache mit dem Schorschi. Ich hab ihr gesagt, dass es gerade schlecht ist, aber sie hat gemeint, es wäre bestimmt auch in Ihrem Interesse, wenn Sie sich gleich die Zeit nehmen würden, ihre Fragen zu beantworten. Sie hat gesagt, es dauert nicht lange. Vielleicht möchte der Herr von Mayr-Kittling solange …«

»Alexander von Mayr-Kittling?« Die Stimme gehörte zu einer jungen Frau mit kurzen blonden Haaren, die plötzlich neben der Sekretärin in der Tür stand. »Das trifft sich ja gut. Wenn Sie nichts dagegen haben, werde ich mich mit Ihnen beiden kurz unterhalten.« Ohne sich nach Frau Sturzeder umzusehen, ging sie auf die beiden Männer zu, die viel zu überrumpelt waren, um etwas zu erwidern. »Entschuldigen Sie, ich habe mich noch gar nicht vorgestellt«, sagte sie, als sie vor ihnen am Besprechungstisch stand. »Hauptkommissarin Tamara Stahl, Mordkommission Rosenheim.«

22

Als Tamara Stahl gehört hatte, dass die Sekretärin den Besucher des Bürgermeisters mit »Herr von Mayr-Kittling« ansprach, fasste sie den schnellen Entschluss, diese Gelegenheit nicht ungenutzt verstreichen zu lassen.

In Situationen wie dieser war es erfahrungsgemäß besser, nicht erst höflich zu fragen, sondern einfach die Initiative zu ergreifen. Wer wollte schon Ermittlungen in einem Mordfall behindern, indem er kleinlich auf eine Terminvereinbarung oder eine förmliche Vorladung aufs Präsidium pochte? Wer konnte wirklich von sich behaupten, gerade Wichtigeres zu tun zu haben, als zur Aufklärung eines Kapitalverbrechens beizutragen? Die meisten fügten sich, wenn die Hauptkommissarin nur bestimmt genug auftrat. So auch der Bürgermeister und Alexander von Mayr-Kittling, die von ihrem plötzlichen Auftauchen zwar sichtlich irritiert waren, sich jedoch nicht dazu durchringen konnten, ihrem Ansinnen zu widersprechen.

Tamara Stahl saß mit den beiden Männern am Besprechungstisch im Büro des Bürgermeisters, die Sekretärin hatte sich diskret zurückgezogen. »Herr Stöttner, Herr von Mayr-Kittling, ich hätte ein paar Fragen an Sie in Bezug auf Georg Leitner.«

»Georg Leitner? Muss ich den kennen?«

Allem Anschein nach wollte Alexander von Mayr-Kittling durch seinen Einwurf unterstreichen, wie wenig er mit den Oberaudorfer Angelegenheiten zu tun hatte und dass von seiner Seite keine Informationen zu erwarten waren.

Der Bürgermeister sprang erklärend ein, wobei er sich sogar etwas holprig im Hochdeutschen versuchte: »So heißt der Mann, der … tot im Luegsteinsee aufgetaucht ist.« Dann wandte er sich an die Hauptkommissarin: »Mia ham vorher kurz über diese schreckliche Sach g'sprochen. Aber der Herr von Mayr-Kittling wird Ihnen da wirklich nicht weiterhelfen können. Er lebt ja in Rottach-Egern und ist heute sozusagen mehr … zufällig hier, verstehen S'?«

Tamara Stahl beschloss, nicht länger um den heißen Brei

herumzureden. »Bei Ihrer Besprechung geht es um die geplante Golfanlage, richtig?«

Der Bürgermeister schluckte. Man merkte ihm an, dass er fieberhaft überlegte, wie viel er preisgeben sollte. Nach einigen Sekunden des Schweigens antwortete er schließlich – und mühte sich nicht mehr sonderlich mit dem Hochdeutschen ab. »I woaß ja ned, woher Sie Ihre Informationen ham, Frau Hauptkommissarin. I ko Eana bloß sog'n, dass des ganz unverbindliche –«

»Sondierungsgespräche sind«, half Alexander von Mayr-Kittling aus.

»Ich weiß, ich weiß.« Die Beamtin nahm lächelnd Notizblock und Kugelschreiber zur Hand. »Und Sie, Herr von Mayr-Kittling, sind also von den Betreibern des Golf & Spa Ressorts Rottach-Egern beauftragt worden, diese Sondierungsgespräche zu führen? Oder ist das eher eine persönliche Initiative Ihrerseits?«

Der Angesprochene öffnete kurz den Mund, so als wollte er etwas erwidern.

Als er nach einigen Augenblicken noch immer nichts gesagt hatte, sprach Tamara Stahl im Plauderton weiter. »Es gibt Leute, die sagen, Sie seien eigentlich gar nicht in der Position, so ein Projekt einzufädeln. Manche gehen sogar so weit zu behaupten, dass es hauptsächlich Ihr Ehrgeiz ist, einen Geschäftsführerposten zu ergattern, der Sie dazu verleitet, dieses Projekt allen möglichen Leuten schmackhaft zu machen.«

»Das ist ja lächerlich!« Von Mayr-Kittling war bemüht, souverän und gelassen zu wirken, doch das unkontrollierte Blinzeln seiner Augenlider verriet eine gewisse Anspannung. »Außerdem wüsste ich wirklich gern, was diese Behauptungen mit Ihrer Ermittlungsarbeit zu tun haben.«

»Nun, Sie wissen wahrscheinlich selbst, dass Ihre gemeinsamen Pläne«, Tamara Stahl sah ihre beiden Gesprächspartner nacheinander an, »in Oberaudorf bereits ausführlicher diskutiert werden, als Ihnen lieb sein dürfte.«

Rupert Stöttner zuckte mit den Schultern und wiegte den Kopf hin und her, als hätte er darüber noch nie nachgedacht.

Die Beamtin ließ sich davon nicht beirren. »Es gibt einige Leute hier, die das Projekt ›Alpengolf-Ressort‹ am liebsten stoppen würden, bevor es überhaupt ein richtiges Projekt wird. Und der, der sich in Oberaudorf am lautesten und engagiertesten dagegen ausgesprochen hat, war Georg Leitner.«

Rupert Stöttner räusperte sich. »Also, des is scho wahr, dass der Schorschi ... dass der ned vui davo g'hoit'n hod. Oba ...«

»Er ist auch aktiv geworden. Hat er nicht sogar den BUND Naturschutz eingeschaltet?«

»Des ... Oiso ... Des woaß i ned ... Er hod amoi so wos g'sogd, ja.«

»Das hätte für Sie natürlich Unannehmlichkeiten bedeutet, nicht wahr? Sollte die Golfanlage aus Naturschutzgründen nicht gebaut werden können, verlieren Sie ein Prestigeprojekt, von dem Sie sich und der Gemeinde viel versprechen. Und für Sie, Herr von Mayr-Kittling«, Tamara Stahl wandte sich wieder dem jungen Mann im rosaroten Hemd zu, »wäre das Alpengolf-Ressort ein persönlicher Erfolg. Endlich etwas Vorzeigbares. Auf Dauer ist es bestimmt ganz schön frustrierend, für die Damen und Herren, die sich gerade vom Papa die Gesichter haben straffen lassen, Longdrinks zu holen und ihnen die Golfschläger zum Caddy zu tragen. Da ist es nur allzu verständlich, dass Sie sich stellungsmäßig verbessern wollen.«

»Das ist jetzt aber wirklich unverschämt! Ich muss mir von Ihnen doch hier nichts ...« Alexander von Mayr-Kittling sprang auf. »Ich würde jetzt gern gehen. Ich kann mit meiner Zeit wirklich Besseres anfangen, als mir anzuhören, was Sie sich da so ... zusammenreimen!«

»Natürlich können Sie gehen, Herr von Mayr-Kittling.« Tamara Stahl erhob sich ebenfalls. »Wenn Sie vorher nur noch eine Frage beantworten würden: Waren Sie am vergangenen Dienstag zufällig in Oberaudorf?«

»Dienstag? Nein, bestimmt nicht. An dem Tag habe ich mich mit Herrn Stöttner am Irschenberg getroffen. Ich wollte ja gerade nicht nach Oberaudorf kommen, um die Gerüchteküche nicht unnötig anzuheizen.«

Rupert Stöttner nickte bestätigend. »Wir ham uns vormittags in einem Café an der Autobahnraststätte verabred't«, fügte er noch hinzu.

»Und Sie haben den Namen Georg Leitner vor dem Tag, an dem die Zeitungen vom Fund seiner Leiche berichteten, tatsächlich noch nie gehört und wussten demnach auch nichts von seinen Aktivitäten im Zusammenhang mit Ihrem Projekt?«

Alexander von Mayr-Kittling, der schon dabei war, sein weißes Sakko überzuziehen, hielt in der Bewegung inne und blickte der Hauptkommissarin in die Augen. »Nein. Ich kannte den Namen nicht und habe auch nichts von dem Anliegen des Mannes gewusst. Reicht Ihnen das?«

»Herzlichen Dank. Und halten Sie sich in nächster Zeit bitte zu unserer Verfügung. Nur falls doch noch weitere Fragen auftauchen sollten.«

Der Mann aus Rottach-Egern nickte stumm, gab erst der Beamtin und dann dem Bürgermeister die Hand und verließ danach beinahe fluchtartig den Raum.

Tamara Stahl setzte sich wieder, nahm ihren Notizblock in die eine und ihren Kugelschreiber in die andere Hand und lächelte Rupert Stöttner an. »Dann können wir uns ja jetzt noch ein wenig in Ruhe unter vier Augen unterhalten.«

23

Roland Fichtner saß auf seinem Bürostuhl in der Redaktion des »Inntalboten«. Zwischen den Fingern seiner linken Hand klemmte eine halb gerauchte Zigarette, mit der rechten hielt er sich den Telefonhörer ans Ohr. Hätte ihm jemand zugehört, der ihn kannte, wäre ihm wohl aufgefallen, dass der Journalist nicht in seiner gewohnten, stets etwas behäbig und gelangweilt wirkenden Tonlage sprach, sondern seine Stimme so verstellte, dass sie beinahe freundlich klang.

»Guten Morgen, bin ich richtig bei der Spedition Ettenhofer? – Aha, gut. Mein Name ist Thomas Schuster. Ich führe im Auftrag von Mercedes-Benz Gespräche mit erfahrenen Lkw-Fahrern, die mit unseren Modellen im Fernverkehr unterwegs sind. Dadurch sollen Erkenntnisse für die Entwicklung neuer Fahrzeuge gewonnen werden. Ich bin heute bei Ihnen in der Nähe und wollte fragen, ob einer Ihrer Fahrer zufällig im Haus ist. Sein Name ist Adrian Popescu. – Ja, kein Problem.«

Roland Fichtner wartete, nahm währenddessen den letzten Zug von seiner Zigarette und drückte sie dann im Aschenbecher aus, der so voll war, dass dabei etwas Asche und einige alte Zigarettenstummel über den Rand quollen und auf die Schreibtischoberfläche fielen.

»Ah, okay. Dann werde ich versuchen, ihn noch vor seiner Abfahrt um elf Uhr zu sprechen. – Nein, vielen Dank, ich frage mich schon zu ihm durch. Auf Wiederhören!«

Der Journalist legte den Hörer auf und sah auf seine Armbanduhr. Schon nach zehn. Wo blieb Klaus nur wieder? Auf den konnte man sich wirklich kein bisschen verlassen. Fünf Minuten würde Fichtner noch warten, dann müsste er los, wenn er noch rechtzeitig in der Spedition sein wollte. Schließlich würde er auch noch ein wenig Zeit brauchen, um sich mit Adrian Popescu zu unterhalten. Der war Rumäne, genau wie der Fahrer, der damals mit dem Diebesgut im Lastwagen erwischt worden war und seine Stelle verloren hatte. Popescu hatte dem »Rosenheimer Tagblatt« nach dem Vorfall ein kurzes Interview gegeben und darin behauptet, sein Kollege und Freund sei unschuldig und deshalb zu Unrecht entlassen worden.

Welch ein Glück, dass der Mann nicht gerade irgendwo in Europa unterwegs war und er ihn am Vormittag in der Spedition antreffen konnte. Roland Fichtner war sich sicher, dass er aus ihm noch einige Informationen herauslocken würde, wenn er es nur richtig anstellte.

Die Tür des Redaktionsbüros öffnete sich, und Klaus Moratschek, der Praktikant, trat ein. Wie immer sah er ziemlich müde aus und wirkte nicht gerade motiviert.

»Klausi! Gut, dass du da bist.«

Der Junge hob erstaunt den Kopf. Nettigkeiten wie diese hatte er von Roland Fichtner noch nie gehört.

Der Redakteur kramte aus dem Chaos auf seinem Schreibtisch einen Zettel hervor. »Ich bin in nächster Zeit mit wichtigen Recherchen beschäftigt. Das ist die Gelegenheit für dich zu zeigen, dass du dich nützlich machen kannst. Du wirst ein paar Routinetermine übernehmen, für die ich momentan keine Kapazitäten habe.« Mit einem schiefen Lächeln hielt er Klausi den Zettel hin. »Diese Woche stehen zwei wichtige Jubiläen an. Die stellvertretende Vorsitzende des Gartenbauvereins Oberaudorf feiert ihre fünfundzwanzigjährige Mitgliedschaft. Sie heißt Viktoria Stempfl, Adresse und Telefonnummer habe ich dir hier notiert. Auf der Rückseite findest du die entsprechenden Informationen zur Leiterin der Nachbarschaftshilfe. Die hat dieses höchst verdienstvolle Ehrenamt nämlich inzwischen seit genau zwanzig Jahren inne, was natürlich auch vom ›Inntalboten‹ honoriert werden muss.«

Klausi nahm den Zettel und sah sich Vorder- und Rückseite kurz an.

»Und du bist verantwortlich dafür, dass das passieren wird«, stellte Roland Fichtner mit gespielter Feierlichkeit fest. »Du rufst bei denen an und fragst, wann du vorbeikommen kannst. Am besten noch heute, ansonsten morgen oder – spätestens! – übermorgen. Nimm deinen Fotoapparat mit, trink eine Tasse lauwarmen, furchtbar faden Kaffee und iss, höflich, wie du bist, ein Stück staubtrockenen Marmorkuchen, unterhalte dich ein wenig über die Freuden der Vereinsarbeit und mach von jeder der Damen ein möglichst vorteilhaftes Bild – und streng dich bitte diesmal ein bisschen mehr an als bei der Pressekonferenz, damit wir die Fotos auch verwenden können. Wenn du fertig bist, kannst du gleich noch Textvorschläge entwerfen. Aber keine Romane – mehr als drei Zeilen haben wir für so was nicht. Was drinsteht, ist letztlich egal. Die Leute wollen sowieso nur ihr eigenes Bild in der Zeitung sehen, dann sind sie zufrieden. Alles verstanden?«

Klausi nickte.

»In Ordnung. Ich muss jetzt weg. Wenn es was Wichtiges gibt, bin ich auf dem Handy zu erreichen.« Fichtner stopfte eine Zigarettenschachtel und ein Feuerzeug in seine Hosentasche, nahm sein Mobiltelefon vom Schreibtisch, warf einen Blick auf seine Armbanduhr und verließ das Redaktionsbüro, ohne ein weiteres Wort zu sagen.

24

»Gibt es außer Ihnen noch jemanden in Oberaudorf, der sich für das Alpengolf-Ressort einsetzt? Vielleicht jemanden, der von der Realisierung des Plans profitieren würde?«

»Wie … wie moanan S' jetzt des?« Rupert Stöttner tat sich schwer damit, Tamara Stahl länger als eine Sekunde in die Augen zu sehen. Die offensive Art, mit der sie Herrn von Mayr-Kittling angegangen war, hatte ihn etwas eingeschüchtert.

»Nun, ich meine damit, dass es doch immer auch Menschen gibt, die von solchen Projekten einen finanziellen oder geschäftlichen Vorteil haben. Zum Beispiel Baufirmen, die sich lukrative Aufträge versprechen.«

Frau Sturzeder kam herein, um zwei weitere Tassen Kaffee vor sie auf den Tisch zu stellen.

»Oder Grundbesitzer, die ihr Land plötzlich für ein Vielfaches des bisherigen Wertes verkaufen können«, fuhr die Hauptkommissarin fort, nachdem die Sekretärin die Tür hinter sich wieder geschlossen hatte. »Solche Leute meine ich.« Sie nahm einen Schluck Kaffee, um dem Bürgermeister die Gelegenheit zum Nachdenken zu geben.

Der brauchte nicht besonders lange dazu. »Oiso, wenn Sie des mit dem Bauland sog'n … So, wie mia des plant ham, dad der Schopperbauer den größten Teil des nötigen Grundes zur Verfügung stellen.«

»Der Schopperbauer?«

»Ja, der Grasecker Simon. Der is der Bauer vom Schopperhof drunt in Urfahrn, seit eam sei Vater den Betrieb überschriem hod.«

»Und der wäre also bereit, das Land zu verkaufen?«

»Ja. I hob scho a paarmoi mid eam g'red't. Oiso vertraulich. Ma muass so wos ja vorbereit'n, bevor ma damit in a Gemeinderatssitzung geht. I hob eam des hoid erklärt, und … er hod g'sagt, dass eam die Felder da drüb'n sowieso z' vui san. Er macht den Hof ja nur im Nebenerwerb neba seina eigentlich'n Arbeit, miass'n S' wiss'n.«

»Und wenn er die Felder als zukünftiges Bauland verkaufen kann, weil der Gemeinderat das so beschlossen hat, dann macht er damit ein richtig gutes Geschäft, oder?«

»Ja, scho. Aber Sie moanan doch ned, dass der Schopper desweg'n an Schorschi …?«

»Ich meine vorläufig mal noch gar nichts. Ich mache mir nur ein umfassendes Bild davon, wer im Ort Probleme mit Georg Leitner hatte.«

»Des versteh i ja. Aber der Grasecker Simon … der dad doch so wos ned.«

»Wissen Sie denn sonst jemanden, dem Sie zutrauen würden, dass er's getan hat? Damit würden Sie mir natürlich sehr weiterhelfen.«

Der Bürgermeister schwieg betreten.

Tamara Stahl hatte nichts anderes erwartet. Die meisten Leute reagierten bestürzt, wenn ihnen klar wurde, dass die Hauptkommissarin jemanden, den sie kannten, als Täter nicht ausschloss. Doch würde sie sich nur danach richten, was die Menschen ihren Bekannten und ihren Freunden zutrauten oder nicht, dann wäre sie in ihrem Beruf nicht so weit gekommen. Wenn man sich so intensiv mit Mordfällen zu befassen hatte wie sie, dann lernte man schnell, wie oft verletzter Stolz, Habgier oder unerwiderte Liebe tiefe Abgründe in einem menschlichen Charakter zum Vorschein brachten, mit denen vorher niemand gerechnet hätte. »Der Vollständigkeit halber würde ich noch gerne wissen, wie Sie den Dienstag verbracht haben. Ich habe ja schon gehört, dass Sie vormittags zusammen mit Herrn von Mayr-Kittling am Irschenberg waren.«

»Genau. I bin in da Friah im Büro g'wes'n und dann zum

Irschenberg g'fahr'n. Dann bin i hoam zum Mittagessen, und dann bin i wieder ins Büro kemma. D' Frau Sturzeder und i, mia ham no a Sondersitzung vom Gemeinderat vorbereit'n miass'n. So ab sechse bin i dann wieder dahoam g'wes'n. Do kennan S' mei Frau frog'n.«

Tamara Stahl nickte und schrieb etwas in ihren Block. Einen Moment lang verharrte sie in nachdenklichem Schweigen, bevor sie schließlich das Thema wechselte. »Herr Stöttner, können Sie mir etwas zum Verhältnis zwischen Georg Leitner und Markus Bichler sagen?«

Der Bürgermeister war sichtlich überrascht. Ihm schien schleierhaft zu sein, warum die Hauptkommissarin den am Grafenloch verunglückten Markus Bichler ins Spiel brachte.

»Der Schorschi und der Markus? Mei, die hom scho lang nimma miteinanda z' doa g'habt. Der Markus is ja die letzt'n Jahr in Amerika g'wes'n.«

»Aber als Markus Bichler vor Kurzem wiedergekommen ist, um seinen Vater zu beerdigen, da hat es doch Streit zwischen den beiden gegeben, oder? Jedenfalls haben wir einige Zeugenaussagen, die das nahelegen.«

»Ja, des is scho richtig. Wiss'n S', der Markus war amoi sehr eng mit der Lena … befreundet. Oba des is lang her, und die Lena is ja dann die Frau vom Schorschi worn. Und jetz, wo der Markus wieder nach Oberaudorf kemma is, do ham die zwoa hoid a bisserl g'rafft. I moan, des is doch ganz natürlich. Außerdem is der Bichler Markus tödlich verunglückt, des wiss'n S' ja wahrscheinlich a. Der ko oiso dem Schorschi gar nix mehr do ham.«

»Natürlich, damit haben Sie vollkommen recht. Mir geht es auch nicht darum, dass Markus Bichler Georg Leitner getötet haben könnte. Vielmehr frage ich mich, ob nicht dieses Unglück am Grafenloch vielleicht gar keins war.«

»Sie moanan, dass der Schorschi …?«

»Wie gesagt, momentan mache ich mir erst mal ein Bild. Gibt es denn Ihres Wissens außer Georg Leitner noch jemanden, der mit Markus Bichler«, Tamara Stahl suchte ein paar Sekunden lang nach dem richtigen Begriff, »Probleme hatte?«

»Na, der is ja so lang ned do g'wes'n, wer soi denn do no Probleme mit eam hom?«

»Vielleicht gab es da noch irgendwelche Geschichten aus der Vergangenheit, die mit seiner Rückkehr plötzlich wieder hochkamen. So etwas wäre doch denkbar, oder?«

Rupert Stöttner dachte kurz nach, bevor er feststellte: »Oiso, vo so wos woaß i nix.«

»In Ordnung. Dann gäbe es nur noch eine Sache, zu der mich Ihre Ansicht interessieren würde. Die Gästebücher des ›Weber an der Wand‹ befinden sich in der Obhut der Gemeinde Oberaudorf, oder?«

»Äh, ja, des is richtig.« Der Bürgermeister war auch diesmal wieder sichtlich erstaunt über den Themenwechsel. »Mia ham die Gästebücher in Verwahrung. Eigentlich miassad'n die scho lang amoi vo am Expert'n begutachtet und dann ausg'stellt wern. Oba … leider fehlt uns des erste Exemplar. Und so lang mia des ned ham, bringt ois andere wenig.«

»Haben Sie eine Ahnung, wo dieses erste Exemplar verblieben sein könnte?«

»Oiso, wenn S' mi so frog'n – oba i sog des jetzt nur unter uns, i ko des ned beweis'n! –, i bin ma sicher, dass der Mochinger Bernhard, dem der ›Weber an der Wand‹ g'hört, des Buach no hod. Er wui's hoid ned hergeb'n, weil er mit fast olle im Ort über Kreiz is. Verstengan S'?«

»Ich verstehe. Herr Stöttner, was sagen Sie dazu, wenn ich Ihnen jetzt erzähle, dass das verschwundene Gästebuch im Haus von Alfons Bichler aufgetaucht ist?«

Der Bürgermeister starrte die Hauptkommissarin mit offenem Mund an. Es dauerte eine Weile, bis er seine Sprache wiederfand. »Beim Alfons?« Seine Augen wanderten unruhig über die Schreibtischplatte, während sich in seinem Kopf einiges neu zu ordnen schien. »Dann hoaßt des, dass der Mochinger recht g'habt hod! Wiss'n S', der Alfons hod eam damois g'hoif'n, des oide Wirtshaus zu renovier'n. Des is ja scho über dreißig Jahr her. Und der Mochinger hod später immer behauptet, dass der Alfons des Buach g'stoin hod. I hob des nia glaubt.«

»Sie meinen, Sie hätten Alfons Bichler so etwas nicht zugetraut.« Tamara Stahl lächelte den Bürgermeister freundlich an. Beinahe tat es ihr leid, dass sie an diesem Morgen die Vorstellungen Rupert Stöttners von den Menschen in seiner Umgebung so sehr ins Wanken brachte. Sie beschloss, es für heute dabei bewenden zu lassen. »Ich danke Ihnen dafür, dass Sie sich die Zeit genommen haben, meine Fragen zu beantworten. Falls Ihnen zu den Sachverhalten, die wir besprochen haben, noch etwas einfällt, zögern Sie bitte nicht, mich anzurufen.« Die Beamtin reichte ihm eine Visitenkarte. »Und natürlich möchte ich auch Sie bitten, sich zu unserer Verfügung zu halten, solange die Ermittlungen andauern.«

Rupert Stöttner nickte geistesabwesend. Er würde etwas Zeit brauchen, um alles zu verarbeiten, was er in der letzten halben Stunde von Tamara Stahl erfahren hatte.

25

Karl Ettenhofer war müde. Bisher hatte er nie Probleme mit Schlaflosigkeit gehabt. Obwohl er auch außerhalb seines Büros meist mehrere Probleme, die geschäftlicher Natur waren, mit sich herumtrug, waren ihm noch immer ausreichend viele Stunden erholsamen Schlafs vergönnt gewesen. Doch seitdem er, knietief im Wasser stehend, den toten Körper Georg Leitners in Augenschein genommen hatte, war es damit vorbei.

Vier Nächte, in denen er sich hin und her gewälzt hatte, ohne den Gedankenstrom in seinem Kopf abschalten zu können. Nächte, in denen ihn, wenn er nach schier endlosen Stunden schließlich doch eingeschlafen war, fürchterliche Alpträume plagten, bis er schweißgebadet und erschöpft wieder erwachte. Der Anblick der Leiche, das unangenehme Gespräch mit der Hauptkommissarin, der anonyme Brief, in dem Schorschi als Krimineller dargestellt wurde, und dazu noch der Gedanke daran, wie sehr Lena Leitner jetzt gerade leiden musste. Konnte er etwas

für sie tun, ohne Gefahr zu laufen, in ihren Augen wie ein pietät-
loser Idiot zu erscheinen, der jetzt, wo der Ehemann tot ist, seine
Chance gekommen sieht?

Langsam ging das alles an seine Substanz. Es bereitete Ettenhofer zunehmend Mühe, sich auf seine alltäglichen Aufgaben
in der Spedition zu konzentrieren. Manchmal fielen ihm am
Schreibtisch sitzend die Augen zu – doch nicht etwa, um ihn in
einen sanften Schlummer hinübergleiten zu lassen, sondern nur,
um einmal mehr die schrecklichen Bilder vom Luegsteinsee in
ihm wachzurufen.

Der Speditionsleiter erhob sich mit leisem Stöhnen aus seinem
Bürostuhl, ging zum Fenster und öffnete es. Ein wenig frische
Luft würde ihm vielleicht dabei helfen, wieder in die Spur zu
kommen. Zumindest vorläufig.

Von draußen drangen die Geräusche herein, mit denen Karl
Ettenhofer aufgewachsen war: das Aufheulen eines Lastwagen-
motors, das Zischen der hydraulischen Bremsen, das raue, tiefe
Lachen eines Fahrers, der sich über den Witz eines Kollegen
amüsierte.

Auf dem Rangierplatz standen zwei große Anhänger, die
darauf warteten, abtransportiert zu werden. Mehrere Angestellte
liefen geschäftig zwischen den Gebäuden der Spedition hin und
her. Ettenhofer nahm das alles nur am Rande wahr, während er
sich darauf konzentrierte, die warme Luft dieses sommerlichen
Vormittags tief einzuatmen.

Plötzlich fiel ihm jemand auf, den er zunächst übersehen hatte.
Eine Gestalt, die sich trotz ihres erheblichen Körperumfangs
überraschend behände durch das Eingangstor bewegt hatte und
nun im Begriff war, hinter einem der Anhänger zu verschwinden – so als wollte sie auf dem Betriebsgelände nicht entdeckt
werden. Wenn sich Karl Ettenhofer nicht irrte, dann handelte es
sich bei dieser Gestalt um jemanden, den er äußerst ungern ohne
Anmeldung hier herumschnüffeln sah – vor allem, solange die
Spedition Gegenstand polizeilicher Ermittlungen war.

Schnell schloss er das Fenster wieder und verließ das Büro.
Dieser Schreiberling von der Lokalzeitung hatte sich zwar bisher

noch nie mit investigativem Journalismus abgegeben, aber man konnte ihm keinesfalls trauen.

»Der Adrian? Ist gerade vorbeigekommen.« Der ältere Mann im blauen Arbeitsanzug, der an einem offensichtlich defekten Gabelstapler herumschraubte, unterbrach seine Arbeit und drehte sich zu Roland Fichtner um. »Ich glaube, er wollte sich noch die Frachtpapiere für seine nächste Fahrt aus der Verwaltung holen. Dürfte aber gleich wieder da sein. Sie können natürlich auch reingehen und dort nach ihm suchen. Immer geradeaus und dann durch die große Glastür.« Damit wandte er sich wieder seinem Schraubenschlüssel zu.

Roland Fichtner entschloss sich zu warten. Hier draußen würden sie bestimmt irgendwo, wo sie nicht gleich jeder sah, ungestört reden können.

Er zog die Zigarettenschachtel und das Feuerzeug aus seiner Hosentasche. Als er nach mehreren Versuchen endlich eine Flamme zustande gebracht hatte und im Begriff war, die Zigarette zwischen seinen Lippen anzuzünden, ertönte wieder die Stimme des Mechanikers.

»Da kommt er schon, der Adrian!«

Fichtner drehte sich um und sah, wie ein etwa vierzigjähriger schwarzhaariger Mann mit dunklem Teint aus dem Verwaltungsgebäude kam und in seine Richtung lief. Er nahm die Zigarette wieder aus dem Mund und schob sie zurück in die Schachtel. Gerade wollte er den Rumänen ansprechen, als plötzlich hinter ihm eine laute Männerstimme ertönte.

»He! Was machen Sie hier?«

Fichtner wandte sich in die Richtung, aus der der Ruf gekommen war. Sofort erkannte er Karl Ettenhofer, den Leiter der Spedition, der auf ihn zumarschierte.

»Haben Sie sich an der Pforte angemeldet?«, fragte Ettenhofer, noch bevor er vor dem Journalisten stand. Seinem wütenden Tonfall nach zu urteilen, ging der Mann davon aus, dass das nicht der Fall war. Und hatte damit natürlich recht. »Sie können hier nicht einfach reinspazieren! Das ist Firmengelände!«

Fichtner hob beschwichtigend beide Hände und bemühte sich um einen möglichst harmlosen Gesichtsausdruck. »Herr Ettenhofer, das ist ein Missverständnis. Ich war nur zufällig in der Nähe und –«

»Von wegen Missverständnis! Versuchen Sie bloß nicht, mich auf den Arm zu nehmen. Und du, Adrian«, Ettenhofer wandte sich etwas ruhiger an den Fahrer, der neben seinem Chef stand und ihn verblüfft ansah, »du machst deine Arbeit und lässt dich von diesem Schmierfinken nicht belästigen.«

Roland Fichtner wurde es zu viel. Mit hochrotem Kopf stellte er sich vor den Speditionsleiter, der kein Stück zurückwich. »Herr Ettenhofer, das muss ich mir nicht gefallen lassen! Ich –«

»Sie verlassen sofort das Firmengelände! Und wenn Sie in nächster Zeit mit mir oder mit einem meiner Mitarbeiter sprechen wollen, dann lassen Sie sich von unserem Büro einen Termin geben! Haben Sie mich verstanden?«

Roland Fichtner blickte abwechselnd zu Adrian Popescu, der noch immer wie erstarrt dastand und sich zu fragen schien, was da gerade passierte, und zu Karl Ettenhofer, der ihn um einen Kopf überragte und dessen zorniger Blick keinen Zweifel an seiner Entschlossenheit ließ.

Der Redakteur des »Inntalboten« sah ein, dass ihm in dieser Situation nur der Rückzug blieb. Er wandte sich ab, ging einige Schritte in Richtung des Eingangstors und drehte sich dann noch einmal um. Ettenhofer stand noch immer an derselben Stelle, neben ihm der Mechaniker im blauen Arbeitsanzug, der seine Arbeit an dem Gabelstapler unterbrochen hatte, ein wenig dahinter Adrian Popescu, der rumänische Fahrer. Auch wenn das gerade wie eine Niederlage ausgesehen hatte, war sich Roland Fichtner nach dieser Szene, die Ettenhofer ihm gemacht hatte, umso sicherer, dass an der Geschichte mit den zwielichtigen Machenschaften etwas dran war. Warum sonst hätte der Geschäftsführer so hitzig auf sein Auftauchen reagieren sollen?

»Auf Wiedersehen, Herr Ettenhofer!«, rief er dem noch immer grimmig dreinblickenden Speditionsleiter betont fröhlich zu. »Vielleicht komme ich ja auf Ihr Angebot zurück! Ich glaube allerdings, Sie werden sich bald wünschen, dass Sie mich etwas freundlicher behandelt hätten!« Roland Fichtner hob die Hand zu einem lässigen Gruß an seine Stirn, bevor er langsam durch das Eingangstor vom Firmengelände spazierte.

26

Nach dem Frühstück in der Bäckerei Huber ging Lorenz Kastner noch in den kleinen Biomarkt, um sich Obst zu kaufen. In der Auslage erblickte er die ersten Erdbeeren der Saison, konnte nicht widerstehen und legte – trotz des enorm hohen Preises – ein Schälchen zu den beiden Müsliriegeln, die die freundliche Verkäuferin bereits unter den Kassenscanner gehalten hatte. Schließlich kehrte er zurück ins Torhaus, wo er die Einkäufe gegen seine Messinstrumente tauschte, und machte sich schließlich einmal mehr auf den Weg zur Ruine der Auerburg.

Wie jedes Mal, wenn er den schweren Koffer den steilen Hügel hinaufschleppte, nahm er sich auch diesmal vor, während des Tages nach einer Möglichkeit zu suchen, die Instrumente über Nacht sicher bei den alten Mauern zu verwahren. Bisher hatte er noch keinen geeigneten Lagerort gefunden. Nicht einmal einen Schuppen, in den man die Geräte hätte sperren können, gab es bei der Ruine – und sie waren einfach zu wertvoll, als dass er sie in einer Nische zwischen den Steinen verstecken wollte.

Oben angekommen steuerte Lorenz – so wie immer in den letzten Tagen – auf die Aussichtsbank zu. Schon von Weitem sah er, dass dort an diesem Morgen jemand saß.

Als er näher kam, erkannte er Lena Leitner, die ihn wohl ihrerseits nicht hatte kommen hören und reglos auf das Bergpanorama starrte. Lorenz wollte sie nicht durch sein plötzliches Erscheinen erschrecken und räusperte sich leise, als er noch einige Meter entfernt war.

Lena Leitner drehte sich zu ihm um, und als sie ihn erkannte, erschien auf ihrem traurigen Gesicht ein sanftes Lächeln. »Herr

Kastner. Guten Morgen.« Sofort drehte sich die junge Frau wieder weg und richtete ihren Blick erneut in die Ferne.

Lorenz hatte keine Ahnung, wie er sich verhalten oder was er sagen sollte. »Frau Leitner, es … Ich …«

»Schon gut. Setzen Sie sich doch.«

Lorenz zögerte. Erst als Lena Leitner ihn erneut ansah, gab er sich einen Ruck, stellte den Koffer auf den Boden und nahm neben ihr Platz. Eine Weile lang sahen sie beide schweigend auf die vielen Berggipfel, die sich scharf vor dem strahlend blauen Himmel abzeichneten.

»Sie waren dort, nicht wahr?«, unterbrach Lena Leitner schließlich die Stille. »Bei der Pressekonferenz am Luegsteinsee, meine ich. Als mein Mann gefunden wurde.«

»Ja.«

Erneut verging eine Minute, ohne dass einer der beiden etwas sagte.

Dann war es Lorenz, der wieder zu sprechen begann. »Es tut mir leid, dass ich mich nicht bei Ihnen gemeldet habe. Ich wusste nicht, ob … Ehrlich gesagt war ich ein wenig überfordert mit der Situation.«

Sobald er den Satz ausgesprochen hatte, verwünschte er sich innerlich dafür. Wie konnte er nur im Angesicht einer Frau, die den gewaltsamen Tod ihres Mannes verkraften musste, von sich selbst behaupten, überfordert gewesen zu sein?

Doch Lena Leitner schien ihm seine fragwürdige Erklärung glücklicherweise nicht übel zu nehmen. »Sie müssen sich nicht entschuldigen, Herr Kastner. Sie haben mir bei der Suche nach meinem Mann beigestanden. Und das, obwohl Sie mich kaum kennen. Das hätten nicht viele getan. Noch dazu habe ich Sie durch die alberne Idee, in das Haus einzubrechen, auch noch in die ganze Sache hineingezogen.«

Ein leises Rauschen war zu hören, als ein Schwarm kleiner Vögel wie auf ein geheimes Zeichen hin aus einer Baumkrone in die Lüfte aufstieg.

Während er den Formationsflug der Tiere beobachtete, fragte Lorenz: »Und wie geht es Ihnen jetzt? Also, ich meine … haben

Sie Menschen hier in Oberaudorf, die sich um Sie kümmern? Familie?«

»Nein. Jetzt, wo mein Mann tot ist, habe ich keine Familie mehr.«

»Stimmt, Sie haben mir ja neulich erzählt, dass Sie Ihre Mutter schon vor einigen Jahren verloren haben. Und Ihren Vater –«

»Kannte ich nie«, beendete Lena Leitner schnell den Satz, den Lorenz begonnen hatte. In ruhigem und freundlichem Ton fuhr sie fort: »Doch das ist eine andere Geschichte. Ich komme schon zurecht. Es gibt einige Menschen hier im Ort, von denen ich weiß, dass ich mich immer an sie wenden kann. Und am Ende muss ich ja doch irgendwie allein damit fertigwerden. Das kann mir niemand abnehmen.«

Lorenz signalisierte mit einem Nicken, dass er verstanden hatte.

»Aber wissen Sie, was mir keine Ruhe lässt?«, fragte die junge Frau nach einer weiteren Pause. Und weil Lorenz auf diese rhetorische Frage natürlich keine Antwort parat hatte, gab sie sie selbst: »Dass ihn jemand vorsätzlich und mit Gewalt umgebracht hat. Es wäre schlimm genug, wenn er so wie Markus einen Unfall gehabt hätte. Aber erschlagen und dann ins Wasser geworfen? Es will einfach nicht in meinen Kopf gehen, dass es Menschen gibt, die so etwas tun. Das ist alles so … sinnlos.« Lena Leitners Blick war noch immer auf die fernen Berggipfel gerichtet.

Lorenz hatte sich in den letzten Tagen während der Arbeit oft etwas Zeit genommen, um den Ausblick zu genießen. Doch er war sich sicher, dass die Frau, die neben ihm saß, im Augenblick nichts davon wirklich wahrnahm.

Plötzlich, so als wäre ihr gerade etwas eingefallen, drehte sie sich zu ihm um. »Sie haben wahrscheinlich auch mit der Hauptkommissarin gesprochen, richtig?«

»Ja, ich war in Rosenheim und habe dort eine Aussage gemacht.«

»Und? Haben Sie wegen des Gästebuchs Ärger bekommen?«

»Nein, das war nicht weiter schlimm.«

»Gott sei Dank! Ich war mir nicht ganz sicher, weil … Nun ja, diese Frau Stahl hat sich mir gegenüber zwar korrekt verhalten, aber insgesamt erschien sie mir ziemlich … direkt. Verstehen Sie, was ich meine?«

Lorenz nickte wieder. Er verstand sie sogar sehr gut.

»Sie hat mich danach gefragt, ob der Schorschi am Sonntagabend nach dem Streit mit dem Markus die ganze Zeit daheim gewesen wäre. Und außerdem wollte sie genau wissen, welches Herzmedikament er genommen hat, weil wohl so ein Fläschchen am Grafenloch gefunden wurde. Während unseres Gespräches hatte ich kurzzeitig den Eindruck, als würde sie von meinem Mann als Täter und nicht als Opfer reden! So als hätte er den Markus auf dem Gewissen. Wenn ich jetzt daran denke, macht mich ihr Verhalten richtig wütend. Sobald ich erfahre, wer der Polizei diesen Unsinn erzählt hat, werde ich demjenigen ordentlich die Meinung sagen, das können Sie mir glauben!«

Lorenz murmelte etwas Zustimmendes und hoffte gleichzeitig inständig, dass Lena Leitner nie erfahren würde, wer der Polizei das Fläschchen mit dem Herzmedikament übergeben hatte.

27

Klaus Moratschek sah noch einmal auf den Zettel, den ihm Roland Fichtner im Büro gegeben hatte, bevor er ihn in der Hosentasche verstaute. Wildbarrenweg 4, hier war er richtig.

Der Name »Viktoria Stempfl« war ihm nicht ganz unbekannt. Seine Mutter sprach manchmal von der Frau, wenn es um irgendwelche Angelegenheiten zwischen dem Gartenbauverein und dem Förderverein des Heimatmuseums ging, für die sich Klaus jedoch nie interessiert hatte. Soweit er sich erinnern konnte, hatte seine Mutter kaum einmal etwas Gutes von Frau Stempfl zu berichten gehabt.

Vergeblich sah er sich am Gartentor nach einem Klingelknopf um, aber das Tor ließ sich ohne Weiteres öffnen. An der Haustür fand er schließlich unter einem Schild mit der Aufschrift »V. Stempfl«, was er gesucht hatte. Er betätigte die Taste, auf der eine Glocke abgebildet war, und gleich darauf erklang im Inneren des Hauses eine kurze Melodie.

Wenige Augenblicke später öffnete sich die Tür, und eine Frau erschien, deren Alter Klaus irgendwo zwischen fünfzig und sechzig Jahren verortete. Ihre dunkel gefärbten Haare trug sie kunstvoll hochgesteckt, ihr Gesicht, das Klaus von einigen beiläufigen Begegnungen, wahrscheinlich im Supermarkt oder beim Bäcker, wiedererkannte, war etwas zu stark geschminkt. Außerdem hatte sich Viktoria Stempfl in ein Kostüm gezwängt, das ihr vielleicht irgendwann einmal gepasst haben mochte, jetzt aber eindeutig einige Nummern zu klein war.

Nachdem die Frau Klaus kurz angesehen hatte, wanderte ihr Blick suchend hinter ihn, durch den Garten und in Richtung Straße. Erst als der stellvertretenden Vorsitzenden des Oberaudorfer Gartenbauvereins klar wurde, dass außer Klaus niemand zugegen war, wandte sie sich ihm wieder zu.

»Du bist doch der Moratschek Klausi, oder? Der Sohn von der Maria?«

»Ja.« Klaus war sich sicher, dass er bei seinem Anruf am Morgen seinen Namen genannt hatte. Doch da hatte Viktoria Stempfl anscheinend bloß das Wort »Inntalbote« vernommen und dann nicht mehr richtig hingehört. Jetzt wirkte sie enttäuscht, nur ihn zu sehen. Er beschloss, diesen Umstand möglichst zu ignorieren. »Ich komme vom ›Inntalboten‹. Wir haben vorhin miteinander telefoniert.«

»Ach ja. Na gut. Also, dann komm rein.«

Wenige Minuten später versank Klaus Moratschek beinahe in den Polstern des Sofas, das in Viktoria Stempfls Wohnzimmer stand. Alles in dem Haus war äußerst ordentlich und gepflegt, und dennoch machte die Einrichtung einen seltsamen Eindruck auf ihn. All die Porzellanfiguren in den Regalen, die in dunklen Farben gemusterten Tapeten und Teppiche – Klaus hatte das Gefühl, erdrückt zu werden.

Viktoria Stempfl bot ihm Kaffee an, der sich – wie Roland Fichtner es prophezeit hatte – als ziemlich dünnes Gebräu entpuppte. Der Marmorkuchen, den der Redakteur angekündigt hatte, fehlte. Stattdessen hatte Viktoria Stempfl einen Teller mit Keksen in der Mitte des kleinen runden Holztisches platziert, um den sich das Sofa und zwei Sessel gruppierten.

Viktoria Stempfl sprach sehr schnell. »Ich kann mich noch genau erinnern: Vor vier Jahren hat die Hofstaller Ingrid ihre fünfundzwanzigjährige Mitgliedschaft gefeiert. Da ist der Bürgermeister mit dem Herrn Fichtner gekommen, und sie hatten sogar noch einen Fotografen dabei! Obwohl – unter uns gesagt – die Ingrid im Gartenbauverein noch nie besonderes Engagement gezeigt hat. Aber ich bin immerhin seit sechs Jahren die stellvertretende Vorsitzende! Da ist es schon ein starkes Stück, dass der Herr Fichtner nicht einmal persönlich vorbeischaut. Hat er sich überhaupt mit dem Bürgermeister abgesprochen? Der will doch sonst auch immer, dass die Presse dabei ist. Jeden Tag warte ich auf den Anruf aus dem Rathaus.«

Klaus überlegte anzumerken, dass man sich im Rathaus derzeit wahrscheinlich vorrangig mit anderen Themen beschäftige, beschloss dann jedoch, nicht unnötig Öl ins Feuer zu gießen. Dem Redefluss von Frau Stempfl war ohnehin schwer beizukommen.

»Eines sag ich dir, Klausi, es geht bergab! Früher, da hätte es das nicht gegeben. Aber heute kennen die Leute keine Dankbarkeit mehr. Jahrzehntelang setzt man sich ein, opfert seine Zeit und seine Energie, und dann … Aber du kannst das ja nicht wissen, du bist noch viel zu jung. Ich engagiere mich nämlich nicht nur im Gartenbauverein, auch meine Ferienwohnungen«, sie deutete mit dem Zeigefinger an die Decke, um ihrem Besucher klarzumachen, dass sich die besagten Apartments im Obergeschoss befanden, »sind seit Jahrzehnten ein wahres Aushängeschild für den Ort. Ich habe ausschließlich zufriedene Gäste. Wer einmal bei mir Urlaub gemacht hat, der will keine andere Wohnung in Oberaudorf mehr mieten.« Und mit verschwörerischem Unterton fügte sie hinzu: »Aber manchen passt genau das wahrscheinlich nicht. So sind die Leute, sie gönnen einem den Erfolg nicht, auch wenn man ihn sich mit den eigenen Händen hart erarbeitet hat.«

Bevor Klaus Moratschek eine Dreiviertelstunde später das Gartentor des Grundstücks am Wildbarrenweg 4 hinter sich zuzog, hatte er noch zahlreiche Details über Viktoria Stempfl und ihr segensreiches Wirken innerhalb der Gemeinde Oberaudorf erfahren. Viel wichtiger war jedoch, dass er den entscheidenden Teil seines Auftrags erfüllt hatte: Das Foto der Jubilarin war im Kasten.

Frau Stempfl hatte lange abgewogen, ob das Bild im Wohnzimmer – vor der Vitrine mit ihren Lieblingsporzellanfiguren – oder – des besseren Lichts wegen – im Garten zwischen den Blumenrabatten aufgenommen werden sollte.

Klaus hatte sie schließlich mit dem Argument, dass es bei ihrem Jubiläum ja nicht um die Mitgliedschaft in einem Verein für Wohnzimmereinrichtung gehe, von letzterer Variante überzeugen können.

Jetzt musste er nur noch den Text verfassen, der zusammen mit dem Foto abgedruckt werden sollte. Nachdem ihn seine Gastgeberin mit so viel Material versorgt hatte, fand er es beinahe ein wenig schade, dafür nur drei Zeilen zur Verfügung zu haben.

Und dann durfte er den anderen Auftrag nicht vergessen. Die Leiterin der Nachbarschaftshilfe war vorhin telefonisch nicht erreichbar gewesen. Er würde es später erneut bei ihr versuchen und dann hoffentlich einen Termin für morgen vereinbaren. Zwei Plauderstündchen an einem Tag – das wäre dann doch eins zu viel für seinen Geschmack gewesen.

28

Schon als sie am Freitag nach Niederaudorf zum Haus der Bichlers gefahren war, hatte Tamara Stahl von Weitem den Turm der Kirche des Klosters Reisach ausmachen können. Heute hatte er ihr als nützlicher Wegweiser nach Urfahrn gedient. Sie parkte den Dienstwagen vor der beeindruckend großen spätbarocken Anlage aus dem 18. Jahrhundert, in der noch immer eine kleine Gemeinschaft von Karmelitermönchen lebte.

Die Hauptkommissarin stieg aus dem Auto und sah sich um. Bei ihrer Internetrecherche am Wochenende hatte sie sich auch über die Geschichte der Gegend informiert: Früher hatte man den Inn hier mit einer Fähre überqueren können – daher der Name »Urfahrn«. Die für die Überfahrt erhobene Gebühr hatte den damaligen Grundherren zu einigem Reichtum verholfen, der unter anderem in eine prunkvolle Residenz – das Schloss Urfahrn – und in die Anlage des Klosters Reisach geflossen war. Beide lagen noch heute malerisch zwischen Feldern, Wiesen und dem Fluss. Tamara Stahl konnte verstehen, dass die Umgebung manchen Leuten für eine Freizeitanlage der gehobenen Klasse, wie sie das Alpengolf-Ressort werden sollte, äußerst geeignet erschien. Langsam schlenderte sie an der Kirchenmauer entlang und ließ dabei den Blick über die Wiesen in Richtung der Berge schweifen.

Johanna. So hatte die durchtrainierte junge Kommissaranwärterin mit den großen dunklen Augen geheißen, die das ganze Betrugsdezernat in München verrückt gemacht hatte. Auch Tobi hatte sich in ihrer Gegenwart immer seltsamer verhalten, hatte plötzlich über Dinge gelacht, die niemand, der noch bei Trost war, komisch finden konnte. Wenn sie ihn darauf angesprochen hatte, bestritt er natürlich stets vehement, dass diese Frau für ihn auch nur ansatzweise interessant war. Aber die Stimme, die sich gestern an seinem Telefon gemeldet hatte – hatte die nicht genau so wie die von Johanna geklungen? Je öfter sie darüber nachdachte und die Situation im Geiste noch einmal durchspielte, desto sicherer war sich Tamara Stahl, dass sie mit ihrer Vermutung richtiglag. Hatte Tobi ihren Weggang herbeigesehnt, um endlich frei zu sein und sich keine Kommentare von ihr anhören zu müssen, sobald er etwas mit Johanna anfing? Oder lief das schon länger, und sie hatte es nur nicht bemerkt? Ob Johanna wohl sonntags zusammen mit Tobi ausgefallene Gerichte kochte, so wie er es mit ihr immer hatte tun wollen?

Die Hauptkommissarin schüttelte den Kopf. Was nützte es schon, sich solche Gedanken zu machen? Was interessierte es sie, wer sich am Sonntagnachmittag bei Tobi zu Hause aufhielt? Sie waren getrennt, er durfte tun, was ihm gefiel und mit wem er wollte.

Tamara Stahl war inzwischen einmal um die Kirche spaziert und kehrte nun wieder zu ihrem Dienstwagen zurück. Simon Grasecker arbeitete heute nur am Vormittag im Steinbruch, das hatte sie am Morgen von seiner Mutter am Telefon erfahren.

»Wenn S' mittags kemman, dann is der Simon bestimmt am Hof. Um hoibe zwoa wer'n bei uns a paar Kaibe obg'hoit und noch Miasbach g'fahr'n. Zum Viechermarkt.«

Die Uhr des Kirchturms schlug Viertel vor zwölf. Die Beamtin ließ den Motor an und fuhr vom Parkplatz, wobei sie ein wenig zu stark aufs Gas stieg, sodass der Motor laut aufheulte. Das Navigationssystem wies ihr den Weg zum Schopperhof.

Hauptkommissarin Tamara Stahl sah sich vor dem Betreten des Hauses auf dem umliegenden Gelände nach frisch geschnittenen Hecken oder Sträuchern um, wurde jedoch nicht fündig. Dann lehnte sie die von der alten Bäuerin emotionslos ausgesprochene Einladung zum Mittagsmahl ebenso emotionslos ab und blieb im Türrahmen stehen. Auf den Vorschlag, für ihr kurzes Gespräch ein anderes Zimmer aufzusuchen, ging Simon Grasecker, der bereits am gedeckten Mittagstisch saß, nicht ein. Vermutlich wollte er damit ausdrücken, dass er nichts zu verbergen hatte. Doch Tamara Stahl war sich da nicht so sicher. Der junge Bauer vom Schopperhof wirkte auf sie in seiner Wortkargheit ziemlich angespannt.

Seine Mutter hantierte am Herd, es roch nach heißem Bratfett. Grasecker senior reparierte draußen den Hühnerstall und würde erst zu ihnen stoßen, wenn das Essen auf dem Tisch stand.

»Herr Grasecker, ich weiß, dass Sie sich in letzter Zeit intensiv mit Vertretern der Gemeinde Oberaudorf über den möglichen Verkauf einiger Ihrer Felder ausgetauscht haben. Auf diesem Areal soll in Zukunft eine Golfanlage entstehen.«

Die alte Bäuerin unterbrach kurz ihre Arbeit an den Töpfen und Pfannen, drehte sich zu ihrem Sohn um, sagte aber nichts. Auch der Angesprochene schwieg, als hätte er mit den Dingen, von denen die Rede war, nichts zu tun.

Also fuhr die Hauptkommissarin fort: »Diese Pläne sind zwar noch nicht offiziell, doch im Grunde weiß das ganze Dorf bereits über sie Bescheid, nicht wahr? Einige Bewohner sind davon nicht gerade begeistert.«

Tamara Stahl ließ einen Augenblick verstreichen, doch noch immer zeigte der junge Mann keinerlei Reaktion. »Georg Leitner war der lautstärkste Gegner der geplanten Anlage. Auch mit Ihnen hat er deshalb gestritten, stimmt's? Hat er Ihnen nicht Geldgier vorgeworfen? Den Ausverkauf der Heimat? Hat er nicht damit gedroht, Ihr Vorhaben mit Hilfe des BUND Naturschutz platzen zu lassen?«

Wieder keine Antwort, nur ein kaum merkliches Schulterzucken.

»Jetzt ist Georg Leitner tot, und es ist meine Aufgabe, seinen Mörder zu überführen. Nach allem, was ich Ihnen gesagt habe, dürfte es Sie nicht überraschen, dass Sie zum Kreis der Verdächtigen gehören. Sie haben ein Motiv, Herr Grasecker. Es wäre wirklich besser, wenn Sie mit mir sprechen würden.«

»I ... I hob damit nix zum doa.« Simon Grasecker flüsterte fast und verzog dabei sein Gesicht, als wäre jedes einzelne Wort eine Qual für ihn.

»Dann frage ich Sie noch einmal: Wo waren Sie am vergangenen Dienstagabend?«

»I hob doch scho g'sogt, dass i g'arbeit hob. Im Woid.«

»Und ich wollte von Ihnen wissen, ob es dafür Zeugen gibt.«

»I war aloa. I bin immer aloa im Woid.«

»Ist es nicht ungewöhnlich – und außerdem gefährlich –, die Waldarbeit so spät am Tag zu verrichten? Wenn die Sonne untergeht und man nicht mehr gut sieht?«

»Hean S': I hob a no mei Arbeit im Stoabruch. I ko ma ned aussuacha, wann i des mach. Wenn i Zeit hob, dann geh i hoid ausse.«

»Verstanden. Das heißt, es gibt keine Zeugen.« Die Hauptkommissarin, die noch immer in der Küchentür stand, notierte etwas auf ihren Block und überlegte einen Moment, bevor sie ihre nächste Frage stellte. »Kannten Sie Markus Bichler?«

Wieder nur ein Schulterzucken, das wohl so viel heißen sollte wie: Ja, aber das kann Ihnen doch völlig egal sein.

»Er ist nur wenige Tage vor Georg Leitner verstorben, und mir kommt immer wieder der Gedanke, dass es zwischen den beiden Todesfällen vielleicht einen Zusammenhang geben könnte.«

Simon Grasecker blickte die Hauptkommissarin skeptisch an. »Der is abg'stürzt. Des war doch a Unfall, oder?«

»Das nimmt man an, sicher ist es deswegen noch lange nicht. Markus Bichler ist am vorletzten Sonntag spätabends umgekommen. Waren Sie da vielleicht auch im Wald bei der Arbeit?«

Der Bauer schwieg wieder, wozu die Beamtin mit ihrer ironischen Frage vielleicht einen Teil beigetragen hatte.

Sie ärgerte sich über ihre mangelnde Selbstbeherrschung. »Wo waren Sie an dem Abend?«, versuchte sie es erneut.

»Dahoam. I bin mitm Bulldog aufm Feld g'wes'n, vielleicht bis um sechse. Und dann bin i hoamkemma. D' Mama konn's bezeugen.«

Die Mutter hielt den Blick auf den Herd gerichtet, nickte jedoch deutlich erkennbar.

Tamara Stahl fragte sich, ob es überhaupt einen Sinn hatte, noch länger zu bleiben. Alles an diesem Mann deutete darauf hin, dass er etwas vor ihr verbarg: seine Gereiztheit, seine knappen Antworten, die Zähigkeit, die nötig war, um überhaupt etwas aus ihm herauszuholen. Es war zweifelhaft, ob sie auf diese Art weiterkam. »Herr Grasecker, das hier ist kein Spiel. Es geht um ein schweres Verbrechen, das aufgeklärt werden muss. Und ich sage Ihnen eins: Meine Kollegen und ich, wir werden in Oberaudorf jeden Stein umdrehen. Wir werden nicht lockerlassen, bis wir wissen, was mit Georg Leitner geschehen ist. Und wenn Sie mir etwas verschweigen, dann werden wir es früher oder später trotzdem herauskriegen – verlassen Sie sich drauf! Sie sollten sich also gut überlegen, ob Sie mir nicht doch noch etwas zu sagen haben.«

Die Hauptkommissarin zog ihr Portemonnaie aus der Tasche ihrer leichten Sommerjacke, nahm eine Visitenkarte heraus und legte sie vor dem jungen Bauern auf den Küchentisch. »Auf

Wiedersehen, Herr Grasecker. Frau Grasecker. Ich finde allein hinaus.«

Die Mutter wandte sich zu Tamara Stahl um, blieb jedoch ebenso stumm wie ihr Sohn.

Als die Hauptkommissarin eine Minute später wieder in ihrem Dienstwagen saß, überlegte sie, gleich zurück nach Rosenheim zu fahren, entschied sich aber dagegen. Sie hatte Kopfschmerzen und fühlte sich erschöpft. In der vergangenen Nacht hatte sie kaum geschlafen, weil ihr immer wieder das Gespräch mit Tobi und die seltsame Frauenstimme an seinem Telefon im Kopf herumgespukt waren. Auch die Befragungen des heutigen Tages hatten sie angestrengt und nicht wirklich weitergebracht. Im Präsidium wäre sie später noch lange genug – und etwas frische Luft wäre beim Nachdenken wahrscheinlich nur förderlich.

29

Behutsam hob er einen Ast des Brombeerstrauchs an und betrachtete die Früchte. Noch waren die meisten grün, nur wenige röteten sich bereits. Bis zum Spätsommer würden sie viel dunkler werden, beinahe schwarz. Christa würde die Beeren dann ernten und sie zu einer hervorragenden Marmelade verarbeiten, wie jedes Jahr.

Er ließ den Ast wieder los und sah sich im Garten um. Eigentlich wäre es wieder einmal Zeit, den Rasen zu mähen. Jetzt, wo die Hecke geschnitten war, fiel das besonders auf. Vielleicht würde er das noch heute Nachmittag erledigen. Der Garten war nicht besonders groß, für die Arbeit brauchte er normalerweise nicht mehr als eine halbe Stunde. Allerdings müsste er dafür den Rasenmäher aus der Nische zwischen Hauswand und Geräteschuppen holen, die ihn vor Wind und Wetter schützte und die außerdem noch ein paar weitere Geräte sowie die zusammenlegbaren Gartenmöbel beherbergte. Vor der Nische stand seit Neuestem der große, schwere Topf mit der Thuja.

Bei diesem Arrangement konnte Christa keinesfalls bemerken, dass der alte Mühlstein, der normalerweise ebenfalls in der Nische stand, verschwunden war. Daran, dass er den Rasenmäher in nächster Zukunft brauchen würde, hatte er jedoch nicht gedacht. Am besten holte er ihn jetzt gleich, solange Christa in der Küche beschäftigt war.

Am Morgen hatte er sie zum Arzt zu einer Routineuntersuchung begleitet. Sie war der Meinung gewesen, dass er nicht hätte mitkommen müssen, doch er bestand darauf. Er wusste, wie sehr sie solche Termine belasteten, auch wenn sie es nur ungern zugab. Es war seine Aufgabe als Ehemann, sie in diesen Situationen zu unterstützen. Sie fuhren also gemeinsam hin, er harrte während der Untersuchung im Wartebereich aus, und als Christa aus dem Sprechzimmer zurückkam und sagte, dass alles in bester Ordnung sei, waren sie beide sehr erleichtert. Sie waren nach Hause gefahren, und Christa hatte sich darangemacht, das Mittagessen vorzubereiten.

Er beugte sich hinunter und schob den Topf mit der Thuja etwas zur Seite, sodass er besser an die Gartenmöbel kam.

Damals, im Sommer des Jahres 1983, hatten sie alle hart gearbeitet. Zunächst musste ja die ganze Einrichtung abgebaut und entsorgt werden. Auch die modernen Bodenbeläge, die ihrer Meinung nach überhaupt nicht zum Charakter des »Weber an der Wand« passten, entfernten Bernhard, Alfons und er mühevoll aus jedem einzelnen Raum. Die Frauen kümmerten sich unterdessen darum, die Auffahrt und die Terrasse zu reinigen.

Das erste Mal war er mit Sabine allein gewesen, als sie zusammen wegfuhren, um noch mehr von dem Lösungsmittel zu holen, mit dem sie die Wände nach und nach vom Farbanstrich befreiten. Christa ging es an diesem Tag nicht gut, sie kam gar nicht erst zur Baustelle.

Drei Monate zuvor hatten sie geheiratet, nur acht Wochen nachdem Christa das Kind verloren hatte. Das war für sie beide ein Schock gewesen, doch Christa hatte sowohl körperlich als auch psychisch weitaus mehr gelitten als er. Vor allem, nachdem klar geworden war, dass sie in Zukunft keine Kinder würde bekommen können. Sie war am Boden zerstört gewesen und hatte befürchtet, er würde sie nun nicht mehr heiraten wollen. Doch er hatte darauf bestanden, den Termin nicht abzusagen. Seine Liebe war in dieser Zeit ihr einziger Halt gewesen, und er wollte alles tun, um sie von dieser Liebe zu überzeugen. Also hatten sie den Bund der Ehe geschlossen, auch wenn Christas Zustand noch immer instabil war. Hatte er sich eigentlich überhaupt jemals wieder richtig stabilisiert?

Nach diesen Strapazen hatte sie jedenfalls weder die Kraft noch das Interesse gehabt, sich voll in das Projekt »Weber an der Wand« einzubringen. Immer wieder wollte sie sich zurückziehen – und suchte sich deshalb Aufgaben, die das ermöglichten. Bald war es üblich, dass Christa zu Hause für alle kochte und das Essen dann zur Baustelle brachte. Sie erledigte gern die anfallenden Behördengänge und notwendigen Einkäufe, beteiligte sich dafür aber weniger an der gemeinsamen Arbeit, was ihr niemand übel nahm.

Bald fing er an, abends nach der Arbeit mit Sabine ausgedehnte Spaziergänge um den See und in die nahen Wälder zu unternehmen. Er dachte damals nicht daran, Christa zu betrügen – begann aber trotzdem, Ausreden zu erfinden, um mehr Zeit außerhalb der Baustelle mit Sabine verbringen zu können. Sie strahlte diese Leichtigkeit aus, diesen Optimismus, diese Begeisterung. Das Gegenteil von Christa, die seit dem Verlust des Kindes eine Aura der Schwermut umgab. Es fühlte sich einfach gut an, mit Sabine zu sprechen, mit ihr zu lachen – und sie irgendwann, als die Sonne längst untergegangen war und sie beide zwischen Bäumen am Ufer des Luegsteinsees saßen, zu umarmen und zu küssen.

Er hatte seine Frau immer geliebt. Er hatte sie geheiratet, obwohl ihm bewusst gewesen war, dass sie keine gemeinsamen Kinder bekommen würden. Und sie hatte ihm vertraut, als er ihr sagte, er würde das für ein gemeinsames Leben mit ihr in Kauf nehmen.

Er liebte sie auch in dem Sommer, in dem er sich so oft wie möglich mit einer anderen Frau traf. Empfand er für Sabine das

Gleiche wie für Christa? Später sollte er sich das noch oft fragen und nie eine endgültige Antwort darauf finden. Jedenfalls war das zwischen ihnen mehr als nur eine flüchtige Affäre. Und als Sabine schwanger wurde, bedeutete das für ihn wie für sie einen Schock. Er hatte Angst um seine junge Ehe, Schuldgefühle begannen, an ihm zu nagen. Aber irgendwo tief in seinem Inneren machte sich auch noch etwas anderes bemerkbar: Stolz, Freude, Genugtuung. Das, was er mit Sabine geteilt hatte, war nicht fruchtlos geblieben – und das musste doch seinen Sinn haben! Für ihn galt es ab jetzt nur, alles so einzurichten, dass niemand dabei zu Schaden kam.

Zu dieser Zeit war der Streit zwischen Bernhard und Alfons bereits eskaliert, und die Gruppe befand sich mehr und mehr in Auflösung. Jeder war so sehr mit sich selbst beschäftigt, dass es Sabine leichtfiel, ihren Zustand zu verbergen. Als das nicht mehr möglich war, verschwand sie aus Oberaudorf und wurde dort für mehrere Jahre nicht mehr gesehen.

Sabine wusste, dass er sich nicht von Christa trennen würde, und drängte ihn deshalb auch nie dazu. Sie akzeptierte sogar, dass er als Vater des Kindes nie in Erscheinung treten konnte, weil er sicher war, dass das seiner unfruchtbaren Ehefrau das Herz brechen würde. Dafür beharrte sie ihrerseits auf ihrer Unabhängigkeit. Mehrfach bot er ihr über Umwege finanzielle Hilfe an, weil er sich nicht nur für seine Ehe, sondern auch für Sabine und ihre gemeinsame kleine Tochter verantwortlich fühlte. Er schrieb ihr Briefe, in denen er erklärte, dass er für sie beide da sein wolle, soweit es ihm möglich sei. Doch Sabine lehnte immer ab.

Als sie Jahre später mit Lena nach Oberaudorf zurückkehrte, war diese bereits schulpflichtig. Wenn er sie zufällig sah, beobachtete er das hübsche Mädchen mit einem gewissen Stolz. Glücklicherweise glich sie in erster Linie ihrer Mutter, sodass niemand Verdacht schöpfte. Nur Alfons, der sich daran erinnerte, ihn in jenem Sommer einmal am Abend zusammen mit Sabine überrascht zu haben, sprach ihn darauf an. Da traf es sich gut, dass er sich seinerseits ebenso gut daran erinnern konnte, dass er das erste Gästebuch des »Weber an der Wand« kurz nach dessen

Verschwinden bei Alfons zu Hause hatte liegen sehen. Nachdem er ihm von seiner Beobachtung berichtet hatte, erklärte sein alter Freund sich bereit, sein Wissen für sich zu behalten.

Aus der Distanz konnte er beobachten, wie Lena langsam erwachsen wurde. Manchmal – etwa bei der Feier ihrer Erstkommunion oder später bei ihrem Schulabschluss – tat es ihm weh, dass es ihm nicht möglich war, ihr näher zu sein.

Am schlimmsten war es, als Sabine schwer krank wurde und schließlich starb. Damals war er kurz davor, sich Lena zu offenbaren, um ihr besser helfen zu können. Doch er brachte es nicht übers Herz – auch weil er der Überzeugung war, dass das Sabine nicht recht gewesen wäre. Immerhin gelang es ihm, anonym die Kosten für das Begräbnis zu übernehmen und seine Tochter so ein wenig zu unterstützen. Die fünftausend Euro von dem Konto abzuheben, auf das auch Christa Zugriff hatte, war riskant gewesen – doch sie sprach ihn in den kommenden Monaten und Jahren nie darauf an.

Dann verging die Zeit, und es schien sich alles zu fügen. Lena heiratete Schorschi und bekam eine sichere, gut bezahlte Stelle in der Gemeinde. Christa ahnte noch immer nichts von seiner Beziehung zu Sabine und seiner unehelichen Tochter, und seine Ehe mit ihr verlief weiterhin harmonisch.

Als schließlich vor einigen Wochen im Dorf die Neuigkeit umging, Alfons sei gestorben, dachte er im ersten Moment, dass jetzt endgültig Ruhe einkehren würde. Er glaubte, sein Geheimnis würde mit seinem ehemaligen Weggefährten für immer begraben werden. Doch er hatte nicht vermutet, dass Alfons' Sohn Markus in den Unterlagen seines verstorbenen Vaters alte, handschriftlich verfasste Briefe finden würde. Briefe, die nicht von Alfons stammten.

Nachdem er den Rasenmäher aus dem engen Korridor zwischen Hauswand und Geräteschuppen hervorgezogen und die Gartenmöbel wieder an ihren Platz geräumt hatte, musste er nur noch den schweren Topf mit der Thuja zurück vor die Nische schieben. Als auch das erledigt war und er sich ächzend wieder aufrichtete, hörte er Christas Stimme aus der Küche. Das Essen war fertig.

30

Da Lorenz Kastner mit seinen Messungen inzwischen schon weit genug vorangekommen war, um die Arbeit in der Ruine spätestens am nächsten Tag für beendet erklären zu können, beschloss er, sich eine ausgedehnte Mittagspause zu genehmigen. Mit einer Tüte, in der er ein paar belegte Brote und das Schälchen mit den Erdbeeren vom Biomarkt verstaut hatte, machte er sich vom Torhaus auf den kurzen Weg zum Luegsteinsee. Dort wollte er sich ein gemütliches Plätzchen auf einer sonnigen Bank suchen. Er war ziemlich überrascht, als er die Hauptkommissarin erblickte.

Tamara Stahl stand am Ufer, nahe der Stelle, an der der tote Georg Leitner gefunden worden war. Sie sah auf den See hinaus und schien Lorenz nicht bemerkt zu haben.

Er überlegte noch, ob er sie überhaupt ansprechen sollte, da hörte er schon ihre Stimme.

»Guten Tag, Herr Kastner.« Erst jetzt drehte sie sich zu ihm um.

Lorenz war tatsächlich ein wenig erschrocken. Gehörte es zur Grundausbildung bei der Polizei, immer darüber Bescheid zu wissen, was hinter dem eigenen Rücken vor sich ging?

»Guten Tag.«

So am See stehend wirkte Tamara Stahl auf ihn nicht mehr ganz so souverän und einschüchternd wie neulich in ihrem Büro im Rosenheimer Polizeipräsidium. Kein unangenehm kalter, durchdringender Blick ging mehr von ihren blauen Augen aus, vielmehr schienen sie müde und angestrengt. Im hellen Licht des schönen Tages fiel Lorenz außerdem auf, wie blass die junge Beamtin war.

»Sie sind hier, um noch mal den Fundort zu begutachten?« Auf die Schnelle war ihm nichts Besseres eingefallen.

»Ja. Nein. Eigentlich … denke ich nur nach.« Für einige Sekunden betrachtete sie abwesend die glitzernde Wasseroberfläche, dann straffte sie ihre Schultern und schlug einen förmlicheren Ton an. »Aber es ist gut, dass ich Sie hier treffe. Ich wollte mich sowieso noch einmal bei Ihnen melden. Es geht um das Gästebuch.«

Lorenz spürte einen Stich in der Magengegend. Würde er wegen dieser Geschichte doch noch Ärger bekommen? Unruhig stieg er von einem Fuß auf den anderen.

»Sie als Historiker haben doch regelmäßig mit alten Büchern zu tun, nehme ich an?«, fragte Tamara Stahl. »Auch mit Raritäten wie der, die Sie zusammen mit Lena Leitner … gefunden haben?«

Er nickte.

»Kennen Sie sich zufällig auch mit den Preisen aus, die für so etwas von Sammlern bezahlt werden? Ich habe ein wenig recherchiert und festgestellt, dass es durchaus einen Markt für solche Bücher gibt, aber … aus unserem Exemplar wurden ja bereits einzelne Seiten herausgeschnitten. Ist Ihnen bekannt, ob es Leute gibt, die solche Einzelblätter kaufen?«

Lorenz versuchte, sich nicht anmerken zu lassen, wie erleichtert er darüber war, dass die Hauptkommissarin offensichtlich nur eine fachliche Auskunft von ihm wollte. Er überlegte kurz. »Tatsächlich habe ich schon davon gehört, dass Diebe in Archiven und Bibliotheken einzelne Seiten wertvoller Bücher entwendet haben, um sie dann zu verkaufen«, antwortete er schließlich. »Ich kenne einen Antiquar in München, der Ihnen dazu vielleicht mehr sagen kann. Wenn Sie möchten, schreibe ich Ihnen seinen Namen und den des Geschäfts auf.«

Sie nickte, zog einen Kugelschreiber sowie ihren Notizblock aus der Tasche, schlug eine unbeschriebene Seite auf und reichte ihm beides.

Als er die Informationen notiert hatte, gab Lorenz der Hauptkommissarin alles zurück und sah sich um. »Ich wollte hier ein wenig Pause machen. Sollen wir uns setzen?« Er deutete auf eine Bank, die nicht weit entfernt in der Sonne stand, und ein Lächeln huschte über Tamara Stahls müdes Gesicht.

Eine Minute später saßen beide nebeneinander, und Lorenz kramte in seiner Tüte. »Sind Sie ansonsten schon weitergekommen?«, fragte er die Beamtin beiläufig. »Was die Suche nach dem Täter betrifft, meine ich. Falls Sie darüber überhaupt etwas sagen dürfen.«

Tamara Stahl seufzte. »Ehrlich gesagt gibt es jede Menge Hinweise, einige Verdachtsmomente, aber …« Sie schwieg einen Moment lang, als müsste sie abwägen, ob sie ihm wirklich verraten wollte, was in ihr vorging. Doch schließlich vollendete sie den Satz, den sie angefangen hatte. »Aber ich habe das Gefühl, dass noch ein wichtiges Puzzleteil fehlt.«

Lorenz nickte. »Erdbeere?« Er hielt ihr das Schälchen hin.

Sie griff zu und redete dabei weiter. »Was ist zum Beispiel mit dem Gästebuch? Opfer und Täter hatten es auf etwas abgesehen, das offenbar im Haus der Bichlers versteckt war. Das Buch war dort, aber ist es wirklich der Schlüssel zu der Lösung des Falls? Bringt jemand für so etwas einen Menschen – oder sogar zwei – um? War da vielleicht noch etwas anderes im Haus? Etwas, das wir übersehen haben? Oder ging es vielleicht gar nicht um etwas Materielles?«

»Sie glauben, Geldgier war nicht der Grund für die Tat?«

»Nun ja, es gibt noch andere Spuren, die ein solches Motiv nahelegen. Dieses Dorf ist keine Insel der Seligen. Hier werden nicht nur alte Bücher unterschlagen, sondern auch Geschäfte gemacht und ehrgeizige Projekte geplant. Die Leute wollen Geld verdienen – wie überall. Aber wie gesagt, mir fehlt immer noch das letzte Puzzleteil, das das Bild vervollständigen würde.«

»Haben Sie denn keine eindeutigen Spuren vom Täter? Keine Fingerabdrücke oder so? Ich dachte, heutzutage findet die Polizei immer etwas – und wenn es nur ein einzelnes Haar ist, das man dann für einen DNA-Vergleich verwenden kann.«

»Das stimmt schon, aber alles hat zwei Seiten. In diesem Fall hat die Kriminaltechnik zunächst eher für Verwirrung als für Klarheit gesorgt. Am Tatort sind an den Stellen, die wahrscheinlich vom Täter berührt wurden, Reste von Blausäure zurückgeblieben. Ziemlich irritierend – vor allem, weil die Leiche keinerlei Vergiftungsspuren aufweist. Doch inzwischen haben die Kollegen eine Erklärung gefunden: Wahrscheinlich hat der Täter Handschuhe getragen, die zuvor beim Zurechtstutzen einer Kirschlorbeerhecke oder eines Holunderstrauches im Einsatz waren. Auch dabei wird nämlich Blausäure frei. Wenn Sie so wollen, ist das die eindeutigste Spur, die wir von ihm – oder ihr – haben. Sie sehen: Manchmal wirft die moderne Technik, von der Sie gesprochen haben, mehr Fragen auf, als sie beantwortet. Und weil das auch in diesem Fall so ist, hätte ich gern mehr Klarheit über das Tatmotiv.«

Lorenz bot der Hauptkommissarin noch eine Erdbeere an. Nach einer kurzen Pause, in der beide schweigend den See betrachtet hatten, fragte er: »Wissen Sie, was meine Oma immer gesagt hat?«

Tamara Stahl sah ihn stirnrunzelnd an.

»Also«, fuhr er fort, wobei er in einer entschuldigenden Geste die Hände hob, »ich bin kein Polizist und habe mit solchen Dingen nicht die geringste Erfahrung. Aber meine Oma hat für ihr Leben gern Krimis gelesen. Und wenn ich als Kind bei ihr war, haben wir zusammen im Fernsehen oft ›Derrick‹ angeschaut.«

Der Blick der Beamtin wurde immer skeptischer.

Lorenz befürchtete, nicht sehr überzeugend auf sie zu wirken, wollte aber seinen Gedanken auf jeden Fall noch zu Ende bringen. »Wenn es um das Motiv eines Mörders ging, dann hat meine Oma immer Folgendes gesagt: ›Wenn es nicht das Geld ist, dann ist es die Liebe.‹«

Für einen Augenblick sah Tamara Stahl Lorenz entgeistert an. Dann entspannte sich ihr Gesicht plötzlich, und sie wirkte amüsiert. »Das hat Ihre Oma gesagt? Nun, dann sollte ich es mir vielleicht zu Herzen nehmen. Die Liebe.«

»Ja, vielleicht. Und …« Lorenz unterbrach sich.

Die Hauptkommissarin sah ihn erwartungsvoll an. »Und was?«, fragte sie, während sie nach einer weiteren Erdbeere griff.

»Und passen Sie auf sich auf. Sie sehen müde aus, wenn ich das so sagen darf. Ich glaube, Sie sollten sich öfter mal eine Pause gönnen. So wie jetzt auf dieser Bank, an diesem See. Es ist nicht gut, sich immer nur mit einer einzigen Sache zu beschäftigen.

Dann läuft man Gefahr, den Überblick zu verlieren, nicht mehr nach links und rechts zu schauen. Das gilt wahrscheinlich auch für so wichtige Sachen wie die Ermittlungen in Mordfällen.« Lorenz nahm ein belegtes Brot aus seiner Tüte und biss hinein.

Tamara Stahl sah ihm dabei zu und schüttelte dann lächelnd den Kopf. Es schien beinahe so, als hätte er sie ein wenig verlegen gemacht.

31

Einige Stunden nach seinem erzwungenen Rückzug vom Gelände der Spedition Ettenhofer saß Roland Fichtner an seinem Schreibtisch im Redaktionsbüro und feilte an den Formulierungen für den großen Artikel, der am nächsten Tag auf Seite drei des »Rosenheimer Tagblatt« erscheinen würde. Er gab sich mit dem Text so viel Mühe wie noch mit keinem anderen Beitrag, den er je im Auftrag der Zeitung verfasst hatte.

Als er ins Büro zurückgekommen war, hatte er eine handschriftliche Nachricht seines Praktikanten Klaus vorgefunden: Er habe das Bild und den Textvorschlag zum Vereinsjubiläum von Viktoria Stempfl im Computer abgespeichert, der zweite Termin sei bereits für morgen verabredet. Anscheinend war der Junge davon ausgegangen, das zumutbare Tagespensum damit erledigt zu haben, und hatte sich den Nachmittag freigenommen. Nun ja, so störte er Roland Fichtner wenigstens nicht beim Schreiben.

Es war nicht ganz leicht gewesen, die Chefredakteurin von seinem Ansinnen zu überzeugen. Doch Fichtner hatte nicht lockergelassen und ihr während des Telefonats nach und nach kleine, verlockende Informationshäppchen hingeworfen, ohne so viel preiszugeben, dass sie auf die Idee kommen konnte, einen ihrer Lieblinge aus der Hauptredaktion auf die Sache anzusetzen. Schließlich hatte Cornelia Boes angebissen, und Fichtner bekam seine Chance: Die Schlagzeile auf dem Titelblatt und dazu ein ausführlicher Bericht, für den sie ihm die halbe Seite drei frei hielt. Sie vertraue darauf, dass seine Story Hand und Fuß habe, hatte die Chefredakteurin noch mit einem gewissen Zweifel in der Stimme gesagt.

Fichtner tippte einen Absatz, nur um ihn gleich wieder zu löschen. Die Ausdrucksweise erschien ihm noch nicht pointiert genug. Einerseits sollte der Artikel spannend sein, die Leser vom »Rosenheimer Tagblatt« aus ihrem gewohnten Alltagstrott reißen und zum Gesprächsthema an jedem Stammtisch und in jeder Kantine des Landkreises werden. Andererseits sollte er auch Seriosität ausstrahlen und keinen Zweifel an der sorgfältigen investigativen Arbeit des verantwortlichen Redakteurs lassen. Ein Beitrag, der sich, was die Brisanz des Themas und die journalistische Handwerkskunst der Ausführung anging, nicht vor den ohnehin immer seichter werdenden Reportagen der großen überregionalen Nachrichtenmagazine zu verstecken brauchte. Kurz: Roland Fichtner war dabei, sein Meisterstück zu verfassen, das ein für alle Mal klarstellen würde, um wie viel zu klein das Redaktionsbüro des »Inntalboten« für einen Mann seines Talents und Formats war.

Die nächste Version des gerade gelöschten Absatzes gefiel ihm schon besser. Er zündete sich eine Zigarette an, ging die letzten Zeilen noch einmal Wort für Wort durch und ersetzte den Begriff »Beteiligte« durch »Hintermänner«. Ja, so langsam traf er den richtigen Ton.

32

»Eam schaug o.« Der Hirschreiter Sepp wies mit einer abfälligen Bewegung seines bärtigen Kinns seinen Tischgenossen, den Plenzinger Toni, auf den Bürgermeister hin. Der hatte sich in einer Ecke des Audorfer Hofs einen einsamen Platz gesucht, an dem er nun in Gedanken versunken vor einem gefüllten Schnapsglas saß. »Sonst sigt ma 'n olle heilig'n Zeit'n amoi do herin – und auf oamoi dada jede Woch kemma.«

Der Plenzinger Toni stieß als Antwort ein unverständliches Knurren aus, ohne sich nach Rupert Stöttner umzusehen.

Dafür taxierte der Hirschreiter Sepp den Bürgermeister weiterhin umso intensiver. »Hod der nix mehr zum doa, oda wos? I moan, ois Bürgermoasta, do konnst doch ned einfach am Nachmittag aloa ins Wirtshaus geh. Friahra hätt's des jed'nfois ned geb'n, des sog i da scho.« Er nahm einen Schluck von seinem Weißbier, ohne den Mann am anderen Ende des Gastraumes aus den Augen zu lassen. Dann stellte er das Glas geräuschvoll wieder ab und wischte sich den Schaum aus dem Bart. »Sitzt einfach bloß do, schaugt recht dasig und riaht si koa bisserl. Na, do konnst ma verzeih'n, wos d' wuist – irgendwos stimmt bei dem g'wiss ned!«

Wieder knurrte der Plenzinger Toni nur, und als sich der Hirschreiter Sepp endlich vom Anblick des Bürgermeisters losriss, um sich seinem Tischgenossen zuzuwenden, sah er, dass der die Augen geschlossen hatte. Seine Schultern hoben und senkten sich gleichmäßig mit jedem Atemzug, während er in leichter Schräglage etwas vornübergebeugt dasaß. Der Plenzinger Toni war über seinem vierten Weißbier eingeschlafen.

Rupert Stöttner war in den Audorfer Hof gekommen, weil er plötzlich das überwältigende Gefühl gehabt hatte, aus dem Rathaus fliehen zu müssen. Ausschlaggebend war Frau Sturzeder gewesen, die ihm erzählt hatte, dass Viktoria Stempfl – die stellvertretende Vorsitzende des Gartenbauvereins – am Telefon nach einer Erklärung dafür verlangt habe, warum der Bürgermeister nicht heute zusammen mit der Presse zum Anlass ihres fünfundzwanzigjährigen Vereinsjubiläums bei ihr erschienen sei. Bei der Hofstaller Ingrid sei er damals schließlich auch gewesen, und es habe ein Foto mit ihr und dem Bürgermeister im »Inntalboten« gegeben. Frau Sturzeder hatte dazu nur seufzend festgestellt, dass es wohl doch keine so gute Idee gewesen sei, aus gegebenem Anlass alle weniger wichtigen Termine zu streichen.

Da war es dem Bürgermeister einfach zu viel geworden, woran natürlich nicht in erster Linie Viktoria Stempfl schuld war. Sie war nur der berühmte Tropfen gewesen, der das Fass schließlich zum Überlaufen brachte.

Vielmehr beschäftigte Stöttner noch immer, wie der Besuch der Hauptkommissarin aus Rosenheim heute Morgen verlaufen war. Was sie über Alexander von Mayr-Kittling und das Golfplatz-Projekt gesagt hatte. Danach hatte er gleich im Internet recherchiert – und ohne große Mühe alles, was diese Frau Stahl gegenüber dem Assistant Executive Manager des Golf & Spa Ressorts in Rottach-Egern hervorgebracht hatte, bestätigt gefunden. Jetzt ärgerte er sich maßlos darüber, sich nicht schon vorher die Zeit dafür genommen zu haben. Dann hätte er selbst gemerkt, dass es sich bei Alexander von Mayr-Kittling nur um einen ambitionierten Gästebetreuer aus gutem Haus mit wohlklingendem Namen handelte und nicht um einen Mann aus der Geschäftsleitung des Rottacher Unternehmens.

Ob aus der Golfanlage jemals etwas werden würde, war plötzlich äußerst fraglich geworden. Und was war mit der Goldmedaille? Der Auftritt der Beamtin hatte dem Bürgermeister nicht gerade Hoffnung gemacht, dass über sein Dorf demnächst keine negativen Schlagzeilen mehr erscheinen würden. Der Mord am Schorschi schien noch lange nicht aufgeklärt zu sein, und außerdem hatte die Frau den Unfall am Grafenloch ja unbedingt damit in Verbindung bringen müssen. Hoffentlich würde sich das nicht herumsprechen. Und schließlich gab es da auch noch die Sache mit dem Gästebuch, das allem Anschein nach die ganze Zeit bei Alfons Bichler und nicht bei Bernhard Mochinger gewesen war, wie doch alle immer vermutet hatten.

Rupert Stöttner nahm das Schnapsglas, das vor ihm auf dem Tisch stand, hob es an und leerte es in einem Zug. Die beißende Schärfe des hochprozentigen Alkohols ließ ihn für eine Sekunde das Gesicht verzerren. Er schüttelte sich und stellte das Glas wieder ab.

Plötzlich kam dem Bürgermeister ein Gedanke, der wie ein Sonnenstrahl durch die finstere Wetterlage seines Gemüts brach: das Gästebuch! Warum war er nicht gleich darauf gekommen?

Bisher hatte die Gemeinde immer darauf verzichtet, die alten

Dokumente aus dem »Weber an der Wand« öffentlich auszustellen, weil das wichtigste Exemplar fehlte. Aber da es nun wieder aufgetaucht war, stand einer solchen Präsentation doch nichts mehr im Weg, oder?

Die Gedanken in Rupert Stöttners Gehirn begannen, um die Wette zu rasen und sich gegenseitig zu überholen. Würde man eine Ausstellung der Gästebücher ankündigen, könnte man so die Aufmerksamkeit der Presse auf diese – positive – Geschichte lenken! Dabei konnte man durchaus das plötzliche mysteriöse Auftauchen des lange verschollenen ersten Exemplars in den Mittelpunkt stellen, dann würden die Journalisten darüber noch lieber berichten.

Der Bürgermeister würde sich so schnell wie möglich um eine erste Veröffentlichung dieser sensationellen Neuigkeiten kümmern, um damit einen Kontrapunkt zu den unvermeidlichen Artikeln über die Todesfälle zu setzen. Was war eigentlich mit diesem Historiker, den er bei der Pressekonferenz am Luegsteinsee hatte vorstellen wollen? War der noch im Ort? Hoffentlich! Denn für das, was der Bürgermeister vorhatte, würde er den Mann noch brauchen können.

»Möchten S' noch einen Schnaps, Herr Bürgermeister?« Kathi, die Kellnerin, war an den Tisch gekommen und griff nach dem leeren Schnapsglas.

»Na, Kathi. I glaub, für heut langt's. I muass no wos doa.« Rupert Stöttner erhob sich und legte ein paar Münzen auf den Tisch. Dann verließ er den Audorfer Hof und begab sich auf schnellstem Weg zurück in sein Büro.

33

Als die Dämmerung über das Inntal hereinbrach, saß Ludwig Riederer, der Pfarrer von Oberaudorf, in seinem Arbeitszimmer und grübelte über der Predigt, die er morgen zur Beisetzung der Urne mit Markus Bichlers sterblichen Überresten halten wollte. Eigentlich eine Routineangelegenheit, schließlich hatte er in den vergangenen Jahrzehnten unzählige Beerdigungen und Trauerfeiern abgehalten. Die Vorbereitung der Zeremonie am nächsten Tag gestaltete sich trotzdem überraschend mühsam, was daran lag, dass Ludwig Riederers Gedanken immer wieder um die seltsamen und tragischen Umstände kreisten, die zu dem viel zu frühen Tod von Markus Bichler geführt hatten. Da war ein junger Mensch ausgewandert, um im fernen Amerika Karriere zu machen, hatte diese Herausforderung offensichtlich mit Bravour bewältigt und allen Widrigkeiten getrotzt – und als er für kurze Zeit in seine Heimat zurückgekehrt war, dorthin, wo er sich seit seiner frühesten Kindheit bestens auskannte, hatte ihn das Unglück getroffen. Was sollte das sein, wenn nicht bittere Ironie des Schicksals?

Es klopfte an der Tür, und die Pfarrhaushälterin steckte, ohne eine Antwort abzuwarten, ihren Kopf ins Arbeitszimmer. »I woit nur frog'n, ob bei Eana so weit ois passt, Herr Pfarrer.« Das Annerl ließ den Blick kurz über den Schreibtisch wandern, wie sie es immer tat, wenn sie sich Sorgen um den Seelenzustand ihres Chefs machte. Da auf dem Arbeitsplatz des Geistlichen aber keine angebrochene Weinflasche zu sehen war, entspannte sich ihr Gesichtsausdruck sofort ein wenig.

»Alles in bester Ordnung, Annerl«, brummte der Angesprochene, wobei er nur kurz von den Büchern und Blättern, die vor ihm ausgebreitet lagen, aufblickte.

»Dann dad i jetzt auffigeh. I bin nämlich fia heit fertig. Guat Nacht, Herr Pfarrer … Und schaug'n S' fei, dass S' dann a boid ins Bett kemman. Moig'n is a langer Dog.«

»Guat Nacht, Annerl.«

Der Kopf der Haushälterin verschwand, und die Tür schloss sich wieder.

Ludwig Riederer blieb über seine Unterlagen gebeugt, doch auf seiner Miene erschien für einen Moment ein sanftes Lächeln.

Lorenz Kastner aß am Abend wieder im Audorfer Hof und rief danach bei seinem Doktorvater, Prof. Dr. Beckstein, an, um ihm von den Fortschritten zu berichten, die er mit den Messungen machte. Auf seine Ankündigung, am nächsten Vormittag die letzten noch fehlenden Werte ermitteln zu können und damit die Arbeit zu beenden, hatte er eigentlich eine erfreute Reaktion erwartet. Doch der Professor blieb seltsam ruhig und wirkte beinahe unbeteiligt.

»Jaja, machen Sie so weiter.« Mehr hatte er zu Lorenz' Zwischenbericht nicht zu sagen.

Nun, anscheinend konnte man es dem Mann nicht recht machen. Ging es zu langsam, beschwerte er sich, und wenn dann alles glattlief, war er auch nicht wirklich zufrieden.

Schließlich meldete sich noch Rupert Stöttner, der Bürgermeister, und entschuldigte sich langatmig für die unangenehme Situation bei der Pressekonferenz letzte Woche am Luegsteinsee. Es bedrücke ihn sehr, dass Lorenz sein Forschungsprojekt nicht mehr öffentlich habe vorstellen können. Sozusagen als Entschädigung wolle er ihn einladen, morgen Mittag zu ihm und seiner Familie zum Essen zu kommen. »Mia kannt'n dann a no über was anders red'n. I hätt do nämlich no an Vorschlag für Sie. Jed'nfois – dad'n Sie kemma kenna?«

Lorenz war etwas überrumpelt, sah aber auch keinen Grund, die Einladung abzulehnen.

»Schee. Mei Frau werd si frein.«

Als Lorenz etwas später in seiner spärlich beleuchteten Kammer auf dem Bett saß, dachte er nicht mehr über die Arbeit oder das morgige Mittagessen beim Bürgermeister nach, sondern über seine heutige Begegnung mit der Hauptkommissarin. Wenn er sich jetzt daran erinnerte, war ihm das Ganze ziemlich peinlich. Was war nur in ihn gefahren? Hatte er wirklich von seiner Oma erzählt und Frau Stahl dann noch Ratschläge für ihr Wohlbefinden gegeben? Auch wenn sie sich nichts hatte anmerken lassen, musste ihn die Beamtin zweifellos für einen Trottel halten.

Tamara Stahl blieb an diesem Abend nicht länger im Büro als ihre Kollegen. Sie glaubte zwar keinesfalls, dass Lorenz Kastner wirklich beurteilen konnte, wie sie sich ihr Leben einzurichten hätte, doch als sie auf der Fahrt von Oberaudorf zurück nach Rosenheim ihr eigenes Gesicht im Rückspiegel betrachtet hatte, waren ihr die dunklen Schatten unter ihren Augen zum ersten Mal selbst aufgefallen.

Im Präsidium hatte sie noch mit den Kollegen zusammengesessen, die ihr einige Ergebnisse präsentieren konnten: Der Mühlstein vom Grund des Sees war ein Exemplar der Art, von der es im Inntal unzählige gab. Im Schuppen neben dem Haus der Bichlers waren einige Säcke gefunden worden, die dem glichen, in dem die Leiche verpackt gewesen war. Was nahelegte, dass der Täter sich wohl dort bedient hatte, und ein weiterer Hinweis auf eine ungeplante Tat war. Die Hantel, die die Taucher gefunden hatten, passte zu denen im Wohnzimmer der Bichlers und war aller Wahrscheinlichkeit nach die Tatwaffe. Das sichergestellte Seil wies laut Kriminaltechnik keine besonderen Merkmale auf.

Schließlich rief die Hauptkommissarin noch in dem Antiquariat an, auf das Lorenz Kastner sie am Luegsteinsee hingewiesen hatte. Der junge Angestellte, der zunächst am Apparat war, reichte sie bald an seinen betagt klingenden und redseligen Chef weiter, der zu den Gästebüchern aus Oberaudorf tatsächlich Interessantes zu berichten wusste.

»Liebe Frau Hauptkommissarin, jetzt, wo Sie mich darauf ansprechen, fällt mir wieder ein, dass uns früher wirklich öfter einzelne Seiten aus so einem Gästebuch angeboten wurden. Das ist aber schon lange her – vielleicht zehn oder fünfzehn Jahre. Das Ganze erschien mir damals ein wenig zwielichtig. Ich habe immer abgelehnt. Wissen Sie, es gibt in meinem Geschäft einige schwarze Schafe, die alles kaufen, was Gewinn verspricht. Aber zu denen gehöre ich nicht.«

Tamara Stahl hörte ihm noch ein wenig zu und entlockte ihm die Information, dass der Anbieter wohl tatsächlich ein Oberaudorfer gewesen war.

Nach dem Ende des Gespräches war sie überzeugt zu wissen, was mit den Seiten aus dem Gästebuch passiert war: Alfons Bichler hatte sie verkauft – und zwar etwa zu der Zeit, als sein

Sohn sich anschickte, eine teure Privatakademie in Amerika zu besuchen.

Jetzt saß Tamara Stahl in ihrer kleinen, zweckmäßig eingerichteten Wohnung auf dem Bett und versuchte, die Ereignisse des Tages einzuordnen. Auch wenn ihr die Fahrerei langsam auf die Nerven ging, beschloss sie, sich am nächsten Tag bei der Trauerfeier für Markus Bichler in Oberaudorf blicken zu lassen. Wenn der Mann schon verbrannt worden war, sodass sein Leichnam keine Aufschlüsse mehr zu geben vermochte, dann würde vielleicht diese Zeremonie etwas offenbaren. Schließlich war Markus Bichler früher mit Lena Leitner zusammen gewesen. Und wie hatte Lorenz Kastner heute seine Oma zitiert?

»Wenn es nicht das Geld ist, dann ist es die Liebe.«

34

Als Tamara Stahl aufwachte, fühlte sie sich besser. Es hatte ihr tatsächlich gutgetan, einmal pünktlich Feierabend zu machen und danach nicht noch bis in die frühen Morgenstunden über den aktuellen Fall nachzugrübeln. Stattdessen hatte sie sich bald hingelegt und war in einen tiefen, traumlosen und erholsamen Schlaf gefallen.

Jetzt schien durch das Fenster bereits die Sonne in ihre Wohnung. Ein Blick auf den Wecker verriet ihr, dass sie sogar ein wenig verschlafen hatte. Normalerweise hätte sie in diesem Moment Panik bekommen und in Windeseile ihre Morgentoilette erledigt, um dann ohne Frühstück – aber dafür einigermaßen pünktlich – im Präsidium zu erscheinen. Doch an diesem Morgen war sie dazu nicht bereit. Sie hatte in ihrer kurzen Zeit in Rosenheim schon so viele Überstunden angesammelt, da könnte sich niemand darüber beschweren, wenn sie einmal etwas später käme. Außerdem stand ohnehin nichts Wichtiges an, bevor sie nach Oberaudorf zur Urnenbeisetzung fahren würde.

Also ließ sich die Hauptkommissarin Zeit und frühstückte in

aller Ruhe, ohne dabei wie sonst üblich am Laptop die neuesten Nachrichten zu lesen und ihr E-Mail-Postfach zu überprüfen. Was im Kommissariat und dem Rest der Welt vor sich ging, würde sie noch früh genug erfahren. Ihr Handy schaltete sie nur für die paar Sekunden ein, die sie brauchte, um Tobi aus ihren Kontakten zu löschen.

Als sie schließlich ausgeruht und gestärkt im Präsidium eintraf, war sie überzeugt davon, dass niemandem ihre Verspätung überhaupt auffallen würde. Schließlich ließ sich ihr Vorgesetzter nur im äußersten Notfall dazu herab, überhaupt nach ihr zu sehen, und die anderen Kollegen zogen es morgens normalerweise vor, ausgiebig die Tageszeitung zu studieren und keine überflüssigen Gespräche zu führen.

Doch Tamara Stahl hatte sich getäuscht. Sobald sie das Gebäude durch den Haupteingang betrat, ertönte die laut vernehmbare Stimme der hageren und wie immer stark geschminkten Frau hinter dem Empfangstresen.

»Frau Stahl, endlich sind Sie da!«

Verwundert blieb die Hauptkommissarin stehen. Hatte man sie bereits so sehr vermisst, dass ihre Nicht-Anwesenheit im ganzen Haus bekannt gemacht worden war?

»Es ist jemand da, der Sie sprechen möchte«, erklärte die Empfangsdame. »Er wartet schon«, sie warf einen Blick auf ihre Armbanduhr und fuhr dann in umso vorwurfsvollerem Ton fort, »eine gute halbe Stunde auf Sie. Ich habe ihm angeboten, mit einem Ihrer Kollegen zu sprechen, die bereits im Haus sind«, sie machte eine Kunstpause und zog bedeutungsvoll die Augenbrauen nach oben, »aber er möchte nur mit Ihnen reden.«

»Und wo ist der Mann?«, fragte die Hauptkommissarin. Die Neugier darauf, wer sie so dringend sprechen wollte, ließ sie den Ärger darüber, dass derjenige ausgerechnet an diesem Morgen hatte auftauchen müssen, schnell wieder vergessen.

»Er wartet vor Ihrem Büro«, antwortete die Empfangsdame mit einem süffisanten Lächeln.

Tamara Stahl hielt sich nicht länger mit dieser unangenehmen Frau auf, sondern machte sich sofort auf den Weg.

Schon auf dem Flur erkannte sie den Mann, der sich auf einen der Stühle gesetzt hatte, die für Besucher vorgesehen waren. Es handelte sich um Simon Grasecker, den jungen Bauern vom Schopperhof. Er zupfte nervös an der Nagelhaut seines linken Daumens, und als sie näher kam, hatte die Hauptkommissarin den Eindruck, dass er keinesfalls eine ähnlich erholsame Nacht hinter sich hatte wie sie.

Als er sie bemerkte, sprang Grasecker sofort auf. »Guten Morgen, Frau Stahl, ich … ich hab mir des noch mal alles durch den Kopf gehen lassen, und … ich will ein Geständnis ablegen.«

Kurz darauf saßen beide im Büro der Hauptkommissarin. Sie sah Simon Grasecker über ihren Schreibtisch hinweg an, während er tat, wozu sie ihn aufgefordert hatte: Er erzählte.

»Sie wissen ja schon, dass der Schorschi auf jed'n Fall verhindern wollt, dass i meine Felder für den Golfplatz hergeb.«

Tamara Stahl nickte.

»Mei, und der hod ja ned nur g'red't, verstehen S'? Immer wieder hab i g'seh'n, wie er auf meim Grund umeinanderg'laufen is. Er hat g'sagt, er findet bestimmt irgendein seltenes Viech oder eine Pflanze, die g'schützt ist. Und dann sorgt er dafür, dass des Land nicht umg'widmet werd'n darf. Können S' sich vorstell'n, wie i mia da vorkommen bin? Der hat sich aufg'spielt, als wär er da für alles verantwortlich. Auf meinem Land!« Wieder zupfte der Mann an seiner Nagelhaut.

Nachdem er eine halbe Minute geschwiegen hatte, meldete sich die Hauptkommissarin zu Wort. »Und? Was ist dann passiert?«

»Also, i hab mia dacht, i muass wos doa. I woaß scho, dass des ned wirklich a guade Idee war … Aber der Schorschi, der hat's ja fast scho drauf ang'legt, dass ihm irgendwann einmal einer … also …«

»Was?« Tamara Stahl versuchte möglichst behutsam, den zögernden Simon Grasecker zum Weiterreden zu bewegen. Sie wusste aus Erfahrung, dass man jemanden, der im Begriff war, ein Geständnis abzulegen, nicht unnötig unterbrechen sollte. Doch genauso wichtig war es, keine allzu langen Pausen zuzulassen, in denen der Betreffende es sich vielleicht anders überlegen würde.

»Also, irgendwann hob i beschloss'n, dass i dem Schorschi des ned einfach so durchgeh'n lass, dass er mi so schikaniert und si aufspielt wie a Heiliger. Und dann … hob i den Brief g'schrieb'n.« Simon Grasecker sackte ein wenig in sich zusammen, so als wäre er mit dem letzten Satz etwas losgeworden, das ihn zuvor gehörig belastet hatte.

»Einen Brief?« Die Hauptkommissarin überlegte kurz, bevor sie nachfragte: »Was für einen Brief?«

Der junge Bauer richtete sich wieder etwas auf und sah die Beamtin an, als hätte sie eine völlig unsinnige Frage gestellt. »Ja mei, den Brief, in dem steht, dass da Schorschi a Krimineller is. Dass er derjenige war, der damals in der Spedition … der des eben organisiert hat. Des mit den g'stohl'nen Navis. I hob des gschrieb'n und dann bei der Polizei eing'worfen.«

Tamara Stahl starrte ihr Gegenüber für einige Sekunden sprachlos an. Offenbar ging es hier um die anonyme Anschuldigung, die in Kiefersfelden beim Zoll eingegangen war.

Simon Grasecker redete bereits weiter. »Als der Schorschi dann tot g'fund'n word'n is, hab i mia zuerst dacht, dass des damit nix zu tun hat. Also, dass i ja do nix dafür kann, versteh'n S'? I hab doch nicht g'wollt, dass er stirbt – auch wenn ich ihn nicht g'mocht hab. Es is am besten, wenn i davon gar nicht mehr red, hab i g'moant. Aber als i dann heut früh in die Zeitung g'schaut hab – da war mia sofort klar, dass i jetz a G'ständnis ableg'n muss.«

»Die Zeitung?« Tamara Stahl hatte ihre Sprachfähigkeit wiedererlangt und begann langsam zu bereuen, dass sie den Tag so locker angegangen war. »Was steht denn heute in der Zeitung?«

»Hab'n Sie des noch ned g'seh'n? Is doch ganz vorn auf der Titelseit'n.«

»Moment!« Die Hauptkommissarin sprang auf, verließ das Büro und stürmte nach nebenan zu ihrem Kollegen Heinrich Schmitterer.

Der war gerade bei der Lektüre vom »Rosenheimer Tagblatt« und sah sie über den Rand der Zeitung hinweg verblüfft an.

Doch Tamara Stahl würdigte ihn keines Blickes, sondern starrte stattdessen gebannt auf die Titelseite, auf der in riesigen Lettern die Schlagzeile des Tages prangte:

Mafia-Mord in Oberaudorf?

Darunter stand in etwas kleinerer Schrift:

Die organisierte Kriminalität vor unserer Haustür.

35

Dafür, dass Markus Bichler nach dem Tod seines Vaters keinerlei Verwandtschaft mehr in Oberaudorf und Umgebung gehabt hatte, fanden sich zur Beisetzung der Urne mit seiner Asche recht viele Bewohner des Ortes ein. Die Bichlers waren den Leuten ein Begriff, einige hatten früher ihre Traktoren und Autos in Alfons' Werkstatt gebracht und den halbwüchsigen Markus mit dem Fahrrad und später mit dem Moped durch den Ort fahren sehen. Dass jetzt für beide so kurz nacheinander Trauerfeiern auf dem örtlichen Friedhof abgehalten wurden, ging den Oberaudorfern offensichtlich nahe.

Pfarrer Ludwig Riederer erblickte den Bürgermeister, der in Begleitung seiner Frau in der ersten Reihe direkt vor dem offenen Urnengrab stand, und war erstaunt, als er nicht weit dahinter das Gesicht von Bernhard Mochinger erkannte. Der eigenbrötlerische Besitzer des »Weber an der Wand« ließ sich so gut wie nie in der Kirche blicken und war vor Kurzem nicht einmal zur Beerdigung seines einstigen Freundes Alfons Bichler erschienen.

Natürlich war auch Lena Leitner zugegen, die mit dem Verstorbenen seit Kindertagen eine enge Freundschaft verbunden hatte. Ludwig Riederer stellte fest, dass man ihr die Schicksalsschläge, die sie in den letzten Tagen getroffen hatten, deutlich ansah. Außerdem fiel ihm einmal mehr auf, wie ähnlich die junge

Frau ihrer Mutter war. Wenn man sie hier so stehen sah, konnte man beinahe glauben, die dreißigjährige Sabine Obermaier vor sich zu haben.

Hauptkommissarin Tamara Stahl hielt sich etwas abseits des Geschehens und hörte dem Pfarrer zu, der eine durchaus bewegende Rede über das tragische Schicksal des Verstorbenen hielt und sich sichtlich bemühte, den Anwesenden trotz des traurigen Anlasses eine positive und versöhnliche Botschaft mit auf den Weg zu geben. Die tiefe Stimme des Geistlichen war auch in den hinteren Reihen noch gut zu verstehen, obwohl er ruhig und bedächtig sprach.

»Der Mensch kann letztlich nicht ergründen, welchen Plan der Schöpfer mit ihm hat. Wir werden nie verstehen, warum wir im Laufe unseres Lebens immer wieder mit Unglück und Not konfrontiert werden, warum der Tod manche von uns in jungen Jahren aus der Blüte ihres Lebens reißt.«

Tamara Stahl studierte die Gesichter der Anwesenden, und ihr Blick begegnete dem des Bürgermeisters.

Als Stöttner die Hauptkommissarin erkannte, starrte er sie für einen kurzen Moment an, um sich dann schnell wieder von ihr abzuwenden.

»Aber man kann – ja, man muss sogar – die Botschaft, die von Jesus Christus ausgegangen ist, dahingehend deuten, dass wir trotz alldem ein Recht haben zu hoffen. Chaos und Sinnlosigkeit, Krankheit und Tod, das sind die Zumutungen, an denen der menschliche Verstand immer wieder verzweifelt. Wir können diesen Zumutungen nur beikommen, indem wir darauf vertrauen, dass es eben doch eine größere Gerechtigkeit gibt als die menschliche, die uns hier auf Erden ohnehin Tag für Tag enttäuscht. Und darauf, dass wir alle, so wie wir hier stehen, von einer Liebe umfangen und getragen werden, die unser Verstehen weit übersteigt.«

Während der Pfarrer redete, dachte Tamara Stahl an das unerwartete Geständnis von Simon Grasecker zurück. Sie ging davon aus, dass die Überprüfung seines Tintenstrahldruckers die Angaben, die er heute Morgen gemacht hatte, bestätigen würde. Damit hätten sich gleich zwei Spuren auf einmal erledigt: der Streit um den geplanten Golfplatz und die angebliche Verstrickung Georg Leitners in mafiöse Geschäfte unter dem Deckmantel der Spedition. Blieb also nur noch das Gästebuch. Doch die Hauptkommissarin war nach dem, was sie bisher erfahren hatte, alles andere als sicher, dass es bei dem Zusammentreffen im Haus der Bichlers, das für Georg Leitner tödlich geendet hatte, tatsächlich um das verschollene Buch gegangen war.

Ganz hinten, einige Meter von der Trauergesellschaft entfernt, fiel ihr ein korpulenter Mann auf, der lässig an einem Baum lehnte und sich gerade eine Zigarette zwischen die Lippen klemmte. War das nicht Herr Fichtner? Der Journalist, der ihr vor einigen Tagen beim Haus der Bichlers aufgelauert und jetzt diesen reißerischen und an den Haaren herbeigezogenen Artikel im »Rosenheimer Tagblatt« über einen angeblichen Mafia-Mord veröffentlicht hatte? Den würde sie sich auf jeden Fall noch vorknöpfen.

Kurze Zeit später, als die Trauerfeier beendet war, suchte die Hauptkommissarin das Gespräch mit dem Pfarrer. Die beiden standen nicht weit von Markus Bichlers Grab entfernt, an dem noch immer viele Trauernde verharrten und einige leise miteinander redeten.

»Sie ermitteln also im Fall Georg Leitner, wenn ich Sie richtig verstanden habe?«, fragte Ludwig Riederer, nachdem sich Tamara Stahl vorgestellt hatte.

»Das ist richtig. Wenn es Ihnen nichts ausmacht, dann würde ich mich gern kurz mit Ihnen darüber unterhalten.«

»Sie möchten mit mir über den Mord am Schorschi reden? Das können wir gern tun – aber ich weiß nicht, wie ich Ihnen diesbezüglich behilflich sein kann. Mit der Mafia kenne ich mich nun wirklich nicht aus.«

»Was Sie heute in der Zeitung gelesen haben, können Sie getrost vergessen. Momentan haben wir verschiedene Spuren, denen wir nachgehen müssen. Einige davon lassen die Vermutung zu, dass das Motiv für die Tat vielleicht mit Geschehnissen zusammenhängt, die schon Jahre oder sogar Jahrzehnte zurückliegen. Wenn ich richtig informiert bin, dann sind Sie schon sehr lange in dieser Gemeinde tätig?«

»Ich bin bald dreißig Jahre hier.«

»Als Pfarrer bekommen Sie sicherlich mit, wenn es hier im Ort Konflikte gibt, oder? Wenn sich zwei Leute plötzlich nicht mehr ausstehen können, weil sie sich um eine Erbschaft, ein Bauprojekt oder einen Sitz im Gemeinderat streiten.«

Der Pfarrer nickte.

»Und von Eifersucht, unglücklichen Liebschaften und Ehebruch werden auch die Menschen in Oberaudorf in den vergangenen Jahren nicht verschont geblieben sein, nehme ich an?«

Ludwig Riederer nickte erneut, wobei ein Lächeln seine Lippen umspielte. »Wenn Sie von mir alle Oberaudorfer Klatschgeschichten der letzten drei Jahrzehnte hören wollen, dann muss ich Sie leider enttäuschen, Frau Hauptkommissarin«, stellte er dann fest.

»Verstehen Sie mich bitte nicht falsch, Herr Pfarrer. Mich interessiert in erster Linie die Vergangenheit von Georg Leitner. Und die seines engeren Umfelds«, fügte Tamara Stahl etwas leiser hinzu. »Sowohl er als auch sein Mörder wollten anscheinend etwas an sich nehmen, was sich im Haus von Alfons und Markus Bichler befand. Dass es sich dabei um materielle Wertgegenstände handelte, schließen wir aus, weil aus dem Haus nichts dergleichen entwendet wurde. Ich vermute vielmehr, dass es darum ging, etwas in Sicherheit zu bringen, bevor es jemand anders entdeckt. Ist Ihnen irgendwann in Ihrer Zeit in Oberaudorf aufgefallen, dass es eine Begebenheit gibt, die nicht ans Tageslicht kommen soll? Dass jemand etwas von Georg und Lena Leitner fernhalten möchte? Ein kleiner Hinweis in diese Richtung könnte uns enorm weiterhelfen. Auch Markus Bichler und sein Vater sind übrigens von Interesse. Der Tod des Sohnes wird zwar bisher offiziell als Unfall eingestuft, trotzdem suchen wir nach möglichen Zusammenhängen mit dem Mord an Georg Leitner.« Sie überreichte dem Pfarrer eine Visitenkarte.

Der steckte sie ein und lächelte wieder. »Frau Stahl, ich weiß wirklich nicht, ob ich Ihnen behilflich sein kann. Und über alles, was mir unter dem Siegel des Beichtgeheimnisses anvertraut wurde, muss ich ohnehin schweigen, das ist Ihnen bestimmt klar. Aber ich werde mir Gedanken machen und Sie gegebenenfalls anrufen. Wenn ich auch – wie Sie vorhin gehört haben werden – oft meine Zweifel habe, was die menschliche Gerechtigkeit betrifft, so will ich ihren offiziellen Vertretern meine Unterstützung nicht versagen.«

»Ich danke Ihnen, Herr Pfarrer.«

»Bitte sehr. Aber wie gesagt: Erhoffen Sie sich nicht zu viel.«

Die beiden gaben sich die Hand, und Tamara Stahl verabschiedete sich zügig, weil sie im Hintergrund bemerkt hatte, dass Roland Fichtner gerade den Friedhof verlassen wollte.

Mit einigen schnellen Schritten holte sie ihn ein. »Herr Fichtner!«

Der Angesprochene drehte sich zu Tamara Stahl um. Als er sie erkannte, konnte er sich ein spöttisches Grinsen nicht verkneifen.

Sie hielt sich nicht mit einer Begrüßung auf. »Ich weiß ja nicht, woher Sie Ihre Informationen beziehen, doch eines kann ich Ihnen sagen: An den großartigen Enthüllungen über das organisierte Verbrechen, die Sie auf der Titelseite herausposaunt haben, ist nicht das Geringste dran. Dieses anonyme Schreiben, von dem Ihnen Ihr Informant berichtet hat, ist nicht mehr als ein Dummejungenstreich gewesen. Noch heute Mittag wird dazu die offizielle Pressemitteilung erscheinen.«

Das Grinsen in Fichtners Gesicht wirkte plötzlich nicht mehr so überheblich. Er schien etwas sagen zu wollen, blieb dann aber doch stumm.

»Ich wollte Ihnen das nur schon einmal mitteilen, damit Sie sich Gedanken machen können, wie Sie diese Blamage Ihrer Chefredaktion erklären. Und Sie brauchen sich nicht bei mir zu bedanken. Guten Tag.« Damit ließ die Hauptkommissarin den verblüfften Journalisten stehen.

Sie verließ den Friedhof, setzte sich in ihren Dienstwagen und dachte darüber nach, was als Nächstes zu tun war. Da fiel ihr Bernhard Mochinger ins Auge, der noch lange am offenen

Urnengrab gestanden hatte und jetzt langsam in Richtung des »Weber an der Wand« davonhinkte. Tamara Stahl fuhr dem alten Mann nach, bremste neben ihm ab und ließ das Fenster herunter. »Guten Tag, Herr Mochinger.«

Der Angesprochene blieb stehen und drehte sich zur Hauptkommissarin um.

Die beugte sich zur Beifahrertür, um sie zu öffnen. »Darf ich Sie nach Hause fahren? Ich hätte doch noch ein paar Fragen an Sie und würde mir gern Ihre Fotos noch einmal genauer ansehen, wenn Sie nichts dagegen haben.«

36

Als sie von der Beerdigung nach Hause zurückkehrten, machte sich Christa gleich wieder in der Küche zu schaffen. Was genau sie da eigentlich vorbereitete, wusste er nicht mehr, obwohl gestern noch davon die Rede gewesen war. Es fiel ihm in diesen Zeiten nicht leicht, sich auf die alltäglichen Kleinigkeiten zu konzentrieren, von denen ihm seine Frau beim Essen oder beim Spazierengehen erzählte.

Er stand am Wohnzimmerfenster und blickte in den Garten, der, nachdem er gestern Nachmittag den Rasen gemäht hatte, wieder gepflegt und aufgeräumt wirkte. Der Topf mit der Thuja passte sehr gut an seinen neuen Standort, die Gartenmöbel waren in der Nische bestens aufgehoben. So langsam schien tatsächlich alles wieder in Ordnung zu kommen.

Das Gleiche hatte er sich erst am Morgen bei der Zeitungslektüre gedacht. Die neuesten Meldungen im Zusammenhang mit dem Tod von Georg Leitner ließen nicht darauf schließen, dass ihm demnächst jemand auf die Spur kommen würde. Es sah tatsächlich so aus, als hätte er die Schatten der Vergangenheit endgültig in die Schranken gewiesen.

Christa hatte unbedingt zu Markus' Beerdigung gehen wollen, und er hatte sich nicht dagegen gewehrt. Jetzt fühlte es sich sogar gut an, wie alle anderen Abschied genommen zu haben. Wenn sie bald den Schorschi beerdigen würden, wäre das der allerletzte Schlusspunkt. Dann könnte er endgültig wieder nach vorne schauen.

Vorhin am offenen Urnengrab hatte er gehört, wie die Leute leise vom »schrecklichen Unglück« gesprochen hatten, das Markus Bichler ereilt habe. Sie hatten vollkommen recht. Es war töricht und unnötig gewesen, dass der Markus so stur geblieben war. Ohne jede Rücksicht, ohne jedes Verständnis.

Markus Bichler hatte ihm keine andere Wahl gelassen. Das war sein Unglück gewesen.

Es schien ihm, als wäre es bereits viel länger her. Erst vorletzten Samstag war Markus Bichler zu ihm gekommen, hatte hier, bei ihm zu Hause, an der Tür geklingelt und gesagt, er habe etwas mit ihm zu besprechen, und sie sollten dazu besser nach draußen gehen.

Als sie vor der Tür standen, ließ er die Bombe platzen: »Ich hab bei den Sachen von meinem Vater Briefe gefunden. Briefe, die du geschrieben hast.«

Im Rückblick dachte er, dass ihm schon in diesem Moment klar geworden war, worum es ging. Markus' weitere Erklärungen hätte es dafür nicht gebraucht.

»Sie sind fast dreißig Jahre alt und an Sabine Obermaier adressiert, an die Mutter von der Lena. In ihnen schreibst du, dass du der Vater ihres Kindes bist.«

Was hätte er daraufhin noch sagen können? Es war ihm gleich klar gewesen, dass er gegen das, was er damals geschrieben hatte, machtlos war.

Er hatte nicht geahnt, dass die Briefe noch existierten. Ohne es zu wissen, hatte er angenommen, Sabine hätte sie längst weggeworfen. Doch anscheinend waren sie noch in irgendeiner Schublade gewesen, als Alfons Bichler Lena damals geholfen hatte, die Wohnung ihrer verstorbenen Mutter auszuräumen. Nur so konnten sie in seinen Besitz gelangt sein.

Für Alfons war der Inhalt wohl keine allzu große Überraschung gewesen, hatte er doch längst geahnt, wer Lenas Vater war. Doch als sein Sohn Markus sie schließlich in die Hände bekam, war dieser außer sich.

»Was glaubst du eigentlich, wer du bist? Denkst du, du kannst dich dein Leben lang vor deiner Verantwortung drücken? Damit ist jetzt Schluss! Du musst es ihr sagen. Die Lena hat ein Recht darauf, das zu erfahren. Hast du eigentlich auch nur annähernd eine Vorstellung davon, wie schlimm es für sie war, nichts von ihrem Vater zu wissen? Du wirst es ihr sagen, hörst du? Du musst.«

Als er antwortete, dass das so schnell nicht gehe und man über so etwas in Ruhe nachdenken müsse, ließ Markus Bichler ihn nicht einmal ausreden.

»Du hast lang genug nachgedacht. Morgen sagst du es ihr. Es ist wirklich besser, wenn die Lena das von dir erfährt. Aber wenn du es ihr nicht sagst, dann tu ich es. Spätestens am Montag.« Und damit beendete er das Gespräch.

Die folgende Nacht war qualvoll gewesen, ebenso wie der nächste Morgen. Zuerst überlegte er noch, Lena tatsächlich die Wahrheit zu sagen, gelangte aber immer wieder zu dem Schluss, dass er das unmöglich tun konnte. Nicht weil seine Tochter in der Folge vielleicht erst einmal wütend auf ihn sein würde, sondern weil damit unvermeidlicherweise auch Christa alles erfahren würde. Und das durfte auf keinen Fall passieren. Sie würde es nicht verkraften, plötzlich zu hören, dass ihr Mann eine andere Frau geliebt hatte und schon vor Jahrzehnten Vater einer Tochter geworden war. Der Mann, der ihr die Treue geschworen hatte, auch wenn sie keine Kinder bekommen konnte. Der Mann, der ihr in den Momenten, in denen sie selbst am meisten unter ihrem Makel gelitten hatte, die einzige Stütze gewesen war. Weil er ihr immer wieder versichert hatte, dass sie ihm genüge, so wie sie sei. Dass er sich nicht nach mehr sehne, als sie ihm geben könne.

Er wusste, dass Christa ihr Leben lang darunter gelitten hatte, nicht Mutter geworden zu sein. Wie wertlos sie sich oft vorkam, wenn andere Frauen voller Stolz von ihren Kindern und Enkeln erzählten. Er war sich sicher, dass die Wahrheit über Lenas Herkunft die Macht besaß, seine Frau zu zerstören. Nein, die

Wahrheit war in diesem Fall alles andere als ein Segen, sie war nicht der Ausweg.

Irgendwann am Sonntagvormittag wurde ihm endgültig klar, dass er das Problem anders lösen musste, und er überlegte sich, wie er Markus an einen abgelegenen Ort locken könnte.

Am Abend ging er schließlich zum Luegsteinsee. Von einer Telefonzelle aus rief er ihn an. »Markus, ich hab's getan. Ich hab es ihr gesagt.« Das waren seine ersten Worte. Er achtete darauf, besorgt und etwas außer Atem zu klingen. »Wir sind am Luegsteinsee spazieren gegangen, weil ich dachte, da können wir in Ruhe reden. Sie hat mir zugehört, aber als sie verstanden hat, worauf ich hinauswill, da ist sie wütend geworden. Sie hat mich angeschrien, hat gesagt, dass sie mich nicht mehr sehen will, dass sie niemanden mehr sehen will. Und dann ist sie weggerannt, den Wanderweg rauf, in Richtung Grafenloch. Da seid ihr zwei früher doch oft gewesen, oder? Markus, ich mach mir Sorgen um die Lena! Den Schorschi erreich ich nicht, und ich sollte mich im Moment wohl wirklich besser von ihr fernhalten. Aber du könntest sie bestimmt beruhigen, du kennst sie doch immer noch am besten.«

Er war sich sicher, dass Markus Bichler zum Grafenloch kommen würde. Der Retter in der Not, das war genau die Rolle, in der er sich am liebsten sah.

Nach dem Gespräch verließ er die Telefonzelle schnell wieder und machte sich selbst auf den Weg zum Grafenloch. In der Höhle angelangt, legte er sich auf die Lauer. Die Dämmerung brach schon herein, und Gewitterwolken begannen sich aufzutürmen. Doch wie vermutet ließ Markus sich davon nicht beeindrucken. Schon als er noch hundert Meter vom Höhleneingang entfernt war, sah er das Licht seiner Stirnlampe zwischen den Bäumen aufblitzen. Die folgenden Minuten kamen ihm vor wie Stunden – bis er Markus' Rütteln an der Leiter und seine Rufe hörte.

»Lena? Bist du da? … Lena? Warte, ich komme rauf! Keine Angst, ich bin gleich bei dir!«

Dann das Keuchen, als er die Leiter hochstieg. Der suchende Blick, als er seinen Kopf über den Rand des Höhleneingangs schob. Der erstaunte Ausdruck in seinen Augen in dem Moment, als ihm klar wurde, dass hier oben nicht Lena Leitner auf ihn wartete. Dann der Stoß, der ihn von der regennassen Holzsprosse abrutschen ließ, und der Schlag, der die Hand, mit der er sich verzweifelt an der Felskante festgekrallt hatte, löste. Ein Schrei, ein kurzer Moment der Stille, ein dumpfer Aufprall. Danach nur noch das ferne Donnergrollen und das Prasseln der Regentropfen auf den Felsen und in den Baumwipfeln.

Dann ging er so schnell wie möglich nach Hause. Bei dem Unwetter begegnete ihm niemand unterwegs.

Hätte er am nächsten Morgen nicht gemerkt, dass ihm irgendwo das Fläschchen mit seinen Herztabletten aus der Tasche gefallen sein musste, wäre er sich sicher gewesen, keine Spuren hinterlassen zu haben. So aber hatte er sich in der folgenden Nacht, als Christa schon schlief, noch einmal zum Grafenloch aufgemacht, um nach dem Medikament zu suchen. Vergeblich.

Doch das war nicht mehr entscheidend. Offenbar zweifelte niemand daran, dass Markus Bichler einen tragischen Unfall gehabt hatte – und darauf kam es schließlich an.

Es klingelte an der Haustür. Er wandte sich vom Fenster ab und rief in Richtung Küche: »Ich geh schon!«

Draußen stand ein etwas blässlicher, langhaariger junger Mann, der einen kleinen Fotoapparat in der Hand hielt.

»Grüß Gott, Herr Prantl. Ich bin Klaus Moratschek und komme im Auftrag des ›Inntalboten‹ wegen des Jubiläums Ihrer Frau. Ich habe gestern mit ihr telefoniert.«

37

»Das sieht ja wieder vorzüglich aus, Annerl! Manchmal frage ich mich wirklich, womit ich mich beim lieben Gott verdient gemacht habe, dass er mir als Haushälterin eine so herausragende Köchin zugedacht hat.«

»Ja mei, Herr Pfarrer, es gibt doch heit bloß an Leberkas mit Kartoffelsalat!«

»Und? Einen guten Kartoffelsalat bekommt man leider viel zu selten.«

»Do ham S' a wieda recht, Herr Pfarrer.«

»Segne, Vater, diese Speise, uns zur Kraft und dir zum Preise. Amen.«

»Amen.«

»Guten Appetit, Annerl.«

»An Guad'n, Herr Pfarrer. ... Oiso, des war heit scho a traurige Angelegenheit aufm Friedhof. Und boid wern ma a no den Schorschi beerdigen. Des is wirklich schlimm, wos zurzeit bei uns do passiert ... Brauchan S' no an Senf?«

»Ja, gern. Danke.«

»Und i denk hoid oiwei an d' Lena. Des arme Madl. Hod's scho so schwar g'habt im Leb'n – und dann a no des. So jung und scho Witwe, des ko ma si ja gar ned vorstell'n ... Is ned z' wenig Soiz im Kartoffelsalat? Soi i Eana no oans hoin?«

»Nein, danke, Annerl. Der Kartoffelsalat ist wirklich ausgezeichnet.«

»I hob ja scho bei der Beerdigung vo ihrer Muatter dacht, dass 's nimmer schlimmer wer'n ko. Da war die Lena genauso alloa wia jetz. Oba d' Leit ham s' ned im Stich g'lass'n damois. I ko mi no genau erinnern, wie ergriffen mia olle war'n, ois die Spend'n im Briefkast'n g'wes'n is. Kennan S' Eana no erinnern, Herr Pfarrer? Fünftausend Euro für die Beerdigung! Und koa Nam, nix. Sie hob'n damois g'sagt, dass 's scho in der Bibel hoaßt: ›Wenn du jemandem hilfst, dann ...‹ Wia is des no moi weidaganga?«

»›... dann soll deine linke Hand nicht wissen, was deine rechte tut.‹ Matthäus 6, Vers 3.«

»Ja, genau so is des g'wes'n. Wenn i heit dro denk, dann – Wos is denn mit Eana, Herr Pfarrer? Wos schaugn S' mi denn jetz a so o? Hob i wos Foisch's g'sogt?«

»Nein, Annerl. Im Gegenteil! Ich habe gerade daran denken müssen, wovon die Hauptkommissarin heute auf dem Friedhof gesprochen hat. Vielleicht hast du dich da gerade an etwas sehr

Wichtiges erinnert. Nach dem Essen muss ich gleich einen Blick in unser Archiv werfen.«

»Ja, Herr Pfarrer, des kennan S' scho macha. Oba erst ess ma zamm. Weil, i hob nämlich scho oiwei g'sogt: A laarer Bauch studiert ned gern.«

38

»Dann san Sie oiso tatsächlich scho fertig mit Ihre Messungen? Da hab i ja Glück g'habt, dass Sie no bei uns san.«

»Heute Morgen war ich noch einmal oben auf dem Schlossberg und habe die letzten Werte ermittelt. Damit ist meine Arbeit in Oberaudorf in der Tat beendet. Später werde ich noch alles ins Reine schreiben und nach München schicken, und dann kann ich mich wieder auf den Weg in die Stadt machen. Aber vorher werde ich noch ein bisschen in die Berge gehen. Wenn ich schon mal hier bin, will ich die Gegend auch abseits der alten Gemäuer erkunden.«

Lorenz saß im Esszimmer von Familie Stöttner am bereits gedeckten Tisch. Der Bürgermeister hatte ihm gegenüber Platz genommen, Petra Stöttner war noch in der Küche zugange.

»Des is recht. Genießen S' noch ein bisserl unsere wunderbare Natur, bevor S' wieder in die Großstadt fahr'n! Und außerdem … gibt's ja hier vielleicht auch noch andere Dinge für Sie zu entdecken. Es is nämlich so: Bei dem ganzen … Unglück, des in den letzten Tagen über unsere schöne Gemeinde hereingebrochen ist, da hat sich trotzdem, sozusagen, auch etwas … Erfreuliches ergeben. Etwas, das gerade für einen Historiker sehr interessant sein dürfte.«

»Ach ja?«

»Ja. Sag'n S', ham S' eigentlich schon die Geschichte von unserer Höhlenwirtschaft, dem ›Weber an der Wand‹, g'hört?«

Lorenz nickte, und langsam begann ihm zu dämmern, worauf Rupert Stöttner hinauswollte.

Der erzählte nun ausgiebig von der historischen Bedeutung des Wirtshauses, ohne zu ahnen, dass sein Gegenüber während seines Aufenthalts in Oberaudorf darüber schon mehr als genug erfahren hatte. Dann kam er auf sein eigentliches Anliegen zu sprechen: »Stellen S' sich vor, Herr Kastner, jetzt is des älteste Gästebuch aufgetaucht! Damit kennan mia diese Schätze endlich der Öffentlichkeit präsentier'n! I hob do an eine Sonderausstellung im Museum gedacht. Mit Eröffnungsgala. Dann würd nämlich auch wieder einmal was über uns in der Zeitung stehen, was nicht mit Unfällen oder Kriminalität zu tun hat. Was Positives!«

Wieder nickte Lorenz. »Herr Stöttner, Sie werden es nicht glauben, aber ich habe von diesem Fund sogar schon«, Lorenz überlegte kurz, wie er sich ausdrücken sollte, »gehört. Das ist wirklich eine faszinierende Sache, aber –«

»Mia brauchen natürlich auch fachliche Beratung, was die Ausstellung und die Öffentlichkeitsarbeit betrifft. Und da hab ich mia gedacht … also, wo Sie ja jetzt sozusagen der Oberaudorf-Experte unter den Historikern sind, würden mia natürlich sehr gern mit Ihnen zusammenarbeiten.«

»Danke, das ist sehr nett, aber –«

»Ich müsst mich da noch mit dem Gemeinderat verständigen, und Sie würden natürlich für Ihre Mühen auch angemessen entlohnt werden. Das lässt sich Oberaudorf gern etwas kosten!«

»Wunderbar, aber –«

»Möchten S' etwa nicht? Haben S' wahrscheinlich zu viel zu tun in München?« Die Enttäuschung war dem Bürgermeister deutlich am Gesicht abzulesen.

Inzwischen hatte seine Frau begonnen, nach und nach die Bestandteile eines üppigen Mahls auf dem Tisch zu platzieren.

»Das ist es nicht, Herr Stöttner. Ich helfe Ihnen gern, wo ich kann. Was ich sagen wollte: Macht es Ihnen denn nichts aus, dass das Buch nicht mehr vollständig ist? Denken Sie nicht, dass die Leute enttäuscht sein werden, wenn sie erfahren, dass die wertvollsten Seiten herausgeschnitten und verkauft wurden?«

Rupert Stöttner schnappte nach Luft. »Was sog'n Sie? Rausg'schnitt'n? Verkauft? Woher … Warum woaß i des ned?«

Die letzte Frage konnte ihm Lorenz nicht beantworten, aber er wäre ohnehin nicht dazu gekommen, weil in diesem Moment die Haustür geöffnet wurde und gleich darauf geräuschvoll wieder ins Schloss fiel.

»Des werd die Moni sei«, stellte Petra Stöttner fest, während sie schon unterwegs war, um ihre Tochter zu empfangen.

Tatsächlich erschien kurz darauf ein missmutig dreinblickendes, etwa sechzehnjähriges Mädchen im Esszimmer und warf seine Schultasche achtlos in eine Ecke, ohne von den beiden Männern am Tisch Notiz zu nehmen.

»Monika, reiß di zamm, mia ham Besuch!«, ertönte die Stimme des Bürgermeisters.

Das hatte seine Tochter in dieser Sekunde ebenfalls bemerkt. Als sie Lorenz erblickte, wurde sie bleich und begann zu stottern. »Ah … äh … Hallo. Ich …«

Auch Lorenz fehlten im ersten Moment die Worte. Dieses Gesicht hatte er vor nicht allzu langer Zeit schon einmal gesehen. Aber wo? Natürlich! In der Nacht, als er Klaus Moratschek im Turmhaus überrascht hatte! Vor ihm stand dessen Freundin, die so schnell verschwunden war. Lorenz lächelte freundlich. »Hallo! Das ist ja eine Überraschung. Wir —«

Monika Stöttner sah ihn mit flehentlichem Blick an und schüttelte langsam und kaum merklich den Kopf.

Lorenz begann noch einmal von Neuem. »Du bist also die Tochter des Hauses?« Er stand auf und gab ihr die Hand, wobei er ihr verschwörerisch zublinzelte. »Schön, dich kennenzulernen. Wie war's in der Schule?«

Eine knappe Stunde später war das Mittagessen beendet, und Lorenz lobte zum wiederholten Mal die Kochkünste von Petra Stöttner, die sich darüber sichtlich freute.

Den Bürgermeister hatte der Historiker ein wenig beruhigen können, indem er ihm erklärte, dass die Gemeinde seiner Meinung nach auch mit einem beschädigten ersten Gästebuch noch etwas anfangen könne.

»Immerhin ist das alte Dokument im Zuge eines Kriminalfalls

aufgetaucht. Das ist doch spannend für die Leute! Wenn man diese Geschichte richtig aufbereitet und dazu einen guten Bericht veröffentlicht, dann wird die Ausstellung garantiert viele Besucher anziehen.« Und mit einem Seitenblick zu Monika hatte Lorenz noch hinzugefügt: »Ich habe neulich jemanden von der hiesigen Zeitung kennengelernt. Wenn Sie möchten, setze ich mich mal mit ihm zusammen, um einen Artikel zu entwerfen.«

»Des dad'n Sie macha? Mei, da war i Eana wirklich sehr dankbar, Herr Kastner!«

Als Lorenz schließlich das Haus des Bürgermeisters verließ, war er nicht nur satt, sondern auch zufrieden. Die Idee, Klaus in seinem Praktikum ein wenig zu unterstützen, gefiel ihm. Und wenn er damit auch dem von den Ereignissen der letzten Woche gebeutelten Rupert Stöttner weiterhalf, war es ihm nur recht.

Er sah auf seine Armbanduhr und überlegte. Am nächsten Morgen war er mit Korbinian zum Wandern verabredet – am besten wäre es also, sich noch heute Nachmittag mit Klaus zu treffen.

39

Als Klaus Moratschek ins Redaktionsbüro des »Inntalboten« kam, war er guter Dinge.

Der zweite Gesprächstermin war sehr viel angenehmer verlaufen, als er das nach seinem Erlebnis vom Vortag erwartet hatte. Christa Prantl, die seit zwanzig Jahren die Oberaudorfer Nachbarschaftshilfe leitete, war im Gegensatz zu Viktoria Stempfl sehr umgänglich und bescheiden gewesen. Es hatte sogar vorzüglichen Kaffee und einen hervorragenden Obstkuchen gegeben, und das Gespräch war angenehm entspannt verlaufen. Noch dazu hatte Korbinian Prantl, der stolze Ehemann, es sich nicht nehmen lassen, Klaus ein paar launige Anekdoten zu erzählen, die seine Frau im Laufe ihres langjährigen sozialen Engagements erlebt hatte. Am Ende hatte sie dann darauf bestanden, dass ihr Mann mit auf das

Foto für den »Inntalboten« kam. Also war er ins Schlafzimmer gegangen und hatte seinen besten Trachtenanzug angezogen, um neben seiner Frau – wie er sich süffisant ausdrückte – »ein würdiges Bild abzugeben«. Anschließend hatten die beiden Eheleute erst im Wohnzimmer vor dem dekorativen Kachelofen posiert und waren dann mit Klaus in den Garten gegangen, wo er ebenfalls einige Bilder von ihnen gemacht hatte. Jetzt musste er nur noch in Ruhe eines davon auswählen und den kurzen Begleittext verfassen.

Im Redaktionsbüro traf Klaus auf Roland Fichtner, der gerade telefonierte.

»Frau Boes, meine Informationen sind verlässlich! Ich habe eine Eins-a-Quelle! Und meine Recherchen … Hören Sie, ich war selbst in der Spedition! Wenn Sie gesehen hätten, wie man da auf mein Auftauchen reagiert hat, dann hätten Sie auch gedacht, dass die was zu verbergen haben.«

Fichtners viel zu kleiner Bürostuhl ächzte und quietschte, weil der Redakteur in seiner Aufregung kaum still zu sitzen vermochte. Währenddessen war die wütende Stimme der Chefredakteurin vom »Rosenheimer Tagblatt« im ganzen Büro zu vernehmen, obwohl sie nicht auf Lautsprecher gestellt war.

Schließlich kam der Journalist wieder zu Wort. »Ich weiß, ich hab die Presseerklärung auch gelesen. Aber das heißt doch noch lange nicht, dass deswegen in der Spedition alles mit rechten Dingen … Ich werde im nächsten Artikel beleuchten, was die neuen Entwicklungen … – Wie meinen Sie das? Aber das ist meine Story! Sie können doch nicht …«

Fichtner starrte entgeistert auf den Hörer, aus dem nun keine Stimme mehr erklang. »Blöde Schnepfe!«

Damit legte er den Hörer auf und griff nach seinen Zigaretten. Doch noch bevor er sich eine davon angesteckt hatte, klingelte das Telefon. Fichtner hob erstaunt die Augenbrauen, nahm ab, meldete sich, lauschte einen Moment und sah seinen Praktikanten das erste Mal seit dessen Eintreten an. »Ja, der ist da«, sagte er mit einem etwas ungläubigen Unterton und streckte den Hörer über den Schreibtisch. »Klausi, für dich. Ein Herr Kastner.«

Kurze Zeit später erschien Klaus Moratschek bei Lorenz Kastner im Torhaus. Weil es in der Kammer, die der Historiker bewohnte, für zwei Leute zu eng war, machten sie es sich auf einer alten Sitzgarnitur bequem, die in einem der Ausstellungsräume stand. Dort erklärte Lorenz dem Jungen, was er mit dem Bürgermeister besprochen hatte, und erzählte ihm, wie Lena Leitner und er auf abenteuerliche Weise in den Besitz des Gästebuchs aus dem Haus der Bichlers gekommen waren.

»Und jetzt willst du, dass ich darüber einen Artikel schreibe?«, fragte Klaus, dem Lorenz inzwischen das Du angeboten hatte, etwas überrascht.

»Klar«, antwortete der, als gäbe es nichts Selbstverständlicheres. »Oder sollen wir das dem journalistischen Genius überlassen, der im Redaktionsbüro des ›Inntalboten‹ sitzt?«

Klaus lachte. »Auf keinen Fall!«

»Eben, das sehe ich genauso. Wenn wir es geschickt anstellen, kannst du damit eine richtig spannende Geschichte anbieten. Ein einzigartiges Dokument aus der Oberaudorfer Vergangenheit, das jahrzehntelang versteckt war und jetzt unter turbulenten Umständen wiederaufgetaucht ist! Das interessiert die Leute bestimmt. Die Story bietet die Möglichkeit, den Lesern die Bedeutung dieses Ortes in der Frühzeit des Alpentourismus nahezubringen, womit du dir übrigens auch einige Bonuspunkte bei deinem Schwiegervater in spe verdienen könntest«, fügte Lorenz augenzwinkernd hinzu.

Eifrig machten sich die beiden daran, ein Konzept für eine Serie von Artikeln zu entwerfen, die Klaus dem »Rosenheimer Tagblatt« anbieten könnte. Die Grundzüge waren bald skizziert, dann musste nur noch geklärt werden, wer welche Arbeiten übernehmen würde.

»Das Ganze ist in erster Linie dein Projekt«, stellte Lorenz fest. »Immerhin bist du derjenige, der bei der Zeitung beschäftigt ist. Die werden noch Augen machen, was sie da für einen Praktikanten an Land gezogen haben! Ich werde dich bei den Recherchen zu den Gästebüchern und zur Geschichte des ›Weber an der Wand‹ unterstützen und, wenn du willst, mir die Artikel durchlesen, bevor du sie abgibst.« Dann fiel Lorenz noch etwas ein. »Vielleich habe ich morgen die Gelegenheit, noch mehr über die Geschichte der Gästebücher zu erfahren. Da gehe ich mit Korbinian Prantl wandern. Kennst du den?«

»Zufälligerweise war ich heute sogar bei ihm. Seine Frau hat ein Jubiläum, und ich musste ein Foto machen.«

»Ich habe mich schon ein paarmal mit ihm über die Geschichte Oberaudorfs und auch über die Gästebücher unterhalten. Er kennt sich wirklich gut aus. Wenn wir morgen unterwegs sind, werde ich herausfinden, ob er noch etwas weiß, das uns weiterhilft.«

»Perfekt!« Klaus machte eine Pause und sah Lorenz nachdenklich an. »Als du auf dem Polizeipräsidium in Rosenheim ausgesagt hast, hast du da eigentlich irgendwas darüber erfahren, in welche Richtung die Polizei ermittelt? Die Vorstellung, dass da draußen noch immer ein Mörder frei herumläuft, ist schon ziemlich unheimlich.«

Lorenz nickte zustimmend und überlegte. »Nein«, sagte er dann. »Das heißt, ich weiß, dass es verschiedene Spuren gibt, aber keine konkrete. Kann sein, dass der Mörder es tatsächlich auf das Gästebuch abgesehen hatte – aber es ist nicht sicher. Jedenfalls ist das Buch der einzige Hinweis. Also, bis auf die Sache mit dem Gärtner.«

»Gärtner?«

»Hab ich das noch gar nicht erwähnt? Am Tatort wurden an verschiedenen Stellen, die der Täter wahrscheinlich berührt hat, Rückstände gefunden, die darauf hindeuten, dass er vor der Tat in intensivem Kontakt mit einem Kirschlorbeer- oder einem Holunderstrauch stand. Soweit ich weiß, ist das der einzige konkrete Hinweis, den die Polizei bisher hat.«

»Das ist nicht besonders viel.«

»Stimmt. Aber das ist glücklicherweise nicht unser Problem. Die Hauptkommissarin, die den Fall bearbeitet, ist zwar noch jung, aber ich bin sicher, sie weiß, was sie tut.«

»Ach ja?«

»Ja. Auf mich wirkt sie jedenfalls sehr … kompetent.«

»Soso, kompetent.« Klaus konnte sich ein Schmunzeln nicht verkneifen.

»Was?«, fragte Lorenz.

»Nichts.« Die Antwort wurde von einer demonstrativen Unschuldsmiene begleitet.

Schließlich brach Klaus doch in lautes Gelächter aus, und Lorenz stimmte ein, wobei er in einer nicht ganz ernst gemeinten Geste drohend den Zeigefinger hob.

40

Am frühen Abend saß Tamara Stahl in ihrem Büro am Schreibtisch, auf dem mehrere Bilder von den Fotos ausgebreitet lagen, die sie am Nachmittag bei Bernhard Mochinger mit dem Handy abfotografiert und später ausgedruckt hatte. Alle zeigten Personen, die zu Beginn der Renovierungsarbeiten im »Weber an der Wand« mitgeholfen hatten.

In der Mitte des Schreibtisches befand sich außerdem ein Blatt Papier mit den Namen dieser Personen: Bernhard Mochinger, Sabine Obermaier, Alfons und Angelika Bichler, Korbinian und Christa Prantl.

Sabine Obermaier – Lena Leitners Mutter – war im Jahr 2002 verstorben, ebenso wie später das Ehepaar Bichler. Tamara Stahl markierte diese Namen jeweils mit einem Kreuz. Blieben noch Bernhard Mochinger, mit dem sie heute bereits zum zweiten Mal gesprochen hatte, und das Ehepaar Prantl, das sie bei nächster Gelegenheit aufsuchen würde. Der Besitzer des »Weber an der Wand« hatte bestätigt, dass die Prantls noch in Oberaudorf lebten, und ihr die Adresse genannt.

Zuerst hatte sich die Hauptkommissarin geärgert, dass sie nicht früher daran gedacht hatte, Mochinger nach allen Personen auf seinen alten Fotos zu fragen. Doch jetzt war sie in erster Linie zufrieden, noch zwei Leute ausfindig gemacht zu haben, die ihr eventuell dabei helfen konnten herauszufinden, inwiefern die Geschichte des alten Gästebuchs mit dem Mord an Georg Leitner zusammenhängen könnte.

Das Handy, das Tamara Stahl neben die Bilder auf den Schreibtisch gelegt hatte, klingelte. Sie nahm es in die Hand, sah, dass eine unbekannte Nummer angezeigt wurde, und nahm das Gespräch an. »Kriminalpolizei Rosenheim, Hauptkommissarin Tamara Stahl.«

»Grüß Gott, hier ist Riederer. Ich bin der Pfarrer der Gemeinde Oberaudorf. Wir haben uns heute Vormittag bei der Beerdigung von Markus Bichler getroffen.«

»Herr Pfarrer, was kann ich für Sie tun?«

»Sie haben mich doch gefragt, ob ich mich an irgendetwas Auffälliges erinnern kann, das sich in den letzten Jahren im Umfeld von Georg und Lena Leitner abgespielt hat.«

»Und nicht zu vergessen: Markus Bichler. Ist Ihnen schon etwas eingefallen?«

»Na ja, ich weiß wirklich nicht, ob es von Bedeutung ist, aber als ich vorhin mit meiner Haushälterin noch einmal über die Lena gesprochen habe, da ist uns auch Sabine Obermaier in den Sinn gekommen, ihre Mutter. Sie wissen ja vielleicht, dass sie die Lena allein großgezogen hat?«

»Darüber weiß ich Bescheid.« Während sie dem Pfarrer zuhörte, suchte Tamara Stahl aus den Bildern, die vor ihr ausgebreitet lagen, dasjenige heraus, das die junge Sabine Obermaier zeigte.

»Und das ist nicht die einzige Schwierigkeit gewesen, die sie im Leben zu meistern hatte. Die Arme hat es wirklich nicht leicht gehabt. Und am Ende ist sie auch noch schwer krank geworden. Krebs. Nach einem Dreivierteljahr ist sie gestorben.«

»Das war 2002, richtig?« Die Hauptkommissarin sah sich das fröhliche Gesicht der Frau auf dem Foto an, die von den Problemen, die in der Zukunft auf sie warteten, nichts zu ahnen schien.

»Genau. Und dazu ist mir nun doch etwas eingefallen. Vielleicht ist es wirklich nur eine Nebensächlichkeit, aber ich wollte es Ihnen trotzdem sagen. Vor allem, weil Sie sich ja bei mir nach etwas erkundigt haben, was möglicherweise nicht ans Licht kommen soll.«

»So ist es.« Tamara Stahl legte das Foto aus der Hand. »Hat es denn so etwas gegeben, als Sabine Obermaier gestorben ist?«

»In gewisser Weise schon. Damals haben alle davon gesprochen, wie schlimm es für die Lena sein muss, in so jungen Jahren ihre Mutter zu verlieren. Jeder im Ort hatte Mitleid mit ihr, und manche wollten ihr auch helfen. Ich weiß noch, dass jemand die Beerdigungskosten für Sabine Obermaier übernommen hat. Das hat die Lena natürlich finanziell sehr entlastet. Seltsam war nur, dass derjenige sehr gewissenhaft darauf geachtet hat, anonym zu bleiben. Ich erinnere mich genau, und ich habe heute sogar noch einmal in unseren Unterlagen nachgesehen und dort alles bestätigt gefunden: eine anonyme Spende in bar mit genauer Angabe des Verwendungszwecks. Wir haben davon den Bestatter bezahlt und was sonst noch dazugehört. Fünftausend Euro – das war schon eine ganz beträchtliche Summe.«

»Herr Riederer, ich danke Ihnen. Auch dafür, dass Sie extra in Ihren alten Akten gekramt haben. Vielleicht haben Sie uns damit wirklich einen hilfreichen Hinweis gegeben.«

»Gern geschehen. Wenn Sie noch Fragen haben, melden Sie sich einfach im Pfarramt.«

»Das mache ich. Auf Wiederhören.«

»Auf Wiederhören.«

Die Hauptkommissarin legte das Handy wieder auf den Tisch, kniff die Augen zusammen und massierte mit Daumen und Zeigefinger der rechten Hand ihre Stirn. Ein anonymer Spender. Natürlich könnte es irgendjemand aus dem Ort gewesen sein, der der neunzehnjährigen Lena Obermaier hatte helfen wollen. Aber wer schenkte einer jungen Frau, mit der ihn nichts weiter verband, so viel Geld?

War der Spender vielleicht Alfons Bichler gewesen, der Lena gut gekannt haben musste, weil sie sehr eng mit seinem Sohn befreundet gewesen war? Aber warum hätte der anonym bleiben wollen? Vielleicht, weil er das Geld für die Spende mit dem Verkauf der Gästebuchseiten verdient hatte und niemanden unnötig darauf aufmerksam machen wollte? Möglich – doch die Hauptkommissarin war nicht davon überzeugt, dass Alfons Bichler den Ertrag aus dem Verkauf seines Diebesguts für die Jugendliebe seines Sohnes ausgegeben hatte. Viel plausibler erschien ihr, dass er Markus mit dem Geld bei der Finanzierung seiner Ausbildung in Amerika behilflich gewesen war.

Plötzlich fiel ihr wieder ein, was Bernhard Mochinger bei ihrem ersten Besuch über Lena Leitner gesagt hatte: »Die hat nie einen Vater gehabt.«

Tamara Stahl öffnete ihre Augen wieder. Vielleicht, dachte sie, hat Sabine Obermaiers Tochter ihren Erzeuger bisher nicht kennengelernt. Aber hieße das auch, dass er nie in Erscheinung getreten war?

41

Korbinian Prantl war auf den Balkon gegangen, um dort den Sonnenuntergang zu genießen. Doch es fiel ihm schwer, sich auf das abendliche Farbenspiel am Himmel zu konzentrieren, vor dem sich tiefschwarz die Silhouette der Berge abzeichnete.

In den Nachrichten im Radio war gerade noch einmal verkündet worden, dass der Bericht im »Rosenheimer Tagblatt« von heute Morgen nicht nur vonseiten der Spedition Ettenhofer vehement dementiert wurde. Auch aus dem zuständigen Polizeipräsidium in Rosenheim sei sofort eine Klarstellung erfolgt. Zwar habe es, wie in dem Artikel erwähnt, tatsächlich eine anonyme Anschuldigung gegen Georg Leitner gegeben, doch deren Urheber sei ausfindig gemacht worden und habe zugegeben, dass es sich bei seinem Schreiben um eine unüberlegte Aktion gehandelt habe, die in der Folge einer persönlichen Auseinandersetzung entstanden sei.

Damit war klar, dass die Polizei dieser Spur wohl kaum noch viel Aufmerksamkeit widmen würde, und Korbinian fragte sich, in welche Richtung man in Rosenheim jetzt wohl ermittelte.

Hätte Markus Bichler an jenem Sonntag, an dem er sterben musste, nicht auch noch mit Georg Leitner über die alten Briefe und deren verräterischen Inhalt geredet, dann wäre alles ganz einfach gewesen. Korbinian hätte die Dokumente – über die er als Urheber als Einziger das Recht hatte zu verfügen, vor allem, weil die Adressatin schon lange tot war – nach einem Tag des Abwartens aus dem Haus der Bichlers geholt, um sie endgültig zu vernichten, und kein weiterer Mensch wäre zu Schaden gekommen.

Doch leider war es anders verlaufen. Im Dorf erzählte man sich, dass Markus Bichler und Georg Leitner an jenem Sonntag im Audorfer Hof einen Streit gehabt hätten. Die Leute nahmen an, dass es dabei um Markus' unverschämte Art gegangen sei, mit der er seit seiner Rückkehr kaum verhohlen um Schorschis Frau Lena geworben hatte. Aber Korbinian Prantl war sich sicher, dass das nur ein Teil der Wahrheit war. Es musste auch um die Briefe gegangen sein.

Anscheinend erzählte Markus Bichler seinem Rivalen von seinem Fund im Nachlass des Vaters und deutete an, dass darin Interessantes über Lena zu lesen sei. Vielleicht legte er dabei die überhebliche Art an den Tag, die ihm zuletzt oft zu eigen gewesen war, und provozierte dadurch Georg Leitner zusätzlich, der ihm daraufhin eine Abreibung verpasste. Als er dann am nächsten Morgen vom vermeintlichen Unfalltod Markus Bichlers erfuhr, fiel ihm offenbar ein, dass irgendwann jemand anders die Briefe in Alfons Bichlers Nachlass finden würde, und er kam zu dem Schluss, dass er sie an sich nehmen musste, um seine Frau vor dem Gerede der Leute zu schützen. So war Georg Leitner gewesen. Und nur so war es zu erklären, dass Korbinian Prantl ihn am Dienstagabend im Haus der Bichlers überrascht hatte.

Seiner Frau Christa hatte Korbinian gesagt, der Vorstand des Trachtenvereins habe eine Sondersitzung einberufen und es könne etwas später werden. Dann zog er sich an und verließ das Haus, um nach Niederaudorf zu fahren.

Schon an der aufgebrochenen Haustür und am eingeschalteten Licht erkannte er, dass etwas nicht stimmte. Trotzdem ging er leise und vorsichtig hinein, und da saß der Schorschi im total durchwühlten Wohnzimmer am Tisch. Er hatte die Briefe bereits gefunden und las darin.

Plötzlich schreckte er hoch und sah Korbinian an. »He! Was machst du denn hier?«

»Das könnt ich dich genauso fragen, Schorschi.«

Georg Leitner waren seine Verwirrung und seine Wut deutlich anzusehen. »Suchst du vielleicht die hier?«, fragte er und wedelte dabei mit den Briefen in der Luft herum. »Möchtest wohl nicht, dass dir doch noch jemand draufkommt, oder? Die Leut vom Trachtenverein, deine Frau – oder vielleicht sogar deine Tochter!«

»Schorschi, du musst mir glauben, dass ich –«

»Gar nix muss ich! Du bist ein erbärmlicher Mistkerl, Korbinian, und das weißt du auch. Lebst tagein, tagaus im selben Ort wie die Lena, schaust zu, wie sich ihre Mutter ihretwegen abrackert und dann stirbt, aber hast nicht den Anstand, zu dem zu stehen, was du –«

»So einfach ist das nicht!«

»Die wenigsten Dinge im Leben sind einfach. Das ist keine Entschuldigung dafür, dass du dich wie ein Feigling verhältst.«

»Ich bin kein Feigling!«

»Natürlich bist du das. Warum wärst du denn sonst hier, wenn nicht, um dir die Briefe unter den Nagel zu reißen?«

Georg Leitner hörte auf zu reden und starrte ihn stumm an. Beinahe war zu sehen, wie im Kopf von Lenas Ehemann langsam ein Verdacht Gestalt annahm. Wo bisher nur Raum für Zorn und Verachtung gewesen war, machte sich blankes Entsetzen breit – als hätte sich soeben ein schrecklicher Abgrund vor ihm aufgetan.

»Moment mal!« Schorschis Stimme zitterte plötzlich vor Aufregung. »Woher weißt du eigentlich, dass die Briefe hier sind? Hat der Markus mit dir geredet? Hast du ihn …? Ich hab mir doch gleich gedacht, dass der nicht so einfach am Grafenloch von der Leiter gefallen ist. Natürlich! Du hast ihn umgebracht! Du bist nicht nur ein Feigling, sondern auch noch ein Mörder!«

Korbinian erinnerte sich, dass er in diesem Moment nach einer der Hanteln gegriffen hatte, die direkt neben ihm auf der Kommode lagen. »Ich bin kein Mörder, Schorschi!«

Doch Georg Leitner hörte Korbinian gar nicht mehr zu, sondern sammelte hastig die Briefbögen auf dem Tisch ein und ließ ihn dabei nicht aus den Augen. War das Angst in seinem Blick? Eine Vorahnung? Doch er stellte sich der Auseinandersetzung nicht, wollte stattdessen einfach nur abhauen. Zwei schnelle Schritte zur Tür – noch ein dritter, und er wäre uneinholbar verschwunden gewesen. Um Alarm zu schlagen, um Korbinian zu denunzieren. Um ihn rücksichtslos zu vernichten und damit sein Leben – und das von Christa – zu zerstören.

Dann war es passiert. Die Hantel hatte Schorschi an der Schläfe getroffen, und er war sofort, ohne noch einen Laut von sich zu geben, umgefallen.

»Hast du g'hört?«

Georg Leitner war reglos liegen geblieben, hatte nicht geantwortet.

»Ich bin kein Mörder! Und kein Feigling.«

An die folgenden Stunden konnte sich Korbinian nicht mehr genau erinnern. Er wusste nur noch, dass er wie ein Roboter funktioniert hatte, ohne nachzudenken. Es war ein Glück gewesen, dass die Arbeitshandschuhe von seiner nachmittäglichen Fahrt zum Wertstoffhof noch im Auto lagen. Den Sack hatte er im Schuppen neben dem Haus gefunden. Es war gar nicht so leicht gewesen, Schorschis leblosen Körper da hineinzubefördern. Dann musste es ganz schnell gehen: Blut aufwischen, die Briefe einstecken, den Sack mit der Leiche aus dem Haus zerren, sich vergewissern, dass niemand auf der Straße war oder neugierig aus dem Fenster eines Nachbarhauses schaute, das Auto vor das Gartentor fahren, den Sack einladen, noch einmal ins Haus gehen, um die Hantel und den blutigen Lappen zu holen, und bei allem immer darauf achten, keine Spuren zu hinterlassen. Inzwischen hatte es draußen zu regnen begonnen.

Erst auf der Fahrt dachte er an den Mühlstein und beschloss, ihn mitzunehmen. Zu Hause war alles dunkel. Um diese Zeit konnte er sicher davon ausgehen, dass Christa schon schlief. Leise ging er in den Garten, holte erst seinen Regenmantel aus dem Schuppen und dann den Stein vorsichtig aus der Nische und trug ihn ins Auto.

Die Schubkarre stand wie üblich in einem nicht abgeschlossenen Geräteschuppen am Luegsteinsee, und auch das Ruderboot fand er wie erwartet vor.

Natürlich war es keine sehr durchdachte Aktion gewesen, Schorschis Leiche auf diese Weise im See zu versenken. Und es waren ihm dabei wohl auch Fehler unterlaufen, sonst wäre der Körper nicht so schnell wieder aufgetaucht. Doch Korbinian durfte sich davon nicht aus der Ruhe bringen lassen. Wenn er jetzt nervös würde, wäre niemandem geholfen. Im Gegenteil.

Inzwischen war an der Stelle, wo eben noch die Sonne hinter den Bergen verschwunden war, nur noch ein schwaches, rötliches Leuchten zu erkennen. Ansonsten herrschte bereits die Dunkelheit der Nacht. Korbinian drehte sich um und öffnete die Balkontür. Er würde jetzt noch ein wenig mit Christa fernsehen und sich dann bald schlafen legen. Schließlich war er morgen früh zum Wandern verabredet.

42

Klaus Moratschek konnte in dieser Nacht kaum schlafen und war sich nicht ganz sicher, woran das lag. Natürlich war er etwas aufgeregt, wenn er an die Reportage dachte, die er über das lang verschollene Gästebuch des »Weber an der Wand« verfassen sollte. Den ganzen Abend hatte er darüber nachgedacht, im Internet die Geschichte des alten Gasthauses recherchiert und sich sogar bereits einige erste Textideen aufgeschrieben.

Aber das war es nicht, was Klaus seit Stunden den Schlaf raubte. Zwar kehrten seine Gedanken immer wieder zu dem Gespräch zurück, das er heute im Torhaus mit Lorenz Kastner geführt hatte, doch sie kreisten dabei vor allem um die Bemerkung, die der Historiker über die Ermittlungen der Polizei gemacht hatte.

»… Gärtner … Holunder- oder Kirschlorbeerstrauch …«

Wieder und wieder hallten die Worte in Klaus' Kopf nach. Was hatte das zu bedeuten? Er kannte sich mit Pflanzen nicht besonders gut aus, unter einem Holunderstrauch konnte er sich zwar etwas vorstellen, aber Kirschlorbeer war ihm völlig unbekannt. Warum nur ließ ihn jetzt der Gedanke daran nicht los? Wann hatte er eigentlich zuletzt mit Gartenarbeit zu tun gehabt? Vor der Aufgabe, zu Hause den Rasen zu mähen, drückte sich Klaus meistens erfolgreich durch den Verweis auf seinen furchtbaren Heuschnupfen, der in Wirklichkeit keineswegs besorgniserregend, sondern höchstens ein wenig lästig war. Sonst fiel ihm zu diesem Thema nichts ein. Außer dass heute Vormittag jemand von frisch gemähtem Rasen gesprochen hatte und von einer Hecke, die … Moment!

Klaus sprang aus dem Bett und drückte auf den Einschaltknopf am Computergehäuse unter seinem Schreibtisch. Während das Gerät hochfuhr, blinkten abwechselnd verschiedene Lichter, das Surren der Lüftung wurde erst lauter und dann wieder leiser.

Als die Internetverbindung hergestellt war, gab Klaus das Wort »Kirschlorbeer« in die Suchmaschine ein, und sofort erschienen jede Menge Einträge und Fotografien auf dem Bildschirm. Er klickte sich durch einige der Bilder, bis er ein passendes gefunden hatte, und öffnete dann den Ordner mit den Fotos, die er gestern und heute bei seinen Terminen für den »Inntalboten« gemacht hatte. Nach wenigen Sekunden hatte er gefunden, wonach er suchte. Klaus vergrößerte das Bild und betrachtete einen Ausschnitt am Rand neben den beiden Personen, die er abgelichtet hatte. Was er sah, verglich er mit dem Foto im Internet. Kein Zweifel: Es war die gleiche Pflanze.

43

Als die Klingel des Torhauses blechern schepperte, war Lorenz Kastner schon fertig zum Aufbruch. Er hatte sich von seinem Handy wecken lassen und war dann, noch im Halbschlaf, durch die düsteren Ausstellungsräume ins Bad getrottet, um mit Hilfe einer kalten Dusche seine Lebensgeister zu wecken. Danach hatte er die robusteste Kleidung, die in seinem Koffer zu finden gewesen war, und dazu seine Turnschuhe angezogen, die ihm erneut als Ersatz für richtige Wanderstiefel dienen mussten.

Lorenz öffnete die Eingangstür des Museums.

Korbinians erster, skeptischer Blick galt dann auch seinem Schuhwerk. »Damit willst du aufs Kranzhorn gehen?«

»Ich habe nun mal nichts Besseres«, gab der Historiker kleinlaut zurück. »Und ich dachte, es wäre keine allzu gefährliche Kletterpartie.«

»Also, das letzte Stück, wenn's zum Gipfel raufgeht, müssen wir schon über ein paar steile Felsen steigen.« Korbinian betrachtete sein Gegenüber noch einmal scherzhaft-prüfend von oben bis unten. »Aber ich werd schon auf dich aufpassen. Also, auf geht's, hol deinen Rucksack, und dann pack ma's!«

Wieder klang Lorenz etwas verlegen. »Ich habe keinen Rucksack. Schließlich wusste ich nicht, dass ich neben meiner Arbeit auch noch Expeditionen ins Hochgebirge unternehmen würde. Meine Verpflegung ist da drin.« Er präsentierte seinem Wanderpartner die Plastiktüte, in der sich zwei belegte Brote und eine kleine Wasserflasche befanden.

Korbinian seufzte, nahm die Tüte kopfschüttelnd an sich und steckte sie in seinen eigenen Rucksack, in dem ausreichend Platz war. Dann gingen die beiden zu Korbinians Wagen und stiegen ein.

Die Luft war noch kühl, doch die Sonne begann bereits spürbar, ihre wärmende Kraft zu entfalten. Es würde wieder ein schöner Tag werden, und Korbinian hatte zweifellos zu Recht darauf bestanden, nicht zu spät aufzubrechen. So würden sie den Aufstieg bewältigen können, ohne dabei unter allzu großer Hitze zu leiden.

»Wir fahren jetzt nach Erl in Tirol«, erklärte Korbinian, »und gehen von da aus ganz bequem zur Kranzhornhütte. Zum größten Teil verläuft der Weg auf einer asphaltierten Straße – da kann sogar dir mit deinen Turnschuhen nichts passieren. Anschließend geht's rauf zum Gipfel – dort wirst du etwas sehen, was es kein zweites Mal auf der Welt gibt!«

Lorenz horchte gespannt auf. Wie glücklich er sich schätzen konnte, mit Korbinian einen erfahrenen einheimischen Begleiter zu haben, der ihm die mühsame Lektüre von Wanderführern und -karten ersparte – abgesehen davon, dass er ohne den netten älteren Herrn wohl nie auf die Idee gekommen wäre, überhaupt einen solchen Ausflug zu unternehmen.

»Der Name ›Kranzhorn‹ bedeutet so viel wie ›Grenzberg‹«, fuhr Korbinian mit seiner Erklärung fort. »Der Berg markierte nämlich schon immer die Grenze zwischen Bayern und Tirol. Im 19. Jahrhundert hat man damit angefangen, überall in den Bergen Gipfelkreuze aufzustellen. Oft ging es dabei nicht in erster Linie um das christliche Symbol, sondern um den Besitzanspruch, der verdeutlicht werden sollte. Auf dem Kranzhorn errichteten zuerst die Österreicher ein schlichtes Holzkreuz. Die Bayern haben das natürlich nicht einfach so hingenommen, schließlich waren sie der Meinung, dass dieser Berg auch ihnen gehört. Also haben sie kurz darauf ebenfalls ein Gipfelkreuz hingestellt, nur ein paar Meter neben das der Tiroler. Noch dazu ein viel auffälligeres aus Eisen mit drei goldenen Kugeln. Bis heute sind diese zwei Kreuze Zeichen dafür, dass die Grenze direkt über den Gipfel verläuft. So was gibt's nur hier bei uns«, stellte Korbinian nicht ohne Stolz fest. »Außerdem hat man von dort oben an schönen Tagen wie heute eine wunderbare Sicht auf das Inntal. Wirklich spektakulär! Darauf kannst du dich freuen!«

Das tat Lorenz, und seine gespannte Erwartung ließ die zu befürchtende Anstrengung des Aufstiegs nicht mehr allzu bedrohlich erscheinen.

In Erl bog Korbinian an einer Kreuzung ab und folgte einem Hinweisschild, auf dem der »Wanderparkplatz Kranzhorn« ausgewiesen war. Anscheinend waren die beiden an diesem Morgen die Ersten, die sich auf den Weg machen wollten – der Parkplatz war noch leer.

Sie stiegen aus, Lorenz erklärte sich bereit, fürs Erste den Rucksack zu tragen, und dann folgten sie dem breiten Weg zunächst durch ein Waldstück, bevor er sich mit sanftem Anstieg über Almwiesen bergan schlängelte.

44

Tamara Stahl war mit dem Dienstwagen auf dem Weg nach Oberaudorf, als sie ein Anruf aus dem Präsidium erreichte.

Die Stimme ihres Kollegen Heinrich Schmitterer erklang aus den Lautsprechern: »Tamara, ich habe jemanden aus Oberaudorf in der Leitung, der mit dir sprechen möchte. Er sagt, es gehe um den Fall Georg Leitner. Soll ich ihn durchstellen?«

»Natürlich.«

Ein leises Klicken deutete darauf hin, dass Schmitterer aufgelegt hatte.

Die Beamtin meldete sich erneut. »Hauptkommissarin Tamara Stahl.«

»Guten Morgen.« Die männliche Stimme klang jugendlich und ein wenig nervös. »Mein Name ist Klaus Moratschek. Ich … Ich wollte Ihnen nur etwas erzählen, was Sie vielleicht bei den Ermittlungen zum Mord an Georg Leitner weiterbringen könnte. Eventuell liege ich aber auch ganz falsch, und –«

»Nun erzählen Sie doch einfach mal«, unterbrach Tamara Stahl den jungen Mann und versuchte, möglichst ermutigend zu klingen. Sie fragte sich, warum Zeugen so oft davon ausgingen, dass ihre Beobachtungen wahrscheinlich völlig uninteressant für sie waren.

»Also, es ist so«, fuhr Klaus Moratschek fort, »dass ich gestern mit Lorenz Kastner gesprochen habe. Das ist der Historiker aus München, der zurzeit in Oberaudorf arbeitet.«

»Den kenne ich bereits«, warf Tamara Stahl schmunzelnd ein, während sie den Wagen von der Autobahnausfahrt auf die Bundesstraße lenkte.

»Das hat er mir erzählt. Und auch, dass er bei Ihnen im Präsidium eine Aussage gemacht hat. Dabei sind wir irgendwie auf die Frage zu sprechen gekommen, wie Ihre Ermittlungen so laufen, und … nun ja, er hat erwähnt, dass Sie unter anderem nach jemandem suchen, der in Berührung mit einem Kirschlorbeerstrauch gekommen ist.«

Die Hauptkommissarin runzelte verärgert die Stirn. Sie hätte nicht gedacht, dass Lorenz Kastner das, was sie ihm in vertraulicher Atmosphäre am Luegsteinsee berichtet hatte, einfach weitererzählen würde. Einmal mehr schien sich zu bestätigen, dass sie sich derartige Nachlässigkeiten nicht leisten durfte.

»Frau Hauptkommissarin, sind Sie noch dran?«

»Erzählen Sie weiter.«

»Ich muss dazusagen, dass ich momentan als Praktikant bei der Oberaudorfer Regionalzeitung arbeite, dem ›Inntalboten‹. Weil die Leiterin der Nachbarschaftshilfe ihr zwanzigjähriges Jubiläum feiert, bin ich gestern bei ihr zu Hause gewesen.«

Tamara Stahl verdrehte ungeduldig die Augen, während sie mit dem Wagen das Ortsschild passierte. Sie war auf dem Weg zu Lena Leitner, mit der sie dringend über die Theorie sprechen wollte, dass die Todesfälle von Markus Bichler und Georg Leitner in einem Zusammenhang mit ihrem unbekannten Vater standen. Vielleicht hatte Georg Leitners Witwe ja eine Ahnung, wer ihr Erzeuger war. Die Beamtin würde dem jungen Hobbydetektiv am Telefon noch so viel Zeit zugestehen, wie sie brauchte, um zu Lena Leitners Haus zu fahren. Wäre er dann noch nicht auf den Punkt gekommen, würde sie ihn auf später vertrösten – oder noch besser: Sie würde ihn wieder mit Heinrich Schmitterer verbinden.

»Bei diesem Termin habe ich auch Fotos von der betreffenden Dame zusammen mit ihrem Ehemann gemacht. Erst im Wohnzimmer, dann auch draußen im Garten ihres Hauses. Und bei der Gelegenheit hat der Ehemann erwähnt, dass er die Hecke erst vor Kurzem geschnitten hat. Das ist mir heute Nacht wieder eingefallen.«

»Aha.« Die Hauptkommissarin hörte nur mit einem Ohr zu, während sie darauf wartete, dass die Ampel, an der sie zwangsweise angehalten hatte, wieder auf Grün schaltete.

»Ich bin aufgestanden, habe meine Fotos mit Bildern aus dem Internet verglichen, und die Hecke der Prantls ist tatsächlich ein Kirschlorbeer … Das wollte ich Ihnen nur sagen. Vielleicht bringt es Sie ja weiter. Also, ich meine, nur … weil der Mann zufällig erwähnt hat, dass er die Hecke stutzen musste.«

Die Ampel hatte umgeschaltet, und die Hauptkommissarin gab

wieder Gas. Es dauerte einige Sekunden, bis sie verstand, welchen Namen Klaus Moratschek gerade genannt hatte, aber dann trat sie sofort auf die Bremse. »Was haben Sie gesagt?«, fragte sie. »Wem gehört die Hecke?«

»Christa Prantl. Das ist die Leiterin der Nachbarschaftshilfe. Und ihr Mann heißt Korbinian. Soll ich Ihnen die Adresse geben?«

Das war nicht nötig. Tamara Stahl hatte sie sich bereits am Tag zuvor notiert. Korbinian und Christa Prantl – das Ehepaar, das vor dreißig Jahren ebenfalls bei der Renovierung des »Weber an der Wand« dabei gewesen war.

Sie blickte kurz in den Rückspiegel und wendete den Dienstwagen. Das Gespräch mit Lena Leitner konnte warten. Sie würde jetzt sofort zu den Prantls fahren.

45

»Mein Mann ist leider nicht zu Hause. Er ist schon früh zum Wandern weggefahren.« Christa Prantl sprach mit sanfter, ruhiger Stimme. Sie hatte der Hauptkommissarin eine Tasse von dem Kaffee aus der Küche geholt, der noch von ihrem eigenen Frühstück übrig geblieben war.

Die zierliche, etwa sechzigjährige Frau, die ihre schulterlangen silbergrauen Haare offen trug, hatte auf das unangekündigte Erscheinen der Kriminalpolizistin zwar mit Erstaunen reagiert, sie aber dennoch höflich hereingebeten. Tamara Stahl hatte ihr erklärt, dass sie für die Ermittlungen im Fall Georg Leitner zuständig sei und in diesem Zusammenhang auch mit ihr und ihrem Mann sprechen müsse.

»Wann wird er denn ungefähr wieder zurück sein?«, fragte die Hauptkommissarin.

»Das ist schwer zu sagen. Er ist heute nicht allein unterwegs, sondern zusammen mit einem jungen Mann aus München. Ein Historiker, der in den letzten Tagen auf dem Schlossberg irgendetwas vermessen hat.«

Tamara Stahl war nur mäßig überrascht, dass hier offensichtlich schon wieder von Lorenz Kastner die Rede war. Egal, in welche Richtung sie sich in diesem Fall bewegte – der Historiker schien immer schon auf sie zu warten. Doch ihr blieb keine Zeit, länger über dieses seltsame Phänomen nachzudenken.

»Mein Mann hat ihn ein paarmal bei der Auerburg getroffen«, erzählte Christa Prantl, »und sich mit ihm unterhalten. Regionalgeschichte ist eine seiner Leidenschaften. Jedenfalls haben sich die beiden für heute verabredet, um gemeinsam aufs Kranzhorn zu wandern. Ich weiß nicht, ob sie danach vielleicht noch etwas essen gehen. Ich vermute, es wird noch einige Stunden dauern, bis mein Mann zurück ist. Aber vielleicht kann ich Ihnen ja weiterhelfen. Worum geht es denn, wenn ich fragen darf?«

Tamara Stahl überlegte, womit sie beginnen sollte, und beschloss, zuerst die einfacheren Fragen zu stellen. »Die Hecke in Ihrem Garten, was ist das für ein Strauch?«

Christa Prantl sah die Hauptkommissarin für einen Moment erstaunt an, bevor sie antwortete. »Eine Lorbeerkirsche. So heißt die Pflanze offiziell, aber die meisten Leute sagen ›Kirschlorbeer‹ dazu.«

Die Beamtin drehte sich zur Seite, sodass sie durch das Wohnzimmerfenster in den Garten sehen konnte. »Die Hecke ist frisch geschnitten, nicht wahr?«

»Ja, das stimmt«, bestätigte die Frau mit einem irritierten Lächeln. »Mein Mann hat sie letzte Woche gestutzt. Das war auch bitter nötig. Aber hat das tatsächlich etwas mit Ihren Ermittlungen zu tun?«

»Frau Prantl, ich würde gerne wissen, wo Sie und Ihr Mann sich am Dienstagabend der letzten Woche aufgehalten haben.«

»Am Dienstagabend? Das war der Tag, an dem Korbinian die Hecke geschnitten hat. Nachmittags war er beim Wertstoffhof, um die Gartenabfälle zu entsorgen. Ach ja, und später ist er dann noch mal weggefahren. Wegen irgendeiner kurzfristig anberaumten Sondersitzung des Trachtenvereins, glaube ich. Er ist erst in der Nacht heimgekommen, als ich schon geschlafen habe. Ich war den ganzen Abend hier.«

»Ihr Mann war also an jenem Dienstagabend lange außer Haus. Und am Sonntag davor?«

»Ich ... Ich bin mir nicht sicher.« Christa Prantl wirkte jetzt ernsthaft beunruhigt. »Sagen Sie, Frau Hauptkommissarin, ich weiß wirklich nicht, was Ihre Fragen bedeuten sollen. Der Korbinian hat bestimmt nichts Unrechtes getan.«

Tamara Stahl kommentierte die Feststellung nicht, sondern sah ihre Gesprächspartnerin ernst an. »Frau Prantl, ich muss mit Ihnen über etwas sprechen, das bereits sehr lange zurückliegt.«

Zwanzig Minuten später erhob sich Christa Prantl schluchzend von ihrem Stuhl, öffnete eine Schublade im Wandschrank und griff nach einem Taschentuch.

Zuvor hatte sie sich die Fragen der Hauptkommissarin geduldig angehört und sie so sorgfältig wie möglich beantwortet, während sie mehr und mehr die Fassung verlor.

Ja, sie und ihr Mann seien damals bei der Renovierung des »Weber an der Wand« dabei gewesen. Sie selbst habe sich aber mit der Zeit immer mehr aus der Sache zurückgezogen, weil sie sich in der Gruppe nicht besonders wohlgefühlt habe. Außerdem sei es ihr damals gesundheitlich nicht besonders gut gegangen. Nein, sie habe kein Problem damit gehabt, dass Korbinian oft tagelang ohne sie auf der Baustelle war. Ja, er habe sich mit den anderen bestens verstanden, auch mit Sabine Obermaier. Nein, es habe keine Hinweise darauf gegeben, dass Korbinian und Sabine ein Verhältnis gehabt hätten. Obwohl, vielleicht habe sie manchmal schon so etwas befürchtet, ihm aber doch immer vertraut. Ja, als Sabine Obermaier nach Jahren mit einem Kind zurück nach Oberaudorf gekommen sei, habe sie vielleicht kurzzeitig noch einmal einen Verdacht gehegt. Aber das sei nur so ein Gefühl gewesen, nichts Konkretes, und sie habe es bald wieder vergessen. Nein, sie wisse nichts von einer Spende zugunsten von Lena Obermaier. Doch, wenn sie jetzt wieder darüber nachdenke, dann könne sie sich erinnern, dass Korbinian etwa in der Zeit von Sabine Obermaiers Tod einmal eine größere Summe von ihrem gemeinsamen Konto abgehoben habe. Sie habe das nur zufällig bemerkt, sich aber nichts weiter dabei gedacht und ihn auch nicht darauf angesprochen.

In diesem Moment waren Korbinian Prantls Frau die Tränen gekommen. Offensichtlich hatten die Fragen der Hauptkommissarin ihr die Möglichkeit genommen, weiterhin zu verdrängen, dass ihr Mann vor langer Zeit ein Verhältnis mit einer anderen Frau gehabt hatte, das nicht folgenlos geblieben war.

Tamara Stahl fiel es nicht leicht, die freundliche Frau so schonungslos mit der Wahrheit zu konfrontieren, vor der sie offenbar jahrzehntelang die Augen verschlossen hatte. Doch ihr blieb keine andere Wahl, und sie musste sogar noch einen Schritt weiter gehen.

»Leider scheinen diese lange zurückliegenden Ereignisse mit den zwei Todesfällen zusammenzuhängen, die es zuletzt hier in Oberaudorf gegeben hat«, sagte sie, nachdem sich Christa Prantl wieder gesetzt hatte. »Wir gehen davon aus, dass der Täter etwas an sich bringen wollte, das sich in dem Haus befand, welches Alfons Bichler seinem Sohn Markus vererbt hat. Ich persönlich vermute, dass es sich dabei um ein Beweisstück handelt, das den Vater von Lena Leitner eindeutig identifiziert. Markus Bichler musste sterben, weil er das Geheimnis bereits gelüftet hatte, und Georg Leitner hatte das Pech, dem Täter in die Quere zu kommen, als dieser das Beweisstück in Sicherheit bringen wollte. Frau Prantl, am Tatort des Mordes an Georg Leitner wurden Substanzen gefunden, die unter anderem dann frei werden, wenn man einen Kirschlorbeerstrauch beschneidet.«

»Wollen Sie damit sagen, dass –« Christa Prantl unterbrach sich und starrte die Hauptkommissarin entsetzt an.

»Nimmt Ihr Mann regelmäßig Medikamente gegen Herzschwäche? Ein Mittel, das«, Tamara Stahl suchte in ihrem Notizblock nach der richtigen Seite, »Cardiosan heißt?«

Anstelle einer Antwort erhielt sie nur ein wortloses Nicken.

»Ich habe den begründeten Verdacht, dass Ihr Mann zwei Menschen getötet hat.« Die Beamtin stand auf. »Auf welchen Berg, sagten Sie, wollte er heute gehen?«

»Das Kranzhorn.« Christa Prantl antwortete mit tonloser

Stimme. Ihr Blick wirkte leer, gleichzeitig schienen Gedanken durch ihren Kopf zu rasen.

»Wo ist das genau? Wo beginnt der Aufstieg?«

»In Erl auf einem Wanderparkplatz.«

»In Tirol? Dann werde ich den österreichischen Kollegen Bescheid geben und mich mit ihnen dort treffen. Und ich denke, Sie sollten mich begleiten, Frau Prantl.«

46

Lorenz Kastner war überrascht, wie gut ihm der Aufstieg zur Kranzhornhütte gefiel. Anfangs waren er und Korbinian die Wanderung recht forsch angegangen, und der Historiker hatte schon bald schwer geatmet. Seinem Begleiter war das nicht verborgen geblieben, woraufhin dieser ein etwas langsameres Tempo an den Tag legte.

Jetzt wanderten die beiden gemächlich dahin und blieben gelegentlich stehen, um die immer spektakulärere Aussicht zu bestaunen. Korbinian erzählte Lorenz, wie einige der umliegenden Berge hießen und welche von ihnen er bereits erklommen hatte, bevor sie ihren Weg auf der recht gut ausgebauten Bergstraße fortsetzten.

»Man kann mit dem Auto bis zur Kranzhornhütte fahren«, hatte Korbinian erklärt, als sie vom Parkplatz aufgebrochen waren. »Aber das ist eigentlich nur dem Lieferverkehr oder in Notfällen gestattet.«

Nach einer Stunde bestand Lorenz' Begleiter darauf, den Rucksack zu übernehmen, und ließ sich auch von dem zaghaften Protest des Historikers nicht davon abbringen.

Während er im Stillen die neu gewonnene Leichtigkeit genoss, dachte Lorenz wieder daran, was er am Vortag mit Klaus Moratschek besprochen hatte. »Sag mal, Korbinian, hast du mitbekommen, dass die Gästebücher des ›Weber an der Wand‹ bei der Renovierung wiederentdeckt wurden? Als wir neulich darüber sprachen, hatte ich den Eindruck, dass du ziemlich gut darüber informiert bist, wie das damals bei der Renovierung gelaufen ist.«

Korbinian ging zunächst stumm einige Schritte weiter, so als hätte er nicht richtig zugehört. »Ja, ich hab dem Bernhard Mochinger damals auch bei der Arbeit geholfen«, antwortete er dann doch, »so wie der Alfons und noch ein paar andere. Wir waren eine kleine Gruppe von jungen Leuten, die entschlossen waren, sich auf eigene Faust dieses historischen Objekts anzunehmen.« Nach einer kurzen Pause fügte er hinzu: »Der ›Weber an der Wand‹ scheint dich ja gar nicht mehr loszulassen. Ich dachte, du bist eher auf alte Burgen spezialisiert?«

»Das stimmt, aber …« Lorenz überlegte, ob er offen mit seinem Begleiter sprechen sollte. Immerhin hatte er sich eigentlich vorgenommen, nicht unnötig Details auszuplaudern, die die Polizei noch nicht bekannt gegeben und die er nur zufällig erfahren hatte. Doch Korbinian hatte mit alldem ja nichts zu tun – und wenn er von ihm verwertbare Informationen für Klaus Moratscheks Reportage erhalten wollte, dann würde er ihn einweihen müssen. »Das älteste Gästebuch ist aufgetaucht. Es war wohl tatsächlich die ganze Zeit in Alfons Bichlers Haus.«

Korbinian blieb stehen und sah Lorenz überrascht an. »Und woher weißt du das?«

»Weil ich dabei war, als es gefunden wurde.« Während sie weiter in Richtung Kranzhornhütte wanderten, erzählte Lorenz, wie es dazu gekommen war, dass er und Lena Leitner das Gästebuch aus dem Haus der Bichlers entwendet hatten. Er berichtete von den fehlenden Seiten und davon, dass Georg Leitners Witwe das historische Stück inzwischen der Polizei übergeben hatte. Korbinian hörte schweigend zu – was Lorenz ein wenig verwunderte. Er hatte nicht erwartet, dass seinen Begleiter diese Neuigkeiten so kaltlassen würden. Ja, beinahe schien es, als hätte Korbinian alles bereits gewusst – oder als würde er sich im Moment nicht besonders für den Verbleib des ältesten Gästebuchs interessieren. War das nicht neulich, als sie beide zum ersten Mal über dieses Thema gesprochen hatten, noch ganz anders gewesen? Als Lorenz schließlich von dem Artikel sprach, bei dem er Klaus Moratschek unterstützen wollte, erklärte sich Korbinian immerhin bereit, sich demnächst einmal mit dem Jungen zu unterhalten.

An der Kranzhornhütte legten die beiden eine Pause ein, setzten sich auf eine Bank und stärkten sich mit dem Proviant aus ihrem Rucksack. Was in früherer Zeit wahrscheinlich nur eine karge Almhütte gewesen war, hatte man zu einem gut ausgestatteten und familientauglichen Ausflugsziel umgebaut – glücklicherweise, ohne dabei allzu sehr über die Stränge zu schlagen.

Zahlreiche rustikal-hölzerne Tische und Bänke standen unter freiem Himmel, außerdem gab es einen Spielplatz und einige Gehege, in denen sich Kleintiere wie Hasen und Hühner tummelten. So früh am Morgen waren die beiden Männer die ersten Ausflügler, und Lorenz erfreute sich an der Ruhe und der Sonne, die ihm ins Gesicht schien. Auch Korbinian, der kurzzeitig ein wenig betrübt gewirkt hatte, wurde wieder heiterer.

Nachdem sie sich eine halbe Stunde entspannt hatten, sprang er auf und klopfte Lorenz aufmunternd auf die Schulter. »Auf geht's! Jetzt steigen wir zum Gipfel. Der Pfad wird ein bisserl steiler – aber ohne Fleiß kein Preis!«

47

»Ich habe die Kollegen in Österreich bereits informiert. Sie schicken einen Streifenwagen zum Wanderparkplatz in Erl. Ich bin auch schon dorthin unterwegs. Korbinian Prantls Frau begleitet mich übrigens.« Tamara Stahl informierte Heinrich Schmitterer, der im Präsidium in Rosenheim saß, über die neuesten Entwicklungen. Zuvor hatte sie ihn bereits angewiesen, beim zuständigen Ermittlungsrichter einen Haftbefehl gegen Korbinian Prantl zu beantragen.

Als das Gespräch beendet war, durchsuchte die Hauptkommissarin das Telefonbuch ihres Handys nach der Nummer von Lorenz Kastner. Es wäre zwar nicht ganz risikolos, den Historiker anzurufen, während er mit dem Tatverdächtigen unterwegs war, und ihn davon in Kenntnis zu setzen, dass am Fuß des Kranzhorns die Polizei warten würde – doch andererseits hielt sie es für unverantwortlich, ihn nicht zu informieren. Und vielleicht könnte er der Polizei die Verhaftung sogar erleichtern, indem er ihn bei der Rückkehr zum Parkplatz in ein Gespräch verwickelte, sodass Prantl keinen Verdacht schöpfte, falls dort irgendwo ein Streifenwagen zu sehen sein würde.

Tamara Stahl hatte die Nummer gefunden. Wenige Sekunden hörten sie und Frau Prantl über die Lautsprecher der Freisprechanlage eine Tonbandstimme: »Der gewünschte Teilnehmer ist momentan nicht erreichbar.« Die Beamtin seufzte und legte auf. Wahrscheinlich hatte Kastner in den Bergen keinen Empfang.

»Hier müssen Sie abbiegen.« Christa Prantl klang müde, beinahe apathisch. Während der Fahrt hatte sie bisher noch kein einziges Wort gesprochen. Der Schock, den ihr die Beamtin an diesem Morgen zugefügt hatte, entfaltete offenbar erst mit einiger Verzögerung seine volle Wirkung.

Tamara Stahl folgte dem Hinweis ihrer Beifahrerin und bog in die Seitenstraße ein, die zum Wanderparkplatz führte. Dort standen nur drei Autos, eines davon mit deutschem Kennzeichen.

Christa Prantl antwortete mit einem Nicken auf den fragenden Blick der Hauptkommissarin. Es war der Wagen ihres Mannes.

»Wissen Sie, wie weit man von hier noch mit dem Auto kommt?«, fragte Tamara Stahl, nachdem sie den geteerten Wanderweg, der vom Parkplatz in den Wald hineinführte, bemerkt hatte.

»Wenn ich mich nicht irre, bis zur Kranzhornhütte. Die liegt nicht weit unterhalb des Gipfels«, sagte Christa Prantl.

Tamara Stahl überlegte einige Sekunden und gab dann Gas. Während sie den Dienstwagen auf der kurvigen Straße durch den Wald steuerte, schaltete sie erneut die Freisprechanlage ein. Kurz darauf meldete sich das Bezirkspolizeikommando aus Kufstein. »Hier ist noch einmal Hauptkommissarin Tamara Stahl vom Polizeipräsidium in Rosenheim. Ich wollte Ihnen nur mitteilen, dass ich nicht auf dem Wanderparkplatz in Erl warte, sondern bereits mit dem Wagen auf dem Weg zur Kranzhornhütte bin. Sagen Sie Ihren Kollegen bitte, dass sie ebenfalls dorthin kommen sollen.«

Nach dem Wald war die Straße nicht mehr geteert und wurde mit zunehmender Höhe immer schmaler und unwegsamer. Die vereinzelten Wanderer sahen sich verwundert um, als sie den Wagen kommen hörten, einer von ihnen hob schimpfend den Zeigefinger, als das Auto mit den beiden Frauen so schnell, wie es der holprige Weg erlaubte, an ihm vorbeifuhr.

Hinter einer Kurve kam schließlich das Ziel in Sicht.

Tamara Stahl parkte den Wagen kurz vor der niedrigen Umzäunung des weitläufigen Hüttenareals und bedeutete Christa Prantl mit einer stummen Geste, im Auto zu bleiben. Sie selbst stieg aus und blickte sich um. Niemand war zu sehen. Dann ging sie zum Eingang der Gaststube, kehrte eine Minute später zum Wagen zurück und öffnete die Beifahrertür. »Sie waren hier und haben Pause gemacht. Die Kellnerin hat sie gesehen. Vor ungefähr zehn Minuten sind sie weiter in Richtung Gipfel gegangen.« Tamara Stahl waren Enttäuschung und Besorgnis anzusehen. »Wir warten jetzt erst mal auf den Streifenwagen. Ohne die Österreicher kann ich hier streng genommen sowieso nichts machen.«

Christa Prantl stieg ebenfalls aus. Auch sie sah sich um, als hoffte sie, ihren Mann doch noch irgendwo sitzen zu sehen. Dann folgte sie mit den Augen dem Pfad, der sich über felsiges Gelände steil in Richtung des Gipfels schlängelte. »Ich will zu meinem Mann«, sagte sie plötzlich, und ihre Stimme klang wieder kraftvoll und klar.

Tamara Stahl erkannte, dass Christa Prantl trotz ihrer zierlichen Statur und ihres zurückhaltenden Wesens viel tatkräftiger und stärker war, als sie zunächst angenommen hatte. Die Frau machte es einem leicht, sie zu unterschätzen.

»Irgendetwas ist bei ihm total aus den Fugen geraten«, sagte sie, »und das macht mir Angst. Ich muss zu ihm.«

48

»Jetzt haben wir's gleich g'schafft! Sei vorsichtig bei den Felsen, nimm lieber die Hände zu Hilfe. Wenn wir oben sind, sehen wir schon die beiden Kreuze – und dann sind es nur noch ein paar Meter.«

Lorenz Kastner freute sich, das zu hören. Seit er zusammen mit Korbinian von der Kranzhornhütte aufgebrochen war, kämpften sie mehr und mehr mit der stetig zunehmenden Steigung und der Unwegsamkeit des Geländes. Beide Männer atmeten jetzt schwerer und sprachen längst nicht mehr so viel miteinander wie noch beim anfänglichen Aufstieg zur Hütte. Außerdem rächte es sich, dass Lorenz keine anständigen Wanderschuhe besaß. Beim Überqueren größerer Felsbrocken hatte er Mühe, festen Halt zu finden, und wäre schon mehrmals fast abgerutscht.

Als die beiden Wanderer die letzte Steigung überwunden hatten, konnte Lorenz tatsächlich das eiserne bayerische Gipfelkreuz in der Sonne aufblitzen sehen. Ein wenig dahinter erkannte er kurz darauf auch das zweite, hölzerne Kreuz der Österreicher.

Das letzte Wegstück verlief über einen beinahe ebenen Grat, von dem aus man noch einmal über einige grob in den Fels gehauene Stufen hinauf zum eigentlichen Gipfelplateau steigen musste. Lorenz war überwältigt von dem Panorama, das sich ringsum präsentierte: Unzählige Alpengipfel erhoben sich in südlicher Richtung, während auf der entgegengesetzten Seite das vom in majestätischer Ruhe gemächlich dahinfließenden Inn geformte Tal in eine riesige, in verschiedenen Grüntönen schimmernde und von einigen Straßen durchzogene Ebene überging, in der vereinzelte Ortschaften auszumachen waren.

Korbinian, der einige Meter Vorsprung auf Lorenz hatte, blieb auf dem Gipfelplateau stehen, wischte sich den Schweiß von der Stirn, atmete ein paarmal tief durch und griff in seine Hosentasche.

Lorenz, der noch die letzten Stufen erklomm, sah, dass sein Begleiter ein kleines Fläschchen in der Hand hielt, aus dem er eine Pille schüttelte. Der Schriftzug auf dem Etikett kam ihm bekannt vor. »Sind die fürs Herz?«, erkundigte er sich, als er schließlich neben Korbinian stand.

Korbinian überhörte die Frage. »Schau dir diese Aussicht an«, sagte er und ließ das Fläschchen wieder in seiner Hosentasche verschwinden. »Da drüben liegt Oberaudorf.«

Lorenz machte zwei Schritte an ihm vorbei an den Rand des Plateaus, das nur wenige Quadratmeter groß war und zu drei Seiten hin beinahe senkrecht in einen tiefen Abgrund abfiel. Hier oben war von der alltäglichen Geschäftigkeit, die in den winzigen Häusern und auf den Straßen und Plätzen dieser Spielzeuglandschaft herrschte, nichts zu spüren. Nur das Rauschen eines leichten Luftzugs, der die verschwitzte Haut angenehm kühlte, war zu hören.

Lorenz drehte sich zu Korbinian um und lachte. »Das ist wirklich ein Zufall! Genau so ein Fläschchen habe ich neulich beim Grafenloch gefunden und dann der Polizei übergeben. Die Hauptkommissarin, die im Mordfall Georg Leitner ermittelt, glaubt nämlich, dass auch Markus Bichler umgebracht wurde – vielleicht von jemandem, der dieses Medikament nimmt.« Der Historiker deutete mit einem scherzhaften Augenzwinkern auf Korbinians Hosentasche. »Sollte ich der Polizei verraten, dass du so ein Fläschchen mit dir herumträgst – die würden dich wahrscheinlich auf der Stelle verhaften.«

Korbinian Prantl war guter Dinge gewesen, als er zusammen mit Lorenz vom Parkplatz losmarschiert war. Er hatte sich wirklich auf die Wanderung gefreut. In den Bergen war es ihm bisher auch in schwierigen Situationen immer am besten gelungen, einen klaren Kopf zu bekommen. Man gewann dort – im übertragenen wie im wörtlichen Sinn – Abstand zu den Dingen und konnte sie deshalb ruhiger und unaufgeregter betrachten. Außerdem sorgte die Begegnung mit der spektakulären Natur der Alpen bei Korbinian zuverlässig für einen Stimmungsaufschwung. Er hatte sich vorgestellt, dass er seinem jungen Begleiter dieses unvergleichliche Erlebnis näherbringen würde und sie dabei die interessanten Gespräche, die sie in den letzten

Tagen auf dem Schlossberg geführt hatten, in Ruhe fortsetzen könnten.

Im Grunde war es auch genau so gekommen. Nur dass Lorenz sich ausgerechnet dafür interessierte, was vor dreißig Jahren bei der Renovierung des »Weber an der Wand« vor sich gegangen war, das hatte Korbinian dann doch kurzzeitig die Laune verdorben. Diese Dinge hatten ihn selbst zuletzt viel zu sehr beschäftigt. Glücklicherweise waren sie bald von diesem Thema abgekommen.

Erst beim anstrengenden Aufstieg zum Gipfel war Korbinian eingefallen, dass er vergessen hatte, am Morgen vorsorglich seine Herztablette zu nehmen. Als er auf dem Plateau angekommen war, hatte er sich ein wenig schwach gefühlt und deshalb sofort nach den Pillen in seiner Hosentasche gegriffen.

Wie hätte er auch ahnen können, dass ausgerechnet Lorenz das Fläschchen gefunden hatte, das ihm an jenem Abend beim Grafenloch aus der Tasche gefallen war? Dass Lorenz sogar mit der Polizei darüber gesprochen hatte? Und dass er es jetzt, in diesem Moment, wiedererkennen würde?

»… der Polizei verraten …«

Was dachte er, wer er war? Wie konnte er so etwas sagen? Wusste er nicht, was das bedeutete? Korbinian erkannte mit Schrecken, dass die Vergangenheit sich erneut anschickte, ihn einzuholen.

»… dich wahrscheinlich auf der Stelle verhaften.«

Das Chaos unternahm offensichtlich einen finalen, verzweifelten Versuch, die von ihm in den letzten Tagen mühsam und unter Inkaufnahme größter Opfer aufrechterhaltene Ordnung doch noch zu zerstören. Aber dazu würde er es nicht kommen lassen. Nicht nach all dem, was er bereits auf sich genommen hatte.

Als Korbinian sich Lorenz näherte, sah er, wie dessen bis eben noch zur Schau gestellte Fröhlichkeit misstrauischer Ängstlichkeit wich. Er spürte offenbar, dass sich zwischen ihnen in diesem Moment etwas Grundlegendes änderte – ohne genau zu verstehen, warum.

»Was ist denn? Hab ich etwas Falsches gesagt?« Lorenz wich einen Schritt zurück, doch Korbinian war schneller, packte ihn an der Schulter und stieß ihn in Richtung des Abgrunds.

Lorenz stolperte und verlor in seinen Turnschuhen auf dem rutschigen Felsplateau den Halt. Er schrie auf und versuchte verzweifelt, das Gleichgewicht wiederzuerlangen – doch Korbinian holte bereits zum nächsten Schlag aus. Er traf Lorenz mit voller Wucht, sodass er mit einem weiteren Schrei über die Kante stürzte.

Korbinian trat an den Rand des Plateaus und sah, dass der Historiker sich an einem kleinen Strauch festklammerte, der direkt an der Felskante aus einem Spalt im Gestein wuchs. Unter Lorenz gähnte der Abgrund, ließe er los, würde er Hunderte von Metern in die Tiefe stürzen.

Korbinian beugte sich ein wenig nach vorn. Ein einziger Tritt wäre ausreichend.

Lorenz starrte ihn mit vor Panik geweiteten Augen an. »Was soll das?«, rief er. »Was tust du? Hilf mir!«

Korbinian schüttelte den Kopf. »Es tut mir leid, Lorenz. Du hast dich zu weit vorgewagt. Einen falschen Schritt gemacht. Schlechtes Schuhwerk. So etwas kann in den Bergen passieren.«

Er dachte an Christa, die jetzt wahrscheinlich auf dem Balkon in der Sonne saß und in einer ihrer Zeitschriften blätterte. Bald würde er wieder bei ihr sein, würde sich zu ihr setzen und ihr mit der Hand übers Haar streichen. Er müsste sich nur noch ein Mal überwinden. Und dann – endlich – würde alles gut werden.

»Korbinian!«

Er hörte ihre Stimme. Aber das konnte nicht sein, Christa war nicht hier, sie war zu Hause, im Tal in Oberaudorf.

»Korbinian, hör auf! Es reicht!«

Er drehte sich um.

Sie stand auf dem Plateau zwischen den beiden Kreuzen, war außer Atem. Einzelne Haarsträhnen fielen in ihr von Tränen benetztes Gesicht. »Komm zu mir, Korbinian. Es ist genug.«

49

Lorenz Kastner saß auf einem Felsen und starrte ungläubig in den Abgrund, dem er soeben nur um Haaresbreite entkommen war. Neben ihm kniete Hauptkommissarin Tamara Stahl. Sie war wenige Sekunden nach Christa Prantl auf dem Plateau aufgetaucht und Lorenz sofort zu Hilfe geeilt, hatte seinen Arm gepackt und ihn nach oben gezogen. Im Nachhinein war sie selbst erstaunt, welche Kräfte sie mobilisiert hatte, um den Mann zu retten.

Korbinian Prantl wurde gerade zusammen mit seiner Frau von zwei Beamten der Bundespolizei zur Kranzhornhütte begleitet. Er leistete keinerlei Widerstand.

»Warum sind Sie hier heraufgekommen?«, fragte Lorenz die Hauptkommissarin nach einigen Minuten des Schweigens. »Woher wussten Sie, dass …?«

»Ich habe heute Morgen erfahren, dass Korbinian Prantl wahrscheinlich der Mann ist, den wir suchen. Als ich dann hörte, dass er mit Ihnen auf das Kranzhorn wollte, da … da hielt ich es für besser, nicht lange abzuwarten. Ich wollte ihn festnehmen, bevor noch etwas Schreckliches passiert.«

»Das war dann wohl mein Glück«, stellte Lorenz mit dem Anflug eines Lächelns fest.

»So könnte man es sagen.«

Wieder verging einige Zeit, ohne dass gesprochen wurde.

Lorenz Kastner blickte gedankenverloren über das sich noch immer so friedlich und malerisch ausbreitende Inntal. Schließlich wandte er sich erneut Tamara Stahl zu. »Ich hätte nie geglaubt, dass Korbinian Prantl ein Mörder ist. Wissen Sie, warum er es getan hat?«

»Er ist Lena Leitners Vater«, antwortete die Hauptkommissarin. »Vor über dreißig Jahren hatte er ein Verhältnis mit Sabine Obermaier, Lenas Mutter. Er hat es geschafft, sich in den vergangenen Jahrzehnten nicht zu seiner Vaterschaft bekennen zu müssen. Nicht vor seiner Tochter, nicht vor seiner Frau, vor niemandem. Aber dann hat Markus Bichler im Nachlass seines Vaters offensichtlich ein Dokument gefunden, das Korbinian Prantl eindeutig als Lena Leitners Erzeuger identifiziert. Er konfrontierte ihn mit dieser Neuigkeit – und musste sterben. Unglücklicherweise hatte Markus Bichler zuvor auch mit Georg Leitner über die Sache gesprochen. Der ging dann – nachdem er von dem vermeintlichen Unfall am Grafenloch gehört hatte – in Bichlers Elternhaus, um die Dokumente zu suchen, die ja schließlich seine Frau betrafen. Dort begegnete er Korbinian Prantl, es kam zu einer Auseinandersetzung – und …«

Lorenz Kastner nickte. Er hatte alles verstanden, was die Hauptkommissarin gesagt hatte. Die mögliche Abfolge der Ereignisse, die wahrscheinlichen Motive und Zusammenhänge. Doch was wirklich in jemandem vorging, der so handelte, wie Korbinian Prantl es getan hatte – konnte man das überhaupt verstehen? Vielleicht war es besser, es gar nicht erst zu versuchen.

Tamara Stahl stand auf und ließ noch einmal ihren Blick über das großartige Alpenpanorama schweifen. »Gehen wir?«, fragte sie schließlich und reichte Lorenz Kastner die Hand, um ihm aufzuhelfen.

Der junge Mann stand zunächst noch ein wenig unsicher auf den Beinen, spürte aber sofort, wie wohltuend es war, sich wieder zu bewegen und nicht länger in seiner Schockstarre zu verharren.

»Ja«, antwortete er. »Wir gehen.«

50

Einige Wochen lang war die dramatische Festnahme Korbinian Prantls das alles beherrschende Gesprächsthema in Oberaudorf. Am Stammtisch, im Sportverein und auf dem Pausenhof, in den Büros und den Geschäften – überall tauschten sich die Leute eifrig über die neuesten bekannt gewordenen Einzelheiten aus und ergingen sich in Spekulationen über alles, was noch immer unklar war.

Auch über Lena Leitner wurde viel gesprochen. Die Bewohner von Oberaudorf fragten sich, ob sie all die Schicksalsschläge der zurückliegenden Tage würde wegstecken können: den Verlust des Ehemannes und den des besten Freundes aus Kindheitstagen – und dann die niederschmetternde Nachricht, dass beide von dem Mann getötet worden waren, der es über Jahre hinweg nicht fertiggebracht hatte, ihr zu offenbaren, dass er ihr Vater war. Man sah Lena Leitner nur noch selten im Dorf, und wenn, dann trauten sich nur wenige, sie anzusprechen.

Allein Lorenz Kastner, der im Zusammenhang mit Korbinian Prantl sein eigenes böses Erwachen erlebt hatte, besuchte die Witwe von Georg Leitner, bevor er Oberaudorf endgültig den Rücken kehrte.

Sie bedankte sich noch einmal für seine Hilfe und entschuldigte sich dafür, ihn überhaupt erst in diese fürchterliche Sache hineingezogen zu haben.

»Darüber müssen Sie sich nun wirklich keine Gedanken machen«, versicherte ihr Lorenz Kastner. »Für das, was geschehen ist, können Sie am allerwenigsten. Außerdem habe ich ja alles gut überstanden. Und ich wünsche Ihnen sehr, dass Sie das eines Tages auch von sich sagen können, Frau Leitner. Falls Sie mal wieder Hilfe brauchen und nicht wissen, an wen Sie sich wenden sollen – Sie haben ja meine Nummer.«

»Danke«, antwortete Lena Leitner. »Ich weiß das zu schätzen.«

»Haben Sie schon eine Idee, was Sie jetzt tun werden? Möchten Sie im Ort wohnen bleiben?«

»Ich habe keine Ahnung. Ich denke noch darüber nach.«

Bald darauf kündigte Lena Leitner ihre Stelle in der Gemeindeverwaltung und verließ Oberaudorf für immer. Niemand wusste, wohin sie gezogen war. Der Einzige, der nach einigen Monaten ein Lebenszeichen in Form eines Briefes von ihr erhielt, war Karl Ettenhofer. Das Schreiben enthielt auch ihre neue Adresse. Es sollten jedoch noch einige Monate ins Land gehen, bis Karl Ettenhofer die Spedition für ein paar Tage sich selbst überließ, um Lena Leitner an dem Ort zu besuchen, an dem sie dabei war, sich ein neues Leben aufzubauen, frei von den Schatten der Vergangenheit.

Die zweite Frau, deren gesamte Existenz durch die Morde an Markus Bichler und Georg Leitner auf den Kopf gestellt worden war, war Christa Prantl. Auch sie überlegte, Oberaudorf zu verlassen, entschied sich aber zu bleiben. Ihr Ehrenamt bei der Nachbarschaftshilfe legte sie jedoch nieder – nicht weil man ihr das angetragen hatte, sondern weil sie sich in der kommenden Zeit um genügend eigene Probleme kümmern müsste. Trotz allem, was er getan hatte, hielt sie engen Kontakt zu ihrem Mann, der im Untersuchungsgefängnis in München auf seine Verhandlung wartete. Dass er überhaupt noch einmal in Freiheit würde leben können, war nicht anzunehmen. Am schwierigsten gestaltete sich für Christa Prantl jedoch die Frage, wie sie mit Lena Leitner umgehen sollte. Schließlich verfasste sie einen Brief, in dem sie erklärte, dass ihr unendlich leidtue, was passiert sei. Manchmal habe sie geahnt, dass Korbinian vor langer Zeit ein außereheliches Verhältnis gehabt habe – doch dass er Lenas Vater sein könnte, sei ihr nie in den Sinn gekommen.

»Ich hoffe, dass Sie irgendwann trotz allem wieder ein zufriedenes Leben führen werden«, schrieb Christa Prantl. »Wenn ich dazu in irgendeiner Weise einen Beitrag leisten kann, lassen Sie es mich bitte wissen. Leider liegt es nicht in meiner Macht, Ihnen den Vater zu schenken, den Sie nie hatten. Und ich weiß, dass es unmöglich ist, die zwei Menschen zu ersetzen, die Korbinian gewaltsam aus Ihrem Leben gerissen hat. Doch vielleicht gibt es einen Weg, das Leid, das mein Mann verursacht hat, zumindest ein wenig zu lindern.«

Christa Prantl warf den Brief in Lena Leitners Postkasten, wenige Tage bevor diese aus Oberaudorf verschwand. Sie sollte nie erfahren, ob die Adressatin ihre Zeilen überhaupt gelesen hatte.

All die anderen Menschen, die in die dramatischen Ereignisse um Markus Bichlers und Georg Leitners Tod verwickelt gewesen waren, wurden, wie ganz Oberaudorf, irgendwann doch wieder von ihrem Alltag eingeholt.

Bürgermeister Rupert Stöttner musste verkraften, dass die Goldmedaille für das schönste Dorf Bayerns in diesem Jahr wieder nicht an seine Gemeinde vergeben wurde. Mit dieser Niederlage kam er erstaunlich gut zurecht – vor allem, weil die Sonderausstellung der Gästebücher des »Weber an der Wand« äußerst erfolgreich verlief und Bernhard Mochingers Gasthaus, aber auch der Gemeinde Oberaudorf jede Menge wohlwollende Aufmerksamkeit der Presse bescherte. Der wichtigste Anstoß dazu war wahrscheinlich die mehrteilige Reportage von Klaus Moratschek im »Rosenheimer Tagblatt« gewesen, die bei den Lesern für große Begeisterung gesorgt hatte. Als Monika Stöttner etwas später ihrem Vater eröffnete, dass ebendieser Klaus Moratschek seit Neuestem ihr fester Freund sei, war der Bürgermeister recht guter Dinge. Irgendwann hatte ja der erste kommen müssen – und wenn es ein so talentierter junger Mann wie dieser Klaus war, dann konnte sich ein Vater im Grunde nur glücklich schätzen. Ob die Moni allerdings, wie sie ihm ebenfalls erklärt hatte, nach dem Schulabschluss im nächsten Jahr sofort nach München ziehen würde, müssten sie noch einmal in Ruhe besprechen.

Klaus Moratschek bekam von Cornelia Boes das Angebot, sein Praktikum zu einem Volontariat zu verlängern, war sich aber noch nicht sicher, ob seine Zukunft wirklich im Journalismus lag. Deshalb entschloss er sich, zunächst einmal in München Geschichte und Philosophie zu studieren, was wiederum seine Mutter sehr stolz machte.

Das Redaktionsbüro des »Inntalboten« wurde im Zuge allgemeiner Kürzungsmaßnahmen geschlossen. In der letzten Ausgabe erschien ein Foto, das eine säuerlich lächelnde Dame mit sorgfältig hochgestecktem Haar vor gepflegten Blumenrabatten in ihrem Garten zeigte. Der kurze Begleittext war für die meisten Leser allerdings eher unverständlich:

> *»Die Idee der Befriedung der Natur ist eine geschichtliche, keine metaphysische. Sie muß von den Menschen selbst kommen und von der menschlichen Gesellschaft erarbeitet werden.« (Herbert Marcuse) Der »Inntalbote« gratuliert Viktoria Stempfl zur 25-jährigen Mitgliedschaft im Gartenbauverein!*

Den langjährigen Redaktionsraum des »Inntalboten« mieteten die Besitzerinnen des benachbarten Biomarktes an, womit sie ihre Ladenfläche fast verdoppelten.

Roland Fichtner wechselte in die Hauptredaktion nach Rosenheim, wo er bis auf Weiteres für die Veranstaltungshinweise und die Anzeigenannahme zuständig war. Manche Kollegen mochten darüber hämisch grinsen, Roland Fichtner selbst sah sich jetzt, da er nicht mehr die alleinige Verantwortung für eine ganze Redaktion trug, endlich in der Lage, sein lang geplantes Romanprojekt anzugehen. Ein großes Werk würde das werden! Eigentlich war Fichtner nämlich schon immer klar gewesen, dass ein Künstler in ihm schlummerte, der keinesfalls für kurzlebige Schlagzeilen, sondern vielmehr für den großen literarischen Wurf gemacht war.

Auch Alexander von Mayr-Kittling beschloss, sich auf ein neues Projekt zu konzentrieren: gehobene Gastronomie am Chiemsee, *slow food* mit *live cooking* – die ersten Kontakte waren schon geknüpft. Wie lange der Trend zum Golfsport noch anhalten würde, war ohnehin fraglich, und außerdem wäre ein wenig Abstand zum Tegernsee, zu Rottach-Egern und zur Klinik seines Vaters seinen geschäftlichen Aktivitäten bestimmt nur förderlich.

Alle Pläne für eine Golfanlage in Urfahrn waren sowieso endgültig auf Eis gelegt worden, nachdem Simon Grasecker den Bürgermeister darüber informiert hatte, dass er nun doch nicht bereit war, sein Land zu verkaufen. Der junge Schopperbauer war inzwischen zu der Überzeugung gekommen, dass er das Erbe, das er mit der Übernahme des Hofs angetreten hatte, möglichst unversehrt bewahren und irgendwann an eine nächste Generation weitergeben wollte. Dafür würde er natürlich erst einmal eine Familie gründen müssen, aber bei der freitagabendlichen Schafkopfrunde im Audorfer Hof war ihm schon seit Längerem immer wieder aufgefallen, dass die Kathi, wenn sie das Bier auf den Tisch stellte, eine ausgesprochen gute Figur machte. Und eine patente Frau, die anpacken konnte, schien sie ohnehin zu sein. Es dauerte allerdings noch einige Zeit, bis sich Simon Grasecker dazu aufraffen konnte, mit ihr über etwas anderes als seine nächste

Bestellung zu sprechen. Und bis die beiden dann bei Pfarrer Ludwig Riederer vorstellig wurden, um die Hochzeitsformalitäten zu klären, verging noch einmal ein ganzes Jahr.

Einiges in Oberaudorf blieb jedoch von all diesen Veränderungen gänzlich unberührt: die uralten Mauern auf dem Schlossberg etwa oder der leuchtend gelbe Kirchturm des Klosters Reisach, der sich an schönen Tagen besonders malerisch vom blauen Himmel abhob. Das alte Torhaus, der Marienplatz mit dem Maibaum, die Bäckerei Huber und das Café Rechenberger – und natürlich der Audorfer Hof, in dem an einem Tisch in einer holzgetäfelten Ecke jeden Tag zwei Stammgäste vor ihrem Weißbier saßen.

»Woaßt, wos i dir sog?«, fragte der Hirschreiter Sepp seinen Tischnachbarn, den Plenzinger Toni.

Der antwortete – wie so oft – mit einem mürrischen Brummen und nahm noch einen Schluck Weißbier.

»Des kimmt ois bloß doher, dass d' Leit si nimma staad hoit'n kenna«, fuhr der Hirschreiter Sepp unbeirrt fort. »A schen's Platzerl, a guad's Bier – mehr braucht der Mensch ned zum Leb'n. Oba am Geid und de Weiberleit rennan s' hinterher, und nia is g'nua. Und dann schlog'n sie si geg'nseitig an Schäd'l ei. Oiwei hob i des scho g'sagt – oba mi frogt jo koana!«

Epilog

Kriminalhauptkommissarin Tamara Stahl saß im Rosenheimer Polizeipräsidium an ihrem Schreibtisch, der so aufgeräumt war wie selten.

Die meisten Leute, die Mordfälle nur aus Krimis kennen, gehen davon aus, dass die Arbeit der Ermittler mit der Überführung des Täters endet. Niemand denkt daran, was passiert, wenn der Abspann gelaufen oder die letzte Seite gelesen ist.

Doch in Tamara Stahls Realität folgte auf diesen Moment stets der unvermeidliche Papierkrieg: Protokolle, Berichte, Gutachten – die gesamte Ermittlung musste am Ende lückenlos dokumentiert sein, um sicherzugehen, dass sie vor Gericht keine bösen Überraschungen erleben würde. Erst wenn das erledigt war, konnte sie wirklich durchatmen. So wie in diesem Moment, als die Hauptkommissarin den letzten Bericht im Fall Korbinian Prantl abheftete.

Tamara Stahl fragte sich gerade, ob das nicht die perfekte Gelegenheit war, ausnahmsweise einmal ein wenig früher Schluss zu machen, als jemand an der Bürotür klopfte.

»Ja?« Die Hauptkommissarin hob misstrauisch den Kopf. Wenn sie Pech hatte, kündigte sich genau im passenden Augenblick der nächste Fall an – und der Berg an Überstunden, den sie bereits angehäuft hatte, würde hemmungslos weiterwachsen.

Doch durch die Tür kam nicht ihr Vorgesetzter und auch keiner der anderen Kollegen. Stattdessen erschien das etwas nervös lächelnde Gesicht von Lorenz Kastner. »Guten Tag, Frau Hauptkommissarin. Ich hoffe, ich komme nicht ungelegen. Ich war zufällig in Rosenheim und wollte die Gelegenheit nutzen, bei Ihnen vorbeizuschauen.«

»Herr Kastner, so eine Überraschung!« Tamara Stahl war ebenso erstaunt wie erfreut. »Keine Sorge, Sie stören überhaupt nicht. Ich bin sowieso gerade fertig geworden. Wie geht es Ihnen? Hat Ihre Arbeit in Oberaudorf zu guten Ergebnissen geführt?«

»Nun, die Messungen waren einwandfrei, aber ... als ich wieder in München war, hat mir Prof. Dr. Beckstein – mein Doktorvater – eröffnet, dass einige Tage zuvor die Publikation eines französischen Forscherteams erschienen ist, die die Theorien Prof. Dr. Becksteins zum mittelalterlichen Festungsbau obsolet macht. Das bedeutet, dass meine Arbeit wahrscheinlich für die Katz war.«

»Oh, das tut mir leid.«

»Muss es nicht. Ich bin schon dabei, ein anderes Thema für die Doktorarbeit zu finden. Und Oberaudorf war für mich trotzdem eine unvergessliche Erfahrung. Das ist auch der Grund, weshalb ich hier bin. Ich habe mich noch gar nicht richtig dafür bedankt, dass Sie mir auf dem Kranzhorn das Leben gerettet haben.«

Nun war es Tamara Stahl, die etwas verlegen lächelte. »Keine Ursache.«

»Oh doch. Ich würde mich gern bei Ihnen revanchieren – und weil glücklicherweise gerade kein verzweifelter Mörder darauf aus ist, Sie in einen Abgrund zu stürzen, bleibt mir nur die Möglichkeit, Sie zum Essen einzuladen. Mir wurde gesagt, es soll gleich um die Ecke einen neuen Italiener geben.«

»Davon habe ich auch schon gehört.« Die Hauptkommissarin sah Lorenz Kastner für einen Moment direkt in die Augen.

Wieder spürte er, wie dieser Blick alle äußeren Barrieren zu durchdringen schien, um seine innersten Beweggründe auszuleuchten.

Dann stand sie auf, nahm ihre Tasche von der Garderobe und ging zur Tür. Dort drehte sie sich zu Lorenz um, der sich nicht von der Stelle rührte, sondern ihr nur mit den Augen folgte. Tamara Stahl lachte. »Worauf warten Sie? *Andiamo!*«

Julia Lorenzer, Fabian Marcher
**111 ORTE IN ROSENHEIM UND IM INNTAL,
DIE MAN GESEHEN HABEN MUSS**
Broschur, 240 Seiten
ISBN 978-3-95451-735-0

In Rosenheim trifft bayerische Tradition auf südländische Lebens-
art, Bürgerstolz und Erfindungsreichtum. Hier wird in historischen
Kaufmannshäusern und malerischen Gassen altem Handwerk neues
Leben eingehaucht, modernste Technik weiterentwickelt, Raum für
Kunst und Kultur geschaffen – und bei alldem das leibliche Wohl nicht
vergessen. Die Stadt ist weit mehr als nur der malerische Hintergrund
für Vorabendkrimis, und wer glaubt, sie schon zu kennen, für den
hält sie garantiert noch einige Überraschungen bereit! Im Umland
und am Inn warten unter anderem Deutschlands höchstgelegene
Kirche, urzeitliche Kreaturen und geheimnisvolle Burgruinen auf
Entdeckungsreisende.

www.emons-verlag.de